U0018153

鬥
3
芳華

目次

壹之章 倒背論語解難

蕭洛辰的性格很難講是正還是邪，但是很多人卻不得不承認一件事情，這個年輕人真的很有天賦，很有才華。可是，蕭洛辰身上同樣有一樣東西比他的才華更加強烈，他太傲了。

蕭洛辰可以不在乎別人對他的看法，甚至可以接受各種抨擊和嘲諷，只因為他覺得不屑於爭辯而已。

從小到大，他從來沒有敗過，他認準的事情，就一定要做，而且要以一種勝利者的姿態拿到結果。當日討要消除人身上氣味的方子，居然被安清悠這樣一個小女子難為，在蕭洛辰的心裡，無論如何是很難接受的，也正因如此，才會有今天這麼一幕。

今日在安家正堂之上，蕭洛辰一直很虛心地向安德佑請教所謂的聖人之道，同樣更想看到那個自以為可以難倒他的女人對著欽差行禮的樣子。

不知道她露出願賭服輸卻又不服氣的表情會是什麼樣？

蕭洛辰很有耐心地等待的時候，安清悠正在女眷院子裡左右逢源。

「周家嬸嬸，這一次晚輩確是打定主意不進天字號的，不過您家那位姊姊若是在選秀之中有什麼需要，晚輩很樂意幫她做些鋪墊……」

安清悠笑盈盈地說著話，工部周侍郎家的夫人馮氏陡然間眼睛一亮。

選秀這事說到底還是一場比試，某些環節上，若是競爭者之間有了默契，搞些你進我退的手段，那可真是最直接的幫助，今兒算是來對了！

不過，人家憑空一份天大的人情落了下來，自己也不能不識好歹，馮氏當下笑著說道：「既是如此，我這做長輩的也不能讓妳們這些孩子吃虧是不是？來來來……」

這邊和周侍郎家的夫人說了一通，那邊大理寺少卿孫大人家的夫人王氏，安清悠自然也沒放過，瞅準一個機會如法炮製，又是賣了一個人情過去。

王氏更是直接，樂呵呵地道：「唉，說來都是為孩子們操心的命，這一次我們在宮裡也是下了點功夫，侄女若只是一心想進地字號，說不定咱們兩家彼此還能有個幫手……」

利益交換、目標分割與手段聯合，此類種種就在酒桌之上悄然地上演著。

安清悠似乎越來越和這古代的時空融為了一體，觥籌交錯之間應對自如，周旋進退之際竟是一派嫻熟無比的模樣。幾個和她達成了私下協定的人，也不禁心裡暗暗驚嘆：這哪裡是個十六七歲的小姑娘，分明是個手段老辣的硬碴！虧著他安家志不在天字號……

當然也有人覺得可惜，好比如今已經成為安清悠盟友的錢二奶奶便微微搖了搖頭，心裡面一聲嘆息：「這麼好的女孩兒，偏偏就是個不想進宮的！若是文妃娘娘那邊的皇子得了這麼個賢內助，豈不是……唉！由著她吧，那終究是個腌臢的污穢之地……」

錢二奶奶有些感慨嗟嘆，太陽終究一點一點挪到了天空正中央，下人來報：「各位夫人、大小姐，吉時已到，該進正堂行禮了！」

太陽最高的時候，正是老太爺的壽宴大禮之時，全家人齊聚正堂給老太爺奉上一碗壽麵，闔家大小向老太爺磕頭頌壽，這便是壽宴的最高潮之時。各房的媳婦孫女自然也要在場不說，女眷來賓們也是有份參加的。此時一報，大家熱熱鬧鬧地直奔正堂而來。

到了正堂之上，安老太爺早就已經穩坐高位。

各房兒孫按照輩分排跪好，掌禮的二老爺安德經高唱：「吉時已到，奉壽麵，子孫行禮！」

「恭祝父親（祖父）福如東海，壽比南山！」

一干安家子孫齊聲高呼，齊齊磕了三個響頭。

四位安家老爺各執木盤的一角，奉上長壽麵一碗。

這壽麵只是長長的一根，安老太爺低頭一吸，卻是年紀大了有些氣勁不夠，連吸幾次才把這一根麵吸進嘴裡，中間又不能咬斷，直塞得兩個腮幫子高高鼓起，費力吞嚥。

這等光景放在「安鐵面」安老大人身上一年也就能見到那麼一次，一時間，廳中眾人莞爾，倒是那欽差蕭洛辰依舊是一本正經的樣子，嚴肅正經之意，在眾人憋著笑的古怪面容之中，尤為鶴立雞群。

安老太爺倒真是穩如泰山，老神在在地在那裡慢斯條理地嚼他的壽麵。

外面鼓樂齊奏，鞭炮震天價響，正禮至此才算是成了。

眾人自然又是一陣賀喜不提。

安家向來以禮教傳家，按照慣例，此刻該檢點晚輩們的功課。四夫人藍氏的眼睛猛地亮了起來，今兒憋了一天，這次總該讓你長房出出糗了吧。

要說比藍氏更著急的卻是四老爺安德峰。

他的兒子安子基早在年初的時候便中了秀才，如今秋闈落幕，朝廷再有考試那就要數年節時分的舉人考試。他兒子可是已經準備了好久，若是能博個少年才子之名出來，那才叫真正是個重重的籌碼。

當然，這還不是最關鍵的，最關鍵的是安德峰原本抱著要壓其他幾房一頭的心思，可是別的不說，單是今天那一道皇上的口諭，便足以令長房獨占鰲頭，若是再不削他一些聲勢下去，這場壽宴可就讓人家結結實實地比下去了。

單憑你那個不著調的兒子，今天就死活也要扳長房一局回來！

安德峰看了看長兄安德佑，眼角掃了一下跪在晚輩隊伍裡的安子良，見他兀自東張西望的憨像，心中冷笑，有了皇上的口諭又如何？這就讓你們在眾人面前好好現個眼，看看這長房到底有幾分墨水。

當下安德峰精神一振，便要討了這帶著孩子們考校的差事，卻見安老太爺優哉游哉的，反倒是在他之前開了口：「沈家的大公子今兒來了沒有？」

這話問的卻是沈雲衣了。安家的世交，沈家老爺在路上因事耽誤了幾天，到底沒能趕上老太爺的壽宴。

不過，沈雲衣如今已是新科榜眼，由他代表自無不妥。

安老太爺在席上早已與他見面，此刻卻又問了一遍，安德峰立時心裡咯噔一下。

沈雲衣站起上前，躬身作揖，恭恭敬敬地回答道：「回老太爺的話，晚輩在此，不知老太爺有和吩咐？」

「你這孩子學問是好的，不錯！不錯！」

安老太爺又打量了沈雲衣幾下，眼中的欣賞之色一閃而過，微帶嘉勉地笑道：「年年的功課年年考，今年倒是該出些新意，便由你幫著老夫考校一下你這些弟弟們的功課，如何？」

安老太爺這話一說，安德峰和藍氏登時便是一聲哀嘆。

今兒怎麼就這麼背，當真是憋悶到家了！眼瞅著能好好拾掇長房一把，老太爺卻讓沈雲衣一個外人來指點晚輩功課，怎麼自己就沒早搶一步說了呢？以沈雲衣和長房的關係，又豈能不多維護？

四房一臉憋屈，賓客們可不這麼想，沈雲衣到底是新科榜眼，如今這般舉動既顯示了兩家的親密，傳出去亦不失為一番佳話，當下便有那好事者大聲叫好。

考校功課這類事，對沈雲衣而言，不過家常便飯。

知道這是安老太爺在抬舉自己，他當下也不推辭，躬身領命，再轉過身來，正要說話的時候，忽然微微一怔。

一雙女子的妙目，正靜靜地看著他。

秀眉微皺之間，卻似有些蹊蹺之色，不是這些天自己心裡一直惦記的安清悠又是誰來？

「難道安大小姐對於我接下這考校安家眾賢弟的差事有什麼不滿？其實我是應該禮讓避開才是？她這是不是給我什麼暗示？」

正所謂情迷則亂，沈雲衣這一往多了想，言行便有些躊躇起來，在這眾目睽睽之下，竟然冷了場。只是沈雲衣不知道的是，此刻安清悠壓根兒沒有什麼暗示不暗示，她是在替安子良著急。

正所謂，智者千慮，必有一失。

原以為老太爺考校學問，安子良怎麼也是四書都背了的，到時候依樣葫蘆把那四書裡選幾篇背上一遍必可過關，誰料想卻是讓沈雲衣這個新科榜眼代為考校？

安子良肚子裡可就是那幾點死記硬背的貨色，這沈小男人又不傻，既然知道老太爺刻意抬舉他，哪還有不抖擻精神亮本事的？天知道他會出個什麼題目，若是要求當場作一篇八股什麼的，這還不要了弟弟的命啊？

偏在此時，忽聽一個客客氣氣的聲音道：「晚輩今日來得安府，本就是帶著一顆求學之心而至，恰逢考校安家子弟之時，晚輩不才，也想向安家的學弟們切磋討教一二，不知可否？」

眾人拿眼看去，這說話的人居然是蕭洛辰。

這下可不止是安清悠，便連在座的所有人心裡可都沒譜了。

腐儒！

為個女人就這麼暈頭轉向，科舉果然只能考出這種料，又是一個讀書讀到傻了的……

蕭洛辰心裡鄙夷地腹誹了沈雲衣一句，什麼交流討教之事，他其實半點興趣也無。一時興起出來小小地折騰一下，不過是同樣看到了安清悠有些緊張的表情而已。

和沈雲衣剛好相反，捉弄安清悠，對於蕭洛辰來說，是一件不大不小的樂事。

一眾賓客面面相覷，人家考校子弟，你摻和個什麼勁？可是，蕭洛辰這傢伙是奉旨前來「求教」的，硬是要切磋討教，別人又能說些什麼？

好吧，這不算是問題，問題是，你蕭洛辰今兒個可是欽差，真要是切磋，誰又敢贏你？

便在此時，一直沉默著的安德佑忽然沉聲道：「沈賢侄，今日蕭欽差難得前來，倒不如你們二人共同出題，一起來提點一下我們安家子弟的功課，到時候我們一同評判，你看可好？」

這話放在滿場之中，卻是唯有安德佑說出來再合適不過了。

今日蕭洛辰奉旨來討教學問，安德佑卻是皇上點名的指教之人。

沈雲衣不由得鬆了一口氣，要是讓他去考校蕭洛辰這個天子門生，考不倒難免有人說他媚上放水，考倒了卻又讓皇上的面子往哪擺？進亦憂，退亦憂。

如今要讓他二人一同出題，那自然是不讓蕭洛辰親自下場之意了。

安老太爺深深地看了安德佑一眼，這個死要面子的大兒子最近倒還真有些開了竅的跡象，今日所言所行，頗合老夫心意啊！當下也是微微頷首道：「如此甚好！蕭欽差，你看呢？」

蕭洛辰本意便不是要親身下場，此前種種，不過是他早已算計到了今日之事只要自己一出手，必然便是此結局，當下躬身作揖道：「長輩有言，晚輩焉敢不從？卻不知沈賢弟這題目又是從何而出？」

這卻是要沈雲衣出題目的主旨了。沈雲衣斟酌再三，出了個「福壽雙至，國泰民安」的題目，既應了此情此景，又屬尋常題目。他心裡存著袒護安家子弟之心，實不願搞那些太過高深生僻的東西來難為人。

蕭洛辰卻是毫不客氣，大手一揮道：「那便以此為題，作一篇八股！」

這話一說，滿座賓客譁然。

八股縱是朝廷取士的正道，可是安家第三代的孩子們尚小，有的不過是七八歲剛剛開蒙的，這等剛入學的孩子讓他們去作八股，那不是存心難為人嗎？

不過，蕭洛辰看似胡來，其實行事卻是有章法的。此次既有安撫重臣的皇命，自然不會任性妄為過了頭，這話裡還有後半句道：「若是尚未考過童試的，那便各自寫些自己學過的東西，看一看書法也可。沈賢弟，你看如何？」

沈雲衣當然是點頭稱是，眾人亦覺得沒有什麼不妥。童試按照大梁朝制，雖是功名的基礎，可也是要考八股的。再者，如此簡單的題目，看來也只是尋常考校罷了。

正堂中的氣氛一下子又輕鬆了起來，可是沒人留意到，那不用參加考校的安家女眷之中，有個女子一臉凝重。

究竟是人算不如天算，還是這蕭洛辰刻意為之？

安清悠很難在這麼短的時間裡分析出個結果來，不過有一點卻是清楚的，之前幫著安子良的一番準備，此刻已付諸東流了。

安清悠看向那個行事不定的蕭洛辰，卻沒想到對方竟也正看著自己。

四目相對，蕭洛辰對她眨了眨眼，不經意間，又露出那詭異笑容。

「這傢伙成心的！」安清悠心裡登時一股怒氣湧了上來。

可是，憤怒之際也不免暗暗心驚，如果說眼前正在發生的一切都是蕭洛辰有意推動的結果，那這個人對人心算計之準，對局面時機把握能力之強，當真是太可怕了。

安清悠臉色鐵青，蕭洛辰卻是悠哉悠哉。他早就在私下裡把安家長房的底細查得清清楚楚，自然也包括安子良那不學無術的名聲在內。

之所以要寫八股，實際上已經是穩中再求上一道保險了。想到一會兒安清悠氣鼓鼓還不得不寫方子給自己的模樣，蕭洛辰暗自發笑。

下人們已備上了几案筆墨，一干人振筆疾書，埋頭寫了起來。

四房的長子安子基第一個交卷。

這孩子已經是準備要考舉人的，此普通至極的八股文章自然難不倒他。沈雲衣接過一看，倒是作得四平八穩，以一個十二歲的少年來說，已經算是不錯了。

當下自然是順勢誇獎了幾句，圍觀眾人亦是順水推舟地讚好。

安德峰拈鬚微笑，洋洋得意。怎麼樣？安家第三代的子孫，還是得看我們四房的！

不多時，二老爺安德經的兒子也交了卷，所作文章同樣是中規中矩。

再過一陣兒，那些剛剛開蒙不久的孩子們也將各自寫的三字經、千字文之類的交了上來。

如此一來，只剩一個肥胖的身影引人注目。

這人當然就是長房的安子良了。

原本準備了一肚子死記硬背的文章，沒想到事到臨頭卻是要寫一篇八股。

這一桿毛筆在硯臺上蘸了半天的濃墨，可是眼前那張上好的金花宣紙上，依舊空空如也，還是白紙一張。

安子良漲紅了臉，手足無措，安德峰在旁邊瞧得心中大樂，裝模作樣地上前遛達了一圈，搖頭晃腦地大聲說道：「大侄子莫急莫急，這好文章自然是要靠功夫的，醞釀好了慢慢寫，慢慢寫啊……」

安子良本就發慌，再被四叔父這麼一擠兌，更是頭昏腦脹，心想怎麼那麼倒楣，好死不死去年自己居然捐了個童生，這可算是過了童試的了，可是這段日子裡不是在忙著背書，就是在忙著花錢修院子，哪有時間研讀什麼八股。

如今要現場即興作出來，又怎麼作得出來？

便在此時，忽然有個聲音在耳邊低聲說道：「若是實在作不出來，那便也向弟弟們一樣，寫一篇熟悉的東西交上去吧。」

安子良一怔，一盞熱茶擺在了自己的案頭。

一瞥眼間，卻是大姊安清悠裝作送茶的樣子走了過來，悄悄提點自己。

再一抬頭，安老太爺也正微微頷首地看著自己。

到了這個地步，寫一篇書法終究比交白卷好。

身為主考的沈雲衣那邊自然會照顧，若是裡面弄些大家都不好挑錯的詞句，亦能隨口說一句還行便藏了卷子，未必沒有轉圜的餘地。

當下安子良提筆便要落字，卻聽得又有一個女人高聲笑道：「若是實在寫不出來，就寫一篇書法也好，老爺啊，咱們也幫大侄子參詳參詳，看看究竟是寫些什麼？」

把這局面叫破的是藍氏，在她刻意關注之下，安清悠那送茶提點的小動作哪裡瞞得過她？

安德峰登時醒悟，心道可別又像那次家宴一般，讓這小子弄兩句天子聖恩多之類的糊弄過去，當下連旁人插話的機會都不給，呵呵笑道：「也罷，既然如此，大侄子便也寫上一篇書法……老太爺是我朝治《論語》的泰斗，大侄子便寫上千個字的《論語》如何？」

這夫妻倆一唱一和，頃刻之間就把安子良又架了起來。從小到大，安子良每次被考校功課時，背書都是背得一塌糊塗，此刻把你困死在這上面，看你怎麼投機取巧！

安清悠咬著嘴唇看了藍氏一眼，人力有時而窮！

八股作不出，今天這長房的面子只怕是被削定了！只是，四嬸，妳也別高興得太早，我弟弟今天這交白卷也是不可能。那部《論語》，他可是背得最早最熟的！

藍氏見到安清悠臉色數變，心頭大定，知道情勢到了這分上，大侄女只怕也沒什麼後手了。再偷看了一眼安老太爺，見他依舊是古井無波的樣子，更是下定決心要讓長房丟臉到底。她今兒咬牙切齒地憋了一天，好不容易有落長房面子的機會，哪裡能夠放過？便是事後被老太爺責備幾句婦道人家不該隨便插話，又算得了什麼？

安清悠咬著牙，迅速思索著怎麼才能挽回一點局面，可是她們都忽略了這張考卷的主人，不著調的少爺安子良。

安子良同樣咬著牙，手中的拳頭攥得死緊，能夠發狠在十幾天內就把四書背全的男人，骨子裡又怎麼可能沒有一點血性？

他娘的，四房也太欺負人了！老子……老子拚了！

啪的一聲，安子良把毛筆直接拍在筆架上，吐出一口氣道：「這書法，我還是不寫了吧！」

安德峰大樂，心道我就知道這《論語》你寫不了，臉上卻是做出一副惋惜幫襯之態，繼續擠兌：「怎麼？可是那《論語》寫不出來？那也無妨，還可以……」

安德峰還要再出些折辱人的題目，安子良卻打斷了他的話，一臉委屈地道：「四叔父哪裡的話來？侄兒雖然只是個小小的童生，但怎麼說也是進了學的。剛剛我靜思半天，腦子裡正構思好了一篇絕妙好文，可就是讓你和四嬸這般瞎出主意，一下子全給攪黃了，如今再要我想，那又得費老大一番功夫，哪能把諸位貴客乾晾在這裡？」

這話一說，眾人裡倒是也有那聞言點頭的。

越是好文章，構思越辛苦，靈感被人攪了，再要拾起，更加麻煩。

當然，也有那知道安子良是胸無點墨的，便抿嘴偷樂，難不成這安少爺寫文不成，倒想胡攪一番，瞎混過關嗎？

安德佑的眼睛卻是陡然亮了起來，自家這兒子可是沒人比他再了解透徹了。之前見他背書頗有長進，倒是沒太擔心這壽宴上的考校，誰料想題目竟然是作八股，剛才一瞬間真是心如死灰。

不過，這兒子別的不行，胡鬧攪局絕對是好手，反正此刻賴上的是四房，若能瞎鬧混個過關，沒準兒也是個法子？

所有人裡最氣的，當然就是四老爺安德峰了。此刻他臉色青綠，心說別人不知道，我還不知道你這小子？童生是花錢捐出來的，那八股文你要能做出來，我就倒過來是你侄子！如今撒潑耍混子，反賴到我頭上了？

可是氣歸氣，安德峰到底還是老官油子出身，哪能讓安子良這麼容易就蒙混過關？當下擠出了溫和的笑臉道：「這麼說，倒是四叔父的不是了。那大侄子你說，這功課既是要考，你準備怎麼辦？大家可都等著呢！」

安德峰這話裡話外又把安子良架了起來。你自己出法子，這下總沒話說了吧？總而言之，言而總之，這考校是別想混過去！

我看你能給自己出個什麼題！

安德峰面上帶笑，心中卻是咬牙切齒，安子良沒學問哪個不知，就等你貽笑大方了。

可是，安子良這次可不全是在瞎混，還真是帶著點真材實料來的。

對於四叔父挖的這個坑，他是既沒躲也沒避，直接從上面躍了過去，笑嘻嘻地道：「既是四叔父如此說，那侄兒可就獻醜了！左右這好日子終不能讓諸位長輩親朋們乾等，剛才四叔父您也提到《論語》，晚輩就背一段《論語》給大家助助興！」

這話一說，安德峰登時便有些發懵，安子良主動要求背書？這不是太陽從西邊出來了嗎？

眾人也是不以為然，大家都是讀書人，這《論語》大夥兒誰沒看過沒讀過？背《論語》也算助興？這考校太簡單了點吧！

安子良可不管別人如何看他，搖頭晃腦之間張口便背：「也人知以無，言知不；也立以無，禮知不；子君為以無，命知不：曰子……」

安子良這一背出，在場的人頓時大眼瞪小眼，這亂七八糟的，怎麼會是《論語》？

只是，熟悉《論語》的不在少數，又聽了兩句，登時便有人醒悟過來，低聲道：「倒背！這孩子是把《論語》倒過來背的！」

有人提了醒，大家登時明白了過來，安子良果然是把《論語》倒著背出來，好比他那背的那一句，實際上卻是論語中的最後一句：「子曰：不知命，無以為君子；不知禮，無以立也；不知言，無以知人也。」

安子良表現出來的還不止如此，真要論聰明才智，他其實遠遠超出同齡人許多。雖然是從小到大的不著調，可越是這樣的人，發起狠來，那才真的讓人驚豔。

更何況，安子良雖說是個胖子，卻也是個中氣十足，肺活量大的胖子……

度過了最初的一點不適應之後，安子良這一番《論語》倒背竟是又快又急，待到後來，就似那說相聲的藝人們大耍嘴皮一般。

安清悠早就躲到一邊坐了下來，心中的擔憂已經變成了臉上的微笑。

沒想到這弟弟還有這般天賦！

安子良把《論語》一路行雲流水般的倒著背下來，中間更是沒有半點錯處。眾人先是驚訝，後是佩服，待到了後面，喝彩聲四起。

「好！倒背如流，這才是真正的倒背如流！」

「能把《論語》爛熟到這地步，安家的確是書香世家啊……」

原本瞧不起安子良的人，此刻也不得不感嘆，真是士別三日，當刮目相待！

「乎說亦不，之習時而學：曰子！」一篇倒背的《論語》洋洋灑灑，萬言之間一蹴而就。只是安子良背得興起，居然又加上了那麼一點的碎言：「曰子曰子，銀子啊銀子……」

「啊不是，我是說子曰啊子曰，四叔父，您看侄兒這《論語》背得如何？您賞是不賞？」

安子良狠狠喘了幾口粗氣，一口氣背了這麼多句子下來，饒是他再是個中氣十足的胖子，也不禁臉紅氣喘。不過，被四房擠兌了好半天，那利息總是要討的。

安德峰原本已被震驚得目瞪口呆，猛一下被這麼一說，回過神來，抬起頭來剛好和安子良四目相對，只見這大侄子笑歸笑，可是這雙眼通紅，目光裡竟是隱然透出了幾分凶狠之色，登時嚇了一跳，昏頭昏腦之間，下意識驚叫道：「賞！賞！大侄子，你別……」

安子良一聽有賞，登時又恢復成了那憨呼呼的模樣，笑嘻嘻地湊過來問道：「四叔父，您賞多少？咱們真金白銀，多少不限，錢貨兩清，一手發賞，一手背書！四叔父，您要是多賞，小侄再背一段《中庸》給您聽聽！」

安德峰差點沒一口痰憋得昏死過去，心裡氣極。錢貨兩清？你當你四叔是茶館裡點說書的啊？一轉念間忽地醒悟，再看向周遭，卻見眾人個個含笑。

說書倒未必，眾人看著這一叔一侄，倒似在看一對搭檔說相聲。

安德峰面紅耳赤，這安子良反正是不著調的名聲在外了，又是個小輩兒，眾人便是笑他也頂多當是少年人胡鬧，可自己是堂堂的四品官，如今這一把年紀了，傳出去，上司同僚們會怎麼看他啊！

安老太爺忽地咳嗽一聲道：「子良這孩子給大家助興，倒還真是有那麼點新意。老四啊，賞，要重賞！」

安德峰心裡委屈，心說這小子折騰大夥兒大半天，父親，您怎麼還讓賞？可是，老太爺發話了，也只能照辦，安德峰便隨手從袖袋裡掏出幾粒金瓜子來賞。安子良伸手接過，卻是既不謝賞也不走，就那麼笑嘻嘻地捧著金瓜子站著。

這自然是繼續討賞之意了。

安德峰無奈，只得加了幾粒金瓜子放上去。伸手之間，還得作態掩飾，儘量讓這舉動顯得自然，省得叫別人說自己對晚輩摳門了去。

安子良依舊捧著金瓜子，一臉憨態地看著四叔父。

安德峰立刻又加了幾粒……

安子良還是伸著手，小眼睛眨了幾下，像是受了多大的委屈一樣，嘟嘟囔囔地道：「祖父剛才說了要重……」

話還沒嚷嚷開，卻見安德峰刷的一聲，把袖袋裡所有的金瓜子都掏出來放在安子良的手裡。

這事兒安德峰可是想得明白，咱爺倆兒這是發賞呢？還是侃價呢？我和你這小輩為這事兒鬧騰，甭管誰對誰錯，都是我這做四叔的丟人啊！小祖宗，您也別討賞了，一共帶了這麼多，全給您得了！

安子良這才謝了賞，屁顛屁顛地往回走去，只是沒走兩步，忽然扯著嗓子高叫道：「四叔父就是四叔父，出手大方！弟弟們，都來找四叔父領賞啊！」

玩鬧本就是小孩子的天性，這時候安子良再起鬨，只見呼啦一下，一群小孩子歡呼地把安德峰圍了個水洩不通。

向來以有錢著稱的安德峰，面色尷尬，身上備著發賞的東西都給了安子良，現在拿什麼賞人？

安子良卻是早就溜到了角落，手捧一大堆金瓜子，搖頭晃腦地低聲哼出兩句打油詩：「有無才學憑誰問，一無是處亦爺們兒！」

壽宴上的考校就在一片嬉鬧中結束，安德峰尷尬了半晌，最後還是藍氏鼓足勇氣過去幫他發了賞。兩口子財大氣粗慣了，眼下卻是也嘗足了邊花錢邊心裡滴血的苦味。

這一輪鬧賞可是長房不著調的安子良搞出來的，發得越多，豈不是越幫這小子拉抬人氣？

安清悠面帶微笑地看著四房咬牙切齒地發賞錢，心知壽宴已近尾聲，這一次四房從頭憋到了尾，往下卻是再難弄出什麼折騰，倒是自家出了風頭，這一次合辦，可說是大獲成功了。

安老太爺更是高興，之前長房這邊的下一代不成器，尤其是安子良身為安家長孫，更遊手好閒得讓人頭疼。

今日雖然只是倒背了一番《論語》，但是放到以前，便是他這做爺爺的也不敢想這等事情竟會發生在這個不著調的孫子身上。當下便叫過了安德佑、安子良父子倆，溫言嘉勉誇讚了幾句之後，好奇地問道：「府中可是請了新的教席？能將子良這孩子調教得如此長進，倒也是個賢能的，卻不知是哪裡的先生？」

安德佑唯唯諾諾，安子良發生這麼大的變化，他也覺得奇怪。

平時只道是安子良長大，懂得用功了，今兒來這麼一齣，便是他也大感意外，支吾著搪塞了幾句，心中則是感嘆，這段時間是不是對兒子的關注太少了？

安子良說出來的話，卻是石破天驚：「回祖父的話，新的教席先生倒是沒有請，孫兒都是大姊教的！」

這話一說，眾人的目光登時都向安清悠看了過來。

安清悠則是微微一笑，那拿銀子趕著讀書的事情此時自是不能說，當下走到安老太爺面前，微微福身道：「祖父，弟弟這話說得過謙了，這全是弟弟自己刻苦用功之故，孫女是半點兒功勞也沒有的，祖父明鑒。」

姊弟倆彼此推脫功勞，倒更讓人越發覺得安家晚輩明事理，懂得謙遜。

一時間，不少人讚嘆道：「安家的孩子們有教養，福氣，福氣啊！」

「古有孔融讓梨，今日安家真是大有先賢之風……」

便是身為父親的安德佑，也得了不少讚語：「安大人有這一雙好兒女，真是家教有方啊！如今更有聖上提拔，以後少不得還要多多仰仗安大人了……」

安德佑心裡早已樂開了花，可是面上還要裝著客氣，又給他帶來了更多好感和讚譽。

安老太爺望著跪在面前的一雙孫兒，瞧瞧這個瞅瞅那個，越看越覺得開心，越看越覺得歡喜，不禁大笑道：「好好好！孩子們都很好！德佑啊，你這一房真是長進了，長進了啊！哈哈哈，哈哈哈……」

四房的安德峰和藍氏憋得臉色青一陣白一陣，怎麼這樣也能討了喜？剛才那小子纏著討賞的時候，怎麼就沒人出頭罵兩句長房沒家教呢？

一片歡笑聲中，安清悠行禮退下，忽聽得身旁一個聲音道：「安大小姐請了，久聞安大小姐知書達禮，溫婉賢慧，此刻再見，果然是名不虛傳。不知上次小姐之諾，如今卻又如何了？」

這個聲音對於安清悠而言，早已不陌生，轉過頭來一瞧，果然是蕭洛辰。安清悠上上下下打量他幾眼，見他此刻一臉肅然，說話也是文縐縐的，心下反倒有些煩躁。

裝出一副正經八百的樣子做什麼？當我不知道你那逢人百變的嘴臉嗎？

讚什麼本小姐知書達禮，還不是想提醒我莫忘了前次之約？

當下安清悠雖是守禮，卻也沒給蕭洛辰什麼好臉色，隨手從袖中掏出了一張紙和一個小瓷瓶遞了過去，口中不鹹不淡地說道：「蕭公子為了得這消除人身上氣味的法子，可真是什麼都做得出來！如今您當眾責己也責了，向我父親討教學問也討了，居然還是帶著聖旨來的，威風得緊啊！我不過一個小小女子，哪裡能敵得過您這手眼通天的人物？這裡是消除氣味的法子和樣品藥水，蕭公子可是滿意了？」

這話帶著三分譏諷，而安清悠越是不忿，蕭洛辰越是高興，更何況這消人氣味之物對他實在是有莫大的用處，當下也不理這婦道人家的小小諷刺，伸手接過了方子和藥水，作揖道：「蒙小姐厚賜，蕭某沒齒難忘。古人云受人點滴，當湧泉以報，蕭某有一回禮，還請小姐不吝笑納。」

說罷，蕭洛辰從懷中掏出了一個短卷軸，遞了上來。

安清悠眉頭微皺，雖是不喜，但亦不好拒絕，只好收下。

安清悠收了卷軸，身旁的安子良瞧瞧安清悠，又瞧瞧蕭洛辰，嘀嘀咕咕地道：「大姊這是和混世魔王交換什麼呢？難道沈兄這樣溫文爾雅的書生大姊不喜歡，反而是對這種凶狠的傢伙情有獨鍾？」

安子良怎麼想，蕭洛辰可沒心情關心，想要的東西到了手，今天玩得也已經夠了。轉過身，便向外走去，臨走之時，卻瞥了眼安子良。

這個小胖子倒有點意思，難怪這笨女人會護著他，難道是安家祕密培養的後輩？

沒法子，陰謀搞多了，人往往也會情不自禁生出一些陰謀論的念頭……

蕭洛辰走到眾人面前，一揖到底，高聲說道：「蕭某尚有皇命在身，還要趕著回宮覆旨，各位大人慢待，在下這便去了！」

說罷，也不與眾人再有什麼見禮，逕自奔到門外吹了下口哨，陡見一匹白馬從街角疾奔而出，他俐落地翻身上馬，瞬間遠去了。

此人野性難除，便算用聖人之說教化，怕也不是一時三刻便改得了的……安德佑苦笑著搖了搖頭，看來皇上只不過用此事安撫一下安家罷了，難道還真把天子門生交給自己帶？

安清悠打開卷軸，只見那上面銀鉤鐵劃，書法倒是英武，雖然無名無款，但顯然是蕭洛辰親手所書。不過，內容卻是讓人瞠目結舌，一溜大字赫然寫道：「聖人都是臭狗屁！好臭！好臭！」

安清悠愣愣地看了卷軸兩秒鐘，勃然大怒。

狗屁的蕭洛辰，還跑到我們家來裝斯文？斯文你妹啊！

對於聖人之道什馬的，她雖然沒有像古人那般捍衛的心思，但卷軸裡的話，擺明是特地寫來消遣她的。一時間，氣得七竅生煙。幸好她那罵聲小，沒惹人注意。

倒是安子良自得了那一大把金瓜子後，便一直屁顛屁顛地跟在大姊身後。此刻正手捧一杯茶悠哉悠哉地啜著，冷不防聽到這麼一句，登時沒忍住，一口茶直接嗆在了喉嚨裡，大半茶水從口中流了出來，把胸口弄濕了一大片。

遠遠候著的長隨趕緊撲上來，手忙腳亂地一邊為安子良拍著背，一邊抹拭清理，還討好問道：「少爺，您這是怎麼了？到底出什麼事情了啊？」

安子良又是一陣咳嗽，大姊居然爆粗口罵人？

斯文你妹啊？這詞兒倒是新鮮，回頭本少爺罵人的時候也來上那麼兩句……呸呸呸！我這是想什麼呢？這事兒可不能跟別人說……

安子良眨著小眼睛，對著長隨愣了好一陣，這才道：「什麼出什麼事情，一點點嗆著就這般大驚小怪……還有沒有規矩？少爺我犯渾，不行啊？」

那長隨差點被這句話給噎著，兩人就這麼大眼瞪小眼對視了半天，只見那長隨憋得滿臉通紅，忽然間沒頭沒腦冒出了一句：「行！行！沒事兒！少爺，您繼續犯渾，若是還嫌不夠，有什麼要小的伺候……」

話沒說完，旁邊的安清悠卻是噗哧一聲笑了出來。

安子良見大姊恢復了常態，這才把心放下，伸手拍了拍那長隨的肩膀道：「行，你這小子有前途！教了你這麼久，總算有了那麼點兒本少爺的樣子，快出師了！」

安清悠見弟弟這主僕倆的憨像，笑著搖了搖頭，只不過再一捏那卷軸，又狠狠地咬起牙來。

蕭洛辰，你別得意，本小姐這還不理你了！我就在府裡等著，等著看你究竟什麼時候求到我頭上來！我一個女子住在後宅內院裡，便是不見你，你又能怎樣？

一片讚聲中，時光靜悄悄地流逝，伴隨著夜幕降臨，賓客一個接一個離開。

安清悠輕輕地呼出了一口氣，一股伴著疲憊的輕鬆感漸漸湧起。

折騰了一天，直到此時，壽宴差不多算是結束了。

夜很深了，安老太爺府裡卻依舊燈火通明。

安老太爺正襟危坐於正堂之中，白天的席面皆已撤下，堂中僅自家人坐了一桌。

「你們幾個各自成家以後，咱們一家好像很久沒合著做個什麼事兒了。年年的壽辰年年的宴，這次難得你們兄弟幾個合辦，覺得怎麼樣，大夥兒都說說吧！」

安老太爺微微瞇著眼，其他幾個老爺個個面色沉靜，壽宴既過，該老太爺品評的時候了。

一桌子人默然，誰也不想先發言，安老太爺皺了皺眉，微有不愉道：「都等著別人先說話，然後再看我這老頭子的臉色反應對不對？一家子人還要這等心眼兒，有意思嗎？罷了，這次主要是妳們幾個做女眷的操持，妳們先說吧！」

這話一說，眾人臉上登時都有幾分尷尬之色。

安老太爺心裡什麼都明白，可是如此不留情面地把事情挑明，便在近年也是少見。難道是他老人家對於壽宴有什麼不滿意？一時之間，大家倒都往安清悠身上瞧來，尤其是藍氏心裡更樂。大侄女，妳可是小輩兒，自然不可能讓我們這幾個嬸娘先說話幫妳做鋪墊，出頭鳥妳不幹，誰幹？

安清悠微一思忖，正色說道：「回祖父的話，孫女是頭一回操持這等大事，才識淺薄，想來這次壽宴定是有諸多不足之處。有什麼到與不到的，還請祖父與嬸娘們指點。」

有人開腔，自然有第二個、第三個，藍氏心中冷笑，臉上卻是和藹萬分地說道：「大侄女哪裡來的話？便說是我們這些做嬸娘的，誰又不是從第一次開始慢慢摸索？不足什麼的，當然是有的，可是妳這段日子到處都忙，可說是這次壽宴最主要的操持者，上上下下哪一份事情又曾少得了妳？這個大夥兒可都是看在眼裡的！」

這話看著是捧安清悠，背後用意卻是陰損得很，上上下下都有妳大侄女的事情，那有什麼問題自然也是少不了妳的干係。更何況，把事情說得盡是安清悠去做，又置老太爺眾房合辦的指示於何地？又置其他幾房於何地？

誇的盡是些空話，至於不好之處，只要稍有什麼話頭就可以借題發揮了，還不落痕跡。虛得越多踩得越狠，捧得越高摔得越重，這等道理藍氏自然是明白得很。

果不其然，二夫人劉氏聽了心裡不樂意，有些不自然地說道：「我們二房這次專管禮制之事，迎來送往，聖旨來去，各位也請看看，可有哪一處於禮不合，讓咱們家失了體統的地方沒有？」

二老爺安德經把禮教看得比命還重，這次自然是做得中規中矩，滴水不漏，別人還真是沒有半點挑理的地方。此刻劉氏如此說話，便是強調自家這次亦是出了大力了。

席上的氣氛眼見著便有些往各自出招的方向發展。

三夫人趙氏眉頭微皺，緊跟著笑著說道：「我瞅著這次壽宴辦得還行，大侄女畢竟初出茅廬，這次壽宴我倒是給她提了些建議，老太爺既說要有點新意，那便讓她放手去做便是。後面有什麼紕漏，總還是我們這幾個做嬸娘的描補著不是？」

這卻是維護之意了。

此次壽宴便有什麼不當之處，也先把安清悠以年紀小為名摘了出來。

趙氏是打定了主意要讓安清悠領些功勞，說完了話，還看了坐在身旁的藍氏一眼。這次可是妳負責查漏補缺，如今妳使手段要挑刺，妳自己也別想跑！

趙氏這一下幫襯回擊，藍氏臉上登時有幾分尷尬之色，眼下她何嘗不想挑些刺兒出來，可是憑心而論，這次壽宴還真是辦得不錯的。

趙氏如今旗幟鮮明，自己若再雞蛋裡挑骨頭，人家一句：「妳既看出來，又怎麼不幫襯？」這話要怎麼接？

藍氏琢磨著弄個什麼法子再把坑挖得毒辣一點兒，安老太爺見四個女人都說了話，沒等幾位老爺發言，便已點了點頭道：「我看今兒這壽宴辦得不錯，論新意，子良那孩子能把《論語》倒背如流，還真是這些年我一直盼著的事情。論熱鬧隆重，賓客們比往年來的不少，又不是什麼六十歲、七十歲的大壽，連皇上都降了旨派了欽差，我很滿意了！媳婦孫女們講完了，你們哥兒幾個也都說說吧！」

幾位老爺不禁一愣，你看看我，我看看你，老太爺這先來了一句我很滿意，這態度已經很明確了，那是讓我們接著說好？

藍氏心中叫苦，剛才在使勁琢磨繼續挖坑，如今老太爺這麼一提前發話，那是直接給點了成績定了調子，誰要再挑刺兒，那不是跟老太爺唱反調嗎？

得！這次挖坑什麼的也別想了，怎麼今兒老是連出招的機會都沒有呢？難道這壽辰日真是自己的憋屈日？

說起來，安老太爺這四個兒子裡還就屬長房老爺安德佑此時最是輕鬆寫意。老太爺既然說了很滿意，那自家的女兒出力最多，自然是有功無過，兒子安子良又是博了個新意，便是皇上口諭裡也提到了自己，當真是事已至此，夫復何求？

安德佑老神在在地坐定，向各房的幾位夫人抱了抱拳道：「此次壽宴，悠兒雖說幹了不少事，但她一個小孩子家懂得什麼，說到底不過仗著年輕多出了些力氣而已，後面還不是幾位弟妹從旁幫襯指點？一家人不說兩家話，我這個當爹的在這裡替閨女多謝幾位弟妹了！」

安德佑這裡一道謝，安清悠自然也在一邊行禮。

三位做嬸娘的可是誰也不敢在老太爺面前失了禮數，人家既是男人裡的大老爺，又是長子長兄，誰還敢真受他這一記？那不是當場就坐實了不敬兄長、不知禮法的錯？

藍氏暗地裡裡恨得牙癢癢的，可還是得跟著其他幾位一起側身避過，並且回禮，口中還謙虛著連稱大伯言重，我等其實沒做什麼，都是大侄女的功勞云云。

藍氏憋屈得要死，心說大老爺您這是道謝？這不是存心捧你的女兒嗎？居然還能想到拉我們幾個當嬸娘的做陪襯，大伯什麼時候變得這麼明白了？

安德佑原本就不糊塗，只不過是被官場上的不得志壓抑得心思有些扭曲了而已。如今放開了很多亂七八糟的東西，腦筋心智反而清醒了許多。好不容易這邊還禮還完，忽聽得安子良在孫輩席上大叫道：「這次壽宴辦得實在不錯，真是不枉我大姊這些日子以來忙前忙後！」

眾人轉頭看去，卻見安子良又在犯渾，正和弟弟們吃酒說笑。

安德佑自然又是幾句大呼小叫成何體統之類的訓斥，卻是一不疼來二不癢。餘人看了看老太爺，只見他一言不發，只是拈鬚微笑，心裡都是苦笑。此情此景之下，誰又能傻乎乎地去和這憨小子較真？

正所謂該得意時須得意，老太爺這麼早就定了調子，依照長房父子愛顯擺的脾氣，怎麼可能不再瞅機會得意兩下？那長房還叫長房嗎？

偏生這長房父子得意完了還有接棒的，安德經古板地搖頭晃腦道：「此次父親大壽，確為近年來辦得最好的一次。別的不說，單是皇上在大臣的非整壽之年遣使下旨，京中大臣們又有幾家有這等榮耀？詩云……」

安德經在這裡詩云子曰地掉書袋，足足說了半炷香的功夫，好不容易等到三老爺安德成，他那裡卻是言簡意賅，朝安清悠看了看，只來了一句：「好孩子，這回妳當真不易，辛苦妳了。」

最後輪到四老爺安德峰，安德峰心裡憋屈，心下一權衡，勉強打著哈哈：「父親滿意，那就是最好的事情，便是有什麼小小瑕疵，那也是無傷大雅，無傷大雅，呵呵……」

話說到這個分上，安德峰自然是不肯再給長房搞什麼錦上添花的事情，只是哈哈還沒打完，忽聽得安老太爺冷哼一聲，說道：「糊塗！」

安德峰心裡一顫，哈哈聲當時頓住，望向老太爺的眼中多了幾分震驚探詢，卻見安老太爺直瞪了回來，口中兀自道：「看什麼看？為父的說你糊塗，你們兩口子一對兒的糊塗，沒聽懂嗎？」

那語氣中，竟是已經帶上了幾分怒意。

以安老太爺喜怒不形於色的城府，此刻雖然都是自家人，但是能夠公開在各房面前表示自己的不滿，顯然是動了肝火。

安德峰哪裡還坐得住，連忙帶著藍氏一起跪下道：「兒子駑鈍，如今犯了錯，請父親責罰！」

場面氣氛陡變，席上眾人噤若寒蟬。

安老太爺面色森然，可是看看安德峰猶自困惑，良久沒有言語，半天才道：「你們可知，之前我為什麼要讓你們各房輪流來辦這壽宴？今年卻是又要合辦？」

席間一片沉默。

最後，還是安老太爺嘆了口氣，緩緩地道：「之前讓各房爭著辦，那是賽馬不相馬，讓你們兄弟之間有個良性的競爭。畢竟我在朝幾十年，這張老臉各處都要賣些面子，誰是真下了功夫用了心，那聰明本事自然就顯露出來，趁著這過生辰的機會多扶持一下也是理所應當。如今讓大夥兒合辦，自是盼著家裡更團結和睦。你們如今也是為官多年的人，這麼淺顯的意思究竟是看不明白，還是大家一起裝糊塗，誰都不願意說破？」

這番言語，卻是連著各房都一起罵了。

眾人一個個誠惶誠恐，紛紛離座起身，跪倒在地。

安德佑率先叩頭道：「父親一片苦心，實在是讓我等萬分汗顏。兒子們不孝，累得父親還要為這等事情操心，實在是該死。」

眾人在後面齊聲稱是，安老太爺卻是搖了搖頭，苦笑著說道：「好了好了，都起來吧！弄這麼大陣仗做什麼？左右不過是一家人在這裡說說話兒而已，搞這些磕頭什麼的沒用，以後兄弟們之間相親相愛，那才叫真孝順。」

頓了一頓，安老太爺又點著安德峰道：「老四，為父說你們兩口子糊塗，如今你可知為何？」

安德峰面色惶恐，連聲說道：「兒子確是糊塗，只想著自家那點小算盤，忘了父親的教誨，對各房的兄長們不夠敬愛……」

「每次一說大道理，你總是彷彿比我還明白。也罷，今兒就說個清楚。」安老太爺搖了搖頭，到底還是把話挑明了道：「你和你大哥素來不睦，剛剛壽宴之上起勁兒地讓子良那孩子寫文章背書，卻又是什麼心思？是怕長房出了風頭，在我這裡討了喜不是？皇上口諭裡剛誇了你大哥有學問，讓那蕭洛辰向他討教，轉臉就弄出來他兒子沒二兩墨水？你大哥固然是面上不好看，你好好想想，若真弄出來這般情形，到底是打了誰的臉？」

這……這豈不是打了皇上的臉？

安德峰本就不是笨人，此刻一經父親提點，瞬間便悟到了此節。一想到自己差那麼一點兒就打了皇上的臉，安德峰越想越害怕，背後冷汗淋漓，連衣衫都濕透了。

這等關節一點破，便是安家其他人也都忍不住打了個哆嗦。

安清悠在一邊聽著，對安老太爺越發佩服，當時的情景，便是自己也沒把握安子良到底會有什麼表現，祖父什麼都明白卻一直鎮定若斯，這份養氣功夫當真了得。

唯有當事人之一的安子良卻依舊憨憨的，小眼睛眨巴眨巴，心裡後悔不已，早能想到這般關節，那賞錢就應該再多討點才是，怎麼讓人家一堆金瓜子就給打發了呢……

安老太爺掃視了一下兒孫們面容各異的表情，又是點著安德峰道：「老四啊，你做了戶部鹽運司的官兒，兄弟幾個裡屬你有錢，可是這些年來，其他幾房便有了什麼錢糧上的難處，你又何曾伸手幫過？好比這一次操持壽宴，固然是你們四房沒占到什麼好位置，可你就真敢什麼事都不管專挑毛病？為父代天子驗查百官這麼多年，難道自己家裡的一點點家務事，會是兩眼一抹黑不成？」

安德峰滿頭大汗，心中種種想法此起彼伏之下，忽然一個古怪念頭竄了上來。

父親是做老了督查之事的人物，有事情要想在他眼前耍花樣自然是難上加難，如果這次壽宴我不對長房、三房挑錯下絆子，反而是不理榮辱地拿銀子給他們捧場，父親又會怎麼看我？

這等念頭一湧起，便如江河決堤一樣不可抑制地蔓延開來。

安德峰心亂如麻，安清悠卻是佩服不已。

安老太爺不輕易發表意見，可是什麼東西在他老人家心裡都像明鏡一般，一出手從來都不會無功而返，幾句話之間，便將四房那裡調整出了另一個狀態。此等功力，自己還有得學呢！

安老太爺又將此次壽宴中的眾人表現點評了一番，二房固然是中規中矩，但掌禮之事做得不錯，三房則是得了更多的稱許，尤以趙氏被讚「識得大體、心有安家、提攜後輩」等等諸多嘉勉。

正當廳中的氣氛鬆快下來時，安老太爺忽然道：「今兒折騰了一天，我也是有些倦了。長房留下，其餘的各自散了吧！」

此次壽宴，長房風頭極健，在老太爺那裡又是顯而易見地很是討了喜，此刻被留下，不用問也知是要有私下提點。

安老太爺此言一出，大夥兒心中滋味各有不同。

二房的人率先告辭，三房望向長房眾人的目光卻是多了幾分鼓勵加油之意。

四房的藍氏滿心羨慕嫉妒，可是看看自家老爺，卻見他彷彿若有所思，不知在想些什麼。

待眾人散去，安老太爺把安德佑叫到了身邊，慢慢地道：「最近皇上拾掇了不少小魚小蝦，朝中怕是要有變數。不過，按照今日的聖旨來看，咱們家還算安穩。正好吏部那邊湖廣司、兩江司的兩個考評司政又都出了缺，回頭我帶你到吏部尚書張大人府上走動走動，看看有沒有機會。」

安德佑聞言一怔，繼而大喜，這是父親要親自出手提攜自己的意思了。

原想著壽宴辦得好會有好處，可沒想到這好處竟是如此之大。

吏部身為六部之首，那湖廣、兩江等地又是富庶豐饒之地，無論是做哪一個司的考評司政，那可是手握一司數省的官員考評大權，雖然都是五品，可比禮部這等清水衙門裡苦熬苦待地做個散官要強多了。

這麼多年的清水散官做下來，如今總算看到了些出頭的希望，長房的人聽了這個消息都興奮異常，難道長房的崛起之時便從今日而起？

可是，安德佑卻不似從前那般作態，喜悅之後更多的是一種說不清道不明的感慨，面色沉靜如常之際，穩穩地向著安老太爺叩謝道：「多謝父親提攜，兒子全憑父親做主。」

安老太爺微微一笑道：「這半年來，長房出了些亂子，聽說把你氣得都病了好幾次。不過，塞翁失馬，焉知非福，如今迭遭變故，這養氣的功夫卻是長了許多。朝廷官場，最要緊的便是沉穩，處事有度。之前你身上虛榮教條的東西太多，我真是怕你蹦得高摔得重啊！若是早一些有今日之態，為父又怎麼能不早點兒幫襯於你？」

說話間，安老太爺瞥了一眼跪在一邊的徐氏，目光冷若冰霜。

徐氏在老太爺提到「長房家裡出了些亂子」之時，臉色已慘白，再被這麼一瞧，竟是渾身若篩糠起來。

安老太爺皺眉了半晌，到底沒有再對她說什麼，逕自轉頭對安清悠道：「小清悠，妳很好，很好！這次壽宴，我最滿意的就是妳了，只可惜妳這孩子雖然既明理又辦事妥貼，卻是個女子，做不得官，否則栽培一番……唉！」

安老太爺一聲長嘆之中，竟似包含了許多遺憾。

安清悠微微苦笑，這古代畢竟就是古代，大梁朝裡女子做不得官也是現實。

不過自家知自家事，自己本也不是那等眼睛裡只有富貴的人。

當下安清悠倒是反過來低頭道：「祖父讚許，孫女愧不敢當。這次還是父親和幾位叔父、嬸娘做主，孫女不過是在旁出些力氣而已。我只想如己所願地過這一世，那些富貴榮華，得之我幸，失之我命。」

安老太爺見她如此看得開，不由得更是憐惜，只是心裡不免感嘆，既生在這等家裡，便是自己這個做老太爺的也未必能夠逃得掉「身不由己」這四個字，更別提這等身為女兒身的孩子了。一時之間，安老太爺竟是有些羨慕起那些山野老翁來，難道真是自己老了，才明白什麼叫做思悔少年覓封侯的滋味？

安老太爺兀自出了一會兒神，這才收斂了心思，轉了話題問道：「再過幾天選秀便要開始了，正所謂宮門一入深似海，妳這孩子又是有什麼打算？可有需要祖父幫忙的地方？」

安老太爺這兩句話一說，言下之意，自是指要依著安清悠的心思出手支持。

長房的眾人又驚又喜，安清悠此次操辦壽宴必得老太爺賞賜那是意料之事，只是沒想到不光是老爺那邊能挪動位置，便是給大小姐的好處竟也如此之大。

徐氏心裡像打翻了五味瓶，她入安府這麼多年，能得老太爺假以辭色的時候屈指可數，安清悠到底有什麼魔力，竟然一次壽宴下來便能如此？

進宮選秀不僅是我的事情，更是事關整個安家，老太爺自然不可能袖手旁觀！

安清悠面色如常，看事情比徐氏之流明白多了，既知此刻無論提什麼老太爺都會應，反倒不著急要好處了，便輕聲說道：「進宮選秀茲事體大，只是，孫女確實是無心嫁與皇室子弟，不知祖父以為如何？」

這是安清悠第一次明確地表現出了不想嫁皇室的態度，眼下正是壽宴之後對長房論功行賞的時候，安老太爺又頗有把許多事情挑明了說的狀態，形勢可以說千金難買。

此刻不把這個話題敲成個安家內部的主旋律，又待何時？

安老太爺本來對於選秀便是無可無不可的態度，當下果然又向安清悠傾斜了一分道：「自古聯姻皇室者，從來都是一柄雙刃劍，利弊不過參半耳。妳既不想嫁皇室，那咱們就不嫁。總之，我安家的長房嫡孫女，還怕沒人搶著提親不成？」

這話說得自有一番傲氣，不啻是將選秀之事下了個誰也難以改變的結論。安清悠卻還不滿足，放著老太爺這等大高手在此，若不再借用一下他的智慧，那豈不是虧大了？

安清悠故意做出略有些為難的情狀道：「祖父如此關愛孫女，孫女感激萬分。但這入宮選秀既要選不上，又要為我們安家掙些臉面，其中的尺度著實不易掌握，還求祖父提點一二？」

安清悠每每把整個安家的臉面放在最前面，安老太爺甚是歡喜，當下拈鬚笑道：「這有何難？宮中這灘水雖深，說到底不過也是一群人而已。是人就有應對的方式，祖父送妳八個字，定可將此事辦得妥妥當當！」

「請祖父示下。」

「選而不秀，秀而不選。」

這八個字可能別人聽來無甚感覺，可是對於安清悠來說卻是恰到好處，多日來苦苦思索的問題似乎迎刃而解。

將那「選而不秀，秀而不選」這八個字細細咀嚼了一番，果然是解決這選秀之計的妙法。

安清悠笑道：「這八個字果然精妙，孫女拜謝祖父的提點教誨，孩女必將銘記在心。」

安老太爺微微一笑，這孫女果然是秀外慧中，一點就透，再看看安德佑的另一個女兒安青雲猶自一副不明所以的樣子，心下不由得感嘆，都是自己的孫女，差異怎麼就這麼大呢？

再想想安家其他幾房，也不知這第三代中到底能出幾個人才？

不過，安老太爺到底是豁達之人，雖盼著安家能夠長久繁榮下去，但也不死板拘泥於此。心裡念叨了幾句兒孫自有兒孫福，倒是對著安清悠笑道：「好啦好啦，皇室不用妳嫁，主意也幫妳出了，其他還有什麼想要的沒有？」

安清悠早對今日之事推演過不知道多少遍，此刻自是對安老太爺的心思掌握得極準，知道自己越是不要，好處只怕是反而越多，便恭恭敬敬地道：「祖父已是指點了許多，這已經是天大的賞賜，孫女又哪裡敢再奢求其他……」

果然安老太爺樂呵呵地大搖其頭，「不行不行，這一次壽宴妳出力甚多，這點不過是咱們祖孫倆說話，哪裡算得來數？所謂治家如治國，自然是賞罰分明為先，否則傳了出去，人家還說我這做爺爺的小氣不成？來來來，快說快說！」

安清悠幾番鋪墊，等的便是這句話，當下抿嘴笑道：「祖父一定要賞，孫女卻不知道要些什麼才好……要不，這樣吧，孫女便求祖父一件事。此事究竟是什麼，我現在也沒想到，待日後想到了再向您稟報可否？總之，是不損害咱們安家利益臉面之事，您看可是使得？」

安老太爺一愣，搖頭笑道：「妳這個鬼靈精，主意居然打到祖父頭上來了！要我的一個承諾……也罷，就給妳一個承諾好了，可真的不能損及咱們安家的臉面才行。」

安清悠心中大喜，老太爺的一個承諾可是價值萬金，便是自己以後有什麼行差踏錯之事，也算是多了一塊免死金牌，當然還有那談婚論嫁之時，這手中總算有了一點自己做主的籌碼。

旁邊的徐氏聽了，心卻是涼到了底。

自己便算費盡心力出了院子重新掌家又如何？安清悠豈不是到老太爺面前一句央求，隨手又把自己免了去？一時間只覺得萬念俱灰。

眾人心態各異，安老太爺忽然眨了眨眼道：「妳這妮子心眼兒可真是多，連祖父都敢算計，可不是私下裡瞧上了哪家的男子想嫁，又怕妳爹不允，這才到祖父這裡弄一把尚方寶劍來吧？」

安清悠心裡一凜，自家這位祖父當真是有一雙明察秋毫的眼睛，此言雖不中亦不遠矣。

只是心中那番想自己擇婚的算計卻是做得說不得，安清悠索性撒嬌打混道：「這是哪裡的話？說得人家好像是私自出去看上了誰家男子一般，哪裡有您這麼調笑的？孫女不依，孫女不依啦……」

「只要是門當戶對的好人家，便是出去尋個郎君又有何不可？我安家出來的女兒，眼光又能差到哪裡去……哈哈哈，閨女大了，心也大！老大啊，你這個當爹的，怕是不曉女兒心事嘍！」

安老太爺拉過安德佑來笑罵兩句，臉上卻是露出了幾分老頑童般的狡黠神色。

眾人齊聲哄笑，說鬧一陣兒，長房才告辭離去。

等回了安府，安清悠卻是直奔彭嬤嬤處，眼下壽宴已過，選秀緊跟著到來，此次壽宴上與選秀相關的消息不少，眼下自是要好好消化一下了。

「那位錢二奶奶怎麼會是文妃娘娘那條線上的呢？」

彭嬤嬤聽了安清悠帶來的最新消息，倒也有幾分詫異之色。誠老郡王那邊原本自成一脈，如今這錢二奶奶居然和文妃娘娘站到了一起，實在是有些耐人尋味了。

「宮中之事瞬息萬變，凶險之處比之朝堂不遑多讓，我出宮幾個月，這段日子裡究竟有什麼變數，卻也難料……」

彭嬤嬤皺起了眉頭苦苦思索，一時倒也沒得什麼要領，索性先把這個事情放一放，倒是為安清悠細細說起這文妃娘娘的事情來。

關於這位文妃娘娘，安清悠以前也聽彭嬤嬤說起過，只知她娘家姓李，乃是當朝首輔李大學士的嫡親妹妹。

李家對朝中的文官系統影響力極大，眼瞅著那些京中清水散官甘為驅使來做老太爺壽宴的墊場賓客，倒也不難猜出背後之人是文妃。只是，此刻再聽彭嬤嬤細說宮中，卻又是感覺大不一樣。

按大梁皇家例制，皇帝的後宮之中為一后兩貴妃，其後便是四妃八嬪十六貴人，往下便是昭儀、婕妤、才人、選侍、淑女等等，每往下一級，這人數便多了一倍，輪到最低一級的舞涓，人數更是多達千人之多。

後宮三千佳麗之說還真不是個虛數，只是這麼多女人圍著皇上一個人轉，其間的勾心鬥角可想而知。好在當今皇后蕭氏是當年皇上奪儲的得力臂膀，家中一脈又是掌握著大梁的軍權，積威久已，六宮粉黛無人敢有不服。

唯一能威脅到她地位的兩個貴妃之位，更是空懸了幾十年。

不過，那李家也不是吃素的，接連四代人不是做閣老大學士，便是做六部尚書，門生故吏遍及朝野，實為大梁文官之中的頭號世家。當年皇上登基之後不過數日，便欽點納了這文妃，對李家的重視可見一般。

「……宮中早就有流言，說是這後宮四妃之中若有人能晉貴妃之位，最有希望的便是這位文妃娘娘。皇后雖是心中不願，但李家的背景便是皇上也不能不重視，有些事情上，便是皇后也讓著她三分。」彭嬤嬤皺著眉頭邊說邊思索。

安清悠想了想，卻是覺得有些奇怪，「今上和皇后大半輩子的夫妻情分，東宮的太子又是皇后娘娘所出，莫說是文妃娘娘想當貴妃，便是真當上了那又如何？難道還能撼動了皇后娘娘的地位不成？」

「皇后娘娘在皇上那邊的夫妻情分暫且不說，左右都是有太子殿下這位儲君在，誰想撼動自是撼動不了……」彭嬤嬤緩緩點了點頭，沉吟了一會兒，忽然間臉色大變，顫聲道：「不好，只怕文妃娘娘想做的不是皇后！大小姐，這次妳怕是……怕是中了宮裡的算計了！」

安清悠自遇見彭嬤嬤以來，從未見過她失態到了這等地步，心下惶惑之際，一股不祥的預感慢慢湧上了心頭。

努力定了定神，安清悠端了一杯清茶過來，遞上前道：「嬤嬤莫著急，喝口茶潤潤嗓子，咱們慢慢說！」

彭嬤嬤接過茶杯後卻是放在了一邊，兀自苦笑道：「也是怪我之前思慮不周，這般失態，讓大小姐笑話了。只是，這事情實在太大，由不得我這老婆子不驚異了。說起來，這皇后娘娘自然是無可撼動，可是……可是別的人呢？難道便真的坐得那麼穩當嗎？」

安清悠心中一驚，想起在之前各女眷聚會上聽到的一些小道消息，登時也變了臉色，「難道……難道嬤嬤說的是……」

彭嬤嬤點了點頭道：「不錯，便是東宮的那位爺！咱們這位太子殿下做了幾十年儲君，卻一直平平庸庸的，朝中多年前便有易儲之聲，大小姐怕也早有耳聞吧？我只怕這文妃娘娘想做的不是皇后，而是聖母皇太后！」

當今聖上雖然擅長權謀之道，但終究垂垂老矣，繼位者究竟是誰？

太子固然是名正言順地等著承繼大統，可他也不是沒有對手，諸多皇子裡，實力最強、呼聲最高的，便是文妃所生的九皇子睿王爺。

似這等爭儲之事，從來都是最為凶險，若非擁立之功的榮華富貴，便是滅家之禍的舉族傾覆。更何況，本朝向來不乏廢儲立新之事，遠的不說，便是當今的聖上，幾十年前不也是弄掉了當時的太子才上了位？

安清悠心中震驚，「這爭儲之事若說是牽連後宮還情有可原，可是我安家和這類事情素來沒有瓜葛，難道也捲了進去？這事……這事……剛才嬤嬤說這一次中了宮中的算計，又是何故？」

彭嬤嬤嘆了口氣道：「便是沒有瓜葛又能怎地？文妃娘娘這一次既是讓諸多京中的散官去了老太爺府，雖說是為老太爺的壽宴墊場，但是以文妃娘娘的手段，那些散官大人們想必早就得了提點，更是要為妳這大小姐做臉……怕是連明天都不用等，消息就已傳了出去，到時候大家都知道安家大小姐是文妃的人，選秀之時，妳自然被打上了印記，捆在了文妃娘娘那條船上！」

安清悠聽得心裡直往下沉，自己到底還是太嫩了，人家隨手落幾個閒子，自己好像就成了個不跟也得跟，不從也得從的形勢？

再一思忖從第一次向宮中遞送香囊開始，自己其實就一步一步落入了這文妃娘娘布下的局裡，無端被牽扯進這場爭鬥之中，這若不算是中了人家的算計，卻又怎地？

可是，偏偏這世間事你越想它棘手，它往往就越棘手，彭嬤嬤又是嘆道：「說起來，妳一個未出閣的女兒家，便算是會調幾手香，又怎能引得文妃娘娘這等人物如此重視？我現在更擔心的，怕是她以妳為引子，連整個安家都算計了進去。試想這麼多李派散官到了老太爺府上，傳出去的消息又是安家的長房大小姐選秀中跟了文妃娘娘這一脈，旁人又會怎麼看安家？便是分辯安家不是和文妃娘娘及九皇子站到一艘船上，有人信嗎？」

安清悠身形晃了一晃，從頭直涼到了腳下。

不過是一個選秀，竟把整個安家捲了進去，若真是如此，自己豈不是成了安家的罪人？

彭嬤嬤雖能幫她分析這一切，卻也沒什麼更好的應對法子，兩邊的實力相差太過懸殊，莫可奈何，只好安慰安清悠道：「此事也未必算是壞事，文妃娘娘在宮中地位僅次於皇后，李大學士又是本朝首輔，就算是被綁上了這條船，說不定反倒有些好處。更何況，皇上對這等事情未必便看不透，老太爺又是個歷經風雨的，自有定奪……」

彭嬤嬤難得這樣安慰人，安清悠卻只是苦笑，知道這些話不過是說出來安慰自己而已。

後宮相爭，皇儲暗鬥，哪一樣不是血淋淋的？

哪一樣不是動不動就有多少條性命裹在了裡面？

安老太爺一向講求中立，就這般全家被人拖下了水自然不肯，自己這個始作俑者又能落個什麼好？而且自己最恨的就是被人當作了棋子使……等等，老太爺？彭嬤嬤剛剛提起老太爺？

安清悠猛然間心裡一動，彭嬤嬤不過是宮裡的一個嬤嬤，便說是身上有些自己看不透的神祕，可畢竟和安老太爺沒法比。

連她都分析出了文妃娘娘的很多東西，安老太爺這等人精哪能一點感覺都沒有？難怪他老人家一再問自己進宮選秀可有什麼需要幫忙的沒有，這可不光是看著壽宴論功行賞啊！

想通了此節，安清悠登時猶如一片漆黑之中看到了一絲亮光，再往深裡想去，那不嫁皇室的承諾又哪裡是無感而發，更有「選而不秀，秀而不選」這八個字又豈止是只為了安家不丟面子而已，分明就是自己在宮中選秀的過程中保身護命的唯一策略啊！

「不是，嬤嬤，此事……此事尚有可為！」安清悠猛地抬頭，眼裡是從未有過的閃閃發亮。

「大小姐可是想到了什麼？」

彭嬤嬤嚇了一跳，只見安清悠身上散發出了一種連自己也從未見過的氣質，這種氣質這個世界上絕無僅有，讓彭嬤嬤有一瞬間的恍惚。

窗外猛地劃過一道閃電的光芒，卻是穿過了漆黑的夜空，照亮了整個大地。

轉瞬之間，下起了傾盆大雨。

「山雨欲來風滿樓啊……」

此刻，安老太爺並沒有就寢，他望著外面的大雨，長長發出了一聲嘆息。

「孩子啊，莫怪祖父心狠，如今朝局將有大變，我也是為了整個安家。只盼妳能憑著那份我也看不透的古怪聰慧，選秀中落個全身而退。祖父可是在妳身上下了重注，莫要叫我失望，只是……只是苦了妳這孩子了！」

「不錯！這事情連我都瞧出了許多問題，老太爺又哪能一點感覺都沒有？他老人家既是不置可否，妳選秀的事情就好辦了一半！」彭嬤嬤拍案而起，安清悠的幾句話，令她也眼前一亮。

安清悠此刻已經是完全定下了神來，笑著問道：「那另一半卻是在哪？依嬤嬤看，此次進宮選秀，清悠當從何處入手？」

彭嬤嬤本欲言之，一瞥眼見了安清悠這般模樣，不由得微微一笑，反問道：「大小姐怕是心中已有定見，何不說出來讓嬤嬤幫妳參詳參詳？」

安清悠笑道：「選而不秀，秀而不選，這八個字，這次我怕是要反過來用。先用這秀而不選之策好了，如今既有文妃娘娘幫我弄出了這聲勢，不用一下豈非不美？索性高調一些，如何？」

彭嬤嬤嘿了一聲，隨手蘸了茶水，在小桌上輕輕寫了兩個大字：聲勢。

兩人相顧一笑，盡在不言中。不過，彭嬤嬤卻是另有一番感嘆，如今大事壓了過來，這大小姐反倒更加精神勃發，難道她天生便是為這大場面而生？

安清悠眼瞅著這位老嬤嬤把選秀的門道說得清晰至極，心中也忽地一動，司儀監也就是教教規矩，了解選秀不難，難的是竟能對細節清楚到了這般程度，許多推演就好似實地重現一般。

彭嬤嬤昔日在宮中之時，真的只是個管教嬤嬤嗎？

一直以來的某種神祕似乎在不經意間悄然揭開了一角，不過安清悠對於彭嬤嬤還是感激在心頭，依舊保持著兩人之間曾經的默契，我不問來你不提。

更何況，此刻還有更重要的事情須做，兩人推演細節，談論各種應對之策，不知不覺間，已過了一夜，等到安清悠就寢之時，天都有七分亮了。

只睡了一個多時辰，等到天色大光之時，下人通報，說是二公子來了。

這一下，想補覺也沒得補了。安清悠草草起身洗漱，待見到安子良時，卻見他一反常態地安靜坐著，渾不似平常那般渾樣，一雙眼睛裡面全是血絲，竟也是整晚沒睡好的樣子。

「小弟見過大姊，大姊早安！」安子良拱手作揖道。

安子良居然也會正經八百地行禮？這是太陽從西邊出來了還是怎麼著？

安清悠微微一愣，轉瞬恢復了常態，笑道：「二弟今兒來得早，有什麼事情來尋姊姊不成？」

「大姊，我要考舉人。」安子良不鳴則已，一鳴驚人。

「什麼？」安清悠幾乎懷疑自己聽錯了話，素來只知道玩樂的二公子居然要去考舉人？

這已經不是太陽從西邊出來了，而是很有點冬雷陣陣夏雨雪的樣子，要知道這傢伙便在幾日之前讀書還得自己拿銀子勾著呢！

安清悠心裡驚異，卻還是小心翼翼地笑著試探道：「弟弟怎麼突然發奮起來了？難道是昨天晚上老太爺把該賞的都賞了，卻是獨獨漏了弟弟？這樣也好，弟弟年紀大了，總該知道上進讀書，只是不知道這背個四書都花了大姊這麼多銀子去，要考個舉人卻又所費幾許？大姊怕是出不起價錢啊！」

「大姊莫要打趣弟弟了，我這般犯渾裝笨的瞞得過別人，可怎麼瞞得過大姊？早考晚考不都是要考？長房裡妹妹不成器，弟弟還小，大姊妳選秀歸來，怕是就要尋婆家嫁人了吧？弟弟昨晚想了一夜，好像除了我去考個舉人，真沒別的法子。父親升遷在即，我總不能……總不能讓別人說咱們長房這一代連一個拿得出手的人都沒有吧？」

安子良極為幽怨地看了安清悠一眼，臉上有幾分激動之色。

安清悠心中輕輕一震，雖然早看出這弟弟藏拙賣傻，骨子裡聰明異常，卻沒想到他居然有這骨氣心思，不肯讓人瞧扁了長房後輩。

安子良輕輕嘆了一口氣道：「大姊，妳其實什麼都明白，便是我不說，其實妳只怕選秀之前也要把我安排一番的對不對？我……我也知道這麼些年來自己在胡混，是個不著調的傻貨，可是我……我其實也不想這樣子的，我安子良也不是個混蛋，可是弟弟我……我心裡苦得慌啊！」

安子良越說越激動，眼眶竟是紅了，兩滴大大的淚珠從他眼角滑落，忽然間雙手緊握，關節磨擦聲傳來，竟似用盡了全身力氣。

安清悠極為驚愕，知道眼下的話只怕不知在這二弟心中憋了多少年。

當下伸手過去，輕輕拍了拍他的脊背，安慰之意溢於言表。

這兩下輕拍，彷彿產生了莫大的效果，安子良的眼淚轉瞬泉湧，似有無數委屈一洩而出。

痛哭出聲了好一會兒才止住，再抬起頭來時，已是一臉的鼻涕眼淚。

安清悠掏出了一條帕子幫他細心擦拭，輕聲道：「都是大老爺們兒了還哭，在大姊這裡哭哭就算了，出去可不許哭啊，不然人家該笑話了……」

有道是長姊如母，安清悠這等哄著弟弟一般的關心，讓安子良的眼圈兒又有些發紅，「我不哭，我以後絕對不會再哭！大姊，您瞧好了，弟弟也是個爺們兒，哪能那麼容易掉貓尿？」

安清悠微微一笑，卻聽安子良嘆了口氣道：「我是家中長子，從小便聽別人說要撐起長房未來什麼的，小時候我也想過光宗耀祖，也想過要讓父親和祖父以我為榮，可是，那年，大娘走了……父親的脾氣一下子變得很暴躁，教我讀書的時候動不動就罰跪，又逼我又打我，打得我真的很討厭讀書識字，甚至討厭他。那個時候，我只是……只是個不到六歲的孩子啊！」

安清悠心下默然，安子良所說的大娘自然是自己的生母。髮妻亡故，安德佑彼時的心態又豈能好得了？可惜卻都撒在孩子身上了，卻聽安子良又道：「我只能去找母親，可是母親一心想當夫人，她雖然寵溺我，卻更拿我當爭位置的籌碼。為了扶正，為了顯示自己有多賢良，多會相夫教子，她好幾次在父親面前打我打得更狠。那個時候我就在想，我是你們的兒子啊，讀不讀書比兒子還重要嗎？難道我來到這個世界上就是被你們打的？」

「母親終於做了夫人，可是那幾個舅舅……大姊，妳也查過，她做那些貪墨貼娘家的事情不是一天了，我早知道，可是我能怎麼做？難道出來揭發，讓父親整治自己的親娘不成？後來父親的仕途不順，脾氣越發冷硬粗暴，還迷上了那些所謂風雅之事，銀子花得……唉，我去勸過，卻除了挨罵就是挨打，我便賭氣地想，這個家與其被你們敗了，還不如我來，起碼還覺得快活！」

聽到這裡，安清悠也不禁跟著嘆息，想不到安子良的童年陰影竟是如此之重，後來犯渾，可不就是叛逆期嗎？只不過表現不同罷了。

「後來母親被趕進了院子，我倒覺得反而好，似她那般搞法，早晚會出大事。若是真落個休回娘家，那還不得被人給魚肉死？說起來，當初父親休妻被攔之事，我也曾聽安七叔說過，此事卻是要替母親謝過大姊了！」

安子良說著站起來團團作揖，臉上盡是鄭重之色。

安清悠聽到這裡，心裡甚是感慨，誰沒犯渾的時候？

正所謂莫欺少年窮，那些眼下看著不成器的孩子，也許只是還沒有遇到讓他蛻變的那個人、那件事。再看看安子良，忽然心中一動，輕聲道：「弟弟今兒來這裡，除了表明心跡之外，可是還想問姊姊一件事？」

安子良直起身來苦笑道：「當真是什麼事情都瞞不過大姊……」

安清悠微微一笑，「二弟可是想問，大姊此番進宮選秀，只怕也不是一時半會兒能夠回得來的，這段日子裡會是誰來掌家，對不對？」

安子良躊躇一會兒，到底還是做了投降狀道：「大姊，妳也知道，我娘那人嫉妒心太重，之前她掌家的時候，把這幾位姨娘收拾得狠，如今她失了勢，若是那些姨娘掌家，少不得會整治於她……」

從來男主外，女主內，內院之中，安青雲掌家的可能性幾乎為零，除了徐氏和安清悠之外，自然就是輪到那幾個姨娘了。

徐氏昔日待人極為苛刻，如今若是由那幾個姨娘掌家，讓人雪中送炭自是不可能，被落井下石倒是極有可能，由不得安子良不擔心了。

安清悠隨手從袖袋中抽出一張紙，卻是和彭嬤嬤昨夜通宵籌畫之時隨手所記。

安子良接過來一看，上面清清楚楚地寫著一行字：夫人出院，行掌家之名。

這薄薄的一張紙，此刻拿在手中卻似有千斤之重，安子良顫聲道：「大姊……妳真的……真的要放我娘出來？」

「那還有假的？」安清悠笑著說道：「早知道你這做弟弟的鬼心眼多，今日來跟大姊說這要考舉人之事，敢說裡面沒有三分藉此換護著夫人之心？你雖打混了這麼久，本心卻還不壞，這孝心倒是連姊姊都敬你三分，不過，便是你不考舉人，夫人那邊我也會去求父親放出來的。」

安子良發怔了半晌，長嘆一聲，「大姊這般胸襟，弟弟我雖是男子亦不如也。只是，大姊，妳真不擔心把我娘放出來，她會興風作浪？」

安清悠搖了搖頭，「這個卻不是難事，所謂掌家之事最核心的，也不過是人權、財權而已。用人之權我已經和父親談過，安七叔將升為咱們長房的大管家，以他的精明和忠心，自然不會有岔子，而財權卻是一分為三，管帳的還管帳，支銀子的叫做出納，另外多設一組人手專管複帳複查，這便是所謂的審計。這個制度不改，財務就穩。眼下還缺個從旁暗查之人，如今看來，倒是弟弟最合適了。」

這等現代財務管理的法子，安清悠已經在掌家之時初步實行了一陣，收效極佳，倒是安子良一直不管家中事，此刻一堆出納審計的新鮮詞兒拍了過來，真是有些頭暈。

不過，他本聰慧，此刻細細想來，這法子真是越想越可行。

如此一來，徐氏也頂多就是管管那些瑣事，倒還真是出不了什麼亂子。

安清悠微微一笑，長房的一切早晚要交到安子良手裡，誰要花頭那不是跟安公子過不去？當下笑著道：「這事就這麼定了，倒是二弟你不過是個童生，這要考舉人的豪言壯語……」

「大丈夫一口唾沫一個釘，說考便考！過了年便是考期，這次弟弟我要先拿個秀才回來，轉過年來便是考舉人，這又有何難？」

安子良自然是聞弦歌而知雅意，這等事情哪還用大姊提點？一番話自然是說得慷慨激昂，只是這臨到末了，倒是又習慣性地露出了幾分憨態，撓了撓頭道：「再說各房的堂弟們都有好幾個秀才了，我這年紀比他們還大，老是個花錢捐出來的童生，也的確有點丟人……」

安清悠忍不住噗哧一聲笑了出來，「科舉不比兒戲，弟弟既已決定發奮讀書，要不要大姊幫你重金請幾個好先生？」

安清悠說動就動，立刻替弟弟打算起來。

「不妥不妥！如今我既然從旁監察財務，當然是能不花就不花，這請先生可不是小數目！」安子良進入角色倒快，一提起花銀子，頓時肉疼，頭搖得如波浪鼓般的道：「大姊怎麼忘了，這花錢的老師還要去找，那不花錢的可是就在身邊。如今大比剛過，這等便宜好手又到哪裡尋去？」

「你是說……沈小男人？」安清悠一點就透。

的確，讓新科榜眼來教個考秀才的課程，那真是再容易也沒有了，至於沈雲衣是不是有些大材小用，這個不在考慮之列……

可偏偏世事無常，很多時候還真是怎一個巧字了得。便在此刻，青兒來報，說是沈家的大老爺來了。

「哦？可是那沈小男人又來了咱們府上？」安清悠點了點頭，不置可否。

青兒回稟道：「沈公子也是跟著來了，不過今天的主客不是他，是沈家的長房大老爺。」

「沈小男人的父親？杭州沈知府？」安清悠幾不可查地皺了一下眉頭。

大門之外，安德佑親自出迎，拱手笑道：「沈兄啊沈兄，九年前京城一別，不意再見竟是今日，如今看沈兄風采如故，令郎又有如此成就，當真是羡煞旁人也！」

沈雲衣之父，現任杭州知府沈從元，抱拳回禮，搖頭笑道：「慚愧慚愧，此次緊趕慢趕，居然還是沒能趕上伯父的壽宴，今兒一早已經去向他老人家告了罪。我這犬子當初應考可是沒少給安兄添麻煩，如今能有些小小功名，還不是伯父和安兄大力提點所致，此番特來向安兄道謝。」

沈從元自然又是叫過沈雲衣出來再拜謝了一遍，安沈兩家的兩位老爺本就是故交，此刻再見，自有一番見禮親熱不提。入得廳來，眾人落座又聊了幾句，沈從元道：「小弟雖在江南，倒也聽得如今京中頗有些徵兆，不少人都說朝中似將有大動之意，不知安兄以為如何？」

男人們的話題離不開朝政，沈從元這杭州知府任期將滿，考評名聲也是不錯，按朝堂慣例，極可能調往京中六部升個實在的職位。

若是再幹得好又有聖眷，放出去便如沈家老太爺一般也是個封疆大吏，故而對朝中變動自然是尤為上心。

安德佑道：「近來朝中倒真是有這風聲，京裡不少品級不高但又位置緊要的地方被換了人。要依我看，動可能是要動上那麼一動，不過這動到什麼程度，卻是誰也沒法揣測萬歲的心思。一動不如一靜，如今穩住了便是贏。」

沈從元點了點頭，他剛從安老太爺那裡回來，自然也得了老太爺的一番提點，眼見著父子二人俱是先穩再看的說法，心裡倒有些微微遺憾，但還是拱手道：「願聞其詳。」

安德佑哈哈一笑，笑聲中多了些灑脫，伸手指點著旁邊侍立的沈雲衣道：「沈兄怎麼忘了，如今令郎高中榜眼，卻沒有實授官職，今上待沈家聖眷如何，只看過兩日給令郎授個什麼官位便知，何必擔憂？」

沈從元笑了笑，卻是失望更多，這提點居然也和老太爺說的一樣？

他心裡可不光是想看著皇上待沈家如何，皇上看其他人如何不也是很重要？朝中將變是風險也是機會，若是能瞧準時機好好地活動一番，誰說不能拚個更大的富貴出來？只是這番言語卻不好挑明。

殊不知安德佑這番對答，便是安老太爺聽了只怕也要叫一聲好。

沈家該如何面對朝局，這等事情他老人家倒還真沒對安德佑說過，而是安德佑自己臨時想到的。如今他幾經變故之後，看事情越發透徹，頗有幾分安老太爺當年的風範了。

不過，提起了沈雲衣，沈從元倒是想起了一事，兒子從小樣樣都好，就是這次進京看他有點異樣，還急著和自己提起了一名女子來。當下又談了兩句朝政，話鋒一轉道：「安兄的孩子們也都大了吧，多年未見，如今也不知是個什麼模樣。擇日不如撞日，今兒索性都見見，我可是給孩子們帶了禮物來呢！」

後院，內宅。

「小姐，老爺派人傳了話兒過來，說是讓小姐和二少爺一同去拜見沈家大老爺。」

這倒是估計著也會有的事情，安清悠等人早已收拾打扮停當，眼見著丫鬟傳了話來，安清悠起身便行，路上看著安子良，猶有一點不放心，又囑咐了一句道：「如今既已決定好好讀書考舉人，行事可不能像從前那般孟浪，這沈家大老爺也是父親的故交，行止切記規矩些。」

安子良卻是做了個省銀子的手勢，用力點頭道：「大姊放心，弟弟說話算數，絕對不花錢！」

貳之章 插科打諢拒婚

「侄女（侄兒）見過沈伯父，沈伯父福安！」

安清悠和安子良姊弟倆齊齊行禮，後面跟著安青雲和安子墨。

旁邊的安德佑拈鬚微笑，自己這女兒舉止禮數自然是沒得挑，沒想到子良這小子跟著他大姊混了一陣，倒也有些規矩模樣了，昔日那股胡混氣息少了許多。

沈從元的心思倒是大半放在了安清悠身上，見她端莊大方，暗暗點頭，心道難怪我兒對她念念不忘，如此女子，果是良配！

如此心想，沈從元哈哈大笑道：「起來起來，一晃眼不見，如今你們都大了啊！妳便是清悠是不是？當年沈伯父離京外放之前還見過妳，那時候妳才這麼高，哈哈哈！」

說著，叫下人送上了見面禮。

江南本就是繁華之地，這位知府大人出手自然不會小氣，送給最小的安子墨的是一套十二連環吉祥配，送給安青雲的是六套上好的金絲蘇繡女兒裙。

至於翹首以待的安子良得的是一把摺扇，看似輕飄飄的，扇面上的書法卻是大梁當世名家王道之的真跡，價值不菲。

這幾樣物事看得安清悠瞳孔微微一縮，這沈大人身在江南，卻似乎從沒忘了京城啊！單看這幾件給晚輩「順手捎來」的禮物因人而異，若說他沒將安家長房的幾個子女調查過一番，怎麼可能？

待得輪到自己，卻見沈從元呵呵笑道：「早聽說賢侄女一手調香的手藝冠絕京城，原尋思著弄些江南新款的胭脂香粉，又怕一個弄不好變成了丟人現眼。我這做世伯的好面子，琢磨來琢磨去，索性還是送點俗物好了。」

眾人一陣哄笑，安清悠少不得要出來謙虛一番，說些調香本是小道，京城高手如雲，侄女愧不敢當云云。只是，待得打開了那禮品匣子時，臉色不由得變了。

那禮匣中所裝的，竟是一支金鳳頭釵，其上鏤刻，精美絕倫。一看便出自名家手筆不說，能夠把金鳳雕得如此精緻，真不知要費多少心血。

單論貴重，這次沈從元給安家四名晚輩帶來的禮品中，此物居冠。

不過，女子頭釵雖說雕鳳亦是常事，可這等大鳳金釵卻只有極少時候能夠用上，比如……出嫁之時？

安清悠何等敏感之人，早在初見沈從元時便覺得有些不對勁，如今再看那大鳳金釵，心下不由得猛地一顫。

偷眼再瞧這沈世伯，登時便知道了這種不對勁的感覺從何而來——他瞧自己的時候，那種目光哪裡是世伯在瞧一個晚輩，分明是做公公的在考察未來的兒媳婦。

偏生沈從元為官多年，早練就了一身滴水不漏的本事。

這大鳳金釵送得雖然突兀，到他這裡卻變成了一件理所應當之事，只見他笑著說道：「聽說賢侄女不日便要進宮選秀，俗話說，佛靠金裝，人靠衣裝。到了宮裡，各類明裡暗裡的比拚層出不窮，侄女手邊總得有幾件壓得住陣腳的物件。這大鳳金釵乃是昔日江南第一首飾檔頭金無妙金大師的得意之作，便是到了宮中也絕對是極品。此物乃是老夫幾經輾轉才從一處巨賈手中購得，就算給大侄女助陣吧！若是真許了哪家皇子，我這伯父的還要尊稱妳一聲王妃娘娘呢，哈哈哈哈……」

沈從元言語之間自有一股自傲之意，而這話裡話外說得如此冠冕堂皇，這大鳳金釵安清悠自然是不收也得收了。

安德佑卻是連連搖頭道：「太貴重了，太貴重了！沈兄不知，昨日壽宴散去之時，家父已經許了悠兒，這次選秀不嫁皇室宗親，如此厚禮，如何使得？沈兄當真是太慣著這孩子了……」

「哦？竟有此事？」

沈從元向來擅長揣測他人性格，觀之安家一貫中立的風格，對這等結果倒是猜了個八九不離十，他等的便是安德佑這句話，當下大笑道：「安兄啊安兄，你我兩家素來交厚，如今怎麼說起這等客氣話來？許不許皇室有什麼打緊？大侄女總有出嫁的一天，就當是我這做世伯的送給大侄女的嫁妝好了！」

沈從元說到這裡，話鋒一轉，有意無意間對著安德佑道：「真是不嫁皇室？賢侄女可是已經有了中意的人家？我說安兄啊，你瞧雲衣這孩子怎麼樣，若是侄女這婚嫁大事還沒定，你我做個親家公可好？」

這話說是為子求親也可，說是話趕話地講到了這裡亦是無妨。

沈從元說話當真滴水不漏，不落痕跡便把此事帶了出來，倒是在他身後一直侍立著的沈雲衣身形猛地一震，朝思暮想的意中人便在眼前，其激動之色溢於言表。

沈雲衣就站在對面，這等變化哪逃得過安清悠的眼睛？

他在那裡激動得心臟怦怦直跳，安清悠卻是聞言大怒，心說沈小男人啊沈小男人，我對你是一點兒都沒感覺，你倒是本事見長，和本姑娘玩父母之命這一套，連老爹都搬出來了！

再一偷瞧沈從元談笑風生的樣子，安清悠心中又是一動，按照沈小男人那靦腆的性子，這手只怕是玩不出來。想來這沈知府是到了京城才聽兒子談起此事，那這支大鳳金釵可就大有蹊蹺了。

他一個做知府的大老爺，千里迢迢帶著這麼個只能用在婚慶上的首飾進京，算是怎麼回事？

安清悠心如電轉，安德佑卻有些犯了難。

若放在數月之前，他一心只想權勢之時，有沈家這等強援聯姻，自是一口便應了下來，只是如今的安德佑已不是當日的安德佑，斟酌一番之後，還是覺得此事再想想清楚才好。

一瞥眼間，又發覺安清悠眼神中猶有不豫之色，便打了個哈哈含糊著道：「雲衣這孩子自然是好的，他又中了榜眼，怕是想和沈兄攀親家的人都已經排了隊吧？咱們做父母的自然都盼著孩子好，可這事還不知他們兩個晚輩願不願意呢……哈哈哈哈……」

「也是也是，別光咱們兩個當爹的熱乎，也得問問孩子們……」

沈從元跟著打哈哈，話裡卻是直接往促成的方面引，說話之間竟是大有當機立斷將這門婚事敲定的意思，連緩衝拖延的時間都不留給安清悠，直接笑著問她道：「賢侄女，妳倒是說說看我家雲衣這孩子如何？他若是做妳的夫婿，妳可願否？」

按照沈從元的想法，沈雲衣必是在安家長房借住備考之時認識了安清悠，讀書寫字之間有這麼一位紅顏知己在側，紅袖添香，時間一長，哪還有不日久生情的？如此倒也算全了一段佳話，更何況，安家……安家可是今上第一個安撫的老臣，這次朝中縱有變數也是安穩的，聽說宮裡的文妃和她身後的李家最近也和安家走得很近？

如此良助，不抓緊時間敲定了怎麼行？

兩人便是沒有情愫也無妨，單憑自己營造出來的局勢，還拿不下妳個小女子？我就不信妳敢這麼當眾拒絕，你們安家也需要我們沈家！

幾個月前，安家長房還在挖空心思想和沈家聯姻，如今卻是沈家大老爺動起了快刀斬亂麻的心思來。

沈從元什麼都算到了，他的手段本領也的確高出安德佑一籌，從贈禮開始就掌握了形勢。若是換了其他女子，此刻只怕還真就被擠兌住了，只可惜沈從元縱是有天大的本事，卻無法算到一點，那就是，安清悠不是古人，她可不吃古代人的父母之命那套。

「侄女一介小女子，什麼也不懂，這等大事又能有什麼主張……」

安清悠臉上飛起了兩朵紅雲，倒是像極了未出閣的女孩兒家談及婚事之時羞答答的模樣。

沈從元心裡一樂，這等對答可是常見得不能再常見了，就等著她那下半句「全憑世伯和父親做主……」云云，那便算是大功告成。

可是，沈從元哪裡知道，安清悠臉紅歸臉紅，又哪裡是什麼害羞，純粹是剛才差點被人強壓了一門婚事給氣的，這正是安清悠的逆鱗。

她和沈雲衣之間從沒有過什麼曖昧，倒是針尖對麥芒的爭吵之事很有那麼幾次。

「不過，世伯既是問起，侄女倒是覺得……沈兄這人其實……其實挺好的！」安清悠繼續故作羞怯，發了沈雲衣一張好人卡。

小女孩兒家就是面嫩！也是，人家一個黃花閨女，這話又怎麼說得出口？

沈從元雖未聽到想要的答案，但是說自家兒子好，還是樂意的，當下正要順勢將這婚事笑著敲定，卻沒想到安清悠比他更快，接著又道：「沈世兄的文采、本事自是極好的，新科榜眼連皇上和朝中諸位大人都說好，那自然是好……可是，侄女自幼大門不出，二門不邁的，縱是之前沈世兄曾經借住，見面卻也不多，真要談婚論嫁，還需多了解……侄女才好說……」

這番話說得輕聲細氣，沈從元那句準備已久的「那這事就這麼定了」被直接憋回了肚子裡。

這算什麼事？既不說答應，也不說不答應！還了解？妳這女子大門不出二門不邁的倒是容易，可我家兒子也是新科榜眼，整天往人家後宅裡頭跑，這……這也不可能啊！

這話說得沈從元上不著天下不著地，就這麼生生地吊在了半空中。

他堂堂的一府父母官，總不能學那媒婆來上兩句「大小姐，妳就放心吧！沈家大公子這好那好，嫁她準沒錯」之類的話語，這面子也拉不下來啊！

朝廷上的事情他自然勝出安清悠許多，可偏偏在這幫兒子說媳婦的問題上，竟被這小女子弄得不知道怎麼往下接了。

好在安清悠跟上來一句話幫他解了圍：「更何況，安家、沈家都是有臉面的大族，便是說這親事，也不能如此草率。大禮中自有納采、問名、納吉、納徵等諸般事項……再者，選秀之事在即，現在就說選不上便要如何如何，又置選秀於何地？傳了出去，有心人會不會以為我們兩家早有安排，送侄女選秀其心不誠？侄女心想，此事還是選秀結束之後再做定奪……」

安清悠的話音越來越輕，又是言雙方的面子名聲，又是言禮教規矩，更把皇室對選秀看法這頂大帽子抬出來，值此朝局將變之時，不由得沈從元心裡不撼動。

這番話語畢竟也給了他借坡下驢的由頭，當下笑呵呵地道：「好好好，選秀茲事體大，禮教自也是不可偏廢。大侄女要行禮數那是天經地義，此事就等選秀之後再議。安兄，我可是等著和你做親家呢！哈哈哈哈……」

沈從元畢竟是沈從元，不像一般人那般好打發。

此刻雖然微感失望，但心態調整得卻快。要得安家幫助不難，要讓安家在這一場朝堂變局中出死力，唯有聯姻才讓他真的有了把握。談笑之間，卻是把風向朝著安清悠只是想守禮法走規矩的方向領，甚至回頭對沈雲衣道：「雲衣，聽到沒有，世侄女想和你互相了解呢！以後有空倒要多到你安世伯府上來走動走動。若是人家有事，那自然要鼎力相助，若敢推諉敷衍，看為父不扒了你的皮！」

天下臉皮極厚之人，不是什麼妓院的老鴇龜奴，也不是那些賭場裡的地痞無賴，反倒是朝堂上的官老爺們兒。

沈從元看似教訓賣好的一句話，卻是給了沈雲衣名正言順出入安府的由頭，至於什麼世侄女想和自家兒子互相了解的話，此刻說來竟是半點不臉紅。

話都這般說了，安德佑只能陪著打哈哈。沈雲衣自然是願意的，出來又是表了一番如有拆遣小侄必盡心竭力之類的話語。

沈從元重新掌握了局勢，心中得意，大聲笑道：「罷了罷了，你們晚輩的事情，我們做長輩的也不便插手，還是你們私下親近吧！」

誰料想，便在此時，有個不著調的聲音叫道：「沈兄啊，子曰有朋自遠方來，不亦說乎？沈兄您可是好久沒來我們這兒……」

大家齊刷刷起了一陣雞皮疙瘩，拿眼看去，卻是安子良把聖人之言說出某些風月場所攬客式的味道，那目光神色，更是曖昧到了極處。

這聲音甜得發膩，沈從元忍不住打了個寒顫，聽說這安家長房的二公子安子良是個出了名的渾人，剛才看著倒是還行，難道這才是他的本性？

安清悠微微一笑，自己這二弟奮發圖強歸奮發圖強，自己卻是知道他那不著調的德性積年已久，未必是一時三刻就能變得規規矩矩的。

渾人自有渾人的法子，這是來替姊姊兩肋插刀嗎？

讓他插科打諢一陣未必是壞事，起碼先把這廳中的氣氛破去些再說。

「沈兄，小弟也想和你請教請教，親近親近……」安子良拱手作揖，那文人之間的客套模樣倒是做得十足，只是這聲音卻是越發膩了。

一個男人膩著另一個男人也許不是什麼奇事，但是一個體重兩百多斤的大胖子向另一個文秀男人膩了過來，那可就有貓膩了。

沈雲衣心下倒是頗覺奇怪，這安賢弟雖說渾了一點，平時倒也有幾分血性，不是這般陰柔的人啊，只是這當口卻沒法向父親分說，只得打躬作揖，還了一禮道：「安賢弟別來無恙，不知最近如何？」

安子良卻是扭扭捏捏地道：「弟弟我只是想沈兄想得厲害，我可是最近下決心要發奮讀書，起碼也要考個舉人。沈兄，你是這方面的行家，剛才沈世伯都說了讓你多來讓咱們多親近，我看你就每隔三日來我們府上教弟弟讀書，好不好？」

沈雲衣和安子良同院而居了大半年，對他倒是了解甚深，此刻雖覺得有些奇怪，但知這安胖子素來愛搞惡作劇，也未放在心上，只當是打趣自己。

耳聽得那安子良說要發奮讀書，不由想起了他在壽宴上把《論語》倒背如流的模樣。他心中本就有對安家報恩之心，此刻見安子良知道上進，自然也是替他高興，便正色道：「如此甚好，賢弟既有此意，為兄自當鼎力相助。莫說三天來一次，便是天天來也行。」

沈雲衣和安子良這裡一問一答，沈從元臉色卻已經綠了。

什麼斷袖之癖之類，他自是見過不少。看看膀大腰圓、兩膀子橫肉的安子良，再看看文弱白皙，手無縛雞之力的自家兒子，究竟誰才是被……的？

心驚膽戰之餘，只叫得一聲苦，這還天天來？是要把小羊羔往狼窩裡面送不成？怕是自己回了江南都要天天做夢，若是夢見兒子娶媳婦，掀開蓋頭卻是個一臉肥肉的安子良，那不是要人命嗎？

沈從元登時站起身來，極為尷尬地重重咳了兩聲才道：「這個這個……咳咳，對了，安兄，我這才想起，甫來京中，還有許多事要料理，今日已經談了不少，你我兄弟回頭再慢慢敘聊，我父子二人這可……這可便是要告辭了。」

安子良瞧那沈從元的臉色青一陣白一陣，心中大樂，肥肚皮裡暗罵道：「老匹夫！我大姊真想嫁誰，那是她自己的事，沈家雖然不錯，可你這是提親嗎？聽著都有點逼婚的意思了！少爺我豈能坐視不理？嚇死你！嚇死你嚇死你嚇死你！」

安子良既起了憤慨之心，自然是要出手。

只是他攪局嚇人的能耐雖好，眼看著沈從元要走，這等收拾場面的本事卻無，連忙向大姊緊打眼色。

安清悠當下嫋嫋婷婷地福身道：「伯父這便要走？真不再留一下？侄女已吩咐廚下備了席面，您和父親多年沒見，何不吃了飯再回？再說，舍弟好不容易有心向學，他所佩服的唯有沈世兄一人。昔日沈世兄備考之時，也常指點舍弟功課，大丈夫一諾千金，沈兄既應了要幫忙，敝府自該款待沈世兄才是，至少也讓舍弟敬上一杯謝禮酒吧？」

安清悠一邊說，一邊向父親安德佑使了個眼色。

安德佑雖覺得安子良今日有些奇怪，但胳膊肘畢竟是往裡拐的。

這兒子的學業功名是極為要緊的正途，如今他好不容易有了些向學的苗頭，今天還說出要考舉人的話來，自然不能放過榜眼這等輔導功課的絕佳人選，當下亦是挽留道：「是啊，沈兄，你我多年未見，左右這到了中午也是要吃飯，今日當好好喝上幾杯。你剛才也說要讓晚輩們之間多加走動，我瞧雲衣和子良這小哥兒倆一直以來就處得不錯，也讓他們多親近親近。」

啊？還親近？

沈從元瞥了一眼安子良，見他一雙賊兮兮的小眼睛眨巴眨巴，淨往沈雲衣身上瞄去，忍不住起了落荒而逃的心，所幸還撐得住，雙手連搖道：「不不不，安兄的好意沈某心領了，只是今天中午實是另有飯局……早自來京之前就安排了的！我父子二人這便……這便告辭，咱們來日再聚……來日再聚！」

沈從元執意要走，誰也沒法強留。安德佑無奈，只得率著兒女一路送行到了正門之外。待得沈從元上了轎子，安清悠帶著幾個晚輩盈盈下拜，「恭送沈世伯。」

「恭送沈世伯！」安子良的聲音刻意比別人慢了半拍，這一嗓子吼得宛如洪鐘，竟是生生弄出了幾分肅殺之氣。無論是音量、音色或氣魄，無一不傳遞出了一個訊息：咱安二少爺是堂堂的爺們兒，純的！

沈從元被震得差點沒一跟頭從轎子裡趺出來，連聲催促隨轎的管家快走。沈家的轎夫本是他從江南帶來的親丁，此刻健步如飛，一溜煙就消失在了街道之中。

安清悠抿嘴偷笑，自己這二弟雖說不著調的名聲在外，可骨子裡又哪裡是省油的燈？

這一次姊弟聯手，雖只是牛刀小試，威力卻已初現，他還當真是自己的好幫手。

也是，這沈從元實在比那沈小男人厲害太多，這次是在自己家裡，又是兩人合力，這才小小的抵住了他一次。只是，這等唬人的法子不能多用，那沈家捲土重來之日，又該怎麼應對？

安清悠這裡喜憂參半，安德佑卻是心中越發怪異，左右都是自己的兒子，今日安子良搞怪的情狀他豈能看不出來？只不過是對這女兒已經信賴頗深，見她似和弟弟有一唱一和之意，便也沒當場說破。

待客人走了，安德佑立時背過手來皺眉道：「你們兩個到底弄什麼名堂？沈家乃是我們安家世交，今日如此搞怪，莫要壞了我們兩家的關係！」

安子良卻是面色一肅，向著父親行禮正色道：「兒子之前多有胡鬧之舉，如今幸得大姊教誨，眼下已是立下諾言，至少考個舉人以正我長房聲名！不得功名，誓不甘休！」

安德佑一怔，頭一次見兒子如此鄭重其事，又有安清悠出來勸道：「二弟不過是小小開個玩笑，雖說有些搞怪，倒是無傷大雅。弟弟承諾取得功名，沈世兄乃是重禮教之人，今日他親口答應了每隔三日要來指點功課，有這等關係在，父親還擔心什麼？」

兩句話間，安德佑心中的疑竇立刻被轉到了兒子的功名問題上。

而在此時，京城的某條街道上，沈家的轎夫卻是早已放慢了腳步。

沈雲衣雖是新科榜眼，在父親面前卻是謹慎守禮，不敢坐轎，逕自在沈從元的轎子旁邊以隨侍的姿態慢慢走著，口中卻是一刻不停，兀自透過轎窗說著些什麼。

「照你說來，那安子良只不過是生性胡鬧，偏愛惡搞而已，倒不是想對你……咳咳，既是如此，指導他功課倒也無妨，左右咱們欠了人家的情，多還些也好，還能加深我們兩家的關係……」沈從元坐在轎中微閉著雙眼，對著沈雲衣慢慢說道。

沈雲衣點了點頭，可他那一顆心卻是拴在了安清悠身上，忍不住又道：「父親，您說這安大小姐到底是想不想嫁我？孩兒怎麼總是覺得心裡沒底呢！」

「沒出息！為了一個女子鬧成這樣，為父這麼多年的教訓你都扔到哪裡去了？」沈從元很是不滿地哼了一聲，卻還是回答了兒子的問題：「不知道……」

「不知道？連父親您也看不出來？」

「廢話，父親當年的婚事也是咱家老太爺一句話定的，我又沒去搞過這些道道，真當你爹是媒婆嗎？」

沈從元的話語聲中透出了幾分惱羞成怒的意味，沈雲衣不敢再問，可是沈從元心裡卻遠比兒子明白得多，剛剛把今日的事情前後細細回想了一遍，那安家的大小姐哪裡是什麼害羞，分明就是有意拖延，這不想嫁入沈家的心思，他哪裡看不出來？

想到自己居然被兩個黃口雛兒擺了一道，越想越鬱悶。

不過，那安德佑倒似是一副瞻前顧後的樣子，此人優柔寡斷慣了，想來不是有意拒絕沈家，難道是那女子自己的心思？

便在此時，忽聽得轎外隨侍管家低聲說道：「老爺，家裡有急信來！」

大梁國的封疆大吏們和那京中重臣不同，雖說離京城的權力中心較遠，但勝在雄踞一方。下面人手多，幾乎是每個督撫都有自己的一套消息班子，有時候對於朝廷以外的消息遠倒比京官們靈通許多。

沈從元不過剛來京城一日，便有人千里迢迢送來急信，足見事情的重要。

沈從元接過那張轎子外面遞過來的信函，撕開看去，卻是沈老太爺親筆手書。

「嗯？北胡的塔達單于急病暴斃……使節團不日便要來我大梁報喪？原來如此，我說皇上怎麼有心情搞這等朝中更迭之事，原來是這個老對手去了，北胡自然要亂上一陣子，可皇上他老人家也不怕朝局動盪，引人覬覦？好好好，死得好！如此一來，不怕那朝中折騰的動靜不夠大，我沈家的機會也就更大了！」

北胡向來是大梁大敵，昔日數次揮兵幾乎打到了京城城下，這些年，此消彼長，大梁越發強盛，用兵北疆之意昭然若揭。而如今一代雄才的塔達單于病故，不但形勢更加有利於大梁，自然也是讓皇帝多了很多不怕對內改變的底氣。

沈從元心中一連讚了三個好字，向上衝擊之心卻是更盛，微一思忖，向外面吩咐道：「派個人去都御使府盯著，安老太爺什麼時候散了朝，立刻回來報我，咱們去文寶齋再買上幾樣重禮，今晚我要再訪安老太爺。」

這個突如其來的消息讓沈從元心情大好，之前被安清悠姊弟捉弄的小小不快登時煙消雲散，轉過頭對著沈雲衣笑罵道：「瞧你那點出息，哪裡還像我沈從元的兒子？把心放肚子裡吧，這一房媳婦，爹幫你討定了！」

安家長房的內宅裡，安清悠卻幾乎在同一時間下了命令：「準備車馬，我要去求見老太爺！現在就去，我到老太爺府上等他老人家散朝！」

選秀那邊憑空多了變數，勞心費神的還沒個應對之策，這沈家又出來添亂。

沈小男人自己是絕對不想嫁的，可那沈從元豈是易與之輩？想解開這個死扣，還得是從老太爺那邊入手，若能得了他老人家一句話，可不比次次應付要強上太多？

可是，運氣不是每一次都會站在同一個人那邊，安清悠這段日子以來順風順水，卻不知道有一件事情已經到了自家的門口。

「小姐，宮裡的內函！」

「內函？」

內函不同於聖旨、懿旨，而是類似於朝廷抄示天下的明發公文，由宮中發出，一發便是成百上千份，起到通知的作用。

一股不祥的預感從安清悠的心底油然而生，待得見了那內函，臉色大變。

「茲喻，凡在京秀女者，皆於本月初八午時之前至北宮門聽選……」

這段時間到底是怎麼了？科舉殿試剛弄了個夜半而行，選秀居然也變了日子！似乎什麼都沒按照往年的慣例來，初八？初八不就是明天？

照著原來所定的選秀開始之日還有六七天，這麼突如其來的告知，只怕一些外地進京的秀女們還沒到京城啊！

這可是要怎麼個選法？宮裡到底是怎麼了？

宮裡怎麼樣安清悠不知道，也沒法去猜，可是有一件事情卻是清清楚楚的，一個極大的變數來到了自己眼前：今年的選秀提前了，自己本欲處理的一些事情，眼下竟是一點時間都沒有。

「什麼？明天就開始選秀？」

皇宮內院之中，如今身為四妃之首的文妃微微一驚，隨即恢復了常態，淡淡問道：「這事兒怎麼來得這麼突然，連我都不知道？」

「聽說是皇后娘娘臨時定的，這當口，內函只怕已經發到各家秀女們的手上了！」

文妃最為信任的老太監侯公公斟酌著言詞，末了，又小心翼翼加上了一句剛剛打探來的消息：「聽說皇上也是准了的。」

「嗯？這麼點事兒還驚動了皇上？」文妃輕輕搖了搖頭，微笑道：「我的皇后好姊姊，您察覺到什麼了嗎？這次選秀還真是志在必得啊……」

宮裡頭的文妃不過微微一嘆，宮外頭卻早已經炸開了鍋。

突如其來的通知，讓所有人措手不及。

許多家中有女兒上報選秀的，府上一片忙碌，原本這臨近選秀的六七天是進宮之前的最後衝刺階段，最重要的利益交換便要在這幾天裡達成，此刻忽然來了這麼一道內函，不知道京中有多少事情全都泡了湯。

有人在背後把皇室罵了個狗血淋頭，同樣有人捶胸頓足，可朝野之中卻沒有任何反應，便是平日裡把祖宗規矩、禮法教條嚷嚷得比命還重的幾位老大人，上朝的時候也一個個扮起了閉口不言的泥菩薩。

朝中大動只怕是迫在眉睫，局勢未明之前，誰會那麼不開眼地去和皇上唱反調？區區一個選秀而已，犯得著在這時候跳出來蹦躂？

當今皇上對此於這種沉默現象，倒好像挺滿意。

據宮裡某些說不清道不明的管道透出來的消息，他老人家在散朝之後似有意似無意地說了那麼輕飄飄的一句：「沒什麼人廢話，朕心甚慰！」

當然這都是後話，各家眼前最重要的是趕緊幫自家的女兒準備好，莫誤了明天的時辰。

這選秀可不是把女兒裝上車往北宮門一拉就好，沐浴更衣、打扮漂亮，這些不在話下，更重要的是把那選秀過程中該使的該用的東西盡可能地備齊，尤其是那些能夠表現自家長項和特點的物件，萬萬缺不得。

當然，若是家境富裕，自然還要為秀女們備足了銀票。

就算是到了宮裡，那有錢能使鬼推磨的老話也是好使的。

安家長房自然也是這些忙碌家庭中的一個，眾人都圍著安大小姐打轉。

「別著急，到明天午時還有的是時間。那些該備的該用的再檢查一遍，按照我之前所寫單子上的備齊就成……」安清悠指揮若定，倒沒有慌張。

而在有彭嬤嬤這樣一位大行家坐鎮的情況下，選秀所需物品早在為老太爺做壽的過程中就已經順手備好，唯一有可能要到了宮裡再弄的東西，反倒是安清悠最拿手的香囊香液。

那些東西是要看不同的情況再出手調製的，只把各類常用的原料帶夠了就成。

掌家這段日子以來，安清悠對府中梳理整頓的效果顯現了出來。

一樣樣物事被有條不紊地裝入了馬車，下人們就像在做一件天天要做的事情一樣，全然沒有許多府裡那般緊張慌亂的景象。

帶去大內的東西不得有半點兒紕漏，錢二奶奶那邊借來的退役宮女們成了最好的監督者。

三夫人趙氏聽說此消息後，一馬當先趕到了長房府上。

以她的消息靈通程度，縱然沒有內函，知道此等消息也只比安清悠等人晚了那麼一點點。心急火燎地來幫自家侄女操持之時，一進了門卻發現眾人竟似一個比一個輕鬆，都好像沒什麼事兒可幹了一樣。

「哎喲，我的好侄女啊，妳怎麼不著急呢？明兒選秀就要提前開始，還在這裡躲清閒？」趙氏性子本來就直，見了安清悠也沒什麼顧忌，劈頭就是這麼一句。

「不清閒放鬆一下卻要做什麼？明天選秀便開始，今天更得養足了精神。該辦的都已辦好，三嬸莫要擔心。」安清悠面帶微笑，優雅地行了個福禮。

趙氏怔愣之餘，安清悠帶她去看已經備好的諸般物事，眼見著一切已拾拾停當，趙氏總算是鬆了一口氣，也有了打趣的心思，「妳這孩子倒是真有個做大事的模樣，害得三嬸白擔了半天的心，可惜今上年事已高，要是換個年輕的帝王，說不定就看上了妳呢！」

「三嬸慎言！」這話雖是玩笑，可若是傳了出去，落在有心人耳裡，也是個麻煩。

「呸呸呸！我這是亂說什麼呢？當今皇上洪福齊天，萬歲萬歲萬萬歲！」趙氏一點就透，立時止住了某些話題，隨手從袖中掏出了一個絲袋，「拿著，宮裡肯定用得著！」

安清悠詫異地接了過來，打開一看，裡面居然是二十兩一張的銀票，厚厚的一疊，至少是有千餘兩之多，便是再開一次老太爺的壽宴都夠了。

安清悠心裡生出一股濃濃的暖意，顫聲道：「這……三嬸，這……這真是太多了！」

趙氏卻是以一種不容推辭的口吻笑道：「多？嬸娘還怕不夠呢！到了宮裡妳才會知道，什麼叫做花錢如流水！等著看吧，這次雖說是宮裡突然改了日子，可得到消息的人可是不少，待會兒只怕還有旁人送來呢！」

話音未落，門口接二連三來了不少各家的婆子小廝，都是那些安清悠早先結識的商賈人家派來送錢的，其中更有不少是此次亦有送孩子進宮參加選秀的。

趙氏拍手笑道：「這就對了，這些商賈之家耳朵尖鼻子靈，京裡有什麼風吹草動，定然瞞不過他們。如今妳進宮選秀，她們有人想妳給自家女兒做些照應，有人卻是明白此時不送錢又待何時？便算是押錯了注，也不過是損些銀錢罷了。這次妳若真是得了什麼好運道，他們單憑今日這點送銀子的人情，可就有十倍百倍的回報呢！」

安清悠笑著搖了搖頭，當下也不客氣，有送錢的只管收下便是。

稍晚些，四房那邊竟也遣人送來了銀票，出手比趙氏還大方，一送就是兩千兩，連四房那輛寬大豪華的馬車也一併送來了，帶話說怕是大小姐進宮選秀用得著。

這事可是讓安清悠吃驚，四房竟然會出錢出物，這可真是有些稀奇。

趙氏冷笑，「四叔總算是個聰明人，壽宴的時候他挨了訓，這次妳進宮參加選秀，四房若是再不聞不問，老太爺那邊怎麼交代得過去？既是裡外要做，索性做得大方漂亮些。只可惜，人人都說妳父親死要面子，我看這四房的兩口子才是死要面子的主兒！上一次他們在妳這個晚輩手裡栽了跟頭，這次倒是怕見面尷尬了。說到底都是自家人，死扛著這長輩的架子又是給誰看去？」

安清悠知道三嬸心直口快，更知她分析得不無道理，再往後卻是老太爺派人捎來了口信，只有簡簡單單的幾句話：「選秀時日雖改，吾家卻大可不必為此有變動，原來定好的，怎麼選還怎麼選。小清悠，還記得爺爺送妳的八個字嗎？」

要說安老太爺那可真是安家的定海神針，此刻的提點雖然不多，卻是讓安清悠心中最後的一點疑慮盡數消去。

什麼叫世家大族的底蘊？便在所有人都措手不及的時候還能穩住，這就是世家大族的底蘊！

再一清點各處送來的銀票，竟是超過了八千兩，可比長房一年的收入都多。

時至今日，安清悠才真正感覺到了選秀之事的分量，頃刻之間，自己居然變成了小富婆？不由得搖頭自嘲地想道：「可惜這選秀只能參加一次，若是能像科舉一般多參加幾次，不富也難！」

四房送來的馬車比自家的更好，但為了保險起見，還是讓那批退役的宮女從裡到外仔細檢查了數遍，確定沒什麼問題後，才把備好的東西挪到上面。

此刻，安清悠外有三嬸，內有彭嬤嬤，心裡面甚是踏實。

沐浴熏香一番後，安清悠提前睡了一覺，到了半夜起身，又是神采奕奕，精神抖擻了。

「幫我上妝吧！」安清悠下令道。

這上妝的時辰可是大有講究，若是上妝太早，到了第二天該亮相的時候未免花了，若是太晚，又容易趕著時辰，手忙腳亂地出紕漏，似這等夜半三更才是剛剛好。

這一次，安清悠請出了彭嬤嬤親自動手，既然已經定下高調的路子，眼下倒要盛裝而行了。

彭嬤嬤那是何等的手段，梳頭理鬢粉黛薄施之間，掛首飾、著華衣亦是沒有半點生澀，偏生這一舉一動又是精確到了極致，好比一根小小頭簪，露出來多少插進多少都是分毫不差，而且胭脂首飾不帶半點凌亂之感，組合到了一起，讓人看得舒服無比。

轉瞬之間，一個從未有過的安清悠出現在眾人眼前。

「早聽說長房這邊有位彭嬤嬤是個高手，今日一見才知，這聞名哪抵得上見面？老天真是待我這大侄女不薄，如此能人竟也能幫襯於她，我現在倒是有點擔心，大侄女若太過出色，倒讓宮裡的哪位貴人看中了不肯撒手了。」

趙氏站在旁邊見證了所有過程，饒是她見多識廣，也有些吃驚。

這是安清悠第一次以世家大族的高貴小姐形象示人。

眼前之人身著正宗的湖絲蘇繡彩衣，唇上輕塗著頂級胭脂，一雙眸子閃動之下，便連那天上的星星也相形見絀。自頭頂上一根罕見的大紅寶石金絲橫簪以下，各類飾品無不是金貴之物，可是配上了安清悠如今的氣質，卻半點不會讓人起什麼炫富之類的念頭，會想到的只有雍容華貴、端莊典雅這八個字了。

「三夫人謬讚了，我只不過是動手執行的人而已。這一身穿戴，卻是大小姐自己所想，萬萬當不得您如此誇獎。」

彭嬤嬤一如既往地保持著低調，向著三夫人福身還禮。

這話說完便退到一邊，眼睛卻不由得多看了安清悠幾眼，便似一個藝術家欣賞自己最為得意的作品一般。

眾人又對即將用到的選秀之物檢查調整了一番，不知不覺已到了五更天，東方悄然露出了魚肚白。雖說要到午時才進場，可是大家都知道，出門的時辰到了。

這選秀的確和科舉有很多相似之處，其中之一便是兩者入場的手續都極為繁瑣。什麼驗明正身、遞帖點卯、分房分隊，當真是麻煩得一塌糊塗。更何況，這選秀直接關係到皇宮大內，進出盤查之嚴，尤勝幾分，若真是踩著時辰去，怕是連門都進不去了。

安清悠登上馬車一路行來，發現自己早已不是先行者。

離宮裡越近，那各家送孩子的車馬越多。

等到了北宮門，這裡早已清開了一大塊空地，與科舉不同的是，這送進去的秀女中，可是有未來皇家的女人，平民百姓想要像考場開門那樣圍觀？門都沒有！

五百名大內侍衛早就把北宮門外的大空地圍得嚴密，在他們外一圈則是八百名御林軍，再外圈則有大批的京城衙役和巡城兵丁，閒雜人等早就被驅趕得遠遠的，莫說想瞧個熱鬧，便是秀女們的背影都瞧不見。

往內卻是清一色的宮中太監，尤其是空地入口處有幾個大嗓門的太監輪流高喊：「秀女入宮，選侍奉皇，各守其禮，呈牒乞祥！」

要入這空地，自然是要先遞上金帖，由專人檢查核對無誤後方能進場。從此關開始，外面前來送行的各色人等便不得再往裡進了，專門有那把式嫻熟的太監代替了車夫，趕著送秀女的香車往裡走去。

但就這樣還不能進了宮，為防有人冒名頂替，空地之中早就一字排開了一長溜鋪著黃布的桌子，上面各自擺著秀女們報名之時由御用畫師畫好的肖像。

由專精此道的太監檢查各類文書，再將秀女和畫像一一比對後，驗明正身。

另有經驗豐富的宮中嬤嬤們挨個檢查秀女們的車馬行李，確認沒有違禁物品，這才算是有了進入宮裡的資格。

安清悠來到了北宮門前，卻見前面早已是排滿了車駕，不少心裡沒底的人家，趕著半夜就把秀女送了過來，早到早踏實，以免夜長夢多。

正要向那空地入口行去，忽見一車馬從旁邊強行疾馳而過，若非安家的車夫把式夠好，便要驚亂了馬。

「什麼人啊，還來選秀呢，哪裡有大家閨秀的樣子？呸！」青兒當場斥責出聲，縱然是那輛馬車豪華的程度在四房送來的特製馬車上，也壓不住這小丫頭的騰騰火氣。

「青兒，算了！」安清悠止住了青兒的咒罵，眼睛卻是放在了那輛剛剛從旁邊掠過的豪華馬車上。那輛車好像是刻意要展現自己的囂張一般，在車隊中左超右擠，硬生生衝到了前面。

其間自然是惹到了不少人，有一家車馬躲避之時差點連車都翻了，裡面的秀女哭叫驚惶之聲已是清晰可聞。

眼看著那豪華馬車如此霸道，有人出口喝罵起來，可是等那馬車到了空地前，車夫跳了下來，竟然是穿著八品禁軍的武服。

「恭送小姐入宮選秀，祝小姐馬到功成！」

那武官對旁人的目光看也不看，逕自下車行禮，請安完畢，掉頭便走。

車中又跳下來一雙丫鬟，將秀女名牒遞了過去，也是二話不說立即離開。

那負責點卯驗行的出入口驗牒太監只看了一眼，揮手便讓另一個太監過來接了車向裡行去，自始至終，車中的秀女連臉都沒露。

「兵部尚書夏守仁長女夏氏，年十七，入宮遞牒，備秀待檢！」那驗牒太監尖聲尖氣的一聲高叫，登時讓場中的竊竊私語聲消了下來。

文人行武事向來是大梁朝的傳統，哪個文官當了兵部尚書，那就不僅是簡在聖心的問題了，文武雙全的人物是治國之才，十有八九是要入閣的，更何況，兵部尚書夏守仁乃是當朝首輔李大學士的大弟子，今年只有四十一歲，卻已在兵部尚書的位置上待了四年。

如今雖然朝中將有大動的跡象越來越明顯，可是夏尚書的入閣呼聲卻絲毫不減，更有人說他便是下一任首輔的頭號人選。

如此人物，家裡的女眷，有誰不開眼去觸他的眉頭？

那些原本喝罵憤怒的人在主家的教訓下紛紛閉上了嘴，不過是衝撞了一下，表現得沉穩些才是應有的氣量不是？另有人心慌地四處張望，擔心自己剛才的斥罵聲傳到夏家耳裡。

「這是……立威嗎？」

安清悠微微皺眉，選秀場向來如戰場，各府為了達到自己的目的，自有手段。只是，沒想到這一屆的選秀還沒正式開始，火藥味就已經這麼濃了，看來想走先聲奪人路線的人物，可不止自己一個。

青兒跟著安清悠那麼久，此刻也看出來一點苗頭，憂色重重地道：「小姐，這夏尚書家的女兒如此強勢，您這次……」

「沒什麼這次那次的，選秀比的可不是誰先進了宮門，那些最厲害的人只怕還在後頭呢！」安清悠直接打斷了青兒的話，此刻真到了現場，她反而鎮靜，直接往後面的錦團上一靠，閉目養神了起來。

馬車就這麼慢悠悠地夾在隊伍中向前行去，等遞上了名牒，車夫和青兒等人自然就此回府。這驗牒的太監可沒剛剛對待夏尚書家的女眷那般客氣，磨磨蹭蹭地反覆看了半天名牒，又挑起車簾來看了安清悠一眼，這才尖著嗓子高聲叫道：「監察院左都御史安翰池嫡長孫女安氏，年十七，入宮遞牒，備秀待檢！」

這道關口一入，秀女們的事情就由宮中之人全面接手。一個身形健壯的中年太監跳上了車夫的位置，趕著馬車便向前走去。只是安清悠眼尖，便在這一通關之間發覺了一事。

該為自己趕車的原本不是此人，他似乎是一直站在旁邊，聽到自己的名字時，便和前面的太監換了位置，轉瞬便上了自己的車來。

「難道那驗牒的太監磨磨蹭蹭，便是給這換人打掩護？」

安清悠心下正自疑惑，忽聽那趕車的太監低聲道：「小的是車御監的谷滿繁，文妃娘娘祝大小姐選秀順利。這一次選秀是皇后娘娘突然提前出手，當時的確是太過倉促，不過請大小姐放心，宮中自有人照拂。」

安清悠微微一怔，當初自己與文妃娘娘談妥的三條協議中，其中有一項便是要求消息提點，想來不少家有秀女之人在她那邊也有類似的需求。

選秀驟然提前這麼大的事情之前卻沒能漏出半點風聲，她自然是要給諸人做些安撫。這位娘娘也真是神通廣大，北宮門還沒正式進去，這人都已經安排到自己身邊來了，只是這文妃一派人馬的標籤只怕是已經被打上了個十足十了。

安清悠心中雖如此想，這話卻不能當著這太監的面說，當下壓低了聲音道：「多謝谷公公提點，小女子祝文妃娘娘萬福金安，此次選秀多勞煩谷公公了。」

只是，外面那谷太監卻是不再言語，只悶頭趕著馬車，便在此時，忽聽得外面一陣喧譁：「好厲害的馬車啊！」

「到底是劉總督家的孫女，單是這馬車便不同凡響啊！」

讚嘆聲中，安清悠也不禁有些好奇，偷偷掀開了簾子一角向外看去，只見不遠處有一輛馬車正停著，上面雖沒有鑲金帶玉，但整輛馬車通體是用木材中最為珍貴的仙精木做成，那仙精木號稱「半寸仙精金不換」，能夠玩得起這麼一輛馬車的，當然也只有當今天下最大的肥缺，東南六省經略總督劉波劉大人家了。

「東南六省經略總督劉波嫡次孫女劉氏，年十六，入宮遞牒，備秀待檢！」

驗牒的太監接過名牒來，連看都沒看，直接唱出了名字。

載著秀女們的車馬逐漸進到了北宮門周邊的大空地中，數百輛女兒香車彙聚，當真是各有特色，只是隨著時間的推移，眼見著便到了午時的截止時辰，沙漏裡漏掉了最後一粒沙，入口處卻並沒有要關上的意思。

一輛看似普通的青布馬車緩緩行來，到了入口處還沒等遞名牒，早有驗牒太監高喊：「內閣大學士李華年嫡幼孫女李氏，年十八，入宮遞牒，備秀待檢！」

等這輛馬車慢悠悠地進場，入口的管事太監才報道：「時辰已至，諸女呈牒，封路！」

什麼叫與眾不同？這才叫與眾不同！李大士是當今首輔，自然懶得招搖。

可他李家宮內有文妃，朝中有首輔，四代入閣的頭號文官世家，又豈能笨到誤了時辰的地步？看似平平常常的一頂青呢馬車，卻能讓選秀集合截止的時辰遲三分，誰還敢不仰視李家？

數百輛馬車便在北宮門外的空地上排得整整齊齊，兩邊各有鋪好了黃緞的桌子一字排開，唱禮太監高叫道：「驗明正身，諸物須檢，啟！」

車御監的帶馬太監聞言下車，伸手抓住了馬車簾子的右下角。

只待簾子一撩，秀女們便要起身下車奔著那黃緞桌子走來。此處自有宮廷畫師們持著早已畫好的肖像，一一比對驗明正身。而身後的馬車行李另有一撥宮人巡查翻檢，若發現了違禁物，不是沒收那麼簡單，而是連人帶車一起扣下，事後還要追究罪責。

為安清悠趕車的谷太監伸手剛抓住簾子，登時便發現下面多了一張紙。手指輕微拈動，那紙片露出了半張，卻是一張五十兩的銀票。

這安大小姐倒是懂規矩，這下車錢給得這般大方，不愧是文妃娘娘看重的人。

谷太監盯著銀票，眼睛一亮，臉上卻是絲毫沒有變化，等簾子一掀一放，銀票自然落了手中，神不知來鬼不覺。

安清悠起身下車，慢慢向那黃幔案桌走去，期間太監將秀女們分成了幾排隊列。

數百雙玉足落地無聲，走起路來清一色蓮花小碎步，無半個人敢亂了規矩。

這時候就看出各家底蘊的不同了，有些沒經驗人家，秀女臉上妝容早已經花了，有些則是被這選秀的突然提前弄得措手不及，身上的衣裳首飾顯見是臨時拼湊的。

最慘的是那些半夜就在北宮門外等著的，個個頂著一雙熊貓眼，剛一亮相，眾女就分出了三六九等來。

當然也有強者，輕鬆大方者有之，華麗亮相者亦有之，剛剛在入場環節上各顯本領的幾家秀女，各有良好表現，加上早先便已引起了注意，轉瞬便成了場中的焦點。

女人看女人最是敏感，安清悠這一身盛裝華服，登時便惹來了不少豔羨的目光。加之安清悠最近在貴女圈中聲名鵲起，亦是成了秀女們當中極搶眼的一個。

正在前行之時，安清悠忽然覺得有些異樣，餘光微瞥，見那兵部夏尚書之女夏青櫻離著不遠，此刻正斜眼向自己瞧來，目光之中全是高傲之色。

選秀本是大事，此次突然改時，宮裡宮外的好事之人早就做了諸多預測。什麼誰家女子能奪玉牌，哪家的女子又能進天榜單子，甚至有人還拿這事情下注。安清悠雖不像李大學士孫女李寧秀那般公認的一枝獨秀，可拜文妃和錢二奶奶等人所賜，倒也成了熱門人選之一。

安清悠的眼神一轉即回，競爭對手間彼此敵視是常情，她沒放在心上，倒是那頭號大熱門李寧秀來得最晚，反而走在最前面。久聞這位李大學士的孫女傾國傾城，卻只能看到背影，不免讓人好奇。

「乾爹，皇后娘娘真是神機妙算，似選秀這等大事，真有實力的人家，早把女兒送來了京城走動，至於那些差了六七天還沒趕到的不管也罷，省得有人仗著人多摻沙子，只要掌握了這批秀女，那可就掌握住了……」

眾女互相打量之際，卻不知有人也在打量著她們。

北宮門的門樓之上，一個滿臉諂笑的中年太監正躲在角落，對著秀女們指指點點，逢迎的對象則是隱在了陰影之中，雖然身旁馬屁如潮，卻絲毫不為所動。

「掌握住了什麼啊？小彤子，你倒是說說。」

陰影之中的人突然發話，聲音雖然有些蒼老，卻亦是尖細，顯然也是一個太監。

拍馬屁的太監可不是一般人能夠叫小彤子的，一般太監得尊他一聲彤公公。此人姓劉名彤，現為宮中六十四位統領管事太監之一。平時也多有趾高氣揚的做派，只是被那陰影中的老太監隨口一問，竟是臉色大變，顫聲說道：「乾爹……乾爹……孩兒錯了！孩兒不該在您面前亂嚼舌根……孩兒……孩兒該打！」

話說也不用人吩咐，劉彤慌忙地提起手來向自己的面頰用力打去，劈啪作響之際，卻聽那陰影裡的老太監冷冷地道：「祖宗規矩，後宮不得干政！你也是在宮裡待了這麼多年的人，這是想給皇后娘娘添麻煩不成？在乾爹面前都敢這麼口沒遮攔，在旁人那裡還指不定怎麼樣！嗯……我說小彤子，你這掌嘴的功夫倒是漸長啊，這麼半天了還沒見紅？」

劉彤臉色慘白，再用力打去，只一下，嘴角就溢出了血絲。

陰影中傳來一陣不陰不陽的笑聲，悠悠地道：「這才是乖孩子！乾爹讓你見個紅可是為了你好，聽說你這兩年行事越來越張揚了？朝中將有大動，宮裡只怕也是有人不安分。咱家最近都過得小心翼翼，更別說你這混帳玩意兒了。多長兩個心眼兒，夾起尾巴做人吧！」

「孩兒謹遵……謹遵乾爹教誨！」劉彤嚇得雙腿一軟，登時便跪了下來，用力磕頭。

「行了行了，跟乾爹還說這麼見外的話做什麼？」陰影中的老太監沉默一陣，卻是等那劉彤把腦袋磕得有些青紫之色才發了話：「用力磕頭不如用心做事，乾爹考考你，那邊個子挺高的女娃兒叫做什麼啊？」

劉彤這才敢抬起頭來，順著那老太監的話向外看去，只見他所指的，赫然便是安清悠。

「此女姓安，名清悠，乃是現任左都御史安翰池安老大人的嫡長孫女，應該……應該也是文妃娘娘那邊的人！」

劉彤總算沒忘了上面交代下來的事情，秀女們的畫卷和家世資料背得滾瓜爛熟，其中幾個重點的熱門人物，還親自喬裝到宮外認過模樣。

像安清悠這等女子，自然不會認錯。

陰影裡的老太監語氣有了點緩和，輕輕咳了一聲道：「嗯，總算你還知道自己該幹什麼差事！不過，話也別說得那麼絕對，好比這次選秀，沒能趕到京裡來的未必就不重要，如今到了這宮門外的就更沒那麼聽話了，這個安什麼……」

「安清悠！」

「對了，安清悠！從哪兒看出來她就是文主子那邊兒的人啊？」

「回乾爹的話，前兩天安老大人做壽，李家可是招呼了不少京官兒去做墊場。出來後，很多人都說，他們不僅是向安老大人賀壽，也是給長房的大小姐捧場……」

「有人捧場就是一定文妃那邊的人嗎？」陰影中的老太監聲音裡帶著一些不確定的疑惑，這話像是在問劉彤，又像是在問自己，竟是沉默了許久。

「監察院左都御史安翰池嫡長孫女安氏，正身已明，即起入宮。」

某個老太監苦苦思索的時候，安清悠這邊倒是很快就感受到了什麼叫做文妃娘娘的照拂，驗明正身之時，那查驗之人隨便看了看畫像，便喊出了這麼句話。倒是旁邊有幾個在宮裡沒根底的秀女，這被問一句妳本人怎麼比畫像胖了一些？那被問一句這卷宗上寫著妳皮膚白皙，我怎麼看著有點黑呢？

天可憐見，便是再精細的仕女工筆也不可能像現代的照片般一模一樣，至於卷宗上那些形容詞，更是說妳行妳就行，說妳不行也沒問題的東西。

要麼妳宮裡有人，要麼妳家裡有背景，若是兩樣皆無，那可就很難說了。

十幾個秀女就這麼被擋在流程外，當場坐著自家的馬車走人。

其中大半倒都是容貌秀麗、才華出眾者，可是她們連展示自己的機會都沒有，畢竟在有心人眼裡，這種秀女就是變數，就是威脅，讓事情按照真正當權者的思路發展下去才是王道，這種變數越少越好。

回到馬車上，安清悠見自己帶的那些行李連被翻動的跡象都沒有，這自然又是文妃給的安撫。說實話，誰家的秀女入宮之前不是細心研究了許久的規矩？帶那犯禁之物入宮的機率微乎其微，可若是有人趁著檢查之際，弄壞了幾樣關鍵物事，那才真是連說理的地方都沒有。

「正身明驗，秀女入宮！」

隨著一聲高叫，北宮門打開，秀女們的馬車緩緩駛入皇宮內城，這才算是真正邁過了選秀的第一道門檻。

安清悠還是第一次進入皇宮，心裡好奇，忍不住偷偷掀開了窗簾一角向外望去。

但見此刻雖然仍是在皇宮周邊，但是諸般建築已是和外面不同，莊嚴肅穆自不用提，偶爾還能看到一些獨有皇家規制的雕刻裝飾，上面畫的非龍即鳳，雕工畫意遠非民間之物能比。

安清悠這次選秀既是打定了主意不嫁皇族，此刻倒是比別人多了幾分輕鬆，一路上瞧著諸般大內文化，看得津津有味。

車隊忽然一轉，駛進了一條兩面只有紅漆高牆的夾縫道，光禿禿的無甚看頭。走了許久，車隊終於停下，卻是進了一個大院子，眼前是一排排青灰色的磚石小屋。

房子雖然不怎麼樣，但勝在數量極多，安清悠心知，這就是彭嬤嬤說過的秀女房了。

車簾忽然被拉開，一個面無表情的嬤嬤伸手招呼她下車入屋，同時例行公事般的喊道：「乙字排二號，秀女安氏！」

人在宮中身不由已，安清悠縱然心裡反感，卻也只能伸手過去搭住了那嬤嬤的手，同時，掌心之中夾雜了一張疊成了小小一方的銀票。

又是五十兩！

那嬤嬤感覺手心有異，臉上卻是半點變化也沒有。不過，搭著安清悠下車時的動作倒是輕柔了許多。兩人雙手一分，這銀票輕輕巧巧地便傳了過去。

待得進了自己的房間，期間自有粗使太監將車上的行李搬了進來。

卻見那嬤嬤臉色一變，滿臉堆歡地笑道：「安秀女果然是大家閨秀，人生得又是這般俊俏。小人姓高，先祝您這次選秀馬到成功了。初次的花選明日才開始，這期間您可以到各房走走，只消不出了這選秀房的院子便成，有什麼想要吃的用的便找小人，小人定給您弄得妥妥當當的。」

安清悠心裡輕嘆，那五十兩銀子的威力果然夠大！

什麼大家閨秀，出手大方更加貼切。

安清悠心中想著，卻是微笑道：「多謝高嬤嬤提點。這五百兩銀子先暫存在您那兒，我有什麼這幾日要用的，還請高嬤嬤多多幫襯，勞您費心了。」

這「暫存」自然也是大有學問。

安清悠早聽彭嬤嬤說過，別信什麼秀女房食宿如一的假規矩。這些選秀房的服侍嬤嬤們看著不起眼，卻管著妳的衣食住行，惹惱了她們，連個熱水都不給妳送來。

秀女們身在宮中不通外界，誰也保不準有欠缺的東西，更兼那飲食未必合胃口，所以最好的方法就是先在服侍嬤嬤們那裡「存」上一筆銀子了。

幾張銀票遞了過去，那高嬤嬤登時眉開眼笑，賞了五十卻「存」了五百，人家這熱門人物果然就是不一樣。

安清悠見銀子左右已是花扔了出去，便有心探一探她的深淺，當下微笑道：「剛在北宮門外折騰了一個中午，我卻是有些餓了。可那選秀房放飯只怕還要等些時辰，不知嬤嬤能否幫我弄些吃食來？」

這是秀女們頭一日入宮最常見的問題，那高嬤嬤顯然是個老手，自是滿口答應道：「應當的！這自是應當的！莫說放飯要等到傍晚，便是這選秀房裡的飯也不過是應付那些一般秀女而已。安秀女，您是什麼樣的出身，焉能和那一般女子相同？」

高嬤嬤逕自告退，不一會兒，提了一個食籃進來。

四樣菜肴擺上了桌，一盤清炒蝦仁、一盤蟹黃豆腐、一盤抓炒魚片，外帶一碗西湖牛肉羹，那作為主食的肉末銀絲卷居然還是京城老字號香麵樓所出，包在紅紙上猶自騰騰地冒著熱氣。

這些東西看著雖然常見，偏又都是安清悠平常最愛吃的菜肴之一。

此刻落在眼裡，她不由得又看了那高嬤嬤一眼。選秀期間碰上如此巧合之事，她是絕不相信的，這高嬤嬤不過一個服侍嬤嬤，又從哪裡得知自己日常的飲食習慣？

看這些菜品很快上桌，顯然是提前早備好了的，難道她也是文妃娘娘的人？

雖然有此疑問，但是那高嬤嬤沒有主動說，安清悠自也不好多問。

用了兩口菜肴卻被告知，今兒這頓價值二十兩。

安清悠不禁暗暗苦笑：這幾樣吃食若在外面怕是連一兩銀子都不用，到了宮裡轉眼就漲了二十倍，難怪三嬸說這選秀雖只短短幾日，卻是花錢如流水，真不知那些家境不富裕的秀女們又是怎麼挺過來的？

心下雖然苦笑，卻知這類事情可是選秀房做服侍嬤嬤們的看家本領，人家苦熬苦待的幾年一次，此刻都是等著選秀之時宰秀女這些肥羊了。

不過，花錢如流水的並不止安清悠一個，安清悠飯還沒開始吃用，敲門聲忽然響起，卻是另一位秀女來見。

「安家姊姊請了，小妹孫蓉兒，家伯父是大理寺少卿孫鴻名孫大人，上次壽宴之時，我家嬸娘該是向姊姊提過小妹？」

一個頗為文秀的女孩子走了進來，安清悠對那大理寺少卿孫大人的夫人倒是印象頗深，老太爺壽宴上大家一起吃酒說話兒，還定下了選秀要和她家侄女相互幫襯提攜的調子。

安清悠想起此人，當下站起身來微笑道：「妹妹快坐！早聽孫大人的夫人說過妹妹，今兒一見，果然是個樣貌出眾的，卻不知為何事而來？」

孫蓉兒笑道：「原本想這兩天便要去府上拜訪姊姊，誰知選秀改了日子。明日便是花選初試，這第一關該是怎麼個章程，想請姊姊指點一二。小妹如今已在屋內略備了酒菜，若是姊姊還沒用飯，不妨到妹妹屋裡小聚一番如何？」

孫蓉兒自然看到了安清悠桌上的菜肴，卻直接視而不見，一番話說得穩穩當當。只是，安清悠還沒答話，門外又有人叫道：「東南六省經略總督劉大人府上千金，禮贈全院各位秀女上好佳餚席面一桌，邀各位過房一敘。」

東南六省本就是富饒豐碩之地，那位經略總督劉大人原也不是什麼清官，又坐擁天下最大的肥缺，家中自然是富可敵國。只是，這麼多年來有人彈劾他貪墨受賄，到了皇上那裡卻是沒有下文。

這並稀奇，劉大人雖然愛財，卻有些才幹，又自小服侍皇上，號稱文官系統裡的頭號忠臣。

朝堂閣老李首輔！東南忠犬劉總督！

安清悠默默地念叨了兩句京城裡流行的歌謠，抬頭望了對面的孫蓉兒一眼，兩人相對苦笑。

這劉總督的孫女真是好大的手筆，第一頓飯就把全院的秀女們都邀請了，只這一下怕是要花上萬兩銀子。

似她們這等家世背景的女子，自然不會去巴巴地去湊劉大小姐的熱鬧，不過，單憑那「東南經略總督」六個字，便有大把的秀女會撲過去抱這條粗腿了。

進場之時，李大學士的孫女剛來了把高高在上，劉家這就開始招兵買馬了嗎？

被這麼一鬧，兩人都沒了定要讓對方在自己屋子裡吃飯的興致，左右劉家的酒席已經送到了門口，便在安清悠房裡隨意用了點，墊了墊肚子，又聊了幾句明日初選之事，不覺壓力迎面襲來，還沒入正選便已如此，不知明日的初試卻又如何？

只是，安清悠和孫蓉兒都不知道，就在兩人談論之際，那高嬤嬤卻溜出了房外，幾個拐彎，竟是到了太監劉彤之處。兩人密談了一陣，劉彤又報給了某個老太監。

一層層上報之下，沒等多久，這老太監來到了大內最深處，一座金碧輝煌的宮殿上，三個大字兀自高懸：慈安宮。

「劉公公，這幾天本宮把選秀提了前，你沒少出力，真是辛苦你了。」

說話之人頭戴九鳳金冠，雖然年紀頗大，但保養得極佳，此人正是當今統領六宮的皇后蕭氏。

「老奴給皇后娘娘請安！蒙娘娘體恤，這幾日雖說忙了些，可為娘娘辦事，老奴便是累些也是心中高興，只盼著這把老骨頭能再多硬朗幾年，多為娘娘跑些腿就是老奴的福氣了！」

這老太監正是慈安宮的總管太監劉成，當今大內的三大總管太監之一，更是蕭皇后身邊最親信的太監。

這話說得滴水不漏又表了功，還不著痕跡地拍了蕭皇后一記馬屁。言語之間，可是比不久前令乾兒子掌嘴的派頭更謙遜了。

蕭皇后微微一笑，對這等話語頗為受用道：「都是自家幾十年的老人兒了，你還總是這麼規矩，不容易啊！來人，給劉公公搬把椅子來！」

劉成謝了恩，屁股沾著一點兒椅邊坐下，卻是不敢怠慢地稟報道：「今日老奴奉娘娘之命前去看那秀女入場的狀況，今年的秀女刻意高調之人雖多，不過也沒出娘娘的意料之外。左右不過是夏尚書、劉總督、李大學士那幾家的女兒鬧了點兒風頭出來，其餘不過爾爾。」

說著，便將今日秀女入場的情況仔細敘述了一番。

蕭皇后輕輕點頭，臉上卻是一副早知如此的表情，「這是西宮那邊看我改了選秀的日子，刻意給我提個醒兒呢……那些秀女一個個不過是十六七歲的小丫頭，莫說是她們自己，就是她們的爹娘祖父，誰又敢在選秀上這麼大的膽子搞事，還不是都唯李家馬首是瞻？這群文官最愛搞這種拉幫結派的事兒，把心思都放在這等權謀上，真當皇上那麼喜歡？」

能讓蕭皇后把話說得如此直接的，也就是劉成這等最信任的老人了。

只是，劉成登時冷汗淋漓，蕭皇后娘家是軍方出身，當今太子亦是頗好武事，朝中卻是有著文貴武賤的傳統，這等文武相鬥的大爭之局不僅牽扯到了後宮，甚至牽扯到了未來的皇位，又哪裡是自己一個太監奴才敢插嘴的？

蕭皇后看著劉成低頭聽訓，心裡頗為滿意，微笑著勉勵道：「你是本宮在做皇子妃時就跟著的老人，倒也用不著事事都那麼謹慎。這群文官雖然喜歡結黨，但一個個滿肚子利益權勢，搞這等暗示又是給誰看？哼，李閣老、劉總督、夏尚書，三家已經把玉牌預定好了不成？來來來，幫本宮參詳一下，看是怎麼在這選秀的事情上再開個口子？」

劉成這才敢慢慢抬起頭來，目光卻是不敢和蕭皇后對視，小心翼翼地言道：「娘娘真是明察秋毫，這一次有人藉著選秀之機想要搞事，咱們自然是要讓他們沒法子得逞。依老奴淺見，這李閣老家的孫女自然是要爭頭名的。她裡外也是李家的人，想要收攏自是半點可能也沒有，咱們先不去管她。」

「劉總督雖然這次站在了那邊，不過他滿腦子都想著怎麼才能討了皇上的喜，只要皇上隨便給個眼色，哪還有不立時反水倒戈的？這卻要娘娘在陛下面前做些活動了。不過，此事須擇機而動，咱們也先不去管她。」

「倒是那夏尚書雖然在朝野之中鋒芒正健，但畢竟資歷根底沒那麼深。聽說她家女兒和她老爹同樣驕傲，盛氣凌人得很，咱們不如先從這上面下手……」

蕭皇后點點頭，劉成素來有些手段，此番所想倒是和自己差不多，忽然又問道：「那監察院左都御史安老大人家的孫女卻又如何？」

若是安清悠在這裡聽到這番話，只怕也要大吃一驚，自己的名字什麼時候傳到皇后耳朵裡去了？這般相問，難道是早就關注自己了不成？

這時候就看出劉成對蕭皇后的心思揣摩的本事究竟有多厲害了，只見他猶自垂著一雙眼，口中卻是從容無比地答道：「老奴今兒特地看了看這個女子，模樣舉止倒真如外界所說的挺好。從下面人的摸底來看，對宮裡的各類約定俗成的慣例也是頗為熟悉，顯是在家裡練好了的。入場的時候倒也沒什麼特別舉動，只是……」

劉成說到這裡似乎有些遲疑，但還是說了下去道：「只是，外面都傳她是西宮那邊的人，今兒入場也的確得到了那邊的照拂。老奴瞧著有點兒不對，這女子身上透著一點兒說不清道不明的味道。老奴尋思著，那安老大人可是出了名的油鹽不進，她家的孫女兒會那麼容易就上了那邊那條船？」

蕭皇后眉頭輕皺，也有點拿捏不準，才點頭道：「安家素來中立，在朝堂上幾十年都以不結黨而聞名，若說那邊這麼容易把安家拉了過去……你這話的確有些道理。只是，萬歲爺下旨安撫重臣，頭一個便指名道姓頒給了安家，這究竟是什麼意思，連本宮也沒弄明白，難道安家竟是兩面討好，一隻腳做著不偏不倚狀，半隻腳卻又向著那邊？別忘了，他安老大人說到底也是個文官，還是文壇泰斗呢！」

這話劉成卻又是不敢接了。

不過，蕭皇后出身軍方世家，當年又是助今上奪位的人，如今統領六宮多年，行事之間自然有她殺伐決斷的果敢氣度，微一沉吟便是冷冷地道：「他安家想自守中立也好，想兩面騎牆也罷，總之，皇上在意的人不能那麼容易便跟了過去。你不是說那安家孫女的氣質樣貌亦是一流？那明日花選便想個法子，推她出去和夏尚書家打擂臺！若是連夏家都敢贏，那自然不是和那三家一個路數，若是輸了……那就把她一貶到底，首輪過後趕緊轟了出去，此等沒法掌握的變數越少越好！」

劉成在慈安宮裡點頭領命之時，安清悠卻在自己房中和孫蓉兒隨意地說著話兒，心中既不想去爭那玉牌，此刻所受的壓力反而小些。

李閣老、劉總督、夏尚書，這三家豈不是剛好拿了三塊玉牌？滿天神佛在上，保佑這三位姊妹一輪比一輪表現得精彩，最好是一路拿了前三名才是最佳。

安清悠只想著把自己的優勢好好秀出來便可，秀而不選嘛，皇室宗親就恕不奉陪了。

孫蓉兒卻是一門心思想攀皇親的主，眼見著競爭對手如此強大，不禁憂從中來。倒是安清悠從旁安慰，又說自己定當嚴守承諾，與她互相扶持，這才讓她略略放寬了心。

等送走了孫蓉兒，安清悠也沒像其他秀女般忙著與人交好，從昨兒半夜就開始折騰到了現在，好好睡上一覺調整下狀態才是正理。可連安清悠自己也沒想到的是，這一覺睡下去的時候，外面可是如驚濤駭浪般炸開了鍋。

安清悠這一覺睡得香甜，直睡到四更才醒。

這宮中可就不是那麼平靜了，突如其來的某個流言忽然傳遍了整個大內，說是李閣老、劉總督兩家的秀女早已預訂了兩塊玉牌，另一塊卻未必會落到眾人一致看好的夏尚書家的女兒手裡。左都御史安老太爺的孫女異軍突起，這才是前三名真正的競爭者。

便連京城中某些好事之徒所開的秀女盤口也發生了改變，安清悠拿玉牌的賠率原本是一賠七，一夜之間就變成了二賠三，僅次於排名前兩位的李、劉兩家的秀女。

「黎明即起，秀女梳洗！」

宮裡是講規矩的地方，隨著院子裡太監一聲高喊，秀女們自然要起身梳妝。今日雖然是初試，被刷下來亦是要被攆回家的，真刀真槍地上陣之前，眾人自然是一陣忙碌。

安清悠正在高嬤嬤的幫助下梳妝打扮，房門卻砰的被人推開，幾個女子慢慢走了進來。

來者正是夏尚書之女夏青櫻。

她身後跟著幾個秀女，唯夏青櫻馬首是瞻的模樣，哪裡像是來選秀的，倒與貼身丫鬟相似。顯然若不是夏家可以報進名字來幫襯，便是昨日新收的幾個跟屁蟲了。

夏青櫻用咄咄逼人的目光掃視了一遍屋內，這才帶著些輕蔑地說道：「我還當是多傾國傾城的女子，仔細瞧了也不過如此，居然還自不量力地想拿玉牌？」

安清悠不禁愕然，這夏青櫻身為大熱門之一，昨日入場時自己便記住了她的容貌，只是自己與她素無交集，這一大早的便來尋釁找碴又是何故？

安清悠不動聲色地道：「這位可不是夏尚書家的妹妹？我想拿玉牌的事情從何而來？此次選秀我亦無心皇室，這是從何說起？」

夏青櫻本就驕傲，眼見著安清悠這般模樣，還當她怕了自己，不屑地笑道：「誰跟妳是姊姊妹妹妹？別裝模作樣了，妳要拿玉牌的事人盡皆知，還無心皇室？真當我是三歲小孩子不成？攀上了文妃娘娘就覺得自已有靠山了？笑話！」

安清悠眉頭緊皺，似夏青櫻這等跋扈女子，真不知道是怎麼會被作為秀女送到宮裡來？縱然夏尚書號稱下一代首輔，送女入宮不過小事一樁，可他家裡難道就不怕她惹出什麼是非來？又或者這便是彭嬤嬤曾經告訴過自己的，這是向競爭對手的臨場施壓，想激得自己心浮氣躁？

看來這選秀還真是有人不擇手段。

安清悠消息不夠靈通，自然有些想左了，那夏青櫻卻更是過分，兀自冷笑道：「別這個那個的了！妳以為自已真攀上了文妃娘娘？明著告訴妳，我父親乃是兵部尚書，更是李大學士的大弟子，見了文妃娘娘我可是直接能尊稱一聲師姑奶奶的！你們安家也就那位老太爺能拿得出手，至於令尊？聽說還在禮部做個小小散官兒吧？啊？我的安大小姐！」

夏青櫻身後的幾個跟班一起嬉笑起來，安清悠面色猛地一沉，轉瞬又浮上了一層笑容，對著夏青櫻笑語盈盈地道：「妳不累啊？有點兒正事兒沒有？沒有就趕緊出去吧！」

夏青櫻的笑容登時凝固在了臉上，愣了一下才道：「妳說什麼？再說一遍！」

「再說一遍又如何？給我出去！」

夏青櫻跋不跋扈是她的事，可這話裡辱及了父親，卻不是安清悠能容忍的了。

「妳家世好，背景硬，可如今不過是和我一般同為秀女而已。我想不想拿玉牌，自有我憑本事去爭，卻又關妳什麼事？讓妳出去沒聽見嗎？啊？我的夏大小姐！」

這笑容倒比說話還要氣人，夏青櫻氣得咬牙切齒，可這裡是皇宮大內，她還真是沒法咬安清悠一口。

「好……好，妳有骨氣，咱們走著瞧！」夏青櫻怒氣沖沖地摔門而去，安清悠卻是搖了搖頭，對身邊看得目瞪口呆的高嬤嬤輕聲道：「嬤嬤不用擔心，幫我上妝吧。」

選秀之事說穿了，倒也沒有宮外傳的那麼神祕，不過，自然也不簡單。

以朝廷之制，第一次的初選不是把秀女們都打扮成一模一樣，便連那穿什麼衣裳、化什麼妝也都可以由秀女們自行決定。

只是，這看似自由的理由雖然是讓秀女們把自己最好的一面表現出來，更深層次的原因卻是沒那麼冠冕堂皇了。正所謂人靠衣裝，女靠打扮，大家都自帶物事參選，那些豪門望族出身的秀女自然占便宜。

今次的選秀卻有所不同，司儀監掌監楊五峰楊公公負責了半輩子的初試，這一回又是做了主審，可連他都有些犯了難。

「這出場的次序是誰定的？」楊公公盯著出場表看了半天，這才極為艱難地問出一句話。

也難怪這楊公公撓頭，初試比的是禮儀行止，也就是坐、跪、遞、站、臥、起、躬、進、退、飲這十項。

其他九項都好說，唯獨是這一個「站」字，卻是要秀女們原地不動地站上一炷香的功夫，目不斜視身不動，這才算過關，卻最是耗時耗體力。

按照往年的慣例，越是有身分地位的秀女通常不是壓軸，而是最早出場，清晨的涼爽時分站上兩炷香自然要省力得多。

若是這一隊隊比了過去通常便到了中午，太陽下面曝曬吃苦難受不說，汗水下來弄花了妝那才真是難看。

只是如今這出場的次序表卻是甚為詭異，李閣老孫女排第一隊出場自不用說，劉總督家的秀女第二隊出場亦是意料中事，可偏在這最後兩隊裡居然出現了夏青櫻和安清悠這兩個大熱門的名字，這份單子是誰定的？

「反正不是你我，也不是咱們這裡的諸位。」副審是尚衣監的掌監太監尤可，此刻他亦是一臉的苦笑，連著一群共同參審的各監公公們也紛紛點頭稱是。

既不是自己或同僚，那就是宮裡某位貴人的神通了？楊公公在宮裡倒不屬於任何一派，而是只忠於皇上。眼看著大家紛紛搖頭，不由得心道：「嬪妃們明爭暗鬥，我等卻是照章辦事，有毛病也怨不到我們頭上，蹚那渾水做什麼？」

楊公公索性把出場表往袖子裡一揣，點點頭道：「嗯，開始吧！」

當下便有唱禮太監尖著嗓子喊了一句：「選秀演禮，出！」

兩隊秀女率先走進了現場，李閣老家的秀女李寧秀和劉總督家的秀女劉明珠自是在列。

這初試又被稱作「花選」，各家的女兒要精心打扮，一個個爭奇鬥豔，讓人一眼看去賞心悅目，就似賞花一般。

只可惜兩隊秀女分列左右，中間長案後面坐的卻是一群宮中各房調過來的審評太監，看美女也不會有什麼虛火上升的問題。不過初試罷了，還用不著後宮的貴人們出場。

「坐！」

面前早已排上了兩排椅子，諸貴女聞言坐下，一個個坐得四平八穩，尤其是那李、劉兩家的秀女，雖然坐姿與大家一樣，可是無論氣質相貌，穿著打扮，都是遠勝其他人一籌。

一干審評太監心中暗讚，便是不看家世背景，此二女也是一等一的！

「跪！」唱禮太監又是一聲吆喝，眾秀女面向正北齊行跪姿，一干審評太監雖然是代天家選秀，卻不能受這一跪，紛紛起身相避。

只是，這些人看禮數規矩的本事都是一等一的法眼如炬，有兩個秀女站起身的時候稍有晃動，名單上立刻被勾了一筆，這就算是出局了。

「遞！」初選自是一項項地來，不過這兩組怕是最沒懸念的兩組了，劉李兩家的秀女果然順利過關，倒是另有六名秀女落選。

秀女們兩組、兩組分別上場。

過關的心中高興，落選的不免悲戚哀傷，當場痛哭的大有人在，更有幾個心理壓力太大的秀女聽聞落選，當場昏了過去。

評審太監們早已見怪不怪，心腸更是一個個堅硬如鐵，連這麼點兒事都受不住還想往下走？可見咱家眼光的確沒錯，勾了妳是妳的造化！

等到了中午，秀女們的初試眼看進入尾聲，評審太監們一個個卻來了精神。

往年只見到那些小門小戶，沒什麼後臺的秀女苦哈哈地排到最後，今年倒是兩個大熱門放在了末尾，這才叫有好戲看啊！

太監身有殘缺，此時雖然各有念頭，但是一想到大熱門的秀女們也有這等遭罪的時候，心中所想卻有些驚人的相似之處，都帶著那麼點兒不為人知的陰暗。

「丙字房第十九組、第二十組，入！」

隨著唱禮，評審太監們一個個都有點小興奮，能看到這等大熱門的秀女在正午的大太陽底下受罪，那可不太容易啊，此時一個比一個的眼睛亮。

「坐！」

兩排秀女面對面坐下，安清悠早在入場時便覺得此事有些蹊蹺，自己是不是大熱門暫且不論，怎麼著也不該輪到最後一組進場啊！等到這一坐，更是肯定了這推斷。

還真就是冤家路窄，坐在自己正對面的，竟然是早上剛吵了一架的夏家小姐夏青櫻，斷沒有如此巧合的道理。

夏青櫻也覺得不對勁，夏家什麼時候受過這等安排？

再一看對面居然坐著安清悠，夏青櫻就更氣不打一處來了。

同樣都是跛扈，她的腦子可比安清悠的妹妹安青雲靈光得多。

夏青櫻微微一想便知，事情變成了這樣，十有八九和這位安家的大小姐有關。

只是，夏青櫻雖然猜對了一半，兩人的表現卻是各有不同。

安清悠不過是瞳孔微縮，便恢復了平靜的目光，臉上表情更是沒有絲毫變化，可是這等模樣落在夏青櫻眼中卻幾與挑釁無異，一雙眼睛裡滿是憤怒和怨毒。

安清悠只當她是空氣，自顧自坐得規規矩矩，卻聽那唱禮太監又高喊道：「遞！」

從兩邊各來了一隊司儀監的管教嬤嬤，每人手捧一個托盤，上面是一碗滿滿的清水。秀女們要把托盤接了過來放在面前的几案上，再端起來遞回對方手裡，滴水不漏才算合格。

安清悠長年調香，力道拿捏本就遠比一般人更細膩，再加上又曾得彭嬤嬤的指點，勤學苦練之下，這一接一遞比那管教嬤嬤還嫻熟三分，更兼那動作之優雅從容，也在對方之上。

倒是旁邊一個秀女似乎是心中緊張，那碗裡的水微微灑出來了一星半點兒，便被勾掉名字帶了下去。

那秀女哭了出來，安清悠心中輕嘆，面上手上依舊從容。

評審太監中有人輕輕嗯了一聲，卻不是對那被勾了名字的秀女，而是對著安清悠所發。

這安家的秀女在「遞」這一環的考核中，表現猶在最早出場的李、劉二家的秀女之上，且身邊有這等事情發生都不為所動，還做得比司儀監的管教嬤嬤還高上一籌，這等秀女很久都沒見到了。

夏青櫻做得亦是不錯，只是遞完了托盤再看前方時，卻見一個個評審的眼光都是向安清悠望去，還多有讚賞之意，心頭不由得更恨。

便在此時，又聽那唱禮太監叫道：「臥！」

几案椅子等物被撤了下去，換上來的是一張張竹榻。雖長卻細窄得只能容一人勉強躺下，若是真拿此物躺著睡覺，摔下來是絕對有可能的。可對於秀女們來說，這是她們必須要過的一關。

正臥、側臥、俯臥、翻身，不但不能出紕漏，姿勢還得優雅。

又有兩個秀女被帶下去，夏青櫻卻是完成得極好，安清悠也不差。

單比水準，兩人相差彷彿，可安清悠的身高遠比夏青櫻高了一截，行動難度在對方之上，這一個「臥」字上面的比試，夏青櫻便又是做了陪襯。

「站！」

這個站字一叫，一干評審太監中倒是有不少人臉上露出了一絲古裡古怪的微笑。

正所謂嚴冬尚有三日暖，眼下雖已進深秋，但寒冷基本都是在晚上，中午尚有一兩個時辰的熱度。更兼這換季之時氣候反覆無常，幾日京城的氣溫竟是有回升的暖意。

再一看兩個大熱門的秀女身上都裹著嚴嚴實實的禮服，眾太監面色嚴肅，心裡卻都是有點幸災樂禍。

選秀時的一炷香可和普通民間所用的一炷香不同。

在宮中最多的時候不是跪而是站，若是站都沒個站相，如何了得？

所以，那選秀時的香可是做得又粗又長，執香的太監點燃了香頭，兩列秀女相對而立，各自往前走了兩步，就這麼面對面地站定了。

說起來這可能是整個初選過程中秀女們彼此離得最近的一次，身挨著身，臉對著臉，便是彼此呼吸都清晰可聞。夏青櫻對安清悠很有些仇人相見分外眼紅的意思，努力地用眼神表達著自己的驕傲和憤怒。

不過，這等做派在此情此景之下卻是徒勞無功，且不說安清悠一直是視她為無物，就算雙方偶有對視，安清悠這便宜也是占大了。

原因無他，因為安清悠的身材高出了對手足足大半頭，她這麼規規矩矩地站著便直接看到了夏青櫻的頭頂，可夏青櫻就算再怎麼想用眼神殺死安清悠，看到的也只是對方的下巴。

被俯視的感覺真的很鬱悶啊！

心中越發憋屈，然而這當口只能頭不動、頸不抬。

夏青櫻努力地動著眼睛，試圖和安清悠來個目光相對，給對方施加一點壓力。

可這眼睛不比別處，越是向上看越是費力，不多時，夏青櫻的眼睛就已經酸了。

原本這眼睛大是她相貌上的一個優點，此刻看來……怎麼越看越像翻白眼呢？

評審太監中有人重重地咳了一聲，站姿講究的不僅是頭正頸挺身直，更要眼不斜視目不肆睨。

就夏青櫻這副幾近於翻白眼的狀況，換了別的秀女，早一筆便把名字勾了。可眼下的問題是，這翻白眼的秀女是兵部夏尚書家的女兒，他老爹說不定就是下一任首輔，誰吃飽了撐著去得罪她？一時間，評審席上倒是咳嗽聲不斷，就盼著能提醒一下這位夏小姐，倒似是大家集體感染了風寒一般。

夏青櫻到底不是蠢人，聽到外面咳嗽聲不斷，心中一驚，原想著要用氣勢壓倒對方，怎麼反倒是自己率先出了漏子？連忙收斂心神，雙目平視。

只是知道自己已經出了大錯處，這心情卻又哪裡是一時半刻就能平復下來的？又加上正午的太陽最足，這盛裝之下，越發香汗淋漓起來。

不多時，夏青櫻便連鼻尖上、額頭上也漸漸沁出了汗珠。

只可惜，你敬我一尺，我敬你一丈，你若是欺我，我必強力反彈，這素來是安清悠的原則。夏青櫻出言無狀，更是惱她早上辱及了安家和自己的父親，此刻她想罷手喘息，安清悠卻不肯放過她了。

收拾這惡女子的方法其實非常簡單，調整一下自己的呼吸便成。

當初隨彭嬤嬤練習靜氣本事的時候，有一項便是對著香出氣，卻既不得發出喘氣聲，又不得吹亂了煙霧。

安清悠這法子苦練已久，控制呼吸的本領早就掌握得爐火純青。

此刻稍稍加重了出氣，表情聲響卻是半點不變，居高臨下之間，鼻子裡吹出的氣息便直接噴到了夏青櫻的額頭上。

腦袋上就這麼被人家一股風一股風地吹著，還是被自己視為眼中釘的競爭對手所為，夏青櫻心裡別提有多憋屈了。心浮氣躁之下，這汗流得更快，不一會兒竟已是內袍俱濕，連滿頭滿臉都是汗水了。

一股疲憊感開始蔓延，呼吸都有些急促起來。

這夏尚書的女兒竟是如此的不堪嗎？應該不至於啊！夏家這等門第所請來的管教嬤嬤自然不差，既有信心把女兒送到宮裡來爭玉牌，這等演練應該是早就做了許多遍才對，難道是緊張所致？

評審太監們本是存著看好戲的心理，想看看這些重臣權貴家的秀女怎生遭罪，但是他們對選秀卻是熟得不能再熟，這站功看似筆挺，其實掌握了訣竅越放鬆越是不累。你瞧人家對面的安秀女，那等淡然之態才是正道。

心中雖有此想，可是評審眾人一個個早沒了看戲的念頭，反而是提心吊膽地祈禱起來。

過去幾屆裡有秀女因為緊張過度當場昏倒的，這夏家的秀女若是體力不支，出了什麼大紕漏來，有誰敢就這麼放她進下一輪？

未來首輔的女兒若是折在了自己這一關，那麻煩想想都覺得頭大。

啪嗒一下，一滴斗大的汗珠從夏青櫻下頷悄然滑落，掉在地上，變成了一點水漬。

安清悠依舊泰然自若，面上波瀾不驚，鼻子上一陣一陣地呼著小風，便是那些評審太監們也沒看出有什麼毛病來。

汗珠從夏青櫻的臉上一滴接一滴落下，地上的水漬已經變成了小小的一片。

不過，總算夏青櫻是夏家花了大本錢培養出來的重要秀女，底子打得還算扎實。

夏青櫻再一想到若是初選便告落榜，回去之後指不定有什麼悲慘的境遇等著自己，是以眼下雖然狼狽不堪，卻咬牙死撐。

這等模樣倒是讓其他秀女們頗受鼓舞。

小門小戶的女子往往比那些大家閨秀更為刻苦，更有耐力，初選的環節裡倒也不是沒有可表現的東西。這站字一環本來就是小戶女子們的長項，如今有了夏家小姐這麼大的一碗酒墊底，一個個反倒賣力站得更精神起來。

安清悠早就停了那吹小風的手段，這倒不是她沒有徹底打倒對方的信心，而是明白什麼事情都有個度。眼下雖是唬過了這幫評審，可是大內之中臥虎藏龍，事情鬧得太大，天曉得會有什麼高人看穿了自己。

有這麼一個自己能夠戰而勝之的陪襯，也未必就是壞事。

一炷香終於燒到了盡頭。

唱禮太監卻是等那火星一滅，就忙不迭高喊：「起！」趕緊進入了下一個環節。

一干評審們長出了一口氣，剛才這一通提心吊膽，真是讓人鬱悶。

夏青櫻總算過了關，但伸手邁步之間已是僵硬無比，身心耗費過度，後面的幾個環節做得頗為差勁，但好歹也算是應付下來了。

安清悠其後的起、躬、進、退、飲五項，卻是做得一項比一項扎實。動作之精準到位，形態氣質之收放自如，比那最早出場的李、劉兩家的秀女還高了一籌。只可惜，評審們心驚膽戰之餘，只想著夏尚書家的女兒會不會栽在自己手裡，雖然偶爾也暗自對安清悠讚嘆兩句，可大多時候都有些心不在焉。

「本日初選已畢，諸女回房，風評秀起！」

評審太監們一個個如蒙大赦，終於應付過了最後一組，得罪人的事情到底是沒幹。大家但求明哲保身，馬馬虎虎也就算了。

倒是和安清悠同一批出場的一些秀女得了便宜，既是連夏青櫻這等敷衍著完成後五項的人都沒刷下去，別人自也不好揪得太狠。

早先氣焰最高的夏青櫻此刻像是個霜打了的茄子，這一次初選如何她自是心中有數，不過是靠著家中的背景才勉強過關，灰溜溜地回到了自己房中歇了一陣，這力氣精神漸漸恢復了過來，一想到安清悠那雙無所謂的眼睛，便衝著屋裡的東西一通亂砸。

便在此時，她身邊的侍候嬤嬤笑著來報道：「夏秀女，有人求見，說是有些話要捎給您……」

夏青櫻登時眼睛一亮，雖說秀女到了宮中有規矩不能和外界互通消息，可是這規矩是死的，人卻是活的。

秀女房裡連外面的酒席都能置辦進來，又哪裡差這點消息？更別提像夏家這等家族自有些門路管道了，難道是家裡的支援來了？

讓那捎話之人進了屋子，卻是個初選時見過的管教嬤嬤，帶來的果然是家中的好消息：「文妃娘娘那邊沒問題，宮裡流傳的不過謠言而已，好好選秀，拿個玉牌下來。」

這話雖然只有一句，卻足以讓夏青櫻大喜。

之前她最擔心的不是對手的表現如何，而是家族和文妃娘娘那邊的合作是不是有了變化。如果安家和李家在宮外達成了什麼新協議，那才是真正要命的。

如今新消息過來，雖然不能改變她剛剛出醜的事實，也足夠讓她恢復了盛氣凌人的架勢，隨手一張銀票賞了出去，卻是咬著牙想到：安清悠？哼哼！妳別高興得太早。初選的比試不過是一部分而已，還有評呢？這才是最較勁的，我倒要看看那群評審太監們是認妳這個安家呢？還是認我們這個夏家！

「恭喜妹妹得過初試，咱們往前又邁了一步！」

安清悠此刻是到了孫蓉兒房中，兩人自見面起，一直頗談得來。此刻桌上擺著幾樣小菜，正互相打氣。

「姊姊才是真有本事的！聽幾個姊妹說，姊姊那一場所趕上的時辰最是難熬，可是姊姊的表現卻是沒人能挑出半點毛病來！」孫蓉兒帶著些羨慕的語氣說道：「看來宮裡的傳言不虛，姊姊這次真是有望拿那玉牌的，到時候可千萬別忘了提攜小妹一下！」

「咱們互相提攜……」安清悠隨口說著話，忽然感覺到孫蓉兒的話裡似乎有些不對，當下眉頭微皺道：「妹妹說的是什麼傳言？什麼我想拿玉牌？」

「姊姊還不知道？秀女房裡都已經傳遍了！」孫蓉兒臉上浮起了一絲驚訝之色，把昨夜的傳言又複述了一遍。安清悠越聽越奇，自己什麼時候和文妃娘娘又有了這等協議？還預定了一塊玉牌？

見怪不怪，其怪自敗。

選秀這事情本就是真真假假，虛虛實實，安清悠想了半天不得要領，索性拿這流言只當個謠傳聽，還真就是不去理睬它了。不過，這也解釋了那夏青櫻為什麼處處針對自己。

嗯……看來消息不靈通不行，她是不是該找幾個嬤嬤太監之類的人物，多花些銀子買消息？或是像其他幾個熱門人選般多收幾個小妹？

安清悠這邊思忖，那邊孫蓉兒卻有些會錯了意，好心說道：「姊姊可是要去走動走動？秀得好不如評得好，第一輪的成績可也是很重要的……」

「弄那些無聊事做什麼？」安清悠直接打斷了孫蓉兒的話，搖了搖頭苦笑道：「姊姊本就是個慵懶之人，對於嫁皇室宗親又是一點興趣都沒有，莫說是玉牌，連天字號我都不想進！既已過了首輪，那又何必再去搞那些什麼走動？諸位負責初選的評審公公愛給我第幾給我第幾，我就在這裡和妹妹吃飯說話兒，由著他們評去！」

孫蓉兒不禁愕然，難道傳言有假？這位安家姊姊真的無意皇室，無意玉牌？

又或者……她其實早已心中有底，所以不用再去搞什麼走動之事？如果是後者的話，這口氣可就太大了！

殊不知安清悠帶著孫蓉兒吃飯說話的時候，一干評審太監們卻是撓破了頭。今年的選秀雖只是初試，但人人都覺得這排座次的秀評著實難寫。

「要不……這李家的秀女排名第一，劉家的秀女排名第二？」

副審太監尤公公半天才憋出這麼一句話，得到了同僚們的一致回應。這算得上是最穩當的評法，基本上對各方都能交代過去，只是有人問道：「那第三名又是誰？」

這才是讓大夥兒真正犯難的地方。第三名是夏家的秀女夏青櫻？這位秀女在初試上的表現如何，個個心中有數，能夠過了初選已經是大家集體放水的結果了。

關鍵是看到的人太多，如果評了她第三名，那難免就是風言風語一片。

若是不評了第三，夏尚書那邊要怎麼交代？

很多人在此時自然而然想起安家的秀女安清悠，可是眾人不約而同保持了心照不宣，誰也不肯先說出口。畢竟安清悠的爹比夏青櫻的爹差得太遠，便是把祖父搬出來，和兵部尚書相比，只怕還差了那麼半分，更何況夏尚書極有可能是下任首輔。

尤公公見眾人一片沉默，心中苦笑。

尚衣監本是西宮文妃娘娘的勢力所在，他亦是這一系的人馬。

昨夜流言四起，他為求穩妥，一早還專門到文妃娘娘處求過提點，得到的回答堅決無比：「尤公公，本宮跟你說過形勢有變沒有？本宮手下的人跟你說過形勢有變沒有？你也是當了許多年差的老人了，這麼點無風起浪的東西也能讓你心神不寧？」

尤公公大有狗血淋頭之感，當著文妃娘娘面的時候還給了自己幾個耳光。

可是，眼下若要強點了夏青櫻也太著痕跡，大家一片沉默，一來是怕傳出去名聲不好聽，二來這可就坐實了諂媚夏尚書家的話柄。祖宗規矩，內監向來不得結交外臣，此等事情可大可小，但說不定哪天就是個埋著的雷。

尤公公在這裡犯難，再一瞥眼看那主審楊公公，卻見他老神在在，自顧自喝著茶，心中一動，過去陪笑著問道：「楊公公，您是這次的主審，這事兒您看怎麼辦？」

「我？」楊公公慢悠悠品了一口上好的凍頂烏龍，搖頭晃腦地說道：「我當然是先聽諸位同僚的意見了。選秀大事，若是讓大夥兒都沒了發揮的餘地，這主審豈不做得太過霸道？」

尤公公心裡氣極，這楊五峰倒是八面玲瓏誰都不肯得罪，給我搞官大一級壓死人嗎？你不做這惡人，我自然也不想做，反正你是主審，到時候交不上秀評，我看你怎麼辦？大夥兒彼此推脫，第三名評不出來，這後面的其他人不妨先評吧……

於是，跳過去先排後面的名次，眾評審太監倒是都有些盼著自己手邊的活計幹不完。幹完了活，自然要排那第三名、第四名，若有人問一句誰放在前頭，自己又該怎麼回答？沒看見主審、副審兩位公公都悶聲發大財嗎？誰當出頭鳥才是笨人，別落了個被人當槍使，到頭來怎麼死的都不知道！

就這麼磨磨蹭蹭寫秀評，速度比蝸牛還慢。所有人皆做斟酌考慮狀，可是時間不等人，不知不覺天已經黑了，再磨蹭一會兒，卻是已經到了深夜。

太監們心情惴惴，再怎麼拖也得有個定數，若是誤了交秀評的時辰，眾人可是吃不了兜著走。

便在此時，忽然有個聲音在門口響起：「諸位公公，今年的秀評莫不是難產嗎？怎麼這麼晚了還沒個定論？」

聲音蒼老尖細，眾人拿眼看去時，一個個心中打了個突，來者居然是皇后娘娘身邊的頭號親信，大內三大總管之一的劉成劉公公。

「小的見過劉公公！」

劉成的身分職階在那裡擺著，一干評審太監趕緊過來見禮。

尤公公在一旁小心翼翼地問道：「劉公公深夜來此，不知道有什麼提點指教？」

「提點可不敢當，各位公公管的是秀女們的審評，咱家豈敢隨便插嘴？」

劉成嘿了一聲，話卻說得滴水不漏：「不過這往年的初選到這般時辰，那秀評可是早就呈上來了。皇后娘娘讓咱家來看一下，不過是個小小的初選，怎麼就這麼費勁出不來結果呢？」

眾太監出了一身冷汗，這顯然是皇后娘娘那邊派人來催了，這可不是鬧著玩的。

尤公公心中更急，知道若是再拖下去只怕是誰都落不了好。楊公公是皇上的人還好說，自己可是帶著文妃娘娘那邊的任務過來的，如今皇后娘娘都遣人來問，若是文妃娘娘那邊遣人過來催，自已可就是大禍臨頭了。

一咬牙，尤公公上前拉住了劉成的手，一塊上好的羊脂白玉遞了過去，口中連聲道：「劉公公，您老是宮裡的老前輩，小的代這裡十幾位公公求您一句，娘娘那邊可是有什麼話傳過來？」

這話一說，引起了不少人的共鳴，屋子裡是央告聲一片。

尤公公暗暗打定了主意，只要劉成吐露個皇后那邊的風向，自己大可向文妃娘娘說皇后娘娘插手了此事，還派了人來強壓自己。到時候無論結果怎樣，總歸是怪不到自己的頭上。

只是這等伎倆到劉成面前卻是白扯，只見他嘿嘿一笑道：「別啊，諸位！咱家不過是來催個進度，皇后娘娘什麼話都沒讓咱家傳，咱家又哪敢假造懿旨？倒是幾日前她老人家曾經說過，選秀是宮裡的大事，皇家的大事，下面奴才做評審的，那可真要全憑忠心，秉公論斷，若是哪個徇私舞弊的，她的眼裡可是揉不進沙子！」

這話等於什麼都沒說，可又是什麼都說了，偏偏還讓人挑不出半點毛病來。有那腦子慢的還在渾渾噩噩，尤公公心裡卻是一聲長嘆，知道那夏尚書家的女兒已經是完了。

不過，這也怨不得旁人，誰叫她自己不爭氣。當下把心一橫，卻是對著劉成陪笑道：「好叫劉公公得知，這初選的結果大體已經出來了，李首輔家的秀女排名第一，劉總督家的秀女得了第二，那第三名卻是安……」

那安字剛剛出口，一直以來言語甚少的主審楊公公突然插了話：「那安家的秀女安清悠，禮儀嫻熟，氣質優雅，初選之時連司儀監的管教嬤嬤都比了下去，尤勝那李、劉兩家的秀女一籌，依著我看，可評初選第一。」

這話簡直是語不驚人死不休，評審太監們齊刷刷心頭一震。安家的秀女拿第一？雖說若是憑真本事，那安秀女的確比旁人高了一籌，可是壓下了夏家已是讓人捏了把汗，連李劉兩家都壓了下去？縱然楊公公你是皇上的人又如何，難道不想混了？

可也有那腦子轉得快的，驚異之後卻覺得主審大人這排位大有道理。安家的秀女本就是初選表現最佳之人，點了她個第一名又如何？誰也說不出什麼來！又有皇后娘娘這一句秉公論斷做護身符，出了事情也有說辭。更兼這一來也不顯得是獨獨針對夏家，干係自然少了許多，還能博個正直公平的好名聲，要不，怎麼說人家是主審呢？這水準就是高！

至於安家的秀女從此被推上了風口浪尖？嘖！那是宮裡貴人和那幾家重臣們的事情。神仙打架，我又何必摻和，下刀子也是下在那安秀女頭上，關咱家個屁事啊！

卻見楊公公站了起來，一身正氣，口中大聲道：「諸位，我等既是為皇家辦事，自當本著一顆公正之心。初選便是初選，不能受場外之事的影響，更何況咱們執筆一落固是輕鬆，可也關係到人家女兒的半生命運，唯有心存正義，不計個人榮辱，這才上不負皇恩浩蕩，下對得住天地之間這顆良心。」

執筆一落，輕鬆個屁！早不見你這麼有主意？

眾太監心裡暗罵，面上卻是一片稱道。

楊公公是倡議者，又是本次的主審，誰在這時候唱那不開眼的反調？當下都是附和道，對啊對啊，咱們一定要有良心！

於是，事情就這樣定了下來。

劉成要的不過是敲掉夏家，至於誰拿榜首倒是無所謂，更何況那李劉兩家沒得了第一，對皇后娘娘那邊自是有百利而無一害，當下優哉游哉地回慈安宮覆命。

今兒晚上說了總共沒三兩句話，卻是敲人收禮兩不耽誤，滴水不漏之下，差事更是做得加倍漂亮。他劉公公水準高與不高，這一身的年紀地位早不用向旁人證明什麼了。

參之章 花選初戰成名

「黎明即起，秀女梳洗！」

選秀房中又是一聲高喊，轉眼又是新的一天。只是，秀女們這次沒什麼人著急去梳妝打扮，初選落榜之人昨天晚上便已遷出秀女房，複選還要等到明日。大家走出了屋子，卻都是為了去瞧自己選秀的名次。

安清悠當然也在其列，不過，心情卻比別人輕鬆了許多。

自己所要的不過是過關而已，對於名次什麼反倒不在意。只是每天早上聽著這麼一聲吆喝才能起床出屋，總覺得像是監獄裡的犯人放風，對宮中的生活越發不喜。

「昨天跪起的時候太緊張，小腿有些顫，也不知有影響沒有……」

和安清悠同行的孫蓉兒一心想嫁皇室宗親，對這初選的名次看重得緊，打出了門就一直小聲嘟囔，此刻更是一臉的忐忑之色。

安清悠笑著拍了拍她的肩膀道：「妹妹放心，這不過是初選而已，過關便能進入複試。以妹妹這樣的人品家世，排名自然不會太低，又這般擔心做什麼？」

孫蓉兒卻是苦笑，搖頭道：「姊姊是爭玉牌的佼佼者，昨日花選又是滴水不漏，自然不用擔心。小妹卻沒有姊姊那般好命，想嫁個皇室宗親的真不知道成與不成。」

安清悠見她話語中似有難言之隱，知道家家都有一本難念的經，便只輕嘆，也沒追問，忽聽到身後有人冷笑道：「那玉牌豈是妳這等人說爭就爭的？想奪前三名，也得掂掂自己有沒有這斤兩！」

二人回過頭來，卻見夏青櫻不知何時站到了身後。

安清悠秀眉微皺，實在是懶得與這種女子廢話，一拉孫蓉兒便向前走去，倒是那夏青櫻見對方不理自己，也擺出了驕傲的姿態，不再說話，卻是冷笑連連，一副看好戲的架勢，陰魂不散地走在二人身旁。

「初試第三百八十九名，翰林院伴講魏無且嫡長女魏氏！」

「初試第三百八十八名，祿常寺右下門副都辦王長嶺次嫡孫女王氏……」

那放榜的唱名太監來得甚早，正手持初榜黃封，一個名字接一個名字報出來，排名越靠後的，越早宣布。

在場眾女子都是過關之人，一個個都盼著自己的名字晚一些被報出來。

初選是第一道關卡，說白了就是一個秀女參選後留下的第一個印象名聲，自然十分重要。有幾個排在末尾的秀女一聽見自己的名字，面如死灰，似這等初試甩在最後的，十有八九複試裡是給人做陪襯的命，登時便有人紅起眼圈哭了出來。

五百多秀女經此一關，只留下了三百八十餘人，直接刷掉了三分之一。

她們相比那些初試之時就被淘汰的女子，命運已經是好很多了。

「第一百零四名，吏部雲方檢給事郎中黃弘毅嫡女黃氏……」

「第一百零三名，山西南九衛兵道守備吳元可嫡女吳氏……」

那唱名太監一刻不停，不多時便讀到了一百名左右，許多人到了這等時暗暗鬆了一口氣。

初試之後要比的便是「複名」、「試文」這兩個大項，也就是所謂的複試。複試若是再過了，那便是「合議、放牌」也就是最後的終選。

按照選秀的慣例，能夠進終選的秀女人數通常也就是七八十人左右，初選若是排到百名左右，那就還有進終選的希望，可若是連這等名次都沒有，想進終選雖不是絕無可能，卻已是難上加難了。

孫蓉兒站在安清悠身邊，聽到這裡，輕輕拍了拍胸口，長出了一口氣道：「還好還好，這下進單子算是多了幾分把握，不至於太過擔心了。」

能夠進終選的秀女，通常便能上各類榜單，像秀女們口中所說的「天字號單子」、「地字號單子」、「人字號單子」等等，不過是檔次不同而已。

所以，進終選也被稱為「進單子」。

安清悠莞爾一笑，正想鼓勵一下這個和自己相處不錯的秀女妹妹，卻聽旁邊夏青櫻冷笑道：「不過才念到百名而已，就在這裡高興成這樣？嘖！便是進了單子又如何？終選的最後一張單子上還不是做宮女伺候人，就算比一般宮女身分高些，那也是宮女！萬一伺候到了同屆的秀女，卻不知是什麼滋味？」

夏青櫻雖然在初選上失誤得一塌糊塗，可是自家知自家事。

文妃娘娘那邊已經重申了承諾，娘家又有這等背景，當然不用擔心什麼百名不百名的。

倒是昨日初選場上被安清悠拾掇了一把，今天是無論如何要看這安大小姐好戲的。只等自己名次比安清悠更高的時候，那可要好好擠兌她一番，出一出心中惡氣。

「孫家妹妹的排名可還沒報呢，未必沒在這百名的水準上。妳的排名不也沒報？按照昨日初選那般水準……唉！若是終選落了進了最末的一張，沒準兒也要去伺候人呢！」

安清悠連頭都不回，口中言語雖未點名，可是誰都知道她說的是夏青櫻。

夏青櫻氣極，冷笑道：「是嗎？只是可惜啊，我的名字可不會被這麼早報出來，倒是妳聽聽，現在這些什麼給事郎中、兵道守備的，也就是些四品五品的小官兒吧？令尊是什麼階位來著？是四品還是五品？哎呀，不對，散官兒還比不上這些有實權的……」

夏青櫻這裡動輒提人父母，安清悠心中自然是厭惡無比，可是對於這等人卻著實懶得再說，沉默之間忽然右手一抬，一根中指在對方面前筆直豎起。

這時代裡可沒有這等手勢，夏青櫻愣了半天才覺得這手勢有點像一，繼續冷笑道：「比劃個一做什麼？妳也知道我爹是正一品，羨慕嗎？」

「初試第三十一名，戶部漕運衙門提督鄭子棟幼嫡女鄭氏……」

「初試第三十名，工部侍郎曹淵理長孫女曹氏……」

說話之間，那唱名太監已經把名字報到了第三十名左右，卻仍舊沒有聽到幾人的名字，孫蓉兒已經興奮得快要暈過去了，抓著安清悠的手連聲叫道：「三十，進三十了耶！」

初試三十名，那是有希望衝擊天字號單子的一道坎。

安清悠早知那位大理寺少卿家裡不簡單，這孫蓉兒其實也是個很有實力的秀女，只不過是自信不足而已。正替她高興，旁邊那個最見不得安清悠高興的夏青櫻卻插口冷笑道：「不過是進了三十而已，那天字號單子不過區區九人，哪有那麼……」

這話還沒說完，忽聽唱名太監高叫道：「第二十九名，兵部尚書夏守仁長女夏氏！」

夏青櫻的冷笑一下子僵在了臉上，二十九名？自己居然只得了初選第二十九名？

偏生緊接著那唱名太監高叫道：「第二十八名，大理寺少卿孫鴻名嫡女孫氏！」

孫蓉抬頭，挺胸，揚下巴，接著適才夏青櫻的話頭大聲說道：「不過是進了三十而已，那天字號單子不過區區九人，哪有那麼好進？能進了三十，咱就知足吧！」

孫蓉兒被人在一邊冷言冷語，心裡早已對夏青櫻憋著不少火了。

進入三十名，對於她這等女子來說，不啻是一場勝利，可是對於夏青櫻這等檔次的秀女而言，那才真算得上是一敗塗地。

安清悠忍不住抿嘴一笑，這孫家妹妹看似面嫩，損起人來卻也不遑多讓。

夏青櫻此刻已是面如死灰，昨天文妃娘娘不是說了穩妥的嗎？家裡也說不用擔心，怎麼……怎麼會落到第二十九名？這臉還往哪擱啊？

被這個消息震到了的不僅是夏青櫻，還有大批來聽名次的秀女們。一時間，場中嗡的一聲炸開了鍋，到處都是竊竊私語的聲音。

恰好前日有流言四起，這女子們扎堆，議論得可就更歡了。一道道目光向著夏青櫻看來，皆是納罕之意。

難道……難道那流言竟是真的？她真的頂了我拿了第三名？可便算如此，我起碼也應該得個第四名，為什麼是二十九名，為什麼是二十九名……

夏青櫻哪裡還有臉在這裡再待下去，掩面疾走，向著自己的屋子直奔過去，心裡喃喃自語，只想撲到床上大哭一場。沒想到跌跌撞撞走到門口，卻聽身後那唱名聲遙遙傳來：「……初選第三名，東南六省經略總督劉波嫡次孫女劉氏！」

這一次引起的轟動，比夏家的秀女落到第二十九名還大。

夏青櫻吃驚地張大了嘴巴，那姓安的女子居然連劉家的秀女都壓下去了？一股不祥的預感忽然在她心中升起，這女子不會是……不會是連李家的姊姊都鎮不住她吧？

誰知還真是越怕什麼越來什麼，卻聽那唱名太監又是高叫道：「初選第二名，內閣大學士李華年嫡幼孫女李氏！」

驟聞此聲，夏青櫻的雙腿再也支撐不住，一屁股坐在了地上。

遠處，太陽正在越升越高，伴著那陽光射向大地的還有遙遙的唱名之聲：「初選第一名，監察院左都御史安翰池嫡長孫女安氏！」

安府，長房。

「安兄，上次我與你相談之事如何？如今可是想好了？」

安德佑的書房之中，進京述職的沈從元面帶微笑，拈起一枚白子落下，輕輕提起了對方的兩枚黑子。

沈雲衣和安子良侍立在各自的父親身後，這幾日安子良得沈雲衣指點，書讀得不錯，可如今看那棋盤卻忍不住連連搖頭。

黑棋的大龍困守腹地，被白旗層層圍堵，雖然左突右衝卻是已顯不支之象，眼看就要輸了。

「沈兄莫要心急，悠兒如今尚在宮裡選秀，真要是有哪個貴人點了她，事情又豈是你我所能做主？」安德佑嘆了口氣，有些心不在焉，隨手落下一子，無可無不可地道：「聯姻之事雖好，不過要等選秀結束再說……」

沈從元哈哈大笑，「安兄莫要唬我，前幾日我又去拜訪了一次老太爺，他老人家可是跟我說得仔細，此次世侄女入宮，那是斷斷不可能嫁皇室宗親的。安家自己尚且是這般態度，大侄女在宮中又能有多大折騰？安兄如此不置可否，難不成是對我沈家有什麼看法，不肯訂這門親事嗎？」

「哪裡哪裡，沈兄這話太過言重了，我焉有此意？」安德佑趕忙解釋道：「沈賢侄一表人才，又是當今榜眼，多少人家的女兒求這門親事還求不上，你我兩家本是世交，能有這樣的親家自是不錯……」

「那這門親事就這麼定了如何？」沈從元笑咪咪地道：「我這便回去準備，擇日下聘……」

只是這聘字剛出口，門外下人來報說三老爺來了，還未等安德佑說個請字，安德成的聲音已經遙遙在耳：「大哥，大喜！大喜啊！」

三房和長房素來交好，安德成向來就是在長房裡走慣了的，此刻興沖沖地進來，卻發現沈從元也在場，連忙正色行禮道：「不知沈世兄在此，德成唐突了，還望沈世兄海涵。」

沈從元含笑打個哈哈：「無妨無妨，這才見得你們兄弟感情好！我倒盼著我那家裡的弟弟也能出幾個老弟這般的，自家兄弟見面還得弄一堆繁文縟節，那才叫無趣得緊啊！」

眾人大笑，安德佑便問道：「三弟，何事如此激動，又有什麼喜報不成？」

這話一說，安德成又興奮起來，「大哥，你還不知道？這豈止是喜報，簡直是給我們安家長了大臉啊！大侄女進宮選秀，竟是在初試上拿了第一名！」

「啊？」大夥兒齊齊驚呼，此次選秀可說是強手林立，安清悠居然拿了初選第一？

眾人俱大喜，唯有沈從元聞言手中一抖，幾個白子啪啦啦地掉在棋盤上，眼見已是九成贏面的一盤好棋登時就亂了。

安德佑一臉無辜地轉過頭來，攤了攤雙手道：「沈兄，你看，我說這事未必能由你我做主吧？還是等選秀之後再議。」

年輕一代中有人如此爭氣露臉，實在是安家近年來從未有過之事，大家自然是一片高興，可是宮中大內，卻未必有人同樣開心了。

「照你這麼說，那夏家的女兒的確是自己太過差勁了？哼！這樣也好，一個十六七歲的小女孩兒便這麼驕縱跋扈，真要是嫁進天家，還不是有苦頭吃？派個人跟她說，眼光放遠一點，心思放靜一點，初選二十九名沒什麼大不了，後兩場表現好了一樣能得玉牌。」

文妃斜靠在軟榻上半瞇著眼，聽完了初選副審尤公公詳詳細細地說了一遍期間過程。

一張初選的名次表雖然擺在她眼前，雖然她昨夜便已知道，但她心裡究竟怎麼想，那可真就無人知道了。

尤公公心中一緊，他是初選副審，知道的當然遠比別人多。原本說要三家分玉牌，劉家主富貴，夏家主威勢，李家高高在上，這是選秀未開之時就定下的。如今文妃竟說出這等話來，那安撫之意卻是遠超過訓誡了。

尤公公磕了個頭，連忙道：「奴才這就去辦，定將那夏家的秀女安撫得妥妥當當的。」

遣走了尤公公，文妃自己一人竟是有些發呆，她皺著眉靜靜地想了一陣兒，忽然微微一笑，像是自言自語地道：「我的好姊姊，妳這手段倒是高明，這是鐵了心要敲打敲打妹妹不成？只可惜妳若真是那麼心裡有底，又何苦要把這選秀突然提前了呢？」

說話間眉頭頓展，隨手拿起那份初選名次又看了起來，看到位列榜首的安清悠時，目光微微一凝。安家？這個皇上下旨安撫重臣時頭一個選擇的安家！

原以為他家的那個秀女不過是會搞些調香的小把戲，如今看來，自己還是真有點小瞧了這個安清悠了！

或者……是小瞧了安家？

「來人，給我把侯公公召回來！」文妃對著外面吩咐道：「本宮有事要他去辦！」

就在文妃調兵遣將的時候，蕭皇后看著安清悠的名字倒是饒有興味，掃視了一眼排名表，微微笑著道：「那個楊五峰還真是夠大膽，居然讓他想出這麼一個法兒來，也真難為他了！不過，這一來，這個叫做安清悠的秀女算是被架在了火上烤，夏家秀女被踢到了二十九名，下一場複試就算是為了面子，也得卯足了勁兒爭回來。那李、劉兩家又哪裡甘心被人壓了一頭下去？劉公公，依你看，這安家和那三家到底是不是一路？」

「老奴以為不是！」劉成回答得非常肯定：「且不說初選之前有人曾看到夏家的秀女去這安清

悠的房中吵鬧，便是初選之時，老奴亦把眼力了得之人安排在場內。據他們說，那夏家的女兒之所以發揮失常，是安家的秀女用了某些技巧的緣故。若是安家和其他幾家一路，此事斷不會有做到了這般地步。」

說著，從袖中掏出了一份卷宗，恭恭敬敬呈到了蕭皇后的案前。

「還是你們這批老人辦起事兒來貼心！」蕭皇后嘉許地讚了一句，拿起那卷宗來翻看了幾頁，搖頭笑道：「只憑調整呼吸就挑得那夏青櫻汗如雨下？這事倒是有點意思，難怪連一群評審太監也瞞了過去。只是，小小年紀居然有這般本領，你確定那幾個人沒有看錯？」

「錯不了，她跪接遞送的時候，比司儀監的管教嬤嬤還高出一籌，這第一名也不是無故而得。更何況，那幾個人……」劉成沉默了一下，還是說了下去：「是四方樓裡出來的。」

蕭皇后微微點了點頭，不再追問，又看了幾頁卷宗才又問道：「初試這環做得不錯，複試有什麼主意沒有？」

劉成早有準備，小心翼翼地答道：「這初試之時陰錯陽差，把這安家的秀女弄成了第一，老奴心想，倒不如將計就計，就捧著安家和他們頂下去……」

「這倒沒那個必要！」蕭皇后搖頭，「安老大人是個死倔的脾氣，當年可是連參十七位大臣的事情都做過，整整一系人馬活生生就讓他拆散了架，這等事你都忘了？如今他年紀雖然大了，可我怕他薑桂之性越老越辣，真把安家逼得太急，指不定他反到靠到那邊去了，這是下策，甚不可取！」

「那娘娘的意思是……」劉成垂首而立，恭敬地請示道。

蕭皇后臉上露出一絲淡淡的笑意，「什麼也不做，誰想拿那複試的一二三名，讓她們爭去！你回頭安排一下，本宮到複試的園子裡遛達一番就成！」

蕭皇后和文妃各有調度的時候，安清悠的屋子門前，卻是有人正在軟磨硬泡。

「高嬤嬤，您就行行好，讓我們進去向安家姊姊行個禮成不成？」

「就是，高嬤嬤，我們頂多也就是請個安，說不定將來安家姊姊還是我們的主子呢！您說您這般攔著，卻又是何必呢？」

高嬤嬤一臉苦笑，打今兒剛一放榜開始，安清悠就塞了一百兩銀子的銀票在她手裡，告訴她今天有人想進屋子一概擋駕。

如今雖說是不斷有人藉著拉手牽衣角的動作往她手裡塞銀子，那數目也更是遠遠超出了安清悠所給的錢數，可是她卻沒一份敢接。

這倒不是因為高嬤嬤有多盡責，這初選第一名是什麼概念，那是起碼要進天榜地榜單子的人物，若是再得了玉牌，放出去就是一個王爺正妃。

既有了這選秀相處的情分，指不定就抱上了一棵大樹。

高嬤嬤已在這秀女房裡苦熬苦待了十幾年，如今有這等機會哪能放過？眼前的銀子雖好，可比起極有可能的大好前景而言，又算得了什麼？

「連我的銀子也不敢收嗎？」

一個細細的聲音忽然響起，高嬤嬤抬頭一看，這位的銀子她還真不是敢不敢收的問題。

此人赫然是那東南六省經略總督劉波劉大人家的孫女劉明珠！

朝堂閣老李首輔！東南忠犬劉總督！

這兩句歌謠在京城之中廣為流傳，莫說官宦人家罕有幾個沒聽過的，便是在茶樓酒肆、街頭巷尾之間，也常為人所津津樂道，甚至已經傳到了東南，傳到了劉總督自己的耳朵裡。

「我就是皇上面前一犬爾，但我是忠犬，是皇上的頭號忠犬！放眼咱們大梁朝，誰敢跟我比一個忠字？」

這位劉大人聽到這等話語也不生氣，反而認為是美譽，居然還在自己家裡的正廳之上掛上了一幅大字，提筆親書曰：「天下第一忠犬！」

這位第一忠犬劉總督坐擁帝國最富庶的東南六省，自然是富可敵國，甚至有人說他比皇上還富，家裡的銀子比國庫還多。

皇上似乎更是對他優待到了極處，別的文臣武將怕人參奏自己貪墨受賄，有銀子也不敢亂花，可是劉總督敢，敢弄得奢華到名揚天下，敢弄得言官御史們天天為了他上摺子彈劾，可這麼多年下來，他還是跟沒事人一樣。

有這樣一位家主在六省經略的位置上，劉家的人出手從來就沒小氣過。

至於眼前這位劉明珠小姐，雖然年僅十六，卻發育得極好，臉如滿月卻不是虛胖，而是給人一種微微帶著點嬰兒肥的感覺。體態豐滿，但不見半分臃腫。正所謂環肥燕瘦，卻是活生生一個肉感美人了。

這一出手，直接便是八百兩一張的京城銀票。

敢在秀女院裡這麼堂而皇之賞銀子的，恐怕也只有劉家的人做得出來。

高嬤嬤望著銀票嚥了一口口水，天人交戰只有短短一瞬，便接過銀票笑道：「原來是劉秀女，您且稍等，小的為您通報一聲去！」

人家劉家是什麼身分地位，又哪裡是我這麼一個小小的伺候嬤嬤所能擋得住的？如果是劉家的話，想來安清悠也不會見怪吧？至於其他那些被自己擋在門外的人……呸！妳們也配和劉家的孫女比？

「且慢！」

高嬤嬤接了銀票轉身就往屋裡走，那劉明珠卻是叫住了她，輕聲問道：「不知道安家姊姊現在在做什麼？」

「睡覺！」高嬤嬤下意識答道。

「睡覺？」劉明珠微微一笑，輕輕搖頭道：「如此先不忙打擾，什麼時候安家姊姊醒了，煩勞嬤嬤過來告知一聲，我立刻趕過來。」

高嬤嬤張大了嘴，八百兩銀子就買了一個預約？

自從進了這秀女房開始，安清悠似乎就變成了一個睡蟲，幾乎是抓緊一切可能的時間休息。這是從彭嬤嬤那裡學來的高招，似這等選秀中事，不僅事先把要比的諸般題目練習得滾瓜爛熟，臨場發揮才是關鍵。

睡眠充足能讓人身體放鬆，體力和精力上也能獲得極佳的狀態。上場就透著一股精氣神，評審的眼睛裡看妳自然不同。

安清悠深以為然，另一個時空中很多職業運動員上場之前，就是要先短睡一陣，藉此來調整競技狀態。

她對選秀並無太大的野心，平時裡也沒什麼要走動鑽營的勾當，許久以來練習的短睡便變成了長睡。別人進秀女房是終日忙忙碌碌，她進秀女房卻變成了療養一般，倒是把前一段時間為老太爺操持壽宴時的辛苦疲勞都休養了回來，人是越來越精神。

這一天又是一通好睡，到了傍晚，還是放飯的鑼聲吆喝聲把她吵醒的，睜眼間卻看見高嬤嬤早已經在面前候著。

「姑娘真是有氣度，我在秀女房這麼多年，緊張得幾天幾宿睡不著覺的秀女自是常見，像您這般能有如此閒適的那才是真厲害，難怪初選就拿了榜首！」

高嬤嬤倒是越來越有要給安清悠當老媽子的自覺，稱呼從原來的安秀女不知何時變成了姑娘，言語裡也開始時不時拍上兩句馬屁了。

這等討好的意思安清悠哪裡聽不出來？不過通常也只是微微一笑，既不表示受用，也不謙虛駁回，反讓高嬤嬤越發恭謹起來。閒聊了幾句，聽高嬤嬤又道：「今兒姑娘休息的時候，好多秀女們都說要給您行禮請安。我按照姑娘的吩咐擋駕，倒是劉家的秀女最為執著，瞧那意思是一定要見到姑娘才成的。我好說歹說勸退了她，言道姑娘您還在休息她才走了，還說什麼時候姑娘醒了，她立刻過來拜訪。」

這就是宮裡做事的人必須掌握的本事了，話要照實說，可是語氣之間又要有所側重，能把主子往某個方向帶那是基本功，如果順便還能為自己表達做事賣力，這才是熟手。

高嬤嬤一邊說一邊偷瞧安清悠的臉色，果見她略有迷茫，「劉家秀女？哪個劉家秀女？」

高嬤嬤連忙道：「我的好姑娘，還有哪個劉家？六省經略總督劉波劉大人家的那位劉秀女啊！姑娘，您見是不見？若是要見，小的這就去替您跑一趟。」

安清悠還是那副剛睡醒的樣子，「哦……這個劉家，那自然是要見的了！我說高嬤嬤，那劉明珠塞了多少銀子給妳？妳這話真是對得住她了！」

高嬤嬤原本心中竊喜，只是聞得安清悠這句話，那端茶送水的手登時僵在了半空中。

安清悠隨意地伸個懶腰，活動了一下筋骨，這才笑著道：「嬤嬤不用擔心，我說這話並不是怪罪於妳，只是心裡要對那劉明珠有個數兒罷了！既要與她見面，有些事情了解一下才更有底，妳那銀子是妳該得的！」

高嬤嬤這才放下心來，不過卻又有一些暗暗後悔，初選能拿第一的人，又哪裡是那麼好相與的？這等花槍實在是不該耍。更兼那劉明珠賞銀子的時候可是在大庭廣眾之下，見到的人不少，當下也不敢在這個問題上忽悠，老老實實地躬身答道：「回姑娘的話，老奴一共收了八百兩，這可不是老奴索要，是那劉秀女硬塞給我的……」

「好啦好啦，我又不曾怪嬤嬤，嬤嬤不用這麼客氣！」安清悠莞爾一笑，「嬤嬤還不快去請劉秀女過來？說不定又有賞呢！」

高嬤嬤一溜小跑去了，安清悠心裡卻是開始算計，這還真是與劉家傳聞中用銀子開道的做派很相符，只是劉明珠找自己做什麼？

雖然腳趾頭也能想明白，自己這初試的第一名只怕也有巧合的成分在，可是她心裡更清楚，秀女房內固然自己已經成了焦點，大內甚至皇宮外面，只怕已經掀起了驚濤駭浪。

隨手就能賞一個伺候嬤嬤八百兩，那劉明珠看來對自己十分重視。

「不會是準備用銀子降服我吧？不知道選秀這等事到底值多少銀子？」安清悠自嘲地一笑。

劉明珠果然還是來了，走起路來身上某些部位跟著一些輕顫，便是安清悠也覺得這位劉秀女當真是身材傲人。一雙眼睛未曾刻意挑逗已有了三分媚態，還又規規矩矩地行了個禮道：「久聞安家姊姊是京城裡數一數二的人物，小妹來京不久，沒來得及前去拜見。好在這選秀之事大家有緣，終能得了這麼個促膝長談的機會，妹妹歡喜得緊呢！」

長得柔弱，一口江南的吳儂軟語也是婉轉好聽。那行禮之時嫻熟自然，比之安清悠亦是相差彷彿的水準。

安清悠瞳孔一縮，多金而不驕縱，華麗而不浮躁，這種女子最難對付。單純的有錢不可怕，能把富奢變成貴氣，那才是一等一的厲害！

「妹妹哪裡的話，什麼數一數二，姊姊也不過是平常女子罷了，哪裡當得起這般稱呼？倒是妹妹神仙一般的人兒真是我見猶憐，我若這能有妳這麼一個妹妹，不知道有多高興呢！」安清悠還了一禮。

行家一伸手，便知有沒有。似她們這等人物，實在用不著過多的試探。

只是，就連安清悠也沒想到的是，劉明珠身為六省經略總督劉家的嫡次女，竟也玩順竿爬這等手段。一聽安清悠如此說，便露出了心有戚戚焉的表情，驚喜萬分地道：「真的？早在甫一進宮時，小妹便對姊姊萬分心折。後來見姊姊初選得了第一，更是讓小妹仰慕不已。若是姊姊也看得起小妹，不若我便就此認了您做乾姊姊好不好？有這樣一位乾姊姊做後盾，這次在選秀裡算是有靠山了！」

饒是安清悠素來鎮定，聞言也不禁有點發懵。

這算什麼？那些仰慕佩服自己的話，自然是聽聽就算，可是進門沒講兩句就要認自己做乾姊姊？還靠山？還自己做後盾？

她劉家這等家世背景，除了皇上，還有誰罩得住？用得著和自己弄什麼選秀期間搞出來的乾親不成？

眼睛一掃那劉明珠，卻見那一雙很能勾人的眼睛裡竟漏出一絲競爭之色！心中一動，難道……這才是真正在複試前鬥心計的手段？

好勝之心陡起，安清悠笑著道：「好啊！有這樣一位乾妹妹，我當然高興！好妹妹，再叫幾聲姊姊來聽聽？我愛聽！」

「姊姊！姊姊！姊姊！姊姊！」劉明珠張口便叫，話語中不帶有絲毫生澀之意，倒是那張柔弱的臉上竟然還顯露出了幾分十六歲少女特有的天真爛漫。對著屋外一吩咐招呼間，居然有幾個伺候嬤嬤走了進來。

有的手裡拿著兩大包黃紙，又有人拿著粗如手臂的長香巨燭，口中齊聲道：「恭喜安秀女、劉秀女，今日二位姊妹結拜，可真是天大的喜事啊！」

安清悠忍不住輕輕咳了一聲，劉明珠竟是早有準備，還燒黃紙做姊妹？

安清悠心中坦然，索性看看她接下來有什麼章程了。

劉家要講排場，準備得如此充分，小小屋子自然是折騰不開。

兩人來到外面焚香結拜，外面一時間裡三層外三層，擠滿了前來圍觀的秀女。

「小女子劉明珠，今日與安家姊姊諱忌親名清悠結為姊妹，焚表上蒼，立此誓言！今後必將視安家姊姊如吾親生姊姊，以禮敬之，天人共鑒！」

「小女子安清悠，今日與劉家妹妹諱忌親名明珠結為姊妹，焚表上蒼，立此誓言！今後必將視劉家妹妹如吾親生妹妹，以愛護之，天人共鑒！」

劉家和安家的兩位小姐結拜？這是多大的事兒！秀女房中登時如沸水滾漿，惹起無數議論。

「天啊，這兩位結拜？還結拜得這麼堂而皇之？不怕引起她人所妒嗎？」

「嘖！人家安、劉兩家是什麼身分，就算是引人嫉妒又怎麼樣？妳還能做些什麼不成？」

「天啊！這還有我們的活路嗎？玉牌怕是想也不要想了！」

「妳腦子進水了？還玉牌？這二位自不用說，還有李家、夏家……這一屆怕是天榜單子都不容易進呢！」

女人越多的地方小話傳得越快，更有人面色凝重，秀女房中的某些嬤嬤太監之類倒是又得了不少銀子，不知道多少寫著娟秀字跡的小紙條被遞了出去。把選秀中所出的消息第一時間告訴家族，本就是許多秀女們身上肩負的重要使命之一。

安清悠倒是不擔心此事給安家帶來什麼影響。

老太爺明言讓自己看著辦，該怎麼選就怎麼選，愛怎麼選就怎麼選，實際上已經是把伺機而動的權力交到了自己手裡。

更何況，自己做女孩兒家自有做女孩兒家的好處，身分地位不像那些出頭做官的男子般牽一髮動全身，反倒是相信以老太爺的本事，定能處理得當。

至於眼前這個新認的乾妹妹……

安清悠有一種奇怪的感覺，她和她身後的劉家，對安家似乎沒什麼惡意，號稱天下第一忠犬的劉總督同樣是號稱天下最會揣測皇上心意的人，自然不會胡亂讓自家孫女出昏招。兩相疊加，此舉對安家多半是有利無害。

不過，那是大局，眼前畢竟是選秀，這個乾妹妹劉明珠雖然一直客客氣氣地撒嬌扮憨，可是偶爾顯露出來的卻總有點和自己在競爭著什麼的味道。

結拜儀式結束後，劉明珠率先褪下了手腕上的鐲子道：「這個鐲子是家中祖父親手所贈，如今便做信物送給姊姊，還請姊姊不要嫌棄！」

這倒是有點過了，按照一般的禮法慣例，自己這個做姊姊的要先給信物才是。安清悠微微一笑，到底只有十六歲，有些沉不住氣了？接過那鐲子來一看，瞳孔微微一縮，居然是田黃的！

那田黃石本就是石中極品，小小的一塊已是價值連城。只是石性太軟，用來刻章做擺件常見，卻不適合做首飾。如今居然能送出一個田黃的鐲子來？且不說如此整料如何難尋，也不說要把田黃這等材料雕成一只圓滾滾的鐲子需要何等的高手。

單看這鐲子上光滑晶瑩得半點瑕疵也沒有，就可知那劉明珠平常行動必是規矩輕柔，卻又收放自如到了極點，那才玩轉得起這等田黃首飾。

當然，這更是留給安清悠的一個難題，妹妹贈了姊姊田黃鐲子，姊姊卻又贈妹妹點兒什麼？自己身上的首飾雖然也有名貴之物，可比這田黃鐲子卻要差遠了。

圍觀的秀女中不乏識貨之人，那田黃鐲子剛一亮相，登時便有人哇的一聲驚嘆了出來。眾人嘖嘖讚嘆之下，劉明珠似笑非笑地望著安清悠，就等著看她出手了。

安清悠卻是大大方方地道：「妹妹這不是給姊姊出難題嗎？姊姊是窮人，比不得妹妹家裡那般富裕……」說到這裡，故意微微一停，像是有些躊躇般，卻見劉明珠果然有些猶豫。

安清悠微微一笑，接下去道：「所以，姊姊只好獻個醜，弄些才藝上的東西來找補一番了，還望妹妹莫要笑姊姊寒酸才是！」

才藝？圍觀的秀女面面相覷，便是劉明珠也有些詫異。才藝這東西不是詩詞歌賦，便是歌舞棋茶，那都是要人去表現去做的。看不見摸不著，如何能做信物？

說話兒，卻見安清悠從懷裡掏出了一顆看似平常無奇的石頭來，正經八百地道：「姊姊素愛調香，也就懂這麼點小技。此物是天地精華所生，放在身上，蚊蠅遠離，蛇蟲難近。最重要的是它氣味清新，便是時日一長也不減分毫。放眼世間，獨此一枚，姊姊無意中從一世外高人處得來，還請妹妹笑納了。」

圍觀秀女又是嘩的一聲，那驅蚊蟲的香物大家自然見過不少，可是時久日長也不減得分毫，這可就聞所未聞了，便是所謂「萬年香」的烏木寒香，其效用也不過十數年而已。

那已是比得上田黃的珍貴之物，亦會隨著和空氣的接觸而氣味慢慢淡化。此物還是世間獨此一枚？這可是比那田黃手鐲不遑多讓了。

安清悠卻是暗暗好笑，專業調香師們經常搞點這類東西自娛自樂。

這種東西說穿了真沒什麼技術含量，安清悠弄出來此物尚在製濃香型香囊之前。什麼天地精華，什麼世外高人，說白了，不過是一枚歷經過幾次化學反應的普通吸水石而已，閒著沒事驅蚊子用的。

這劉明珠既然靠著豪富擠兌了自己一下，自己也不介意跟她耍點小心眼，至於那天上地下獨此一枚……嘿嘿，自己不做第二枚，當世又有誰能做得出來？

劉明珠卻是頗為震撼，饒是她家中巨富，見多識廣，對此等科技產物也是從未見過，當下珍而重之地收好，口中連聲道：「這……這真是太貴重了，姊姊厚賜，小妹感激萬分……」

「妹妹不用客氣。」安清悠一臉正經八百地打斷道：「千金難買的知己，豈是這等身外之物可比？東西再珍貴，也比不上人，妳我姊妹情深，唯有這等長遠之物才顯得久而彌堅。」

選秀房裡的秀女大多是文人官宦之家出身，這等話語最容易博得她們的認同，當下一個個感動之色溢於言表。

賺了！劉明珠心裡甚是高興，手鐲縱是名貴難得，可也未必不能再搞，這天上地下唯一一件的物事卻又哪裡尋去？

賺大了！安清悠也高興，田黃耶！手鐲耶！不知道拿出去賣了，是不是又是一筆鉅資？

這是安清悠和劉明珠兩人第一次見面，劉明珠認乾姊姊的事情果是源自於劉家在初試之後的指示，她辦得妥妥當當自然是達成了目的。

安清悠可也不算是吃虧，且不論憑空得了一件貴重之物，單是那對於結拜之事的當機立斷，便也給安家帶來了偌大好處。

這算是雙贏？

兩人都是很久以後細細回想這一刻，才都是搖頭一笑。雙贏未必談得上，雙輸也不盡然，這一場交道打下來，堪堪打了個平手罷了。

不過，眼下大家還都顧不上想這些問題，因為複試隔天便至。

選秀環節雖多，說穿了亦不過是以三從四德中的「四德」為綱，比的是婦德、婦言、婦容、婦

功四項。首重選德，次重選藝，最後才是輪到容貌

婦德、婦言是最後終選的內容，婦容實際上早已在初試之時一併考完，複試所比的自然是婦功，以「藝」為主，又被稱為「藝試」

婦功中的「功」字又通「工」，本是生活技能之意，像是維持生活衣食之需的採桑養蠶、紡織繡作、管理家事、釀酒漿，還要奉養公婆、伺候丈夫、生養孩子、招待賓客、協助祭祀等等，一共八項，稱之為「婦功八藝」。

但是，這等事情放在皇家大半沒用，好比釀酒，宮廷的酒水通常是外面採購或是進貢而得，到了大內御膳房上個皇家的泥封，便成了宮廷御液，可是誰又見過后妃們每人弄個酒坊親自動手？至於那採桑更是純屬瞎扯，後宮三千佳麗，就算把整個皇城大內全種上了桑樹，也不夠她們採。

因此，選秀的第二場複試，比的是詩詞歌賦、琴棋書畫和女紅等等。

更重要的是，複試的評審們可不是太監之類的人物，而是正牌的後宮嬪妃。

像蕭皇后、文妃這等人物自然不會在第二場就親自上陣，頂多就是觀禮。

第二場的主審說來與安家還有些淵源，

當初安清悠剛來到這個世界時，差點被人當籌碼送出去，走的便是這位慶嬪娘娘的路子。

「安清悠？這名字倒是有點熟，是不是什麼時候聽過？」慶嬪看著初試的名次單子，有些納悶地問道。

「娘娘怎麼忘了，當初安家長房的徐氏，費了好大的勁兒才在您面前遞上兩句話。她家的女兒之所以報了選秀，不也是想走您的路子嗎？」

身邊的管事太監黃泗悄悄遞上了話頭，慶嬪一下子想了起來，當初安家是有個徐氏想把這個叫做安清悠的女子嫁給自己的皇兒，只是當時這類事情多了去，自己也沒在意。

如今看來卻是錯過了一步好棋，安家只怕遠不像自己所想那麼簡單，否則她家的女子又哪裡能在初選上拔了頭籌？

「可惜了，當初最起碼也該見見的，說不定就錯過了一門好親事……」慶嬪娘娘似是有一些悔意，對著黃公公道：「你還記不記得，當初是為了什麼不理安家的？」

這黃公公雖不如皇后那邊的劉公公、文妃那邊的侯公公等人般精明幹練，但是能做到慶嬪身邊的管事太監，倒也不是糊塗人，那記性極好，當下說道：「當初這安家的秀女報了名字之後，說要帶進宮來請娘娘看看的，只是後來聽說得了急病來不了，這事兒就放下了。再往後，事情好像放涼了，倒是再沒她家的消息……」

慶嬪娘娘微微點頭，甚感遺憾。

黃公公說著話，忽然又想起了另一樁事來，微一皺眉，想了想，還是覺得茲事體大，得讓慶嬪知道，這才斟酌地道：「安家女兒病了的那段時間，咱們這邊的奴才們倒是有些風言風語……說是這安家的長女得的是瘟症，渾身上下布滿了大血點子……想來事後沒人敢在娘娘面前提起也是有的。」

「這是哪個不開眼的亂嚼舌根？」慶嬪勃然大怒，她也是選秀出身的，自然知道一進了秀女房，那是天天有太醫院的女醫官過來檢查身體的。若是有什麼奇怪病症，還不早被轟了出去，談什麼得了那初選第一？

慶嬪本就是個好遷怒於人的脾氣，此刻既覺得之前沒見有些遺憾，卻不怪自己當初輕視安家的心思，只想著都是下人不對，蒙蔽主子。

「查！好好地查查！這等沒事傳閒話的人除了給我添亂，當真沒什麼用！查出來是誰，或是攆出宮去，或是直接打死！這事兒，黃公你看著辦吧，就不用再稟報我了！」

這慶嬪的相貌極美，到了中年依舊有幾分明豔照人，此刻她極力表現出一種處置事情輕描淡寫的姿態，學足了宮裡幾位后妃的樣子，可太過刻意求表現，便彷彿總是缺了點兒什麼。

既不似文妃這等城府深沉的調動自如，也不若蕭皇后那般從容萬分的殺伐決斷。

雖說近年來慶嬪聖寵未衰，但畢竟已經年華老去，不知道這聖寵還能存在多久。

「奴才謹遵娘娘之命，娘娘，您管教下人如此嚴謹，真是大有古時名妃之風啊！」

黃公公心中大喜，那安家的女兒他可是之前就聽一個本家說過，說是在一場合下無意得見，可沒有什麼滿身大血點子的事情。

不過，這等事情自然是隱而不發，如今把握時機端了出來，果然一舉奏效。

查自然要查的，而且要真查。

至少怎麼個查法，就是他黃公公說了算了。

慶嬪這邊的二管事、三管事，和自己素來不對盤，這次起碼要牽連進去一個才划算。

黃公公心中雖如此想，面上卻是絲毫不顯，反而順著慶嬪娘娘最喜歡聽的古時名妃之類的讚語不著痕跡地拍了一下馬屁。

黃公公自去辦差，慶嬪望著那份名錄越來越後悔，對那曾經嚼舌根之人也是越來越痛恨。

好在她總算是這選秀複試的主審，心下安慰自己道：「不妨事，左右都是文妃姊姊那邊的人，明兒就見到了！」

翌日複試開始，地點是宮中的文禧園。

此處環境清幽，花草遍布，中間的湖心島上已擺上了諸多几案。嬪妃們坐在假山上的一處高亭上，眼見著秀女們已經列隊入場，慶嬪揚了揚下巴笑道：「各位姊姊妹妹們請了，今兒咱們可得都打起精神來。雖說這一屆未必會有什麼新人進宮，不過咱們的兒媳婦說不定便在其內。姊姊忝為複試主審，可也要聽聽大夥兒的意見，有什麼想法，姊妹們儘管說，只要是好主意，姊姊哪兒能有不聽的？」

這一場的評審們雖都是些後宮嬪妃，但不過位階多較低。

慶嬪是眾人之中地位最高的，又刻意強調自己的主審身分，聽著其他人整齊劃一的「謹遵慶嬪姊姊」吩咐，心下頗為得意。

慶嬪似模似樣地輕咳兩聲，正要宣布開始，忽聽得外面有太監唱道：「文妃娘娘到！」

文妃要來觀禮？這一下把慶嬪剛剛建立起來的權威破壞殆盡。人家是四妃之首，亭中眾人自然要去行禮請安，只是沒想到大夥兒剛剛起身，又是聽到一聲高叫：「皇后娘娘到！」

「這……不是那麼湊巧的吧？」一干嬪妃們心裡不約而同泛起了嘀咕。

文妃前腳剛到，皇后怎麼就那麼巧，後腳便跟著來？

文妃是四妃之首，原本站在眾人面前準備受禮，突然這一聲皇后娘娘到，讓眾人轉換了行禮的目標。眼下來的可是統攝六宮的皇后，便是文妃自己也得過去叩首請安。

文妃顯然對於此等事情早已經見怪不怪，臉上也沒什麼驚訝的表情。

幾十年宮中生活下來，各種后妃間能用的手法早就沒什麼新鮮的，你有張良計，我有過牆梯，似文妃這等人物，那更是見招拆招，嫻熟至極。

文妃臉上的笑容更深，「這敢情好！我還當只有我一個閒來無事想看熱鬧，沒料想皇后娘娘竟也有這等雅興，妙極妙極！各位妹妹們有誰要需要整個雲鬢補下粉的可要趕快，接駕行禮可不能怠慢了！」

文妃談笑間永遠是和氣待人的樣子，在別人看來，倒像是遇見多大的好事一般。

只是，那些在場的嬪妃們一個個卻是淡笑不語。

能做複選評審的，哪一個不是進宮多少年的人，哪能連接駕行禮這等事情都做不好？幾句玩笑話下來，剛剛由蕭皇后駕臨所引發的嚴肅氣氛又被無聲無息沖淡了。

「妾等叩見皇后娘娘，皇后娘娘萬福金安，鳳體康泰，千歲千歲千千歲！」

皇后親臨，不僅自文妃以下的嬪妃們要行禮，在場的秀女們自然也要兩跪六叩。

至於周圍做事的宮女太監之流，連叩頭的份兒也沒有，跪下來直接把腦袋往地上一伏，這才叫規矩。

「免了，妹妹們趕緊起來吧！本宮都說了多少年了，天家亦是人事，這地兒裡裡外外全都是一家人，別總這麼興師動眾……」

蕭皇后的笑容如春風和煦，平易近人。

只是那免跪的話語說得稍微晚了一點兒……在眾人跪拜之後才出了口。

文妃卻是恭恭敬敬地道：「主次身分，貴賤有別！皇后姊姊對待我們一向寬容，我們這些做妹妹的豈敢真的忘了身分？皇家堪為天下表率，吾等自當本分守禮，這才不負姊姊的寬厚之意。」

蕭皇后目光掃過眾人，隨後搖頭笑道：「文妃妹妹總是如此識禮，本宮甚為寬慰。聽說妹妹日前又犯了背痛之症？本宮那裡新製了幾副白虎雪參丸，回頭給妹妹那裡多送些過去。」

「萬萬不可！這白虎膽和千年雪參都是可遇不可求之物，那白虎雪參丸傾整個大內之力，多年來也才製成了幾副，姊姊自己還有氣喘之症要用，小妹怎可妄動此物……」

「本宮的東西還不就是文妃妹妹的東西？左右這氣喘之症已經鬧了這麼多年，有它一副藥不多，沒它一副藥不少，當得了什麼……」

兩人這彼此關懷之語越說越是親密，連在場的秀女們也不避諱。

有那腦子轉得慢的秀女心中還在暗暗詫異，都說皇后和文妃幾十年來互相猜忌，可今兒看來，好像也沒外界傳得那麼不堪。

有笨的，自然也有腦子靈光的，早看出這一后一妃之間那點齷齪。

蕭皇后每一步都踩在文妃的點兒上，隨手便將文妃在一眾嬪妃中的領頭形象打消得蕩然無存。而文妃的反擊也是綿裡藏針，頗為犀利，行禮回話間，便又有為其他嬪妃們代言的架勢。

似這等一個照面之間便已電光火石式的過了兩三輪陣仗，真正識貨的行家，如夏、劉、李等幾個大家秀女，眼神之中帶了幾分欽佩之色。

能把彼此之間的鬥法弄得如此不落痕跡又冠冕堂皇，那才叫爐火純青級別的高手。陽謀對陽謀，對得如此行雲流水，除了後宮，還有哪裡能磨礪得出來？

另有他想的人，恐怕只有安清悠了。

這就是宮裡的生活？

說句話還要帶著一分提防、一分反擊，外加八面玲瓏，這種日子想想就讓人不寒而慄。偏偏外面還要披上一層親密無間、互相友愛的皮？

安清悠只是想像了一下，就覺得噁心想吐了。

宮裡自己是打死也不想進的，更不想嫁什麼天家宗親，不過這選秀還得接著選下去。

安清悠輕輕呼出一口氣向前看去，卻見到身為主審的慶嬪犯了愁。

原本慶嬪還惦記著文妃若能上位晉為貴妃，她可以巴望一下那個空下來的妃位，這次能做複選的主審，不就是有這層含意？她剛剛還刻意向低品級的嬪妃們強調自己的存在呢！

可是，文妃和蕭皇后先後出現，登時讓慶嬪這等存在變得微不足道起來。

雖說歷屆選秀中複選之時，也不乏有四妃之一或是皇后親自前來觀禮，可這次時間點不對。初選剛剛爆了冷門，天上憑空掉下個安家秀女搏了頭名，緊跟著複試皇后與文妃二人齊至，天曉得她們是為哪一位秀女而來？宮裡待久了的人，誰還真信這世上有什麼巧合？

「慶嬪妹妹，瞧妳這緊張樣兒！」文妃看慶嬪一副戰戰兢兢的樣子，便笑道：「妳放心，我們不是來給誰助威的。這複選是妳們這些妹妹做主，即便是姊姊也不會壞了祖宗規矩。本宮就看看，本宮不說話！姊姊，您說呢？」

祖宗規矩搬出來，便是皇后也不得不點頭。

文妃心中驟然一鬆，蕭皇后畢竟是六宮之主，她今天哪怕稍微施加那麼一丁點兒的壓力，只怕下面的人也是承受不起。

這一下雖然自己不便再說什麼，可是蕭皇后同樣不便插嘴。

慶嬪娘家本就和文妃出身的李家走得頗近，如今她又惦記著文妃更進一步後，她能補文妃留下的空位，行事自然是朝著文妃這邊使力。

慶嬪偷偷瞧了瞧那坐在上首處的一后一妃，心下倒有了主意。

選秀終究是大禮，便是皇后親至也要先比了再說。

慶嬪決斷得甚快，向那唱禮太監輕輕點頭示意，那唱禮太監便高聲叫道：「選秀大禮，複選而起，名！」

這個「名」字一叫，卻是標誌著複選中的第一個環節「複名」的開始。

三百多名通過初選的秀女聞言，走到面前早已擺好的几案之前。

案上清一色的筆墨紙硯，這一場考的是筆試。

所謂「複名」並不是說要對秀女們的名字底細再做詳查，那等工作早在入宮之初驗明正身時便已做過。

「複名」又稱「復古」，二字的意思如果用大白話來說，頗有「把古代名人賢者的文采、才華重現於今日」之意。

說話間，諸多秀女已動筆，這一場複名之試雖然考的是古來已有的文章，但選材如何、應景如何，也是大有學問。

更不用說秀女們還要親自動手磨墨潤筆，站姿行止、執筆的模樣風範，自然也在考察之列。這可是為皇室和重臣的子弟們挑女人，若是連洗筆侍墨這等在民間都尋常的本事也沒有，那還算是選秀出身的嗎？

眾女埋頭寫字作文章，坐在上首的蕭皇后一臉微笑。

身為評審的嬪妃們自然面容嚴肅，旁邊的文妃既已言明不插手，索性就把事情做了個道地，除了和蕭皇后有的沒的說上幾句沒營養的女人話之外，便坐在那裡一言不發。

倒是皇后看看這個，瞧瞧那個的姿態，眼神裡還真是有那麼幾分為晚輩們挑媳婦的意思了。

又或者……皇后今天本來就沒想發表什麼意見，文妃一口「祖宗規矩」，封住了旁人的動作，其實卻是皇后有意引導的結果？如此一來，反倒是封住了她自己？

「乾字列第十九桌，封文遞呈！」

眾嬪妃心中各算計之時，已經有秀女搶先交卷了。

肆之章　複試難掩風華

對於選秀來說，筆試自然也有所不同。

比的不光是誰的文章作得好，誰的姿態更優美，先交卷與後交卷，其中也是大有學問。

李家的李寧秀、劉家的劉明珠、夏家的夏青櫻，早在未比試之前便已名聲在外。

安清悠初試便奪了頭名，自然也屬此列。

這類熱門選手關心的是複試的最終結果，倒是不用去搏那等搶先交卷的小便宜。可是，畢竟這些秀女中什麼出身都有，搶先交卷對於那些沒背景、沒名聲、沒人脈的「三無」秀女而言，可就很重要了。

眼前可都是宮中貴人，能搏一分出頭上位的機會便要搏一分，萬一有哪位貴人看中了自己，收歸己用，或許一輩子的命運就從此改變了。更何況，今天可是有皇后和文妃這兩位後宮中重量級的人物在，此時不在她們面前出個頭掛個號，又待何時？

搶先交卷，對於很多小門小戶出身的秀女來說是志在必得之事，那第一個交了卷的秀女封了文章遞上去，便站在了一旁。比起低頭寫字的其他人來說，倒真有鶴立雞群之感，讓人想忘記也難。

只是這等事情占便宜雖然明顯，要付出的代價卻也不小。

「第一張卷子可是出來了，諸位都來瞧瞧作得如何？」

話裡說是讓大家一起參詳，皇后和文妃也都宣稱只是觀禮，慶嬪卻不敢有絲毫怠慢。把原卷遞過去先請二人過目，見皇后與文妃果然是只掃了一眼便無甚表示，慶嬪才敢拿來和一干嬪妃們共同品評。

卻見那卷子上面顯然是準備已久的行書，寫下的卻是前朝某位詩詞大家的《沁園春》。

「又是《沁園春》？這個……沒什麼新意嘛！」

比慶嬪年輕一些的俞嬪搖了搖頭，每次的複選都在文禧園辦，這已經成了宮裡不成文的慣例。

許多秀女在選秀未開前便準備好了《沁園春》這等應景的詞牌，確實是被用得浮濫了。
「本來比的就是廣博，這等大家熟知的詞文有什麼稀奇？只怕連剛進學的孩子都讀過……」另外一位嬪妃卻是從筆試的要求入手，詳細分析了為什麼大家都熟悉的東西就體現不出水準的道理。按照她的邏輯，就算用《沁園春》的詞牌，也該弄篇生僻的東西來。
只是若不知真寫得生僻，又會不會有人說這原作者其名不顯，難登大堂？
「書法倒是頗見秀意，可惜筆力不足……」
另一位評審對著筆跡，很矜持地鑒定了兩眼，立刻顯示出自己在書法上的造詣來。
「既是這樣，那這張卷子便『淹』了吧！」
慶嬪微微點頭，隨手把那交上來的卷子丟給了一邊的侍應太監。
卻見那搶先交卷的秀女，緊張期盼之色瞬間變成了慘白。
這便是搶先交卷必須遵循的遊戲規則，既是占了便宜，自然也要承受應有的壓力。
一干嬪妃們若不指摘幾句，哪裡顯得出自己的水準？
三個女人尚且一台戲，別說一堆後宮嬪妃了，若是自家的功力不夠，那便是找死。
不過，參選的秀女們不乏真材實料之人，接連又是兩張卷子被「淹」後，到底是有一張作得不錯的得到了嬪妃中一大半人的肯定，被「留評」了。
那秀女本來不過是個小官人家出身，這時不免喜形於色，知道自己這一家人的命運，怕是就此不同了。
安清悠對這等事倒是不在意，此刻正凝神專注執筆行文。
她既是無欲則剛，便拿選秀當作磨練自己的練習，筆隨意動之下，寫字的感覺越來越好，比之以前的書法水準更上一層樓了。

安清悠這邊的一篇文章尚未寫完，嬪妃們那邊卻是已有人讚嘆出聲：「好！好！這《念奴嬌》應情應景，看到現在，到底是出了一篇好東西了！」

「夏家到底是家學淵源，此卷一出，場中怕能與之比肩的不多了！」

如此眾口一詞的讚嘆之聲，對的正是夏青櫻交了的卷子。

且不說夏守仁是朝野內外一致看好的下任首輔人選，他身為兵部尚書，能以文臣而領武事，學問自然差不到哪兒去。

《念奴嬌》雖然也是選秀之中常見的應景之作，但是夏青櫻這張卷子上密密麻麻，寫了歷朝歷代的各種《念奴嬌》，怕有百首之多。

同一個詞牌作上百首詞不是什麼稀奇事，可夏青櫻這百餘首《念奴嬌》卻俱是歷代文人吟詠宮廷女子之作，此刻不僅應情應景，更是讓一干身為評審的嬪妃們頗有觸文生情之感。

再看看周圍的秀女們，此刻交了卷子的也不過三十餘人而已。縱然是大家都明白筆試這東西可以早作準備，但是選秀比的向來不光是才華，而是各家的底蘊。

能夠在這麼短的時間裡提筆書寫百首詞，這速度快得嚇人，用走筆如飛四個字來形容毫不為過，自是足夠當得起眾人稱讚了。

便在此時，安清悠也完成了自己的卷子，正要交卷，餘光一掃，那正被人誇讚的夏青櫻，居然面色恭謹垂手侍立於几案旁，哪裡還有半分之前的高傲？

安清悠心中一凜，這夏青櫻竟然能如此快速調整狀態？昨日還是個自恃家勢的莽撞女子，這一晚的功夫就變成了這般謹慎謙恭的樣子？

又或者，之前那仗著父兄之勢橫衝直撞的夏青櫻才是偽裝？

看到這般境況，安清悠心念電轉。

再瞥眼偷瞧那其他幾個熱門的秀女之時，只見大家都是各有各的章法。

本次選秀的頭號種子選手，李閣老家的秀女李寧秀落筆不疾不徐，如速度平穩的寫作機器一般，而剛和自己結拜的劉總督家的秀女劉明珠卻是動作頗快，顯是已經寫完了卷子。只是她卻不忙著交卷，兀自在那裡把自己的文章一遍又一遍地看來看去，目光則時不時瞟向李寧秀，似乎在觀望她何時交卷。

「兩家準備一起交卷嗎？」

安清悠心中一動，之前倒是聽彭嬤嬤說過類似的事情。

備受期待的秀女，無論是在哪一場選試，都是眾人矚目的焦點。

若是幾家事先有了協議，約定同一時刻交卷，可以營造出更驚人的聲勢。

要不，我也搭一搭妳們二位的順風車？

安清悠忍不住起了這個念頭，此前既已有了初選的榜首墊底，自然不擔心回家沒了交代。

中規中矩地混進終選，這次選秀的任務就算是圓滿達成。

她想著，複選若是成績太好，在終選時反而是個麻煩，真的進了天字號單子，甚至拿了玉牌，自己豈不是要嫁進皇室？是以剛才一味把心思放在了書法上，可是這卷子的內容卻答得完全不應景不對題……

複選成績太差，太過留痕跡了。

若要答得差，又讓評審們不敢批得太狠，眼前這趟順風車還非搭不可了。

眼下既有了想法，行動自然不同。眼見著李寧秀終於擱筆交卷，劉明珠也是似有完成之意，安清悠便在二人交卷的中間時間點側身，輕聲說道：「秀女安氏，封卷請禮。」

三人俱是四平八穩，聲音俱是嬌柔好聽，若是閉著眼睛聽來，倒似是三個女子事先排練好了，一個接一個報出封卷一樣。

甚受高看的四人之中，居然有三人幾乎在同一時間交了卷子，諸位嬪妃一下子來了興趣。這三家如此做派，難不成有聯手之意？沒錯，定是這樣！沒聽說昨兒晚上劉總督的孫女和安家的秀女結拜了嗎？

按照交卷的順序，李寧秀的卷子率先被打開，有那心急的嬪妃偷眼瞧去，眼神卻發直，「怎麼是這麼一篇？」

這一張卷子上工工整整寫著：「北冥有魚，其名為鯤。鯤之大，不知其幾千里也。化而為鳥，其名為鵬……」

李寧秀寫了半天，居然只抄出《莊子》開篇的《逍遙遊》來？

有人迷惑不已，但更多的人面對這篇文不對題的卷子時，反而沒有太多的驚異之色，好像早知如此一般。而文妃雖說沒看卷子，卻也淡定從容，對那些面露驚奇神色的嬪妃們恍若未見。

「秀兒應該是寫了一篇《逍遙遊》吧？自我大梁開國以來，能在選秀中拿出這種偏題內容作答的，除了我們李家，還有誰來？」

身為李閣老的嫡親孫女，李寧秀自然是本次選秀最被看好的，而文妃同樣出身於李家，李寧秀是她從小看著長大的，從輩分上還要尊稱她一聲姑奶奶，此時此刻，她接過李寧秀的卷子，卻連瞧都不瞧，直接做出恭敬樣子，遞呈到了蕭皇后手中。

我的皇后姊姊，不知道妳看到這篇《逍遙遊》是什麼感覺？待得一會兒我李家偏偏就用這麼一份看上去不著邊際的卷子拿了複試的榜首，妳又作何感想呢？

文妃蕩漾著微微得意的情緒，這種行為實際上已經幾近於挑釁了，臉上那恭敬的微笑不減，可她心裡知道，這一篇壓根兒和選秀半點不應景的東西意味著什麼，蕭皇后更加明白。

就連我親自來觀禮妳都不在乎了嗎？文妃啊文妃，幾十年妳都等了，眼下卻是這麼著急和我這做皇后的攤牌嗎？

一聲輕輕的嘆息在蕭皇后心中響起，雖說外界一直風傳蕭皇后和文妃不和，可是多年以來，這後宮中的兩號人物在表面上卻始終保持著親密的默契，只有蕭皇后和文妃這樣真正的操盤者才知道，那條貌合神離的道路，隨著皇上的某些決定，已經走到了盡頭。

身為文官體系的領頭世家，李家隱然有著一呼百諾的氣勢。

這次複選的評審雖是後宮的低位階嬪妃，但十個裡倒有九個娘家都是文官……

這本就是文妃最有把握的一場！

上至主審的慶嬪，下至其他嬪妃，眾人早在複選之前便打好了招呼，此次複選無論李寧秀作答得如何不著邊際，都要點她為榜首。

必須是這麼一篇文不對題的東西都能拿了複試榜首，非如此不能展現李家的實力，非如此不能告訴許多人，李家的優勢不僅在朝野，更是在宮中。即便是妳蕭皇后親至，同樣不能改變這一點！

這一篇《逍遙遊》是檄文，是宣戰書，是某種從暗鬥轉向明爭的開始。

蕭皇后雖然早知這一天會來，卻沒想到會這麼快，而文妃藉著複選之事出手，比自己預料之中的還要強硬。

李家居然敢這麼明目張膽，難道他們不怕皇上嫌他家權重震主？又或者她們另有依仗？

驟然間被打了個措手不及，蕭皇后面色淡然，心裡卻已掀起了驚滔駭浪。

眼角餘光輕瞥文妃，只見她依舊那副嚴守妃子本分的恭順模樣，只是眼神之中，不知何時多了自信滿滿的森然之意。

兩人同在後宮多年，彼此知之甚深，蕭皇后自然清楚文妃如此明白地示意，已是難得。

一后一妃各懷心事，兩人卻都沒想到，這複選之中，竟然多了一個變數，一個本不該出現在選秀之中，甚至不應該出現在這個世界上的離奇變數。

「啊？這可真是……奇了！」

「怎麼……怎麼安家的秀女交出來的東西也這麼奇怪？」

「複名之試最起碼要應景吧？怎麼都這樣離題千里……」

一旁的嬪妃們雖然都忌憚皇后和文妃，但此時見到如此詭異的情勢，忍不住竊竊私語起來。

文妃既然敢在這場複試上明著挑戰蕭皇后，自然是局勢在握，可是看到那些神情古怪的嬪妃們，她忽然隱隱有些不安，等接過那下一張交上來的卷子一看，卻見上面寫著：「以順為正者，妾婦之道也……」

卻是《孟子》裡面教訓女子要守本分、遵從丈夫的一堆句子，與李寧秀交上來的有異曲同工之妙，一樣的抄書，一樣的文不對題，甚至猶有過之。

再看那名字，正是初試榜首的秀女，安清悠。

「怎麼是又是這個安家的女孩……」

自安清悠在初試時意外奪得榜首後，文妃便開始留心起這個安家的長房嫡女。

說起來，這個女子該算是自己一系的人馬，左都御使安老大人身為言官之首，對朝政之變的態度遲遲不表明，縱然是上次藉著祝壽為名派去了一堆清水京官，他還是半點兒反應都沒有。倒是這安家送出來的秀女，居然不聲不響得了個初選的榜首……

如果說初選的意外只是讓文妃覺得耐人尋味，這複試之時的變數可真就離奇至極了。

李寧秀交上來一篇《逍遙遊》，這雖然是早在議定之中的事情，可事先知曉之人不過幾人，便是今日複選的主審慶嬪，之前也都只是得了一個無論如何都選李寧秀做第一的指示，可是安清悠……這安清悠卻是從哪裡得知的，竟然也同時弄了一篇類似的跑題文章上來？

以文妃的眼光之老辣，自然不難看出方才安清悠是刻意插在了李劉二家的秀女之間交了卷。而多年的宮廷生活，早已讓她相信事出必有因。這個突如其來的變數，讓文妃心裡極為震撼，卻又覺得萬分詭異。

偏偏宮裡自有宮裡的遊戲規則，文妃縱然是已經向蕭皇后發起了挑戰，但是一日名分未變，一日的規矩就還得守，這張安清悠交上來的答卷在她手裡不過停留了片刻，便又遞到了蕭皇后的手中。

蕭皇后同樣詫異。

李家的秀女此番表現自然是要獨樹一幟，單憑那《逍遙遊》的立意就可以看得出來，可是這安家的秀女弄一篇《孟子》出來做什麼，這與李家低調的作風不符啊？

一想到那「不符」二字，蕭皇后心中一動，外界雖都傳言安清悠是文妃的人，可是從之前種種跡象來看，安老大人並沒有實際站在李家那邊的舉動，難道這意外奪得初選榜首的安家秀女，竟然是和文妃對著幹的不成？

此時此刻，無論蕭皇后還是文妃，都是故作鎮定地打量起安清悠，更別說其他嬪妃們了。

轉瞬之間，安清悠成了滿場注目的焦點，包括皇后和文妃在內，眾人都在盤算猜測著。

真正淡定無比的，反倒是規規矩矩站在几案旁的安清悠，只是沒人想得到，其實她此時的想法非常簡單：「絕對不能嫁到皇室，複選的成績不能太好，弄一篇聖人之言，雖然是跑題丟分，但不至於太露痕跡。又借了李、劉兩家的勢頭，想來那些嬪妃們也摸不清我的底細吧？這樣就可以差不多弄個中等名次，混進終選便算是大功告成了……」

可惜，如果安清悠知道後宮這些女人的想法，她絕對不會選擇去抄《孟子》的。

「這李家的秀女李寧秀，一篇《逍遙遊》寫得清新高雅，不帶半點人間煙火氣息，如此超凡脫俗之舉，當為本次複選之魁首。」

「不錯不錯，妳看這一手瘦金體，不僅是漂亮，更是貴氣十足，正所謂字如其人，依我看啊，這李秀女選第一當之無愧！」

「家學淵源啊！除了李家，恐怕別家也再出不了這麼才情高雅的女子了……」

時間慢慢流逝，場內的秀女們早已經都把筆試的卷子交了上來。

一眾嬪妃們當場看卷點評，只是十句話裡倒有九句是在說李家的秀女是如何之好，如何該當本次的魁首。

有那一開始還莫名其妙的，此刻見到許多人眾口一詞，立時有所感悟。

讚揚之意卻是比那些一開頭就說李家好話的嬪妃更重了幾分。

文妃保持著鎮定，便是皇后親至，她心裡其實也不是那麼擔心。

雖然這次選秀被皇后突然提前了幾日，可是很多布局早已經完成，無法輕易撼動。

隨手寫一篇跑題的東西，我李家的秀女一樣是榜首，文才？這種東西不過是人評出來的而已，大家都說這份卷子清高雅致，那就是清高雅致！都說是超凡脫俗，那就是超凡脫俗！皇后姊姊，知道當初為什麼要選《逍遙遊》嗎？這東西就是給妳看的！

「啟稟皇后娘娘，啟稟文妃娘娘，妾等合議，李家秀女李寧秀的《逍遙遊》，既是古聖先賢傳世之作，又能夠跳出這所謂『應景』、『對事』的格局，另闢蹊徑，新意上乘，實為自我等參與選秀多年來之僅見，此等佳作，當為魁首！」

作為此次複選的主審，慶嬪已經急不可耐地來到了蕭皇后和文妃的面前稟報。

她在宮中的地位僅次於四妃，說話的水準自然與其他人不同。

一篇《逍遙遊》可以說是跑題偏題，也可以說是另闢蹊徑之作。

「複選乃是諸位妹妹們應掌的差事，便是本宮也不便多言，否則豈不是壞了這公平之意？壞了這祖宗規矩？沒聽剛才皇后娘娘可是金口玉言，這次吾等這些觀禮之人就是看看，妳們只管定了便是，該怎麼評就怎麼評。」

文妃搶在了前頭答話，竟是不欲再給蕭皇后半分插手的機會。

答完了慶嬪的話，文妃甚至還對蕭皇后微微笑道：「皇后姊姊的教誨，小妹可是時刻牢記在心。娘娘，您說，妾身剛才說的話可是沒錯？」

皇后姊姊，妳的這些招數，小妹我可是研究了幾十年了！今日妳是想用親自觀禮來鎮住場面對不對？哼哼！我又何嘗算計不到妳定然會來？就是要當著妳的面強硬地捧出個榜首來，這才算是全勝！

文妃面上微笑，心裡卻是冷笑。

在宮裡陪了幾十年笑臉，一朝動手，祭旗開刀的就是蕭皇后這等人物。再看看蕭皇后，只見她默然不語，最後緩緩地點了點頭，心中的暢快真是難以言表。

慶嬪在旁邊冷眼看著，心中亦是一喜，知道今日文妃娘娘是大獲全勝了。

蕭皇后雖是親自來壓陣，卻做了一把文妃強行確立複選榜首的背景，這等消息傳了出去，宮中朝中必然會朝著對於李家和文妃更有利的方向發展，自己抱上文妃這條粗腿，可真是抱對了。

複試的名次就這樣有了定論。

最關鍵的榜首之爭都被文妃拿下，接下去的更是一片坦途，劉總督家的秀女劉明珠位列第二，夏尚書家的秀女夏青櫻位列第三，這都是早已經安排好的。

文妃這邊連下三城，蕭皇后這邊卻是兵敗如山倒，原本的坐鎮真成了擺設，就這麼眼睜睜看著慶嬪大搖大擺按著文妃之前的安排，定了前三名。

不過，她做了多年的皇后，養氣功夫倒是了得，縱是到了這地步，依然能和文妃旁若無事地談笑風生。

前三名容易定，這是文妃和她背後的李家全力運作的結果。

但是往下的名次，卻是難倒了一干嬪妃。

若是真要秉公論斷，自然也能將秀女們分出個三六九等來，問題是，剛剛點了個跑題的李寧秀作為榜首，現在還有一個同樣跑題的秀女在。

這個安清悠究竟是真跑題了，還是故意的？她能得初選第一，這樣的人怎麼可能犯跑題這種低級錯誤？如果說是故意的……那她圖什麼？偏偏還是和李家秀女一起交卷子的，這豈不是意有所指？她是在諷刺李家用一篇完全不對題的文章強搶榜首？不對啊！這位安家秀女聽說是文妃娘娘的人啊！

慶嬪盯著卷子上安清悠的名字苦苦思索，腦子裡一片凌亂了。

這個從初選就開始讓人瞧不透的秀女，好像一直就在和選秀過不去。

她似乎並不是針對某個人，而是讓整個選秀的儀式都跟著彆扭？

慶嬪越想越是頭疼，剛剛快刀斬亂麻式的定出了前三名的順暢蕩然無存。

複選的第四名該點誰？無論是她當年參加過的選秀，還是後來評審過的選秀，從來都是前三名最難出爐，何時曾有過後面的名次比前面更加難產的？

慶嬪頭大無比，其他嬪妃同樣沒一個笨人，眾人的想法也是亂七八糟。

「這李家、安家兩位秀女是商量好了還是怎麼著？怎麼一起比起抄書來了？還一起交卷！這裡面定然有古怪……這可是宮裡，宮裡就沒有巧合！」

「早聽說這安家的秀女和夏家的女兒相爭，又和劉總督的孫女結拜，沒想到這次竟是和李家擦出了火花！」

「最被看好的三名秀女，好像都和這安家的秀女有些不明不白的交集？這等人物天曉得後面藏著什麼背景，反正我是不先開口！」

眾嬪妃彼此推脫，誰也不肯對下面的名次發表什麼意見。

安清悠上上下下被嬪妃們打量了無數遍，可是除了看到她恬靜的表情和規矩的站姿之外，什麼都看不出來。

有些人甚至覺得自己產生了錯覺，這等完全的氣質內斂，絲毫沒有端倪流露，自己究竟是在看一個初次入宮的秀女，還是在看蕭皇后或者文妃娘娘？

所有人都在疑神疑鬼，可是那些疑神疑鬼的人都沒想到的是，安清悠現在滿腦子只想著：趕緊選完吧……隨便給個什麼破名次都好，能進終選就行。我跑題啦！我真跑題啦！知道妳們看著我和李、劉那兩大家一起交卷不敢判我出局，那就趕緊定個結果唄？站著都站累了……

安清悠心裡鬧騰，神態舉止卻越發從容，在眾嬪妃們眼中也就越發顯得詭異……

宮裡生存的條件之一，便是別人想到的妳要想到，別人沒想到的妳更要想到。

如今這般妳默寫了一段《莊子》，我亦默寫了一段《孟子》，便是安清悠和李寧秀兩人一起站出來闢謠說純屬巧合，哪裡有人相信？看著這高挑的女子，如同看著一個天大的麻煩，讓大家沒法往下評了。

就連慶嬪身為本次主審，也忍不住頭疼……

琢磨來琢磨去，最後還是做了一個連她自己都覺得很沒面子的決定。把這份卷子先請文妃和皇后過目，自己在一邊察言觀色，看看兩人的反應再做定論。

「皇后娘娘、文妃娘娘……關於這安家的秀女，我等頗為評斷，不知二位娘娘……」

這時候絕對就看出水準來了，慶嬪之所以進宮這麼多年還只是個嬪，連四妃都沒晉上，絕對是有原因的。

文妃微微沉吟，安清悠為什麼抄書她也不知道啊！但隨即反應了過來，心中暗叫不好，自己身邊可還坐著蕭皇后呢！

蠢材！枉我還覺得妳能做點事情，慶嬪妳……妳這個白癡！那安家的秀女我事先沒囑咐過妳要特別安排，隨便定一下便好，這也要來問我？

文妃在心中痛罵慶嬪，然而為時已晚，旁邊的人已經看在眼裡。

今日蕭皇后雖然被打了個措手不及，但光是現在這個小小的插曲，已經足夠讓她得出一個清晰的認知來：文妃妹妹，這個安家的秀女……並不是妳能完全掌控安排的對不對？妳瞞不過我的！

蕭皇后面色一沉，冷冷地道：「慶嬪，妳這是要本宮說幾遍？複選本是爾等嬪妃的差使，該怎麼定就怎麼定，老問別人幹什麼？本宮和文妃妹妹不過是來觀禮的，若是什麼事情都要我們說些意見，又要爾等做什麼？難不成本宮的口諭，那就不是懿旨了？」

皇后的話自然是懿旨，慶嬪不敢再說什麼，文妃亦是沒法子再接。

頃刻之間，雙方易了位，變成蕭皇后不想讓文妃開口了。

慶嬪越發有些悻悻然，自行回了位置，愣愣地看了安清悠的卷子半天，忽然間心中一陣氣苦，心說妳們一個是皇后，一個想超越皇后，又干我等小嬪妃何事？原本簡簡單單的一場選秀，卻要搞得如此複雜，這是拿我等撒氣不成？我……我又敢得罪妳們誰去？

慶嬪心裡不忿，嘴上倒有些負氣般的自言自語道：「要是真太為難的話，索性就把這安家的秀女弄個第四名吧……」

原本眾人已經是憋得要命，此刻忽然有了一個聲音，就如同情緒上有了宣洩口，哪裡還管慶嬪是自言自語，還是真有此意？反正話頭不是自己起的，主審都這麼說了，自己跟著便是！

「慶嬪姊姊說的極是！這安家秀女一篇《孟子》，倒是和榜首的李秀女有異曲同工之妙，同樣的另闢蹊徑，同樣別出心裁！」

「不錯不錯！這一篇《孟子》，雖然不及那《逍遙遊》的立意輕靈飄逸，但孟子乃是儒家亞聖，其大禮規矩之處卻比那道家的莊子勝了半分，若說起來，還當真是比李家秀女只差了一星半點兒而已，小妹看這第四名當真使得！」

「嗯，這書法亦是一般的秀麗……與那前三名亦是同一水準之作，既是內容上差了前三一點兒，那便取個第四……」

一群嬪妃們嘰嘰喳喳說個不停，一改剛才的沉默是金，再次眾口一詞，而作為始作俑者的慶嬪自己卻覺得有些不可思議，連聲說道：「我不是這個意思……」

「哎……慶嬪姊姊哪裡來的話，那安家秀女模樣既俊，規矩又好，一篇文章作得既有新意又四平八穩，再加上這樣的家世背景，前三名當不得，做個第四卻是綽綽有餘了……」

有人卻是想岔了道，只當慶嬪口頭上不願承認是這等意思，卻是把話頭有意接了過去。

慶嬪本欲再辯，可是聽得那「這樣的家世背景」幾個字，猛然間心中一動，暗地裡一個念頭升起：便是取了她第四名又如何？初選能拿第一的人，今日又與李家秀女相同的手法，豈能是那麼簡單的？文妃那邊固然是沒有指示，可是我替她賣命也得留個心眼兒，若是順著這個機會與安家交好……

這等私心一起，登時不可抑制地蔓延開來。

慶嬪微一遲疑，乾脆不再言語，竟是來了個默認。

這個問題就這樣起鬨般的定了下來，後面的名次順序雖也有些小波瀾，但比之前幾名而言卻要簡單得多。

複選不比初選，在這一群本就是選秀出身又在宮中生活多年的嬪妃們面前，數百名秀女邊交卷邊被評審過濾，早已經被刷到了不足百人。

再一排名次，不多時，這一場的名次當場便報了出來：「左都御史安翰池嫡長孫女安氏，複選第四名，叩……」

隨著唱禮太監的高叫，安清悠心裡苦笑，自己這麼胡亂抄了一通《孟子》，擺明了撂桃子，居然也能得個第四名？這簡直是荒唐！

再看那些宮中的嬪妃們，一個個固然雍容華貴，行止也自有規矩氣度，有些年輕些的嬪妃更是風韻猶存，可是怎麼越看越像是一群活得悲劇無比的小丑呢？

難怪有人說過，天下最虛偽骯髒的地方，一個是妓院，另一個便是皇宮了……

安清悠四平八穩地叩謝了各位貴人給的恩典，心裡暗暗發愁。

初選第一，複選第四，這不是擺明要把自己弄到天字號的九人名單上去嗎？真嫁進這骯髒的皇室裡，後半輩子就淒慘了！

安清悠感慨裡伴著憂愁，別人卻未必如她這般想，回了秀女房，不少人特意向她恭賀。

與此同時，文妃作為李家在宮中勢力的代表，隨著複選的結束，變得更加忙碌。

前三名的秀女在暗箱操作下如此強硬出爐，這等消息在她的安排下很快便流出了宮去。

李家的秀女複試上得了榜首，比安清悠在初選上拿第一熱鬧多了。

一時間，許多人上門賀喜不說，踏入李家門檻的諸多賓客之中，更有不少帶著一品二品官帽的正經大員，那可都是些如今朝廷上實打實的實權派——在這場第二輪選秀之前還一直搖擺不定、模

稜兩可的實權派，以及在文妃正面突襲蕭皇后之前還不肯表態的實權派，

早在一個多月之前，隨著皇帝陛下收拾了一堆不起眼卻又位置緊要的小官開始，京中就已經有不少流言在四下湧動，說是陛下對某些大臣不滿，朝中將有大動。

而蕭皇后那道提前開始選秀的懿旨，卻是讓很多人有了另外一種猜測，說是皇上想動的目標就是蕭皇后的母家蕭家。

幾十年前皇上能夠登上大寶，蕭家可以說出了死力，當年甚至還有傳言說皇上為了能和蕭家聯姻，費了一番手段。也正是因為如此，蕭家才在軍中一家獨大。

好比蕭皇后的親弟弟蕭正綱，如今貴為朝廷中唯一的上將軍。若說李家在文官系統中地位超然，那蕭家便是在軍隊系統中自成體系。

自古為帝王者，軍權旁落都是最大的麻煩，皇上要拾掇蕭家的傳言便是由此而來。可問題是，蕭家還有個皇后在宮中，皇后還生了個兒子成為當今太子。

蕭家若是倒了，蕭皇后自然難以倖免，可若是蕭皇后也倒了，那太子……

且不說皇上早就有不喜太子的流言傳出，光是皇上要收拾蕭家的傳聞，給人的想像空間就已經很大了。

大梁國文貴武賤，朝中李家占優勢，可在宮裡和皇上面前，一向是蕭家的天下。

如今蕭皇后居然在文妃手中吃癟，還沒有還手之力，這無疑向所有人傳遞了一個信號，便是在宮中，李家也足以對付得了蕭家。

不得不說，在這場朝局大變的鬥爭中，李家在開局上明顯占了先手。

「我還是小瞧了文妃……輕敵了啊！」蕭皇后輕輕嘆了一口氣。

如果說宮中自有江山，那麼選秀便是另一個戰場，對弈雙方，一邊是蕭皇后為代表的蕭家，一

邊則是文妃所代表的李家。

文妃數十年如一日地隱忍不發，如今突然出手，果然是通過選秀占了極大的便宜。縱然蕭皇后之前已經有所察覺，將選秀的日程突然提前，可是李家卻早已經完成很多布局，這是實力的較量，卻非智謀所能為之了。

劉成劉公公正在稟報宮外的情況，尤其是哪些大臣又去了李家，每說一個名字，蕭皇后臉上的神色便更加難看一分。

「娘娘不必憂心，這勝敗乃是兵家常事。那李家蓄謀已久，這次有心算無心，自然討了點便宜去。可是，這一次也暴露出來很多東西，未必不是好事……」劉公公稟報完了宮外的情況，悄悄看了看蕭皇后的臉色，這才小心翼翼說了些勸解的話。

「劉公公說得有理……」

蕭皇后統領後宮多年，如今雖然吃了大虧，但雖敗不亂的氣度還是有的。閉目沉思了一陣，忽然喃喃般低語道：「暴露出來的東西……安家……上次皇上安撫安家的旨意，是洛辰那孩子做欽差去傳的吧？好像還向安老太爺家的大兒子討教學問，我記得那是個禮部的散官兒，叫做什麼來著……」

「回娘娘的話，此人叫做安德佑！」

「不錯，安德佑！這個安德佑似乎是安家那個秀女安清悠的親爹？」

「娘娘明鑒，正是！」

「如此可就有趣了！」

蕭皇后睜開眼睛，緩緩地道：「洛辰那孩子現在正在做什麼？叫他趕緊進宮一趟，本宮有事要他去辦！」

蕭洛辰抬起頭來，居然是一臉的憔悴。

眼下的蕭洛辰，可是沒有半點往日白衣浪子的風采，也沒有混世魔王的那份邪氣。

此刻他頭髮亂蓬蓬的，上面還帶著點油膩膩的閃光，鬍子似乎許久沒有刮過，一雙眼睛雖然依舊是炯炯有神，卻布滿了紅絲，顯然已經很長時間沒有好好睡上過一覺了。

可是即便如此，他的眼睛還是沒離開過眼前的一個小小瓷盤。

下面一盞精巧無比的小炭爐正在給瓷盤緩慢加熱，蕭洛辰用一根竹籤輕輕攪動著裡面的原料，好使其受熱均勻……

如果安清悠看到蕭洛辰現在這樣子，一定會覺得他古裝版科學狂人的神韻。

「成了！」蕭洛辰猛地大叫一聲，如獲至寶般把那些瓷盤中的粉末刮取下來化入了水中。

連塗帶抹地擦在身上，低頭嗅了幾下，登時便有些得意之色，果然自己身上是氣味全無啊！

「少爺，宮裡有話過來，皇后娘娘讓您……」

一個親隨從屋外奔來報信，只是話沒說一半，便被蕭洛辰按在桌上，弄了些剛剛製成的溶液，塗在那親隨身上。

「公子，別別別……」那長隨突然被按倒亂塗，早嚇得心驚膽戰，立刻連聲求饒。

蕭洛辰哪裡理他，一通藥水塗完，趴過去聞了兩下，當下皺起了眉頭，自言自語道：「不對啊，為什麼都是一樣的毛病？放在我身上好使，放在別人身上就不行了呢？可恨！這個臭女人竟然使手段，給了我假方子不成？」

蕭洛辰自安清悠那裡得到了那消除氣味的樣品和方子後，回到家裡便照方子取材料，緊鑼密鼓做起實驗來。開頭倒是順利，做出來的樣品往身上一灑，果然是氣味全無。

可是這樣品也好，方子也罷，弄出來的東西卻只對蕭洛辰一個人起效果，放到別人身上，卻是一點用處也沒有。

蕭洛辰雖然常說什麼「聲名狼藉也無所謂，我自逍遙任評說」之類的話語，但其實越是這種男人，越是在內心深處有著一份只有他自己才知道的驕傲。

當初對安清悠這樣一個婦道人家折節下問，已經是蕭洛辰的極限，這時候要他再低聲下氣地回頭去求安清悠，卻是千難萬難。

這方子意義重大，他又自負到了極點，既不去求人，索性自己搗鼓琢磨了起來。

不過是一些玩賞之物罷了，區區女子都能運用自如，我若是真下點功夫，不信就做不出來！

蕭洛辰初時信心滿滿，可等到真一頭扎進去卻發現完全不是那麼回事。

雖說他身邊有一堆大內之中的調香高手可以請教，亦有大量宮裡的古代香方祕典可以查閱，但這等事情又哪裡是短短幾日可以速成的？

饒是蕭洛辰聰明絕頂，讓他背四書五經、比武打拳都不是問題，但這調香就像繡花，尤其是在入門之時，那是比耐心、比細緻的功夫，他怎麼可能琢磨得出來？

至於那些大內的調香高手？

安清悠拿出的方子可是根據現代科學理論所寫的，和古代那些陰陽調和、五行生剋的理論都不一樣。那些所謂的大內高手們能夠看懂就不錯了……他們現在根本比蕭洛辰還憔悴！

「想我蕭洛辰一世英明，文韜武略、權謀算計無一不通，居然在這小小的調香之術上栽了跟頭，難道這等奇技淫巧之事，反要比那謀略之道還難嗎……」

蕭洛辰撓著頭，嘟嘟囔囔了半天，這才看了看眼前那個來報信的親隨，皺眉斥道：「你這傢伙又跑來做什麼？沒跟你說公子我琢磨物件的時候不許打擾嗎？」

親隨這才從桌上爬了起來，只是看著蕭洛辰的眼神，猶如剛被一群大漢施暴了的小媳婦一樣委屈，苦著臉說道：「公子啊，小的不過是來向您報個信，是您把我按在這裡……」

蕭洛辰看著這親隨幽怨的模樣，心裡一陣惡寒。他剛才不過是琢磨香物出了神，可沒有龍陽之好，連忙打斷道：「行了行了，別扯這些廢話！到底是什麼消息，快說，沒看公子我忙著嗎？」

「是宮裡來的消息，說是皇后娘娘命公子您進宮一趟……」

話沒說完，那親隨眼前一花，蕭洛辰早已一陣風般衝了出去。這幾天弄那些該死的香料弄得頭都大了，有個事情換換腦子也不錯，更何況……

更何況，宮裡傳出來的消息讓蕭洛辰隱隱感到一絲不安，他的直覺一向是很準的，難道姑姑那邊出了什麼不好處理的麻煩？

身為天子門生，蕭洛辰早在十歲的時候就得了陛下恩典，准其在紫禁城中騎馬。只不過，別人被賜了這等榮耀，更是小心翼翼，在宮裡縱使騎馬也是緩步慢行，連韁繩都不敢鬆得太過，哪像蕭洛辰這等不羈狂放之徒，進了宮一樣策馬狂奔，又仗著他騎術精湛，所到之處往往弄得一干宮女太監驚呼四起。那混世魔王的名頭，最早便是由此傳出來的。

縱馬急馳，蕭洛辰很快到了慈安宮外，也不待人稟報，就這麼溜達著進去。

敢在宮裡沒規矩到了這分上的，除卻蕭洛辰，也找不出第二個來了。

「侄兒拜見姑母，姑母萬福金安。」

對於這位身為皇后的姑姑，蕭洛辰還是發自內心有一份恭敬的，別的不說，單是她這麼多年來為蕭家所做的一切，就足以讓她成為蕭洛辰真心敬重的少數人之一。

「你這孩子，你讓姑母說你什麼好？」

慈安宮裡沒有外人，面對的又是自家子侄，蕭皇后難得放下統掌六宮的架子。上上下下打量蕭洛辰幾眼之後，不禁苦笑起來。

這不修邊幅的模樣，哪裡像是宮裡長皇家養的天子門生，倒是和那市井之中的無賴有得拚。

蕭皇后皺著眉頭道：「你看看你這個樣子，平日裡你遊手好閒，本宮也就由著你了，可是你這麼瞎混下去，什麼時候是個頭？縱是有陛下寵你、縱你、容你，聖寵也有衰去之時。你如今也是二十來歲的人了，怎麼連個穿衣打扮都如此不講究？本宮剛剛還在想著，藉著這次選秀順手指一門好親事給你，如今看了你這不著調的樣子……哼！就怕指婚都要好生考慮女方家是不是願意呢！」

「姑母貴為皇后，您給哪家的秀女指婚那是她們的面子！」蕭洛辰在蕭皇后面前放肆慣了，不以為意地道：「還敢提什麼願意不願意？秀女房裡滿打滿算，誰家能有這膽子？」

蕭皇后搖了搖頭，「傻孩子，這回不同往日，敢提不願意的人，只怕不是誰有這膽子，而是有幾家有這膽子了。」

蕭洛辰心中一凜，在蕭皇后這位從小看著他長大的嫡親姑母面前，他自然不必像在外面那般時不時裝出不學無術的浪蕩樣。

聽得蕭皇后言語中似有異狀，蕭洛辰臉色微微一變，隨手捏了日子算算，轉頭便向旁邊垂手而立的劉成問道：「劉公公，本次選秀的複試……前三名是誰？」

蕭洛辰對於宮中事務甚是敏感，此刻更是一問就問到了點子上。

劉公公和蕭皇后兩人卻是臉色古怪，蕭皇后皺眉問道：「複選的名次……宮外都已經傳開了，你居然不知道？」

蕭洛辰被蕭皇后劈頭一問，臉上居然有些紅，口中含糊道：「侄兒最近有要事需要參詳，這幾日……這幾日一直待在家中沒有出屋，對外面的消息倒是有些閉塞了……」

蕭洛辰是陛下最喜歡的學生，近些年來在為皇上做著一些隱祕之事。蕭皇后從不妄加打聽，見他這樣子雖然有些奇怪，卻沒有多問，逕自讓劉公公把選秀中的諸般情況詳細說了一遍。

蕭洛辰越聽臉色越凝重，等到劉公公說完，兀自閉著眼睛想了一陣，這才睜開眼睛說道：「姑母找我來，可是要問些與安家有關之事？」

「當初陛下命我去安家宣旨，的確是有撫慰安家之意，不過，那去向安老大人的長子討教學問……呵呵，那倒是侄兒費了點心思去找陛下討的，純屬胡鬧而已……」

一談到朝廷之事，蕭洛辰轉瞬便恢復了那個精明無比的模樣。

聽劉公公細述了最近選秀之事，他一眼就看到了事情的關鍵處。

李、劉、夏那三家明顯已經是事先有了默契，短時間內再怎麼使勁兒只怕也用處不大。倒是這選秀的頭兩場裡莫名其妙殺出來的安家，顯然是文妃沒有掌控住的。

蕭洛辰當下先把自己所知的關於安家的事情說出來。

蕭皇后微微點頭，眼下形勢對蕭家非常不利，蕭洛辰卻依舊從容，實屬難能可貴，不枉自己護著這孩子多年。待聽到他說去安家討教學問居然是一時胡鬧，有些吃驚，皺著眉頭打斷了蕭洛辰，問道：「你居然找上安家去胡鬧？難道你之前便和安家有什麼過節不成？在此之前……你又與安家的什麼人有來往？」

蕭皇后對蕭洛辰知之甚深，本是想聽他說一說當日安家壽宴上的宣旨之事，卻沒想到牽出了這許多訊息來，一時間，更是關注起來。

蕭洛辰卻是撓了撓頭，苦笑道：「侄兒有一件皇上密令的差事，關係到許多人的身家性命。這個差事其中一環便是需要一個能夠消除人身上氣味的法子……」

蕭洛辰對事情抽絲剝繭，竟發現許多事情的線索都指向安家。

既知道茲事體大，當下不敢隱瞞，把自己和安清悠怎麼偶然相遇，怎麼討要除味方子，怎麼拌嘴鬥氣等等諸般事情說了一遍，就連那壽宴上擠兌安清悠的卷軸都說了。

蕭皇后越聽越奇，沒想到這狂傲的侄兒竟然和安家的秀女有過這麼一段經歷，眼睛微微一瞇，忽然想到什麼似的，笑著打趣道：「想不到你和安家的來往，竟是從這安家的秀女開始。這姑娘初選能拿第一，複選能拿第四，十有八九會進天榜單子。我看她行止做派甚是穩重得當，就連複選抄書也是選《孟子》這樣穩妥的，倒不如就指給了你這個沒規矩的混世魔王如何？也算是有個女人能看著你了！」

「把她指給我？姑母莫要開玩笑了，您不就是想讓我去把安家的底細弄清楚……最好還能將安家拉到咱們這邊來……這麼點兒小事，用不著使出聯姻這等下策吧？那不是犧牲侄兒的終生幸福嗎？」

蕭洛辰驟然聽到蕭皇后要把安清悠指給自己，下意識想起安清悠和自己幾番鬥嘴的事，忍不住起了一層雞皮疙瘩。

這幾日弄得蓬頭垢面不就是拜她所賜？他越發覺得這等潑辣的女人實非自己的良配！自己雖然有混世魔王的諢名在外，但京城內外想嫁自己的大家閨秀難道還少了？

蕭洛辰隨即醒悟過來，這不過是姑母在打趣自己罷了，當下搖了搖頭，有些自嘲地道：「姑母今兒叫我進宮的緣由，侄兒已經知道了……罷罷罷！我那邊的差事，倒也和這個安家的秀女有著莫大的關聯，平白折騰了這幾天，想不到最後還是要和這瘋女人會上一會，早知如此，我又何必弄得自己如此狼狽？」

這卻是蕭洛辰比很多人強的地方了，他驕傲，但又現實。

既知形勢迫切，小小的面子問題，早已經拋到了九霄雲外。

倒是蕭皇后和劉公公兩人一頭霧水，只覺得這安家的秀女更讓人看不明白了。一個在初試中能把禮儀規矩做得比宮中嬤嬤還規矩的人，一個在複試裡偏題都偏到孟子頭上的女子，怎麼會是個瘋女人呢？

在慈安宮裡，蕭洛辰和蕭皇后商量著安家的事情時，安清悠正為了終選頭疼無比。初選第一，複選第四，怎麼看，終選都會進前九名的天字號單子裡。

這段時間在宮裡生活，所見所聞，所遇上的事情，讓安清悠更加不喜皇室，那些所謂的嬪妃宮人們展現出來的，除了利益糾葛，就是爭權奪利，讓她敬謝不敏。

憑著她的手腕，嫁給什麼樣的男子，都可以過得不差。

無論是之前在安家長房裡從任人欺凌的苦命女子成長到掌家大小姐的過程，還是在此後交往京中貴婦、承辦老太爺壽宴等等經歷，甚至是在宮中的這番歷練體驗，都已經讓她對古代世界有了充分的認識，也更產生了充分的自信。既是如此，那這宮中看似繁華富貴的種種景象反而就更不值錢了。

何苦一輩子關在這宮城之中沒半點自由？天下之大，一出宮門任我行，有哪裡去不得？

可是說一千道一萬，若是真進了天字號，那可是萬事皆休了。

安清悠正努力思索著應對之道，卻聽外面有人來報，說是劉明珠來了。

對於這個莫名其妙找上自己的乾妹妹，安清悠始終有著古怪的感覺，明知她和自己不是一路人，又覺得劉明珠乃至她身後的劉家對自己沒有惡意。

這樣的女子必然是無事不登三寶殿，當下點點頭，讓人把劉明珠請了進來。

「安姊姊，小妹這廂有禮了。複選剛過，身邊事情甚多，倒是沒有到姊姊這邊走動，姊姊勿要見怪。」劉明珠客客氣氣地行了個禮。

安清悠知道這時候若講虛禮反倒假了，當下點點頭道：「妹妹不用多禮，今年這選秀倒似不同於往昔，妹妹那邊事情自然要多些，卻不知今日來我這裡又有何事？」

這句「今年的選秀不同於往昔」，自然是有開門見山之意。

劉明珠微笑著道：「姊姊真是快人快語，小妹自也不敢作態。昨日複選結束之後，家中曾有信來，叫小妹向姊姊打聽一下，不知道您家那位老太爺……對這次複選的名次有什麼看法？對於這最後的終選……安家和姊姊又有什麼考量？」

話說得如此直接，便連安清悠也有些驚訝。

依著劉明珠這等家世背景和她之前的表現來看，絕非莽撞之輩。

只是，這直接便問安家老太爺的想法，問安家在終選時的考量，且不論是不是交淺言深，如此露骨的問話，也太直白了些。

安清悠微微躊躇，劉明珠又道：「姊姊莫要多心，若是姊姊覺得不便，不答也罷，可若是姊姊能代表安家給句話，我劉家事後必有報償。」

這話中的示好之意很明顯，甚至都有了些著急想和安家達成同盟的意思。

安清悠不禁愕然，到底是沒弄明白這號稱「天下第一忠犬」的劉家為什麼會如此著急地找上了安家。

不過，對方話都說到了這個地步，不答卻是不妥，索性示之以誠，搖頭笑道：「這話也沒什麼不便回答的，這次從入宮開始，我家那位老太爺可是什麼指示都沒送進來過。便是在當初選秀之前，也只是讓姊姊我自己看著辦，愛怎麼選就怎麼選而已。至於姊姊自己……呵呵，不怕妹妹取笑，姊姊對於皇室宗親沒有任何嚮往，我只盼終選之時能落個中等名次，莫說玉牌之類的，連那天字號單子都是不想進的……」

這明明是實話，可說在這等場合下卻是讓人難以相信。

劉明珠臉上的失望之色一閃而過，正要再說些什麼，忽聽外面有人高叫：「懿旨到！眾秀女出屋恭迎，跪候聽旨，皇后娘娘千歲千歲千千歲！」

蕭皇后那邊忽然有懿旨過來，兩女連忙出得屋來，卻聽劉明珠微微「咦」了一聲，自言自語般的低聲道：「奇怪，來的怎麼不是太監？」

安清悠亦是有些詫異，那傳懿旨之人雖說離二人頗遠，但身上服色一看便知絕非是宮中太監，仔細一瞧，那下巴上果然是有鬍子的。再行兩步，安清悠吃了一驚，「怎麼會是他？」

那代表蕭皇后來傳懿旨之人安清悠是識得的，不僅識得，說是討厭、痛恨亦不為過。

不是蕭洛辰卻是誰？

「這可是秀女房耶，怎麼能讓男人進來？」

「又不是陛下向朝中的官員頒布旨意，連宮門都沒出，下道懿旨罷了，怎麼用的不是太監女官，而是欽差？」

「咦？這人好像是蕭洛辰耶！他……他怎麼留起了鬍子？好像更有男人味了耶！」

「蕭洛辰？怎麼是這個不學無術的渾人啊！哎呀，居然還如此不修邊幅，醜死了髒死了，難看得緊……」

宮中自有宮中的法度，從慣例上來說，秀女房這等地方是絕對不能有男人來的，何況皇后的懿旨若是未出宮門，也該由太監或宮中的女官前來頒布。

如今莫名其妙弄出一個欽差來，又是怎麼回事？

秀女們一個比一個覺得奇怪，一時間，眾人竊竊私語不斷。

蕭洛辰背著手站在一干秀女面前，心中卻是頗為得意。

誰說這秀女房男人不能進來？自己不也是來了？還是大搖大擺來的！

慣例只是慣例，又不是明文法度，偶爾打破一次又如何？蕭皇后本就有統領六宮之權，雖然只是在宮裡傳懿旨，可就是派欽差不派太監，誰又能怎麼樣？

就是告到皇上那裡，頂多也就是個訓斥兩句皇后任由自己胡鬧而已，蕭洛辰忍不住狡黠地奸笑幾聲，他自己被陛下訓斥，那是家常便飯，蝨子多了不咬，債多了不愁，早就不差這麼兩下。

至於安家……蕭洛辰掃視了下面的秀女們一眼，果然發現了遠處那個高挑的身影。

蕭洛辰的目光未在安清悠身上停留，逕自打開寫著懿旨的黃緞子，雙手微微一抖，正小聲私語的秀女們立刻閉上嘴。

蕭洛辰眼中的不屑之色一閃而過，高聲道：「皇后娘娘懿旨！著，選秀房諸參選秀女聽宣！」

「秀女跪迎懿旨，皇后娘娘千歲千歲千千歲！」秀女們齊刷刷跪倒在地。

蕭洛辰面色不變，大聲誦讀道：「奉侍吾帝執掌六宮，皇后懿詔：茲有秀選之試，天家大禮是也。自開選以來，自得宮中諸嬪妃以及經辦人等之效力不怠，眾秀女上體天意，謹守婦德……本宮唯兢兢業業，望上報陛下信任之重，下盡選秀守權之則。然，心有餘尚需身力之足，如今既感偶寒，唯恐心智體悟有所差池，選秀終試推遲七日，諸般事宜循此而行……」

這道懿旨一頒布，眾秀女登時納罕。

這事情說得倒是清清楚楚，無外乎就是蕭皇后說自己偶感風寒，身體不適，怕身在病中腦子不夠清楚，為皇家挑錯了人，所以要把這選秀的終選延遲到七日後，再做定奪。

按照選秀的規矩，複選之後三日便該是終選。

終選本就是蕭皇后領著四妃做最後的品評，她是位於六宮之首，要改日子別人也說不出什麼來。可是，就在不久之前，這選秀還是皇后她老人家說要提前的啊！

一會兒提前一會兒延後的，選秀之事豈可如此兒戲？

一時間，秀女們大眼瞪小眼，可是蕭洛辰那邊的懿旨居然還有下文：「著！複選前四名之秀女：李氏、劉氏、夏氏、安氏，交由欽差於秀女房問話，其餘閒雜人等回房靜避，無令不得外出！」

這話一說，眾人更加沒有頭緒，派了個欽差傳話就罷了，還要來找複選的前四名問話，其他人回房去老實待著？

皇后要找秀女問話，叫去慈安宮問了便是，若說遣人來秀女房問話，那多半也是在眾人面前直言相問，有敲打之意，可又讓其他人迴避，不許旁觀，這算什麼？

疑惑歸疑惑，卻是誰也不敢不遵懿旨，否則一個不敬皇后的罪名就可以直接拖到宮門外亂棍打死。秀女們老老實實回了各自屋子，可是好奇心難耐，又各自從窗棱門縫處偷偷向外望去，卻見蕭洛辰在院子裡正中的一張石桌前坐下，老神在在地高喊道：「著！複選頭名秀女，李氏問話！」

第一個挑的就是李家的秀女李寧秀，這李寧秀出身於首輔之家，那規矩沉穩卻是自有一份貴氣，她不卑不亢地走到了蕭洛辰面前行了禮，又遙請了皇后娘娘金安，這才凝神開始答話。

蕭洛辰的開場白很沒營養：「秀女房中伙食得如何？這些太監嬤嬤們可有慢待了李秀女？」

「有勞欽差下問，宮中飲食自然是極佳的了！」

「哦，吃得不錯，那住得可還習慣？」

「亦是甚好！」

「天氣涼了，衣物可有欠缺？皇后娘娘說了，宮中亦有人情，李秀女若有缺什麼物事，從大內庫中撥了便是。」

「有勞娘娘恩典，倒是不缺什麼。」

蕭洛辰面如春風，溫暖至極，可這一問一答之間，饒是那李寧秀出身於首輔之家，卻也是越答話越納悶。

絮絮叨叨地說了半天，怎麼盡是些吃的用的住的？

自己出身於李家，宮中又有文妃這位姑奶奶照顧著，吃穿自然是不可能會少的。

蕭皇后派人來說這等場面話做什麼？難道是示好？不可能啊！蕭李兩家明爭暗鬥了幾十年，如今更是挑明了有一場大爭鬥，想停也停不下來。

李寧秀這裡心中納悶，蕭洛辰可不管這套，不是衣、食、住、行之類的雞毛蒜皮，便是今天天氣如何，總之是沒有半分有營養的。就這麼嘮嗑了半個時辰，又叫過複試裡排名第二的秀女劉明珠，說的又是老說辭：「秀女房裡伙食如何……」

「甚好……」

和劉家的秀女說話，同樣是半天沒營養地打哈哈。輪到夏家的秀女夏青櫻，亦是如此。

諸秀女心中莫名其妙，蕭皇后剛剛吃了個敗仗，現在要忙的事情應該很多才對。

是她老人家閒得無聊，還是蕭洛辰腦子壞掉了沒辦好差事？這等問話，不是瞎耽誤功夫嗎？

可懿旨就是懿旨，誰敢小瞧？縱然心中狐疑，這等問話也需要打起十二分精神應對，唯恐有一個不妥，便出了什麼紕漏。

等到了安清悠，只見她面色如常，款款走到蕭洛辰面前行了禮道：「秀女安氏，恭請皇后娘娘金安，恭請欽差大人福安，皇后娘娘千歲千歲千千歲！」

蕭洛辰亦是如之前那般笑容滿面，口中溫言道：「安秀女不必多禮，在下不過是替皇后娘娘問話，不知……」

蕭洛辰說到「不知」二字的時候，忽然沒了聲音，只是嘴巴依舊在動，看那口形卻是「不知安秀女覺得這秀女房中伙食如何？可吃得慣？」」。

光有口形沒有聲音，安清悠微微一怔，可是接著卻聽到極低的聲音在耳邊響起道：「皇后娘娘的意思，若是派人傳話或者單獨把妳傳去慈安宮，反而惹人注意，只怕倒是給妳添了麻煩。不論以前妳我如何，此刻不妨暫且放下。蕭某略通腹語術，是帶著娘娘的意思來找妳安家聊聊，如何？」

「腹語術？」

安清悠面色不改，心下恍然，暗道這蕭洛辰所學的三教九流之藝真雜，竟然連腹語術都會。此時此刻，周圍不知道有多少人在遠遠窺探，多少雙耳朵豎著在聽，他這番做作反而把所有人都瞞了過去，倒還真是個不顯山不露水的法子。

只是這等故作神祕卻讓安清悠頗為不喜，不知道這人到底是在弄什麼玄虛？

只是，蕭洛辰既是帶著皇后的旨意來和安家談，她便無權拒絕，當下只能點頭，口中含含糊糊地道：「嗯……嗯……還行！還行！」

這「還行」二字，大有學問，幾乎是什麼問題都能以此作答。

安清悠是頭一次面對如此詭異的對話，但表現得已經比其他人鎮定多了。

不過，蕭洛辰卻好像還不太滿意，只見他微微一笑，臉上的神色更是親切，可安清悠所聽到的腹語卻是兩回事：「臉上的表情有點僵硬，這可不好……妳也知道現在肯定有人正盯著咱們，妞，給大爺笑一個！」

就在蕭洛辰和安清悠說話的同時，距離兩人不遠的一處房間裡，一個中年太監正透過窗縫緊緊盯著蕭洛辰的嘴唇，根據說話口形把他所說的話一個字一個字讀了出來。

「不用……客……氣，這……秀女房……伙食……一貫是……很一般，皇后娘娘……亦是曉得……」

旁邊的另一個太監走筆如飛，盡數將他所複讀的話記錄下來，更是有人奔走傳遞，從順著窗戶遞條子到外出傳話，有條不紊。

轉瞬之間，這秀女房裡發生的一切早已傳到文妃所居住的西宮。

「這皇后也真是古怪，放個大男人進了秀女房，卻只說這些雞毛蒜皮的東西做什麼？」西宮的太監總管侯旺侯公公用兩根手指頭拈起桌案上的報告反覆看，緊緊皺著眉頭。

饒是他在宮裡待了一輩子，也沒想明白蕭皇后這時候下了這麼道莫名其妙的懿旨究竟是個什麼意思，可是無論他明白也好，不明白也罷，此刻卻是半點不敢怠慢，只能盡快把這些記錄整理清楚，交到西宮真正的主人文妃娘娘手裡。

別人是不是一頭霧水沒關係，蕭洛辰心裡明白就行。

此刻他坐在安清悠對面，口中說的話語和對另外三家秀女所說的話語別無二致，誰愛讀唇語便讀唇語，誰愛記錄誰記錄，腹語上說的可就是兩碼事了：「……身體稍微向右再偏轉一點，對，就是這個角度，在妳後方的那間屋子裡有幾個太監正盯著我們，距離他們四間房的地方，有人在做同樣的事情。哼，兩組人馬……還真是謹慎……不過，沒關係，這個角度任何一組人都沒法看到妳的口形，自然也就沒法子猜到妳和我說了什麼……嗯，應該是不會有漏了！」

「研究口形……所謂的讀唇術嗎？」

無論是口語還是讀唇術，說穿了並沒有什麼稀奇，在現代也有這樣的能人異士。

倒是眼前蕭洛辰的樣子有點好笑，一邊用嘴說話麻痺觀察者，一邊又用腹語和自己說話，讓安清悠感覺是在同時和兩個不同的人談話一般。

「妳還知道讀唇術？」蕭洛辰有些意外，這個時代的大家閨秀，大門不出二門不邁，能知道讀唇術的閨中女子稀罕得很，當下用腹語問道：「妳果然不是一般人，我倒是很好奇，是什麼人能教出妳這麼樣一個女子來？」

「老天爺教的，你信不信？」安清悠無所謂地撇嘴，蕭洛辰這副用一種高高在上的目光看女人讓她很不爽。

蕭洛辰有些哭笑不得，這個女人還真是難以擺布。

不過，他今天既然做了這麼多安排才來到秀女房，自然不會糾結這種小事，當下口中說了些吃飯穿衣之類沒營養的話語，卻是繼續用腹語道：「據我所知，皇后和文妃到現在都沒弄明白一件事情，妳是怎麼知道李寧秀在複選中會抄一篇古文上去？安老大人固然執掌著代天子巡查百官之權，可都察院不過是一群文官御史，要說都察院能把當朝首輔李大學士家這般隱祕之事調查出來……嘿嘿，怕是安老大人自己都不信！」

蕭洛辰這話說得鄭重，安清悠心中一凜，想像那莫名其妙得了的第四名，瞬間明白自己只怕已經捲進了宮中的爭鬥。

無論是對於她，還是對於安家而言，這都是安清悠不願意看到的結果，當下神色一肅，輕聲答道：「我本來就不知道李寧秀會做什麼，她寫了一篇《逍遙遊》我也是事後才知道，至於我寫的那篇《孟子》……我從來不想嫁給皇親國戚或是靠選秀求富貴，只想弄一篇跑題的東西讓自己名次不要太高而已。和李寧秀用了同樣的手法純屬巧合，更和安家如何半點關係都沒有。至於我家老太爺，他不但同意我不嫁進皇室，更是答應我該怎麼選就怎麼選，隨我決定罷了，複試之上我會做什麼，連他都不知道。」

這話一說，蕭洛辰倒是有點兒愣了。

安清悠知道即使自己說了實話，恐怕也沒人相信，有些緊張地看著蕭洛辰。此人這次可是代表皇后和蕭家而來，若是因為一場巧合為安家惹上一堆無謂的麻煩，那就不好了。

卻沒想到蕭洛辰盯著安清悠看了半天，神色數變，半天才緩緩嘆出一口氣，尤其是那種用腹語發聲的方式嘆氣，倒真有些怪聲怪調的：「原來如此，難怪我想破了腦袋也沒想出來……這才叫人算不如天算，天意啊天意！」

安清悠頗為意外，盯著蕭洛辰道：「你相信我？」

「我為什麼不相信？」蕭洛辰沒好氣地反問了，用腹語回應道：「若非如此，實在沒有第二個能解釋得通的理由。再說，妳剛才說話時，眼神、語速聲調、呼吸心跳，沒有任何變化，蕭某在刑訊審問上的本事，那可是用人命堆出來的，若是能讓妳這麼個初出茅廬的小女子在這些方面糊弄過去，那我也認了……」

這蕭洛辰好厲害的判斷力和觀察力，不過這傢伙說話還是那麼讓人討厭！

安清悠聽到這裡，饒是對蕭洛辰再怎麼厭惡，也不得不承認他的本事。只是這廝的嘴還是一如既往的臭，說什麼刑訊審問……拿我當犯人嗎？

哪知蕭洛辰的話居然還越說越不中聽，只見他說到這裡頓了一頓，繼續道：「……更何況，妳這女子雖然又瘋癲又護短，笨得像豬頭一樣，這等死活不願進宮的白癡想法，也只有妳那進了水的腦子才能想得出來……不過，骨子裡那驕傲勁兒倒是稀罕得很。就是編什麼推脫的理由，想來也要編得花俏，自然不用弄一個這麼爛的藉口，我所說的有錯嗎？安大小姐？」

安清悠心裡氣極，這話要她怎麼答？

說蕭洛辰說的不對？那豈非說他相信我信錯了，之前所說的理由不過是藉口？

可若說他說的對……我呸！他那前半段裡可是有「瘋癲又護短，笨得像豬頭一樣」之類的話，這不是相當於連這些話也承認了？

彆彆扭扭躊躇了半晌，安清悠到底還是緩緩點了點頭，眼下的事情關係到整個安家，真不是該爭口舌長短的時候。

蕭洛辰微微一笑，這次他是有備而來，讓安清悠明知吃癟還要點頭承認，這不過是第一步。慢慢地邊打壓邊誘導，最終要使這個女人心中所想變成自己為她設計的那個方向，這才是最終的目的。

絲毫不給安清悠反應的時間，蕭洛辰緊跟著便道：「不單如此，妳這次初選第一，複選第四，想要進終選而又不進那天榜單子，這只怕是沒有可能。」

安清悠果然一怔。

蕭洛辰這話一說，顯然是真的相信安清悠確無嫁進皇室之意，可也擊中了安清悠的要害，如何能夠不進天字號單子，這還真是難為她，不禁脫口問道：「這話怎麼說？」

蕭洛辰悠悠地道：「天字號單子豈是妳想不進就不進的？現在宮裡想為妳指婚的可是大有人在，複選妳也看見了，便是偏題偏成了這德行，還不是一樣拿個第四？雖然妳之前和文妃有所交集，可這位娘娘會把妳當作什麼樣的一張牌來打，妳心裡真的有底？大家都是利益交換的籌碼罷了。若是我沒猜錯的話，便是妳最早也打過交道的那位慶嬪娘娘，只怕此刻也在琢磨著把妳指給自家兒子，妳信也不信？」

「連慶嬪的事情也知道？蕭公子還真是下了功夫調查小女子啊……」安清悠低下了頭，似是很艱難地終於吐出了這麼一句。

「不敢！為皇家做事，自然是要盡心竭力一些，何況皇后娘娘身為六宮之主，這些東西若是真想查，倒也不難……」

蕭洛辰微微一笑，腹語用得越發自如，尤其是把那句「皇后娘娘身為六宮之主」的語氣說得極重。眼看著安清悠被壓制住，心中冷笑：形勢比人強啊！任妳是有天大的本事，還是有一顆七竅玲瓏心，到了選秀這等事情上，小小的秀女和皇后娘娘相比，實在是天上地下。若無像文妃這等顯赫強大的家族實力做後盾，那真是沒搞頭啊……

蕭洛辰用腹語術發出的話充滿了蠱惑之意：「雖然我並不清楚妳為什麼不想嫁入皇室，不過人各有志，蕭某向來認為那是不能強求的，可惜這一進了選秀，往往都是身不由己……嘿嘿，蕭某大著膽子說一句，若是安姑娘真覺得文妃娘娘那邊值得信任，只怕早就投向了文妃那邊是不是？說起來如今這宮中能夠幫助姑娘的，怕是只有皇后娘娘了……」

蕭洛辰像是精明的獵人，正在把獵物向著自己安排好的陷阱驅趕而去。

此時此刻，蕭洛辰彷彿已經看到了一條清楚的線，自己藉著這選秀之事，不費吹灰之力便將這小姑娘攏絡至姑姑的麾下，從此她越陷越深，成為皇后一派的線人，這就是天意，只要他順著這條線繼續問下去……

「卻不知蕭公子究竟是為了什麼，才會對那消除氣味的方子如此感興趣？就連急匆匆趕到這秀女房之前，都還在鑽研搗鼓這物事？」

安清悠突然出聲，所說的話卻是和兩人之前談論的話題沒有半點關係。

「嗯？安大小姐的意思是……」

蕭洛辰陡然一愣，原本他已經掌握了主動權，只要再加一把勁兒，就能夠把安清悠哄到皇后這邊來，可怎麼突然之間，話題又變成了另外一件事情？

心下驚異之際，原本已經有些熟絡地叫起了對方安姑娘，此刻卻又小心翼翼地改回了稱呼，再叫起安大小姐來。

「沒什麼意思，我只是想最近這選秀上出了不少事，想來皇后娘娘也未必那麼輕鬆！」安清悠驟然抬起頭，臉上卻是輕鬆之色，「即便是這等時候，蕭公子居然仍有閒心搗鼓小女子那個消除氣味的無聊方子，不知道是怎麼樣的緣由，才能驅使蕭公子在百忙之中對這麼個東西如此關注？如果我沒猜錯的話，公子如此……不羈的外表，難不成和這方子有關？這倒真是為伊消得人憔悴，衣帶漸寬終不悔了！」

說著，安清悠伸手比劃了一下蕭洛辰下巴上的鬍渣，又看了看對方驟縮的瞳孔，這才學著蕭洛辰在不久之前的口氣悠悠地道：「別這麼大驚小怪！蒙公子指點，小女子此刻背對著那些盯梢之人，他們自是無從察覺小女子的神色口形，可那邊可是有人盯著公子您呢！放鬆點兒，對了，臉色別那麼僵，自然一些嘛……我說，蕭爺，給妞笑一個！」

伍之章 ● 虛張聲勢拒婚

高手過招，勝敗不過一線之間。

蕭洛辰只覺得形勢急轉直下，頃刻間雙方居然就調了個位置。眼前這個女子究竟是有什麼魔力，竟然能夠瞬間從一種情緒裡掙脫出來，還能轉到另一個話題中反制了自己一把？

「小女子身無長技，這調香之道卻是唯一有把握之事。我聞公子身上這麒麟花、沒藥、鳳子膽、蒼白這四樣材料該是我給公子那張消除氣味方子裡所寫的，另外卻多了……嗯，應該是金沙草。這倒似乎是公子自己將方子改良了吧？這金沙草本身亦是難得的除味之物，能夠中和許多東西的氣味，只可惜材料雖好，處理的手段卻差，居然和另外幾樣東西混合起來用火烤？這是哪個蠢貨給公子出的昏招……」

安清悠邊說邊微笑。

既能發現蕭洛辰身上的線索，以她的聰明智慧，自是不難發現後面一連串的破綻和問題。那消除氣味的方子竟是如此重要，登時讓安清悠手裡有了一張王牌，多了無數和對方討價還價的餘地。

「大小姐調香的技藝，不光是蕭某生平僅見，就連書中亦不曾見聞。那些大內之中所謂的製香高手，怕是給大小姐提鞋都不配了。」

蕭洛辰沉默半晌，終於是誇了安清悠一句，自知之前那些施壓誘導的功夫都是白做了。遺憾的同時，也駭然，自己來傳懿旨之前，可是被姑母逼著沐浴更衣了的。縱然是之前在除味之物裡打滾了數日，此時身上的氣味殘留不過十之一二罷了，憑這麼聞得幾下，就把材料和加工手法盡數說了出來，這等本領當真是神乎其技了。

再者，能夠從他身上殘留的氣味推斷出他最近在做什麼，把他忙活的事和選秀、皇后、當前的形勢等迅速連成一條線，擺脫被箝制的地位……

這幾種素質同時出現在一個普通女子身上，當真讓人不可小覷。

難道我之前一直小瞧了這個女人？

蕭洛辰心中猛地一動，就如同姑母蕭皇后輕視了文妃一樣，自己也似乎小瞧了安清悠。

「送蕭公子一句話，細節決定成敗。」

安清悠微微一笑，面上說得輕描淡寫，但其實心中也著實害怕。

蕭洛辰這傢伙擅長把握人性的弱點，之所以相信她不願嫁進皇室已能看出他的觀察力極強，而轉瞬之間又能以此為據，引誘自己入套，種種分析居然還聽起來頗有道理：文妃那邊多了我不多，少了我不少，當初老太爺壽宴之時，她可是招呼都不打就給我設了個套子，以賀壽為名，派了些清水京官弄得人盡皆知……如今若是為了做些利益勾當，說不定真就把我指給了誰！若是不想嫁入皇室……這宮裡除了蕭皇后，還真是難以找得到如此強力的支援……

縱然對蕭洛辰極為厭惡，安清悠也不得不承認，他的城府之深沉，不能等閒視之。

剛才他所說的那等提議，她現在想起來都有些心動。

說起來，兩人之間幾次打交道，都與那消除氣味的法子有關，一個是輕視，一個是厭惡，此番以腹語論事，倒是彼此第一次正視對方的深淺。

安清悠直視了蕭洛辰半晌，率先言道：「蕭公子，如果可以的話，咱們是不是不用弄這麼多互相算計的招子？大家各取所需，打開天窗說亮話，豈不是更好？」

蕭洛辰沉默了一下，用腹語沉聲道：「甚好！」

便在安清悠與蕭洛辰談判重開之時，兩人都已經意識到了的事，已隨著選秀的問題急遽升溫。

西宮，文妃寢殿。

「文妃姊姊，若說這次選秀，那前三名的三塊玉牌自然是已經塵埃落定，可是這天字號單子有九人之數，不知道那幾個其他的天字號秀女……文妃姊姊可是有什麼想法？若是姊姊不準備指人，妹妹倒想替我家那苦命的兒子選門親事……不知道姊姊意下如何？」

慶嬪一臉諂媚地說著話，說起來她比文妃的年齡還要大上一歲，可是雙方的地位在這裡擺著，這妹妹的自稱從她口中說出，極為自然，沒有半點滯澀之感。

文妃看著慶嬪，眉頭微皺。

之前複選的時候，這慶嬪有些進退失當之處，當時她就已經看出此人難當大任。如今終選還沒落定，倒先想起替她家那個兒子討秀女來了。

滿朝文武誰不知十一皇子天生就是個病秧子，平素又是個喜怒無常的，之前莫名其妙死在十一皇子手裡的侍女難道還少了？還天字號單子……那些真有實力的朝中大臣，哪個肯把女兒嫁給他？

心中雖如此想，文妃卻知此時此刻尚在用人之際，倒也不想把她罵得太狠，當下給了個笑臉，隨口問道：「慶嬪妹妹想為十一皇侄兒指門好親事，自是應當應分的，卻不知妹妹看上了哪家的女兒？」

慶嬪堆著笑，樂呵呵地說道：「還能是哪家？複選之時，我看那安家的秀女……」

「安家的秀女？」文妃登時有些警覺起來。

「可不就是安家？那左都御使安翰池安老大人的嫡長孫女，名字叫做安清悠的那個。說起來他安家最早想進宮參選秀女，還是想走我的門路。我尋思著都是熟人，倒也不好意思回絕，如果文妃姊姊沒別的安排，要不就這麼定了？」

慶嬪眉開眼笑，堂堂一個宮裡生活了幾十年的嬪妃，此刻的神情倒與那給自己兒子說親的市井婦人相差彷彿。

徐氏當初想把女兒塞給她生的皇子，早不知是哪一輩子的事。

選秀開始之後，連搭理都沒搭理過她這個慶嬪，只是如今這話被她一說，那味道卻是大大地變了樣，倒像是安家死活要嫁女兒給她一樣，這等往自家臉上貼金的本事，卻又遠比那市井婦人高出太多了。

「安清悠……」文妃微微沉吟，慶嬪那些牽強附會的話，她自然不放在心上，只是這安清悠最近越來越讓文妃關注了。

初選榜首，複選第四，兩次的名次都產生得那麼出人意料之外，卻又都在情理之中。

且不說這兩場選秀來得蹊蹺，光是那皇帝降旨撫慰安家，還有蕭皇后在複選最後借安家試探自己這兩件事，就一直讓文妃心中覺得不安。

尤其是安清悠那一篇和李家秀女同樣手法的卷子，更是如鯁在喉。

作為這一次李家在宮中的操盤者，複選的大獲全勝自然是讓文妃乃至整個李家得了不少好處，可即便如此也沒有沖昏了文妃的頭，那些看不清楚的危險才是真危險，安家這麼大的一個不確定因素，她當然不肯放過。

文妃早已讓合適的人專門處理此事，可這慶嬪竟然打著安清悠的主意，自然不能輕易答應。

「慶嬪妹妹，妳的心思我清楚，可是最近這段日子看來，安家已是不比別家，如今這深淺連我也不好說。小九一直在查他們家的事情，今兒這時辰只怕已經往宮裡走了。妹妹，妳與他也多日不見了，倒不如聽他說說這安家的事情再做定奪，也好幫我指點一下這個不成器的兒子！」

慶嬪的心思她當然清楚，終選之時奪前三名玉牌的自然是李、劉、夏這三家，可除了這三家之外，第四名極有可能又是這個安清悠。

那前三名都是硬碴動不得，但慶嬪若要弄個第四名的秀女回家做兒媳，也是極有面子的事，同樣對晉升妃位大有助益。若從安撫幫手的角度來看，此事亦非不可，只是這安家現在情況未明，文妃實在不敢妄下定論。

「九爺也要來？」

慶嬪卻是沒想這麼多，一聽得九皇子要來，臉上是又驚又喜之色。

外面可都是傳瘋了，這九皇子是最有挑戰太子地位的，眼看著選秀戰場上文妃把皇后收拾了個一敗塗地，九皇子的地位更是水漲船高。

一時間，慶嬪又有些自怨自艾起來，早知如此，該把那病秧子兒子帶來，這等機會不讓他和皇兄親近親近，又待何時？

「我聽文妃姊姊的……我聽九爺的！」

慶嬪的臉上笑成了一朵花，一邊又趕緊招呼身邊的太監，快去把自家的兒子領到西宮來。

「兒子給文妃娘娘請安……咳咳……咳咳，給母妃請安……」

十一皇子殷郡王比九皇子更早來到西宮，行禮時身體微晃，咳嗽不止，再抬起頭來時，面頰上已多了一層病態的潮紅之色。

文妃心裡閃過一絲嫌惡，都是皇家血脈，殷郡王可比自己的兒子差得遠了。

慶嬪還在旁邊兀自說著請文妃、請九爺照顧殷郡王云云，直讓文妃有些心煩意亂。

「睿親王到！」

外面一聲高叫，打散了文妃心中的煩悶。

只見款步進來的男子，身穿紫色團龍金襖，腰間圍了一條只有皇家才能使用的明黃帶子，劍眉鷹目，整個人英氣勃勃，卻又有幾分書卷儒雅之氣。

這人自然就是朝野上下號稱「賢王」的九皇子睿親王了。

「兒子給母妃請安，給慶娘娘請安。」

睿親王身分高貴，如今不僅已領了朝中好幾處差事，在陛下面前也是得寵。只是絲毫不見他有半點浮躁驕縱之氣，規規矩矩行了禮，姿態神色對著文妃和慶嬪別無二致。尤其那對慶嬪的一聲「慶娘娘」，其中刻意省略了一個「嬪」字，短短一個照面，卻已哄得慶嬪心花怒放。

文妃心下得意，微笑著道：「皇兒來得正是時候，剛才我還和你慶娘娘談起你，說安家的秀女若是許配給你十一弟，你既是一直在查安家的事情，倒也不妨說說，這兩人可般配否？」

「十一弟……」睿親王乍聽此言，有些沉吟，隨即搖了搖頭道：「這安家的秀女我倒還真下功夫查了一下，此女溫柔賢慧，但以兒子仔細研究的結果來看，實則是個潑辣死硬的性子。十一弟自幼體弱，要是再娶這麼一個悍婦，只怕有得他消受的了……」

這話一說，慶嬪卻是有些愕然，複試上這安家秀女自己可是親眼看過的。別的不說，那規矩禮數可是比宮裡的管教嬤嬤都不差的，這樣的女子會是個潑辣的悍婦？

睿親王似是不想解釋太多，當下把頭一轉，對著慶嬪笑道：「不過，本王手邊差事多，家中產業也有些雜亂，若是有這麼個女子進門，做些理財雜事倒是合適。這安家的秀女若是本王想娶，不知慶娘娘肯不肯放手？」

這話一說，滿座皆驚。

慶嬪更是面露窘態，原本是自己想挑兒媳婦，沒想到居然撞到了九皇子手裡，至於你說這安家的女兒不適合我兒子，原來是自己看上了？

慶嬪心裡有些不忿，便說是同人不同命，你這九皇子比我家那十一皇子強勢得多，可又哪裡有這般搶人的？慶嬪雖不服，可看到文妃面無表情坐在那裡，對於睿親王的話不聞不問，倒似是沒有半點插手的意思……

慶嬪暗地裡躊躇了半天，到底還是沒敢反抗，反而擠出一絲笑容道：「九爺哪裡來的話，您看上哪一家的秀女還不是她的福分？左右這秀女如此多，若不是那安家纏著我，我才不想為你十一弟選這麼一門親事呢！如今你要娶那安家秀女，我這邊不也算解了套？說起來還要多謝九爺呢！」

慶嬪這番話很有些咬著後槽牙說話的意味，睿親王心中冷笑，就憑妳慶嬪？現在的安家只怕是躲著皇室還來不及，還纏著妳那癆病鬼的兒子？

睿親王臉上笑容不減地道：「慶娘娘哪裡的話，本王自幼就蒙您照顧，這些情分自然是要記在心裡的，想來我那位舅舅自然也是看在眼裡的。慶娘娘若是母家有事……好比說有個宮外的親戚，本王一定義不容辭！」

睿親王口中的舅舅，說的自然是當今首輔，文華閣大學士李華年。

慶嬪聽了滿臉微笑，她的嫡親弟弟此刻正在謀一個戶部的肥差，走的就是李大學士的路子，這可才是實在東西。相比之下，損失個八字還沒一撇的兒媳婦，根本算不了什麼。

倒是文妃有意無意地看了自己的兒子一眼，心中嘆息。

慶嬪這等人屬於純粹的爪牙鷹犬，該打磨的時候要打磨，該放鬆的時候也要放鬆。

從這一點來說，睿親王做的並沒有錯，只是這等惡趣味卻是讓人心煩，一邊踩了人家的臉，一邊還要瞧對方向自己千恩萬謝的樣子，這孩子怎麼偏偏好這麼一口？

幾句話打發走了慶嬪，文妃用略有責怪的口氣對著睿親王說道：「早跟你說過，把安家的事情查明白了是關鍵，無緣無故的，你又去招惹慶嬪做什麼？當下正是用人之際……」

「母妃，您真是神機妙算，從初選結束之後就提醒我注意安家……」睿親王聽文妃提起慶嬪，眼裡的不屑之色一閃而過，逕自說起了另一個話題：「這事還得從那位安老大人說起。這位老大人身為言官之首的左都御使這麼多年，不知參倒了多少人。這次安家的孫女進宮選秀，最早竟是他家長房的一個糊塗夫人想走宮裡的路子，這才找上了慶嬪……嘿嘿，真是可笑，放著這麼位通天的老太爺不去侍奉，卻繞了這麼大圈子去找慶嬪，這不是蠢貨嗎……」

就在文妃和睿親王開始談起安家的問題時，秀女房中的蕭洛辰正用腹語說著話：「第一，妳在宮中，尤其是在這次選秀期間所經歷的一切，皇后娘娘一定會幫妳！」

「第二，我們希望妳能夠告訴安老大人，我們正在幫妳。」

「第三，明天日落之前，我會再去貴府拜訪安老大人，我希望在這之前，前兩條的消息能夠傳遞到妳這位老祖父的耳朵裡，這個要求不算太過分吧？」

相比之前的挖坑試探，這次蕭洛辰說話就直接多了。

明確提出了條件交換，只可惜對面的安清悠倒有些往花哨上玩了，搖了搖頭笑道：「這事兒我要是答應了，豈非是你蕭公子去見我祖父大人的時候，他老人家就已經欠了皇后娘娘一個人情？現在這選秀三場裡已經過去了兩場，這時候才說什麼選秀期間幫我的忙，我豈不是虧大了？再說……當初文妃娘娘也曾和我約法三章，到現在哪見了個照拂的影子？越是宮裡的越不講信用，翻臉比翻書還快，我算是已經有所領教了！」

「我畢竟是安家的人，這事再怎麼說，不能讓我們安家吃虧。你們怎麼對我，我就對老太爺那邊怎麼說，我可不會加上什麼幫與不幫的話。我家老太爺那是什麼眼力，怕是皇后娘娘比我要清楚得多不是？你們自己談去，否則一句輕飄飄的幫忙，我怎麼知道你們到底是幫還不幫呢？」

蕭洛辰不由得一愣，之前他是見識過安清悠規規矩矩的樣子，耍狠護短發脾氣的樣子也不陌生，只是這等獅子開口、坐地談判的模樣，還是頭一次見識到。

說起來，這哪裡還像是出身名門的大家閨秀，還說你們怎麼對我，我就對家裡怎麼說，連安老大人的眼光都能變成她的籌碼，討價還價起來竟是如此老辣！

不過，蕭洛辰也不是好相與的人，眼見得安清悠如此，便毫不猶豫地點了點頭道：「好啊！就照妳說的辦，我們這邊做了再說，就當是表明誠意了！從哪裡開始幫妳……妳為什麼不想嫁皇室，難道是有了哪家想嫁的夫婿，要請皇后娘娘為妳指婚不成？」

「別！剛才我說了不想嫁皇室，可是也同樣不想弄一個什麼被指給哪家官宦子弟的事！小女子若要尋夫婿，自然會自己去找，可不敢勞動皇后娘娘的大駕！倒是我現在擔心有人想把我指婚了可怎麼辦？若是想既參加終選而又誰都不嫁，不知道皇后娘娘那邊有沒有法子？」

「一言為定，就從在這裡開始！」

蕭洛辰的嘴角忽然溢出了招牌式的詭異笑容，「這麼點兒小事罷了，且不論皇后娘娘如何，單是我蕭洛辰，就出手幫妳辦了！」

◉　◉　◉

「當初安老大人做壽，父皇派了他的得意門生蕭洛辰去傳旨，外界都說是父皇的恩寵，是安家的造化，安撫人心頭一個選的就是安家，這得是多大的聖寵？」睿親王冷笑，「好在我這幾天總算是查到了端倪，這才知道，原來就這位安老大人壽宴前兩天，父皇竟然是半夜急召他入宮。一君一臣談了大半個通宵，嘿嘿，據說是那安老大人走後，父皇便立刻叫過了那蕭洛辰，定下了那天傳旨的事情……」

「你收買了萬歲身邊的人？」文妃霍然起身，緊盯著睿親王。

這等隱祕之事，若非是皇上身邊的親信刻意透露，想要知道得如此清楚，千難萬難。

皇上手腕高明，身邊的幾個大太監又都是老謀深算之輩，無論是想要收買拉攏，還是威逼利誘，皆不是容易的事情。

文妃也好，李家也罷，一直都在為了這事情頭疼。

如今聽得睿親王忽然說出這般話語，文妃心頭大震。

「我記得父皇比母妃大十三……不，是十四歲吧？」睿親王卻是沒有正面回答文妃的問題，而是雙手背在身後，悠然一笑，「父皇已經很老了，人若年邁，很多時候未必就對身邊看得滴水不漏，老到了選秀都已經沒法給自己選嬪妃，而是在為我們這些做兒子的選皇子妃了。他老人家雖然萬歲萬歲萬萬歲，可是身邊那幾個親信卻不一定人人都是這麼想，歲月不饒人啊！哪一天若是山陵崩，新主子還會不會給他們眼下這等富貴？這些可是要早作打算的。若不是找那位太子哥哥，就只能找我了！母妃，您說是不是這個道理？」

這番話著實大逆不道，可眼下並沒有旁人，文妃便不像面對別人那般的拘謹，只是聽到兒子不肯向自己交底，心情有些複雜。

睿親王繼續說道：「兒子剛剛說要娶安家的秀女，倒不是開玩笑。安家肯定有古怪，這個已經是板上釘釘的事情，十有八九便是父皇。」

睿親王似乎不願意在收買皇上身邊人的事情上太過糾纏，很快就把話題拉回了安家。

「那次安老大人做壽之前，你父皇到底和他說了些什麼？那個你收買的人沒說嗎？」文妃調整心情極快，一轉眼便抓到了問題的關鍵。安家後面始終若隱若現地閃動著皇上的影子，這可是文妃心裡最大的心病。

睿親王搖搖頭，雖然仍沒說他收買的人是誰，卻透露了更多的訊息：「據說那安老大人和父皇不過是聊了些古人文章，民生冷暖，再不然就是天氣，大半夜的搞了半天，卻是廢話連篇。父皇老謀深算，想要猜他哪句話裡是暗示，哪句話又是閒聊，怕是只有舅舅或是那位安老大人才知道，更何況，我與那人不過是最近才通了路，他能告訴我這些已經不錯了。」

「談了半夜的閒話……」文妃眉頭微皺，忽然想起了一事，隨手拿過身邊的一疊紙來說道：「皇后那邊下了懿旨，說是終選推遲了。只是派去傳懿旨的卻不是太監，而是那個蕭洛辰。你瞧瞧，這是剛剛送來的抄報，那蕭洛辰倒是找了前四名的秀女問話，只是內容同樣是閒話……皇兒，你瞧這到底是什麼意思？」

「皇后下懿旨推遲選秀，那是因為剛剛被我們打亂了陣腳，這時候需要一點時間來穩住局勢，調整策略。不過，眼下這等形勢……只怕越拖反倒對他蕭家越不利。終選晚上幾天，更加有利於複選的結果發酵，更多的人反而會源源不斷投向舅舅那裡。這蕭洛辰素來以父皇為榜樣，這等喜歡弄玄虛的做派亦是帶著三分父皇的影子，只是他莫說不是父皇，連個皇子都不是……這等手段雖然花俏，但我連管都不用去管他！」

睿親王把那幾張抄報隨手丟在了桌子上，那帶著幾分儒雅的俊臉上隱然泛起一絲譏諷，再提起蕭洛辰這個名字時，說出來的話可是與他九皇子的尊貴身分完全不相稱：「天子門生？不過是父皇養的一條狗罷了！也就是在京城裡欺負那些小官兒什麼的，李、劉、夏三家是他能有本事惹的？至於安家……哼！只要我娶了那個安清悠，安家願不願意都要站在我這邊，這蕭洛辰想替他那位皇后姑母做些什麼謀劃？讓他自己窮折騰去！」

對於這個京城中有名的混世魔王，睿親王可不像其他人那樣看在眼裡，也就在他擺出一個很灑脫的姿勢扔開抄報的時候，秀女房中的蕭洛辰正在用腹語說出最後一句話：「……話是人人會說，但究竟誰才可相信，咱們做出來看。安大小姐，請轉告安老大人，蕭家是可以相信的，告辭了。」

「沒問題，蕭公子會做什麼，我自然會看著！」

安清悠用一個很矜持的微笑送走了眼前的白衣男子。

遠處她身後那幾個一直盯著此間的太監，此刻依照著蕭洛辰的口形，記錄下幾句話：「秀女房中衣食住行一切安好，皇后娘娘就放心了，安秀女若見有此間有什麼異動，須隨時稟報。」

犬牙交錯，敵我未必就是那麼分明。

回想起之前和文妃、錢二奶奶等人的來往的經歷，安清悠忽然發現除了心有戚戚之外，也做不了太多別的事情。

這裡是皇宮，沒有永遠的敵人，也沒有永遠的對手，至於蕭洛辰……

那蕭洛辰如今是友是敵？

蕭洛辰這個欽差一走，管事太監立刻尖著嗓子高聲叫道：「懿旨傳畢，諸秀女行止自理！」

這自然是告訴大家，之前那道閒雜人等入房迴避的禁令已經解除，眾秀女又一次如從監獄裡出來放風的犯人一般，兩兩三三走出了屋子。

安清悠不久前剛認下的乾妹妹，總督劉家的秀女劉明珠不知道從哪裡冒了出來，笑著湊到安清悠面前說道：「妹妹請了，剛才小妹和姊姊還有些話沒說完，那邊欽差就來頒了懿旨，倒還真是巧。不過，剛才我看姊姊和那蕭欽差說話，時間倒比我們前面幾人長了些，卻不知道是都聊了些什麼？」

安清悠心中一凜，這幾個熱門的秀女都是眼光毒辣之人，這劉明珠自然也不例外。

不過，她這般著急地找上自己，顯然也是心有所圖。

安清悠笑了一下，反問道：「還能說什麼，不過是些衣食住行的雞毛蒜皮，真不知道皇后娘娘是怎生想的，忽然間推遲了終選也就罷了，派個莫名其妙的欽差來問這些零碎事，妹妹倒是幫忙想想，這卻又是有何用意？」

劉明珠登時語塞，沒料想這位乾姊姊一句話竟是變成了讓自己幫她分析。

反正之前的幾人皆是遇到同樣的問題，當下倒是沒有什麼心思再往下深究。

她急著完成家中的命令，隨口敷衍了兩句，便是直奔主題道：「不知道安老大人近日可有空閒？我家祖父的摯友陳太升陳先生如今亦在京中，久聞安老大人是當今禮學泰斗，很希望能夠上門拜訪，相互切磋些聖人之道，不知道姊姊能否代為安排？」

安清悠心中一震。

那陳太升號稱江南儒學領袖，在學界的地位極高，自己便是在京中也曾聽聞過此人。

他不僅是個研究學問之人，聽說還是那位劉忠犬府中的主要幕僚。

如今此人在京內，想找自家祖父談什麼？

心下凜然之際，安清悠知道這等事情遠非自己所能決斷，微微皺眉後，拉著劉明珠回了自己房裡，當著她的面提筆寫道：「終選將近，宮內宮外諸多友人盼與祖父一晤，不知有空閒否？」

這話似乎什麼都沒說，但反而是個見面的由頭。

無論是劉家派誰去，憑這張紙條見到安老太爺自是不難，至於雙方談什麼，安老太爺給個什麼話出來，卻是由老太爺自己決定。

劉家這種家族不容小覷，安清悠若是二話不問先替老太爺擋著不見反而不妥，如此行事，雙方進退都有餘地，劉明珠更相當於欠了自己一個人情。

女孩兒家是晚輩，自然不可能代表家裡做什麼政治表態的。

劉明珠眼見如此，知道安清悠做到這個分上已經是很給自己這個乾妹妹面子，當下福身謝道：「多謝姊姊，但不知姊姊在終選之前有什麼需要？我劉家雖然遠在江南，但在這京城之中亦是有些得力人手，姊姊若是有什麼事情不便由自家出面做的，小妹或許可以效勞？」

安清悠心中雪亮，這劉家的示好之意越來越明顯，當然不是壞事。

只是，這等人情她卻不著急讓劉明珠來還，笑著說了幾句那可不客氣，若有事真要麻煩妹妹云云，忽有秀女房中的管事太監過來，道是文妃娘娘召安清悠覲見。

事情真是一件連著一件，轉瞬之間，一干人等接二連三找上了自己。

安清悠心裡越發覺得古怪，自己便說是在初試、複試中有些表現，可是也不至於這麼多大勢力都如此著急地來交好啊！

而且看諸方勢力的樣子，這又哪裡是找自己？分明是在找安家！

可是，自己臨來選秀之前……老太爺除了那「選而不秀，秀而不選」的八個字，便是愛怎麼選就怎麼選的說辭，難道……

一個不好的念頭在安清悠心中升起。

難道那位和藹可親的祖父，那位對自己極寵愛的安老太爺，竟然是有些很重要的事情……甚至是可以決定自己這個秀女命運的事情在瞞著自己，就把自己送進宮裡來了？

不對！他瞞著的不光是自己這個親孫女，甚至還瞞著父親安德佑，瞞著他的幾個親生兒子，甚至是整個安家。究竟是什麼事？竟能讓老太爺連全家都瞞著騙著，連半點提點都不肯給？

安清悠心裡頭掂量著，卻始終拿捏不準。

那邊太監在等候著，安清悠由不得多想，只得跟著前去見文妃。

「秀女安氏，見過文妃娘娘，文妃娘娘萬金福安。」

待見到了文妃，安清悠滴水不漏地行了禮，卻聽文妃笑道：「果然是個有規矩的人兒，難怪這次選秀的成績不錯。今兒沒什麼大事，就是琢磨著終選快到了，等結果一出來，秀女們指婚的指婚，嫁進皇室的嫁進皇室，便想著當初曾說過要給妳些照應，如今倒是想問問，妳還沒進宮選秀的時候，可是有什麼心儀的男子沒有？要不要終選之時本宮幫妳指了？」

安清悠心裡苦笑，自己既不是聾子，也不是傻子，複選之時文妃把皇后鬥了個一敗塗地，這等事情早就私下裡在秀女房傳遍了。

如今文妃正是氣勢極盛的時候，這個時候問起選秀和指婚的事情，只怕還真不是好事。可莫要被那蕭洛辰說中了，要拿自己這個秀女當作什麼籌碼打出去？

心中雖如此想，可文妃的話還是要答。

安清悠忽然發現自己一直都有個極大的問題，別人都問她有沒有心儀的男子，她還真是沒有。不過，文妃可不是那些問問就完了的閒人，她的一言一行可是對秀女們的命運有著極大的影響，問出這樣的話，恐怕是心中早已有了打算。

安清悠斟酌了一下，小心翼翼地應道：「回文妃娘娘的話，秀女並沒有什麼心儀的男子，只是這指婚之事，有父母之命，家中自有父親和祖父決斷……」

「既是妳心裡並沒有什麼特別想嫁的，那這事情就好辦了。」文妃微微一笑，轉頭對身邊的宮女說道：「去，把九爺請來！」

安清悠一怔，卻見一個男子從後方走了過來。

睿親王微笑著走了進來，步履雖然極有皇室子弟的穩重風範，可是這宮女一出去他就進來，卻也實在是太快了點，倒似早在左近等著招呼上場一般。

原來這就是九皇子？那位號稱「賢王」的人？

安清悠心中微微一凜，睿親王生得倒是儀表堂堂，唇紅面白，身材挺拔。

自己這個頭在女人堆裡已經不矮，可往他面前一站，倒有些嬌小玲瓏之感了。

再加上皇子的身分，母家李氏的背景，外界對他「賢德」的評價乃至繼承王位的流言，這活脫脫就是一個高帥富嘛！

這等男子只怕亦是極討姑娘們歡喜，可是不知怎地，安清悠就覺得有強烈的危險正在迫近。

「兒子給母妃請安。」

睿親王向文妃行了禮，轉過頭來再看安清悠時，眼睛卻是微微一瞇，眼中似有一道精芒閃過，那雙眸子竟給人深不見底之感，惹得安清悠微微一愣，這才微笑著道：「這位想必便是安秀女了？果然是安家出來的名門閨秀，本王這廂有禮了！」

「王爺折殺小女子了，給王爺請安，王爺福安。」對方是正牌的皇子，他可以擺一副平易近人的樣子拱手作揖，安清悠卻是不能就這麼受了。

只是睿親王這禮行得太過突然，饒是安清悠再鎮定，也有些手忙腳亂。

睿親王淡然一笑，站在那裡不動，受了安清悠的禮，才開口說道：「安秀女不必見外，本王雖是生於皇家，長在宮中，對這等繁文縟節卻不那麼在意。大家都是自己人，放輕鬆些也是無妨。」

睿親王的笑容猶如春風拂面，安清悠卻覺得有點彆扭。

可是人家是王爺，自己不過是個小小的秀女，人家說句不用多禮，自己還得跟著謝恩，正自有些不甘之時，忽聽得文妃發了話：「皇兒，這安秀女出身名門，你這麼說，莫要讓人家女孩兒家不自在了。」

這話雖是對睿親王說的，但文妃的眼睛卻是看著安清悠，「在此說句私話，本宮就這麼一個兒子，平時和陛下都寵愛至極，倒讓他這性子太過隨和了。倒是本宮看妳言行極是規矩，這才是好人家出來的樣兒！安清悠，本宮且問妳，妳可願嫁給本宮的兒子？」

啊？嫁給睿親王？

安清悠萬萬想不到文妃竟會做出打算，不由得臉色大變。

可是未及安清悠答話，睿親王已是對著文妃一揖到底，口中稱謝道：「能娶安秀女為妻，實乃一樁佳事，兒子多謝母妃恩典。」

文妃微微一笑，點點頭道：「既是如此，事兒就這麼辦吧！」

啊？就這麼定了？

安清悠大驚失色，這文妃和睿親王母子二人一唱一和，莫名其妙就將自己定給了睿親王。這等趕鴨子的事，放在市井村婦身上還差不多，如今在宮裡這才真算開了眼，一個妃子、一個王爺，還素有賢名，還文臣世家，這等人瞎起鬨，才真叫人膽寒。

只是，文妃和睿親王這等伎倆卻不能說是無用。

依這兩人的身分來看，都是可隨口決定秀女命運之人，換了別的秀女，只怕是糊裡糊塗就被圈了進去。

「還不快謝謝母妃恩典？」睿親王看著安清悠，微笑地說道。這種壓人之後，還要看著對方道謝，是他最喜歡的事。

「文妃娘娘有此意，小女子銘感五內，只是，當初在宮外之時，小女子與您曾約法三章，不知娘娘可還記得？」

安清悠此言一出，在場的人都變了臉色。

所有人都沒想到，這個小小的秀女不但不忙著謝恩，居然還提出她和文妃的什麼約定？

妳知不知道妳面前站著的是誰？嫁給睿親王啊！多少女子盼星星盼月亮也盼不來的事情，這還有不急著謝恩的？

「放肆！文妃娘娘是何等金貴的身分？和妳這等秀女哪裡還有什麼約定……」

文妃旁邊的一個女官大聲呵斥，安清悠卻是不為所動，逕自打斷了那女官的話道：「當初我所說的頭一件事，便是不嫁皇室，不知娘娘可還記得？睿親王一表人才，素有賢德之名，卻不是小女子所能高攀的，還望娘娘……」

那女官眼見這一個小小的秀女竟然敢和文妃娘娘提什麼當初的條件，這是討價還價不成？呵斥的聲音更大了：「大膽！娘娘面前，竟敢如此說話，真是不知好歹，還不住嘴……」

「妳給我住口！娘娘還沒說什麼，哪輪得到妳這麼個小女官大呼小叫？」安清悠一句話就讓那女官把斥責嚥回了肚子裡：「妳給我閉嘴，我若是最後真嫁了睿親王，過了門頭一件事就是弄死你，妳信不信？」

女官當下傻了。

文妃也跟著傻了。

便是睿親王都有點愣住。

這是什麼地方？這是大內，這是宮裡啊！

文妃和睿親王聯手壓了她一道，已經是看在安家越發重要的狀況下了，甚至都有殺雞用牛刀的感覺，眼前站著的，不過是一個小小的秀女而已……

可是誰見過這麼霸氣的秀女？敢站在西宮裡搞這等討價還價的事情，敢當著文妃娘娘的面罵她的女官？打狗還得看主人呢！她難道不知道安一個「不敬皇親」的罪名，就足以將她當場仗斃於西宮門外嗎？

一群人在這裡大眼瞪小眼，安清悠站在一臉篤定，因為她心裡清楚，這時候自己可不是在和文妃討價還價……

自己壓根兒就是鐵了心不嫁！

對於眼前的形勢，安清悠看得非常清楚。雖然不知道為什麼，但是安家明顯已經成了各方爭取的對象，皇后、文妃，乃至那個身為六省經略總督的忠犬劉家。

大家都在變著法兒交好安家，無論是求見老太爺，還是拉攏自己，甚至是眼前這樣趕鴨子上架般想讓自己嫁給睿親王，這一切種種無不顯示著安家的地位越發重要，這些人唯恐下手晚了來不及。

文妃也好，睿親王也罷，他們若真是輕而易舉地便能搞定安家，又何苦要弄這等鬧劇？而他們若是對安家不敢打壓，只敢拉攏，自己就是再鬧騰得大一點又怎麼樣？他們難道還真敢給自己來個當場仗斃不成？那才真正是和安家結下了死仇！

更何況，文妃和睿親王居然想拿安清悠的婚姻作為政治籌碼，還是這種強迫式的？這可是安清悠的逆鱗，別的事情都可以談，唯獨婚嫁沒得商量。

在這古代，一入夫家可是把整條命都押進去。

安清悠怒了，想拿她的終身大事搞這強娶逼嫁，門都沒有！

她安清悠可以對任何人曲意逢迎，可以裝大家閨秀，但涉及婚事，誰都別想做她的主！

這一變故，文妃是最先鎮定回神的，目光深深地看著安清悠……

安清悠毫不畏懼地回視，這時候撐死膽大的餓死膽小的，如果自己對形勢判斷得沒錯，這時候得頂住才行。

左右已經是硬氣了一下，就是這時候陪笑臉也沒用了，還不如詐妳一詐，詐成了，自己這後半生的幸福就保住了……

文妃的目光漸轉陰寒，她作為後宮中的第二號人物這麼多年，言行自有威壓之態，尤其是那雙眼睛，有一股不怒自威的強大氣場，當朝首輔的親妹，如今宮中最具聲勢的女人，自然是不同凡響。

安清悠咬牙硬撐，故意做出另有所依恃的樣子，眼睛瞪得比文妃還大。

看什麼看？做宮裡的嬪妃就可以裝惡狼嗎？

以眼殺人我也會！本小姐今兒就跟妳卯上了，跟妳死磕……反正我是不嫁妳兒子……

文妃……文妃怒了！

放眼整個大梁，還真沒見過幾個敢跟她瞪眼的女人，她的母親算一個，當年的老太后又算一個，可是這兩位早就是故去多年的老人了。

如今她這媳婦熬成了婆，眼瞅著也沒準兒能弄個聖母皇太后當當，怎麼給自己這身為皇子……指不定還是未來皇上的兒子說個媳婦，居然就這麼棘手？

呸！什麼媳婦？這秀女還沒答應嫁呢！居然如此放肆，真是是可忍，孰不可忍，膽大包天！

文妃越想越怒，忽然一拍扶手，高聲叫道：「來人！」

文妃這一聲來人不要緊，可是急壞了睿親王。母親這幾年年歲漸大，不知道為什麼開始變得容易煩躁，情緒經常起伏不定，若是一怒之下，不管不顧把這女子仗斃……

眼下如此微妙的時候，平添安家這樣一個搞不清楚底細的死敵，那豈不是太過不智了？自己可是盯著那把生殺予奪的椅子啊！

一時間，睿親王只好拚命打眼色給文妃，那邊兩人互瞪，都不如他的眼睛更累。

文妃被安清悠挑起了火氣，這手一抬，那後半句已是衝口而出：「把她拖出去！仗斃！」

睿親王大驚失色，這時候也顧不得什麼皇子身分，什麼穩重形象，在旁邊大聲咳嗽起來。

文妃微微皺眉，轉頭看向兒子，只見睿親王擠眉弄眼，一邊咳嗽，一邊兀自在做口形：

「安……咳咳……安……」

安家？

文妃猛地醒悟，自己是什麼身分，焉能和這小丫頭片子一般見識！

待我兒功成之日，這女人還不是要她死多少次，便得死多少次？大局為重，大局為重……

文妃心裡又念叨了幾遍大局為重，看到幾個門外進來的粗壯太監就要去拉安清悠，急忙呵斥道：「你們這是做什麼，誰讓你們去拉安秀女了？」

幾個太監登時一愣，卻見文妃把手往邊上一指，指向那出聲斥責安清悠的女官，冷冷地罵道：「沒腦子的東西，我說的是她！安秀女為我朝重臣孫女，如今進宮選秀又是前途無量，哪裡是她這等奴婢也能說的？快快給我拖出去亂棍打死，省得本宮在這裡看著心煩！」

那女官嚇得面色如土，一下子跪在了地上，拚命磕頭，只磕幾下額頭已見了血，哭喊著道：「娘娘，賤婢知錯了！求您念在奴婢伺候了您二十年……」

這等哭叫求饒，在文妃面前半點作用也沒有，反惹得她不耐煩地又揮了揮手。旁邊兩個粗壯太監立刻把那女官拖下去，只聽外面的哭喊聲突然變成一聲極為淒厲的慘叫，就恢復了寂靜。

睿親王在一邊看著，心中大喜。母妃就是母妃，不愧是在宮中穩坐妃位的人，原本的發怒失言轉瞬就變成了殺雞儆猴。

這安家秀女便再如何，也不過是生長在後宅之中，何等見過一句話說錯便斷人性命的殺伐場面？有這等事把她的心思震上一震，往下倒是好談了。

「給九爺和安秀女搬把椅子過來，咱們娘兒幾個坐著聊，反正都不是外人，我坐著你們卻站著，豈不是顯得生分？」

文妃轉眼之間便換上了親切的笑容，剛才隨手之間要了一條人命，就像從沒發生過一樣。

「謝娘娘賜坐！」安清悠低頭答應了一聲，屁股沾著椅子一點邊兒坐了。

「都說了不用那麼客套！」文妃呵呵一笑，甚是和藹可親，言語中卻是裝糊塗道：「適才妳說曾和本宮約法三章，這又是從何談起？本宮天天坐在宮裡頭，怎麼反而不知道？」

「坐在宮裡頭」這幾個字，文妃刻意加重了語氣，旁邊睿親王更是大讚，殺人立威於前，溫言安撫於後，這才叫恩威並施的手段。這小小秀女在此等情狀下，還能有多大的鬧騰？

文妃和睿親王這對母子本就相互了解甚深，心意相通之下，配合得極好。

只可惜她們千算萬算，卻壓根兒也算不到安清悠不是這時代的人。

對於皇室嬪妃的了解，大多來自古裝宮鬥劇，哪裡可能有什麼敬畏驚悚之心？此刻見文妃賜了座，反倒是心中大定，看清了一切反動派都是紙老虎後，行事反倒越發放得開。

「啊？原來娘娘竟是不知，我說呢，差點鬧出了誤會……」

安清悠自是不信錢二奶奶會打著文妃的旗號胡亂給承諾，更不相信錢二奶奶那等精細人會鬧出如此烏龍的事情。

知道此時文妃談起這個話題，不過是要個臺階下罷了。

她做人不能太過分的道理，便順勢把如何遇見錢二奶奶，如何託她捎信和文妃娘娘約法三章之事又說了一遍。末了，又道怕是中間有什麼事耽擱了，不知道這話是沒傳到或是傳岔了云云。

「本宮說呢，錢家那媳婦兒前不久來本宮這裡幾趟，都是來去匆匆，估摸著有什麼話兒沒帶到或是記錯了也是有的，唉，早知道這樣……」

文妃邊聽邊笑，倒還真有幾分跟晚輩話家常的樣子，只是話鋒冷不防一轉：「早知道那約法三章是這樣，本宮可是不敢答應妳，妳想想看，本宮自己還嫁到宮裡，哪能說嫁皇親不好？倒是妳這孩子為什麼不願嫁進皇室？難道安家的眼界之高，便是連皇室子弟也看不上？」

安清悠登時有些愕然，都說宮裡的人無恥，這真是聞名不如見面啊！自己一句不知道是不是話傳岔了，這文妃娘娘立刻就能借自己一個小輩的話頭順竿往上爬。

爬您就爬吧，居然還把事情全推到了錢二奶奶身上。

之前那些約法三章什麼的，轉頭就可以不認帳？

明知如此，安清悠卻還真拿文妃這等極有權勢的妃子沒辦法。

身分懸殊相差太大的時候，有些人做了承諾一定要認帳，不然就得死去活來；有些人做了承諾，卻可以轉頭就把臉撕下來，丟到角落裡。皇親國戚是做什麼的？就是幹這個的！

文妃就算不認帳又如何？難道安清悠還能咬她一口不成？

不僅如此，文妃踢回來那個問題還是必須回答，為什麼不願嫁進皇室？

為什麼不願進嫁皇室？這事情的理由能怎麼說？

實話實說，告訴他們我想按照自己的意願找一個我愛的人？在這個父母之命，媒妁之言的古代，她還混不混了？

順著文妃的話說安家眼光高，連皇親國戚也看不上？那叫藐視天家！若有人存心推波助瀾，弄個大不敬，滿門抄斬也有可能。

而且，安清悠就算敢說，也不會當著這二位說啊！

好在安清悠早有準備，此刻故作老實，微笑地回稟道：「娘娘哪裡的話？安家再如何，又哪裡敢有藐視天家的念頭？其實是小女子自幼體弱多病，不堪侍奉皇室不說，小時候據說有一位家母所認識的高人來到家中，為小女子看了相之後，卻道小女子命寡福薄，若是嫁進皇室……怕是會給天家添麻煩……」

安清悠這意思好理解得很，不外乎是說自己沒福氣，若是嫁進了皇室，只怕哪位皇室子弟娶了自己，反倒被自己連累云云。

文妃和睿親王不禁面面相覷，敢情這不肯嫁給皇親反倒是忠良了？

「我安家忠於大梁，忠於皇上，拳拳之心溢於言表！」安清悠一臉嚴肅地大聲表明心跡。

若是在現代，這般說話一定會被人當作愚昧之言，但這是古代，古人對鬼神命相之說，極是迷信。退一萬步說，就算是文妃和睿親王神鬼不敬，當整個社會意識如此的時候，自己能自圓其說就可以了。

事實上，文妃雖是女人，卻還真是有點鬼神不敬的心思。聽安清悠如此說辭，發了半天怔，即便覺得鬼神命相太過飄渺，可人家就是信這個，人家全家都信這個，妳能怎麼著？

不過，再一看安清悠，卻又覺得不對勁，這等說辭信亦可，不信亦可，十有八九是一時的託辭，而偏偏這託辭還無從說嘴。

自己堂堂一個妃子，怎麼能像那民間的婦人一樣苦勸一個小秀女嫁自家皇兒？一時之間，只覺得眼前這個小小的秀女竟然是滑不嘰溜，讓人沒有可以下手的地方。

「既是命寡福薄，怎麼又來參加選秀？這豈是為了我皇家好？分明是想害我皇親才是！」睿親王找到了一個突破口，眼見著文妃語塞，便寒著臉冷冷地說道。

害皇親？這可是誅心之論。

安清悠心中微微一顫，看來這睿親王可比他母親還難對付，可事到臨頭絕沒有退縮之理，心念電轉之下，卻是帶著純潔無暇的眼神，可憐兮兮地對著睿親王說道：「這……這……我們家裡可沒人想害皇親啊，人家只是想來選秀開開眼界，這不是早在兩個月前就和文妃娘娘說過了嗎？也約法三章不嫁進皇室！剛才文妃娘娘不是也說了，話沒帶到而已，又不是我們家的錯？還好娘娘明禮，王爺睿智，今日這麼一召見，總算是讓我這小女子有了說理的地方。娘娘，您可千萬不能讓我進了天字號單子啊！那……那不是把天家子弟給害了？」

安清悠「倚小賣小」，妳文妃不是一口一個孩子的扮慈祥，那就別怪我撒嬌賣萌了！

而安清悠這邊一撒嬌，睿親王差點沒被噎死。

本來只是想嚇唬一下安清悠，可是繞來繞去，怎麼就變成誰讓安清悠進天字號單子，誰就是要殘害天家子弟？想要再做反駁，安清悠所提的理由卻都是文妃所言。再怎麼背地裡如何，這睿親王既然是「賢王」，當著人面便要做出母慈子孝的樣子，這話讓他怎麼接？

「這個嘛……鬼神之說，終究難言，回頭還是派人問問安老大人和妳父親的意思，指婚與否再做定奪吧！本宮今兒有點倦了，改日再談吧！」

關鍵時刻，還是文妃壓得住場面，既知這是安清悠的說辭，那便不說指婚也不說不指，就這麼含混著將就了過去。

等遣走了安清悠，母子倆你看看我，我看看你，居然些相對無言。

憋了半天，還是睿親王先嘆了口氣，苦笑著道：「潑辣死硬！我的判斷還真是沒錯，這女子骨子裡就是個潑辣死硬的性子……居然敢在西宮搞這等鬧場之事，實在是……」

「實在是不懂好歹！實在是可惡至極！若非安家讓人摸不著底，我這次就把她直接仗斃了！」文妃越想越火大，咬牙切齒地道：「不但死活不肯嫁，居然還廢了我一個女官……」

「唉，這安大小姐可真是狠，就這麼活生生把人逼死……可嘆！可嘆！不過，妳們聽好了，為我母妃盡忠之人，本王不會虧待了她！把那女官厚葬了，她的家人本王來養，再在京師近郊買上百畝良田，好好交給她家裡人吧！」

睿親王掌握時機，展現了一把賢王本色，幾句話之間，隻字不提文妃掩飾窘態之時把那女官仗斃之事，反倒把此事之過推到安清悠頭上，還當眾拿出了幾張銀票，給予撫恤。

西宮總管侯公公走了進來，當著眾人淚流滿面，連聲說道有王爺如此厚待，奴才們縱是死也瞑目了，只是接過那幾張銀票時心中卻想，這可是王爺交代下來的事，回頭可得好好盯著下面做事的人，過手時落袋要有個分寸。百畝良田怎麼著也得有個一二十畝真落到那個女官家人手中，不然怕是不好封住那家人的口……

睿親王看著周遭人高喊誓死效忠，心情又好了起來。

這邊睿親王惺惺作態，那邊文妃沒忘了正經事，皺著眉頭道：「這女子哪裡像個大家出來的秀女……如此一來，安家那邊你準備怎麼辦？」

「怎麼辦？」睿親王看著下面的人一派感動狀，忽然閉著眼睛晃動了一下脖子，悠悠地道：「兒子剛剛忽然想到，咱們是不是隱忍太久都成了習慣？是不是都被眼前的選秀給帶歪了？母妃之前不是也和那安家的秀女說了，回頭要派人去問問安老大人和她的父親，再定指不指婚嗎？既是如此，索性兒子親自走一趟，都挑明了，和這安家何必藏著掖著？倒不知道，那位鐵面御史安老大人見到本王時，會是什麼表情呢？」

文妃登時一愣，一般來說，這等重臣之家，即便是選秀指婚，也是要先打個招呼做個鋪墊。這是宮裡的慣例，自己便是照著這慣例行事，才有了今天召見安清悠的事情。這條路既然沒走通，想想其他的法子也無不可。可是，知子莫若母，睿親王的樣子，怎麼好像對這條路走不通早有預料一樣？

他……他只憑手下人的調查結果，就能看出那安家秀女是個潑辣死硬的性子，難道對今天這結果又不會早就想到？可是他為什麼不告訴我？難道是刻意想讓我在眾人面前輸上這不痛不癢的一陣？我……我是你的親娘啊！你這是……這是擔心我搶了你的風頭嗎？

文妃的心裡忽然間心亂如麻，似乎是有點痛，然而更多的是源自於某種不知名的恐懼。

天家涼薄，父兄可殺，妻兒可棄，歷朝歷代把自己的母親老太后打入冷宮的更是不知凡幾，最值得依靠和相信的是力量，是地位，是利益，是權勢！

可最後若是連親生母子說話的時候，都還彼此算計，這種日子又算什麼？

「那女子若真是個命寡福薄的……」文妃忽然蹦出這麼一句話來，連她自己都不知道是為什麼，似乎是下意識不想兒子聯姻的計畫成功一般。

「不過是託辭罷了，母妃難道是真信？」睿親王哼了一聲，娶個什麼樣子的女人回家，他才不在乎，他只在乎這個女子會給他帶來什麼。

轉頭看了一眼文妃，睿親王忽然又露出了那種溫和的笑容，就像是一個孝順無比的兒子在寬慰自己的母親一樣，在她耳邊輕柔無比地低聲說道：「母妃毋須擔心，就算那女子命薄也好命硬也罷，您的兒子是天家所生，這命相裡面……奉天承運！」

不得不說，睿親王對形勢的判斷是非常精準的。自從選秀開始之後，許多人才赫然發現，之前沒留意到，如今卻越發重要的線索，都指向了安家，尤其是安家那位真正的擎天大樹——左都御使安翰池安老大人。

只可惜，睿親王判斷出了開頭，卻未必能判斷出安老太爺後續的動作。

一輩子在朝堂打滾過來的人，那種對於大形勢的掌握，遠遠不是他這種年輕的政治新星所能比擬，這是用時間堆出來的功夫，是不知多少起起落落見證出來的本事。還沒等他睿親王駕臨安家求親，安老太爺已經先有了動作。

安老太爺坐在自己府裡，慢慢喝著茶，隨意翻看著幾張薄紙。

一雙已經發白的長壽眉毛時而攏起，時而鬆開，顯然是心中正在不停盤算著什麼。身邊一個小胖子卻是在執筆作文章，這人竟是安家長房的二公子安子良。

安清悠進宮多少天，安子良就在家裡跟著沈雲衣學了多少天的八股文。

安子良如今發奮圖強，文章水準竟然一天一個突破，連沈雲衣也驚呼不可思議。

他畢竟是安家長房長孫，身分格外重要。安老太爺聽聞此事，頗為高興，今兒便單獨把他叫了過來，專門要檢視他的學問。

「祖父，孫兒這篇時文已經寫好，您給指點一二？」安子良拿起一篇剛作好的文章，小心翼翼地吹乾了上面的墨跡，遞到了老太爺的手裡。

「這麼快？單說這速度倒是不錯，也搆得上才思敏捷這四個字。嗯……你這承題之處作得不錯，只是這中間寫得太差……」

安老太爺是治經史的大家，點評安子良這等新手寫的八股文章，頗有些牛刀殺蚊子的感覺。

「嗯……嗯……孫兒多謝祖父教誨，必當銘記於心……」安子良哼哼唧唧地答應著，語氣裡卻有那麼點心不在焉，小眼睛眨了幾下，淨向安老太爺那幾張紙上面飄過去。

隱隱約約只見上面寫著幾個詞，比如「結拜劉氏」、「欽差交談」、「文妃召見」等等……

「要看就大方地看！男子漢大丈夫，藏頭縮尾地算什麼本事？知道你惦記你大姊，拿一邊兒看去！」安老太爺目光何等銳利，安子良這等小動作，自然是逃不過他的眼睛。

笑罵了幾句，就見安子良一聲歡呼，捧著桌上的幾張紙細細看了起來。

上面說得雖然簡單，安清悠這幾日來在宮中的所作所為，卻一項一項記載得清清楚楚。

「大姊厲害啊！初選得了第一不說，複選居然又得了個第四！嘖嘖，我就說，大姊這等人物，就算拿到皇宮大內也不差！」安子良猛地抬起頭來，臉上滿滿的都是自豪之意。

不過，旋即這神色又暗淡了下去，嘟嘟囔囔地道：「若是照此下去，大姊豈不是要進天榜單子？萬一要是嫁給皇親可就糟了……」

這後半句話，安子良雖然是嘟囔著說，聲音卻是拿捏得頗有意思，似是自言自語，卻又剛好能讓安老太爺聽見一般。

對於安清悠這位長姊，安子良甚是敬重。

眼見著安清悠身在宮中自己幫不上忙，能做的便是在祖父旁邊吹吹風，盼著能煽動起祖父的什麼心思，讓他多幫襯大姊一點。都說宮裡最是凶險，老太爺就這麼老神在在地閒坐家中，還真是讓大姊一個人去拚去扛啊？

安老太爺聽著安子良的嘟囔，不禁微微一笑，眼神中頗有慈愛之色。看著這孫子知道惦記姊姊，心裡更對這十幾年來一直不著調的小胖子又讚許了幾分。索性放下安子良那篇文章，悠悠地道：「你擔心你大姊，是不是？看著祖父在這裡喝茶，卻沒有什麼實際舉動，便惦記著能攛掇祖父能做點什麼幫襯你大姊，對不對？」

安子良的臉上登時就有了尷尬之色，不過他反正犯渾，見自己的小動作被看穿，索性正色道：「回祖父的話，您老說的真是再對也沒有，孫兒的確是有這心思。大姊平時待我極好，遠的不說，便說這文章學問的正途，大姊實是對孫兒有再造之德。祖父常教導孫兒一家人要團結互助，親情為先，如今我有那麼點兒私心……好像也不是大錯吧……」

安老太爺聽這孫兒說得義正辭嚴，到了最後卻不知怎地一轉，變成了為自己開脫之語，居然還用自己的話作為依據，不禁搖了搖頭，哈哈大笑，拍著安子良的肥臉說道：「你這小子，倒和祖父說嘴來了！告訴你，咱們之前什麼都不做，未必就不是在幫你大姊。如今的形勢，咱們越是淡然，很多事情別人越摸不清，那就越是在幫你大姊，她在宮裡面就越能夠按照她自己的意願行動，甚至咱們整個安家都越安全。當然，咱們偶爾也要動一動……」

「比如現在？」

安子良聽安老太爺說要動一動，登時露出興奮的表情。前面那些什麼形勢分析、道理狀況之類的，倒像是都沒聽進去一樣。

安老太爺沒好氣地白了他一眼，恨鐵不成鋼地道：「不光要動，更重要的是知道為什麼而動！你把祖父氣著了……氣得祖父明天要生病。」

「明天要生病？」安子良納悶，生病怎麼還掐著點兒來的？隨即釋然，知道祖父這是要稱病謝客，閉門不出，登時二話不說，拔腳就往外走去。

安老太爺奇道：「你這是又要做什麼去？」

安子良頭也不回地答道：「適才進府的時候，老是覺得門口有人鬼鬼祟祟的。現在想來，只怕是咱們家門口已經有了盯梢的。祖父既是要生病，孫兒這就去看看那大夫從咱家進門的時候要走的路線，剛好在那幾個盯梢的傢伙眼前晃蕩一下才好，否則人家苦哈哈地在咱們府前蹲一天，卻沒有什麼好回去報告的東西，豈不是受罪？」

安老太爺哈哈大笑，「好！好！這才像我安家的後生！趕緊去，你這小子有前途！」

祖孫倆齊聲大笑，不意此時此刻，有人正騎著白馬，向著這左都御使府疾馳而來。

「安老大人府上此刻怕是有不少盯梢的？更好，就讓他們看個清楚，我蕭洛辰就是選在這個時候上門拜訪了！」一襲白衣的年輕人坐在奔馳的馬上，臉上掛著招牌的詭異笑容。

不多時，蕭洛辰一臉正經地站在安老太爺府邸的正門前，拱手作揖，規規矩矩地請見。

「煩勞通稟一聲，就說虎賁校尉蕭洛辰求見！」

「我家老爺這幾日精神不佳，不便見客，還望蕭大人見諒……」那門房原本就早得了吩咐，正要把來客向外推，忽然覺得手中多了一件硬物，低頭看去，發現竟然是一錠金子，掂在手裡只怕是沒有十兩也有個八兩重。

門房垂涎不已，這一大錠金子，那不是抵得上近百兩銀子？他在安府死做活做個三五年，也不見得能攢下這許多，正有些猶豫之際，忽聽耳邊一個極柔和的聲音說道：「安老大人見與不見誰，自有他老人家決斷。蕭某自宮中而來，說不定在下便是安老大人想見之人，煩請兄弟通稟一聲，小小意思不成敬意，不論老大人見與不見，咱們都當交個朋友。那紅月街的白家小寡婦聽說是越發水靈了，兄弟這段日子沒再去見見？」

那門房聽得目瞪口呆，安老太爺是人老成精的主，知道有些事情管得太嚴反倒沒必要。下面收幾個銀子，他也就睜一眼閉一眼。自己雖然也偶爾收些銀子，可是出手這麼大方的訪客一年到頭遇不到一位，還有……眼前這人怎麼還知道自己和紅月街的某個風流寡婦有一腿？

抬起頭來，卻見這人一雙眼睛鋒利無比，竟似要把自己刺穿一樣，當下不由自主地點頭……

「這就對了！」蕭洛辰拍了拍那門房的肩膀，臉上又重新露出微笑。

他經常替皇上處理一些祕事，手中掌握著一些不為外人所知的力量，如今放下那除味之事轉而研究起了安家，手邊的資料自是遠比一般人詳細。此刻好整以暇地坐在門房等著，就見那門房握著一塊金子，又喜又憂，又是滿臉迷惑地入內通報去了。

只是那門房沒走兩步，忽然傳來賊兮兮的叫聲：「邵叔，你不老老實實看你的門房，淨往內院跑做什麼？」

那門房名叫安邵，原本便有些魂不守舍，此刻更是被嚇了一跳，抬眼看去，卻是長房的二公子安子良正招呼著自己。

「二少爺，您真是嚇死我了，前面來了個訪客……我這不是正要到老太爺那裡去稟報……」

安邵兀自絮絮叨叨地說著話，安子良卻上上下下打量了他幾眼，咧嘴笑道：「不對啊！來客擋走，這是老太爺早就下過令的吧？如今怎麼又要往他老人家那裡稟報去？收錢了吧？你肯定是收人家的銀子了……」

安邵登時臉色煞白，老太爺那邊是睜一隻眼閉一隻眼，可撞在二公子手裡會怎麼樣就不知道了。這位爺最近正得老太爺的寵，整天往這邊遛達不說，有些事情老太爺還有意也交給他辦，當下期期艾艾地趕緊解釋道：「不是不是，我……那人……這不聽說他是宮裡來的嗎……」

「宮裡來的？」安子良神色一動，吩咐道：「先別急著向老太爺稟報，少爺我瞅一眼去！」

等到了門口，卻見蕭洛辰坐在那裡，安子良咦了一聲，現身出來說道：「這個這個……你不是上次送了大姊一幅聖人都是狗……那個那個那啥字的那個？」

蕭洛辰記性甚佳，之前雖與這安子良不過打了一個照面，但瞬間便認出他來。只是沒想到和安家眾人第一次規規矩矩的見面，卻是以這麼一句話作為開始。饒是他再灑脫，不免有三分窘迫之態。

蕭洛辰反應快，眼睛一瞇，索性打蛇隨棍上地抱拳笑道：「不錯，我就是當初送了安大小姐一幅聖人都是……那個那個那啥字的那個蕭洛辰。昔日戲謔之事，二公子不必放在心上，倒是當初安老大人壽宴之時，二公子的論語倒背，那才是氣勢磅礴，叫蕭某至今難以忘懷。今日一見，二公子的神采更勝往昔，實在是可喜可賀啊！」

論語倒背，實乃安子良的得意之作，也是從此之後他才入了老太爺的法眼，此刻聽蕭洛辰賣力吹捧，樂得他連連拱手道：「哪裡哪裡，蕭兄名滿京華，今日駕臨敝府，實是令我們安家蓬華生輝。昔日蕭兄一桿銀槍挑翻北胡勇士，咱們大梁的熱血男兒哪個不敬佩？小弟的一點背書算得了什麼？看著蕭兄，那是只能仰望啊仰望，望了半天估計還是望塵莫及，可嘆不知道小弟何時能有蕭兄這般文武雙全……」

蕭洛辰一通吹捧砸了過去，安子良亦是一陣好話砸了回來，兩人一起哈哈大笑，只是那暢快的笑聲背後，兩人各自心頭微震。

「這傢伙……果然不像外界傳聞那樣不學無術，對著我這麼一個默默無聞之輩，也是能吹捧之詞張口就來，半點都不結巴，難怪大姊和他相鬥都居下風。今天他來找老太爺，不知是有何企圖？」安子良心裡念叨，笑容絲毫不減半分。

「這小胖子……上次見他時就覺得他是個扮豬吃老虎的小油條，今天一看，果然如此，這麼捧都沒把他捧暈，居然還能反過來吹捧我一道！他比那瘋女人歲數還小，這等本事卻是強得很，難道這是天賦？」蕭洛辰臉上露笑，看上去更有邪氣了。

此時此刻，兩人心裡全然沒有什麼惺惺相惜的念頭。

扮豬吃老虎的安家胖子，遇到視禮法如狗屁的混世魔王，竟都湧起了相同的念頭：「這小子不好對付啊！」

可是不好對付也得對付，安子良身為主人家，自然是要率先發話：「聽說蕭兄自宮裡而來，不知有何要事？可惜我家老太爺最近身體不適，只怕是難以見客了……」

這時候就看出經驗的重要性了，安子良雖然極有天賦，但蕭洛辰年紀不大時就被皇上帶在身邊教導，後來更是負責處理一些皇上交付的祕密任務，其處事閱歷遠遠不是此時還跟著別人學八股的安子良所能比擬的。

蕭洛辰隨手掏出一個香囊，輕聲道：「蕭某從宮裡來，確是有些大小姐的話要說給安老太爺聽，不知安老太爺可在？二公子是否能行個方便？」

這個香囊一拿出來，與信物無異。安清悠調香之法與這時代的人完全不同，這特殊的香氣別人弄不出來的。既然和安清悠達成了協定，以蕭家的勢力，想要神不知鬼不覺把這類東西帶出來，再容易不過。

「大姊讓你捎話？」安子良一見這物事，果然已經信了九成，當下揮了揮手，讓門房退下，卻是低聲道：「大姊在宮中過得如何？如今可是有了什麼難處？」

「這個……二公子雖然也是安家的重要人物，不過大小姐曾經說了，話只能說給老太爺聽……」蕭洛辰微微一笑，雖然和安清悠達成了協定，此刻又拿出了香囊，但是他這次畢竟是代表蕭家，不可能全靠安清悠的信物，也要有自己的姿態。安清悠只是答應將宮裡的事情原封不動講述一番，卻沒有弄得這般神祕兮兮。

「既是如此，那蕭兄便隨我進……便等我親自向我家老太爺稟報。」安子良正要點頭鬆口，卻猛地想起一樁事來，話到嘴邊，緊急轉向，從帶蕭洛辰進府變成自己去稟報。

「奇怪……大姊做事一貫堂堂正正，就算讓外人帶話，想來也必然是些不怕光明正大地說，這姓蕭的弄什麼玄虛？」

◉ ◉ ◉

「不急，那蕭洛辰身為皇后的侄子，皇上欽點的天子門生，眼睛從來都是長在頭頂上的，他此來咱們安家，不是為了幫你大姊傳話，而是代表他們蕭家，代表皇后來和我這老頭子談判。」安老太爺微微一笑，卻是誇獎著安子良道：「你能有這般敏銳的應對心思，倒是不錯。那蕭洛辰既然是拿著你大姊的香囊，見是要見的，不過卻不用著急，先放他在門房坐坐，殺殺他這自恃聰明的銳氣也好。」

蕭洛辰在安家的門房坐著，眼瞅著安子良「親自」入內去幫自己通報，卻是左等不見人來，右等也不見人來，不由得越發心浮氣躁，倒是那門房安邵憑空得了這麼一大錠金子，對他加倍的巴結，又是端茶送水，又是遞吃食點心，蕭大人前蕭大人後的叫個不停，熱情是熱情，卻叫蕭洛辰哭笑不得。自己是來拜訪安老大人的，又不是來茶館打屁，茶水點心送得再多，又有什麼用？

可是，麻煩還不止如此，蕭洛辰這般被晾在了門房裡，卻沒想到居然又有人來，作揖見禮地對著那門房安邵說道：「這位管家，不知安老大人如今可在府中？在下自宮中前來，受安大小姐之命，傳遞消息……」

抬頭看去，這人還真是個管家打扮，雖然身著錦袍，氣質間卻真是跑腿的模樣。

蕭洛辰差點一口茶水噴出來，怎麼又來了個受安大小姐之名送消息的？這人若是來送消息，自己算是什麼？

安邵看看那來送信的僕役，面上也是疑惑。看了一眼蕭洛辰，正待說話，就見來人竟也拿出了一個香囊道：「這是大小姐的信物，聽說天下獨此一家，別無仿製……」

這等東西卻是做不了假的，安邵不敢怠慢，只能先收下信物，請人家在門房裡暫候。

蕭洛辰看著那香囊，臉色要多難看有多難看，自己堂堂的虎賁校尉，被人放在門房裡晾著也就罷了，怎麼還跟下人弄在一起？那個安家的瘋女人又在作什麼怪？明明知道自己要來，怎麼又多出一個送信的？搞什麼！

「阿嚏！」安清悠拿著手帕遮鼻，用極為秀氣的姿勢打了個噴嚏，面上卻是正在談笑風生，搖了搖頭笑道：「怎麼突然就打了噴嚏，可不是天涼了？不對啊，妹妹這房中暖爐好幾個，惹得人都快出汗呢，難道是有誰在念叨我了？」

「姊姊這般的人物，怕是念叨的人多了去！說不定是有哪家男子偷偷仰慕著妳，擔心在這皇宮裡被人指了婚去？」劉明珠正拉著安清悠坐在自己房中，一邊笑著打趣，一邊翻看著手裡的一疊薄紙道：「姊姊這般寫法，當真有趣，雖不像其他文章那般齊整，卻勝在生動流暢，讀起來通俗易懂，我看倒是與市面上流行的話本有幾分相似。似這般枯燥無趣的選秀生活，居然也能讓姊姊寫得如此清楚，想來這般行文倒未必不是沒有可取之處。」

兩女漸漸熟稔，說話也不像過去那般都是場面話。

蕭皇后那邊推遲終試，秀女們又出不得宮，大多數人不是在房中做女紅寫詩文，便是湊在一起聊天打發時間。此刻劉明珠手裡拿著一疊安清悠所寫的東西讀得津津有味。那一堆薄紙上的第一頁寫著的是「宮廷選秀親歷錄」幾個字，旁邊另有一行小字：安清悠著。

文中所寫，乃是安清悠進宮選秀以來的所見所聞，其中某些與文妃、蕭家之間的糾葛和利益交換，自然是避而不談。整篇文章便似是到皇宮裡參加某種活動的遊記一樣，只是這遣詞用句卻是沒有那些之乎者也，而是白話直敘。

古代不習慣如此白話，劉明珠乍然看到，覺得甚是新奇。

安清悠搖了搖頭笑道：「哪裡有什麼男子仰慕，這嘖噓打的只怕是有人罵我才是真的，倒是妹妹那送信的人派出去沒有？不知道這抄本如今是否送到我家老太爺手裡……」

劉明珠倒是極有自信地揚了揚下巴，傲然道：「不過是從宮中向外傳遞一點東西罷了，我劉家若連這個都做不到，還好意思在人前打招呼？更何況，這可不光是幫姊姊送抄本，我家府中的陳太升陳先生盼著和老太爺一聚，這等鋪墊不是也得做好？倒是姊姊居然拿這等文章當作家信放回去，難不成有什麼別的深意？」

劉明珠出身世家大族，從小對爾虞我詐之事看得不少。安清悠不過是借劉家的管道送信，她卻覺得另有深意。

安清悠微微一笑，隨口說了幾句話敷衍過去。深意自然是有，卻不是對劉家。

她對那個蕭洛辰可是放不下防備心，天曉得他拿了自己的香囊之後，會怎麼向安家說自己在宮裡的情況？這份所謂的實錄見聞，可以說是遊戲之作，卻也是刻意為之。左右是答應劉家要促成他們和老太爺的商談，便順勢將其當成送信的管道。

安清悠這邊不客氣不要緊，此時在安府門房裡的蕭洛辰可是老大不自在。

那突然上門的僕役送信便真的是送信。以安老太爺這等身分，自然不可能如此輕易見他一個下人。此人也不強求，恭恭敬敬把書信留下，同時遞上安清悠那本詳細記錄參加選秀情況的「見聞錄」，臨走之時也沒忘了塞上一大錠金子給那門房，笑著說道：「初次見面，小小意思不成敬意，兄弟拿去喝茶，聽說紅月街的白寡婦茶攤不錯……」

看看那遞過來的一錠金子，分量居然在蕭洛辰先前的賞賜上，再一聽這話，安邵差點沒一口血吐出來，心說今兒這是什麼日子啊，來的人賞賜一個比一個大方，連自己勾搭了一個小寡婦的事情都人盡皆知。

其實這事說來倒是不奇怪，正所謂宰相門房七品官，如今安家正在風口浪尖上，連老太爺都準備稱病不出。

那門房又是個平素不太檢點的，市井之間，三教九流的酒肉朋友不少，自然早被有心人研究得透徹了。

兩廂比較，這倒顯得蕭洛辰做事不夠亮堂，出手不夠大方起來。

不過，蕭洛辰無暇顧及這些細微之處，見這僕役出手竟然比自己還大方，手中又同樣有安清悠的香囊和書信，不由得大為吃驚，留意傾聽之下，卻聽那僕役說道：「他日安老大人若有回信，煩勞府上直接送到甜水胡同劉家大宅就行……」

這話別人聽著可能還無甚感覺，蕭洛辰聽在耳中卻猛地一震。

難怪這僕役出手如此闊氣，甜水胡同？甜水胡同那是什麼地方？那可是江南六省經略總督劉大人家在京中的地盤！那瘋女人居然能調動劉家的人為她做事？

聯想到之前安清悠和劉明珠結拜的事，蕭洛辰心中登時猶如壓上了一塊大石。大梁的文官集團向來有「外劉內李」之說，這安老大人說到底也是文官中的一員，之前雖然一直不結黨站隊，但現在卻又如何？

偏偏安邵還沒反應過來，口中兀自訥訥地說道：「甜水胡同？劉家大宅？這劉姓本是大姓，不知道甜水胡同有幾家姓劉的……」

「就一家，就我們一家！整條甜水胡同都是我們劉家的產業！凡有回信，煩勞府上送過去便是！」那僕役話說得依舊客氣，可是言語之中的自豪卻是再明顯不過。

這話一說，就連蕭洛辰都不禁暗暗罵了一句：「這個劉忠犬，還他娘的真是有錢！」

而在此時，安子良跑了過來，一屁股坐在蕭洛辰對面，裝模作樣地擦著額頭的汗水說道：「蕭兄啊蕭兄，可算是累死我了！我家老太爺原本這幾天身體不適，本是想要靜養的，兄弟好說歹說，又依仗了我大姊的面子，他老人家才答應見你一面！走吧，老太爺有請！」

「晚輩蕭洛辰，見過老太爺，老太爺福安。」

見到安老太爺時，蕭洛辰十成的脾氣已經被磨掉了九成。不過，他總算還記得自己此行前來的使命，當下規規矩矩地行了禮。

蕭洛辰被晾在門房，未嘗不是安老太爺有意安排的。其實以蕭洛辰的年紀和閱歷，被這位老人家整治兩下並不丟人。說起來，就是整個朝堂上，能在他老人家手底下過得了招討得了好的，幾十年來也不過屈指可數。

劉家和李家，那兩家是真正的明白人，也正因為如此，他們才對安家如此忌憚。

此刻的安老太爺卻是半點也沒有鋒利之感，看上去就像個人畜無害的小老頭，樂呵呵地道：「蕭大人別來無恙，上次一別已經有些日子了吧？我家的孩子入宮選秀，多蒙皇后娘娘和大人照顧，老夫這裡謝過。悠兒從宮裡來了信，對她最近這段時間的生活說得頗為詳細，蕭大人也幫老夫瞅瞅，看看這孩子究竟吹牛了沒有？唉，不過是初選、複選得了靠前的名次，年輕人啊，可別有點成績就不知天高地厚了……」

蕭洛辰心中苦笑，他此來最大的依仗，便是安清悠如今出不得宮，安家人亦是不如自己清楚宮裡的虛實。本想著既有了安清悠的信物，那還不得按照自己的利益借題發揮？上來先對此番選秀之事忽悠一番，繞得安家暈頭轉向，再代表蕭家談判。沒料想這瘋女人居然來了一招馬後炮。向家人遞了書信，安老大人上來就把此物亮出來，自己還忽悠個屁啊！

這安家真是沒有一個省油的燈，這兩個小的已是一個比一個滑溜，老的更是難纏。

蕭洛辰無奈，人家安老太爺無論歲數輩分、學問地位、官職品級，無一不在自己之上，蕭家又是有所求而來，豈能不順著人家的話說下去？

「久聞秀女房是個清苦地方，許多人吃住上都頗為不易，不過看我家那孩子來信，好像也沒外界所說的那麼難挨，畢竟是在宮裡，蕭大人說是不是？」

同樣是聊那些衣食住行的雞毛蒜皮，安老太爺可是有水準多了，問幾句宮裡情況，便加上一句「看我孫女的來信」如何如何。蕭洛辰心裡鬱悶，卻無可奈何，只能陪著安老太爺閒扯。難道這果真是報應不爽？自己說閒話得到安清悠的信物，來到安家，卻要陪著人家說閒話？

這一閒扯直扯了大半個時辰，蕭洛辰有些憋不住了，瞅準了一個說話的空隙，向著安老太爺拱手道：「安老大人，晚輩此行前來……」

「蕭大人此行前來究竟為了什麼，倒是不用急著說，我這個小老兒倒是有幾句話要請蕭大人帶給皇后娘娘。」安老太爺忽然把腰一挺，打斷了蕭洛辰的話。

「老夫研讀了一輩子聖賢書，便是在這士林之中也掙得了小小薄名，可即便是聖人，也有權勢利祿之心，也有家室名聲的掛念。老夫亦是凡夫俗子，自是會有為著安家的私心。」

「人有私心便有弱點，所以，不止蕭大人，怕是這幾天會有許多人上門。文武相爭，皇子奪嫡，這是多少的誘惑？老夫任監察院一職，這麼多年來徒子徒孫也算是不少，若是站出來旗幟鮮明地說要彈劾誰，只怕滿朝之人回應，皇后娘娘最擔心的，莫過於此了，是也不是？」

蕭洛辰默然。如今朝中局勢便如一鍋即將沸騰的熱油，若是有一粒星星之火飄了進去，便是烈焰滿天之勢。而眼下最適合做這顆火星的，便是安老太爺麾下的都察院御史台了。若是這位老大人帶著一大群言官御史站出來彈劾太子……

蕭洛辰沉重地點了點頭，卻見安老太爺撫摸了一下長鬚，語氣驀然間多了幾分傲氣：「可是，任誰都莫要忘了，老夫做的是皇上的官，是朝廷的官，是天下百姓的官。蕭家也好，誰家也罷，都察院彈劾的是上對君不忠，下為官枉法，若是真有此類事等，便是太子老夫也敢參他一本，若是無中生有，老夫說不定還要為那被冤枉之人出頭。」

蕭洛辰猛地抬頭，沒想到安老太爺竟會說出此等話來。這是表明只要太子行得正坐得端，自然不會對他做什麼。原本苦苦擔心的事情竟然是不等自己再使什麼招數，就都解決了，一時間，他幾乎不敢相信，當下站起身來肅容道：「老大人錚錚鐵骨，一身氣節，如此時局之下，竟能不為外界所動，嚴守正道，正是我等晚輩的楷模……」

「打住打住，我老頭子是個老狐狸，可沒你說的那麼高尚，之前都說了聖人尚且是有私心的！」安老太爺眼睛一睇，面上露出了幾分市儈之色，「這麼一來，我是什麼都不做，躲在家裡裝病享清閒就可以了。你們蕭家，還有皇后娘娘、太子……這可都算欠了我們安家一個大人情嗎？人情是要還的，不過那是以後的事，等你們蕭家先過了眼前再說。如今只先收點利息便好，我家悠兒可得讓她好好地回來，這事兒就交給你們了，這選秀無論她想怎麼選，你們可得真出力幫襯，莫再搞這等拿著香囊裝神祕的小伎倆糊弄我們安家了。」

蕭洛辰臉上一紅，知道自己那點小伎倆瞞不過安老太爺，正要站起身告罪，安老太爺卻又哈哈大笑道：「不用說不用說，什麼都不用說，我這把年紀了，還能跟你們這些晚輩爭強鬥勝不成？不過，兵法有云，以正合以奇勝，若是一味劍走偏鋒，亦是智者所不取，堂堂正正才是王道。蕭家是我大梁的名將世家，蕭大人又是皇上親自調教出來的，這等道理自然不用老夫多言。話已至此，老夫自問對皇上和朝廷問心無愧，對蕭家也是仁至義盡，怎麼樣，可是能回去覆命了？」

這便是有送客之意了。蕭洛辰忙不迭地起身告辭，自有安子良笑嘻嘻地陪著送客。

一路上，蕭洛辰心中感慨，自己之前可真是小瞧這班耆老，安老大人什麼都不用做，從皇后到蕭家，乃至太子這位儲君，就都欠了他一個天大的人情。幫他老人家照顧孫女只是利息？什麼叫薑還是老的辣，這才叫薑還是老的辣！

蕭洛辰邊走邊思索著安老太爺的做派，越想越是佩服，再想那句「堂堂正正才是王道」，心中若有所悟，只是堪堪走到門口，卻隱隱聽到門房裡有交談聲傳來。

「不知道安老大人可在府上？在下自宮裡來……」

這個聲音蕭洛辰自是熟悉至極，這是……睿親王？

蕭洛辰暗叫不好，這睿親王乃是蕭家最大的對頭，自己好不容易得了安老大人的一點承諾，若是被他剛好迎面撞上，會讓此人有什麼聯想，會發生什麼變數，可真是說不準了！

蕭洛辰一瞬間便下了決心，拉著安子良的肥手道：「安賢弟，今日與老太爺相談甚歡，只是這事若是讓外人知道，卻免不了對你大姊在宮中有所影響，倒不如咱們兩個做場戲，裝作愚兄是被你喚人趕了出去的，如何？」

安子良這時候顯然已經注意到了門房的動靜，見他又提起大姊，詫異地瞧了他幾眼。

蕭洛辰心中著急，心道這可真是狼來了說得太多，真講實話時反倒惹人猜疑了。

幸好安子良雖胖，腦子轉得卻比一般人快。小眼睛眨了眨，忽然挽起袖子，還把鞋脫了下來，鞋底朝外在蕭洛辰身上蹭了個印子，露出了那賊兮兮的笑容，「趕人這活兒我喜歡，派下人辦可惜了！小弟這就親自『趕』您一程，蕭兄，當心了！」

「怎麼又是宮裡來的？」

門房安邵漏了口風，隨口的一句話，便讓睿親王有了戒心。什麼叫又是宮裡來的？難道宮裡還來了其他人不成？當下不忙求通傳，想先在這門房的口中套點話。

睿親王隨手塞了一錠金子過去道：「這位管家，今日初見交個朋友，一點意思拿去喝茶。」

「還喝茶？」安邵今天見這金錠子都有點過敏了，收下歸收下，卻是突然目光閃爍，忐忑地看著睿親王。

睿親王極是奇怪，卻想到對方左右已經收了自己的金子，目光登時如錐子般盯著安邵，就似要看到他心裡一樣，口中一字一字慢慢問道：「管家有事？」

「沒事沒事！你們這些宮裡來的都是些能人，出手便是大錠大錠的金子，不過，咱這次……這次甭提紅月街的事了好嗎？不就是個小寡婦嗎？我也就是一時糊塗才被她勾搭了去，大不了回頭讓她改嫁，我、我娶了她還不行嗎……」

安邵哪裡是九皇子的對手，心裡本來就在犯嘀咕這位會不會也知道自己勾搭了某個小寡婦。心虛之下，自己先扛不住壓力說溜嘴，竟是將心中所想如竹筒倒豆子般說了出來。

「這安家的門房有病吧……」

這安邵喃喃自語，向來精明的睿親王，卻是如墜五里霧中，心說這都什麼跟什麼，我是想問宮裡有什麼人來安家，這紅月街又是怎麼回事？還改嫁？還小寡婦？你一個門房是不是勾搭了小寡婦，幹麼跟我說？

這邊門房和睿親王說岔了道，那邊蕭洛辰卻覺得這個極好的時機，清了清嗓子，用力叫道：「唉……唉……安公子，別動手……有話好說，有話好說啊！」

蕭洛辰一邊說，一邊裝作被人打出來的模樣，踉踉蹌蹌向門房方向跑去。等到了門房，還故意一撞，似是剛好把房門撞開了一樣，抬頭一看，這才吃驚地道：「是你！」

睿親王也是一驚，拿眼看去，卻見蕭洛辰一身狼狽，衣上還有幾處髒兮兮的大鞋印，不由得也脫口而出道：「是你！」

兩人打了個照面，安子良從後面「恰好」追了上來，兀自揮舞著手中的鞋子，雙眼精光四射，如同天蓬元帥下凡，威風凜凜，只見他怒氣沖沖地嚷道：「都說了我家老太爺身體不適，如今需要靜養，你這人怎麼不識好歹？讓你在門房等著也就罷了，居然還敢偷著往裡跑？你也不看看這是什麼地方？這是左都御使府！少爺我今兒不打你個一佛出世二佛升天……」

蕭洛辰連連哀求道：「這位賢弟莫怪，我是真的有急事面見安老大人，煩勞您給通融……」

「呸！誰是你賢弟！」

安子良胖臉一沉，手中鞋子一擺道：「都說了我家老太爺病了，怎麼還是糾纏不休？安邵，給我把他打了出去！」

安邵目瞪口呆，剛才這蕭大人好像是少爺領進去的，怎麼轉眼便要打了出去？

不過，這世族大家做事自有其道理，自家主子當著外人做什麼，必然有主子的道理，當下立刻裝模作樣地對蕭洛辰拉下了臉道：「這位爺，我家老爺尚在病中，您是自己出去？還是真得我叫家丁把您架出去？」

幾人一唱一和，戲本已演得極好，再將蕭洛辰趕出府便是萬事大吉，誰料到睿親王看到了這一幕，心裡大樂。這蕭洛辰少年成名，曾經挑翻北胡勇士，如今卻被一個傻乎乎的胖子拿鞋子追打，若不是蕭家急著求人，焉能如此？

這等戲碼可是太稀罕，若不好好踩他幾腳，又哪裡對得起本王親自走這一遭？

「這位可是安二公子？此舉甚是不妥，甚是不妥啊！你們可知這剛剛逃進門房的大爺是誰？那就是咱們京城裡有名的混世魔王蕭洛辰蕭大人啊！人家是一身的好武藝，當初連北胡的武士們都打了個落花流水，今兒若是真不肯出去，區區幾個家丁哪裡架得走他？您說是不是，蕭大人？」

蕭洛辰臉上尷尬萬分，連稱幾聲不敢，倒是旁邊的安子良看了看睿親王，眨了兩下小眼睛道：

「哦？有這等事？那尊駕又是何人？」

蕭洛辰在一邊做出了驚魂定的樣子，搶著說道：「好教二公子得知，這位是九……」

「哎，蕭賢弟不必多言，在下自己說了便是。在下姓玖，名沖，字添地，自宮中來，特來求見安老太爺，還望公子通融，派人通稟一聲！」

「姓玖？怎麼這麼個怪姓？」

安子良面上露出不解之色，心中卻是一動。

玖、沖、添地？那可不是「九重天地」之意嗎？這人真是好大的口氣，難道是皇親？

安家現在最不想招惹的便是皇親國戚，安子良心中既有了這般警覺，滿臉堆笑歸滿臉堆笑，卻不肯再吐露任何口風，倒是睿親王瞥了一眼蕭洛辰，見他似有話要說，終究像是顧忌什麼一般，沒有說破自己的身分，不由得心中大定，似是隨意地對著蕭洛辰輕笑道：「蕭賢弟，這安家乃是本朝重臣，老大人府上不比別處，若要求見他老人家，最好還是有個信物才是。」

說著，睿親王拿出了一個香囊，朗聲說道：「在下在宮中，無意間遇到參加選秀的安大小姐，我與她一起寫字吟詩，談論學問，相處極為融洽。此即為安大小姐所贈在下之信物，以此為憑，求見安老大人，不知可否？」

這話一說，門房裡的人都是你看看我，我看看你，大家全是一臉古怪之色，尤其是安邵，心裡只想著這香囊怎麼一個又一個？就算是大小姐所做的香囊天下獨一家，別無分號，也不能逢人便給不是？

同樣覺得奇怪的還有蕭洛辰，安清悠當初與自己訂立協議，雖然頗為勉強，但以自己對她的了解，腳踏兩條船不像她的風格，怎麼這睿親王手裡也有一個香囊，也來傳話？難道那日文妃召見她，雙方竟是私下……也不像啊！那瘋女人與文妃有交集，但她對西宮那頭似乎沒什麼好感，難道是自己看走了眼？

蕭洛辰越看越古怪，此刻倒不忙著走了，倒是睿親王見眾人均是詫異，還道自己這一手果然震住了他們，不由得更是有些得意起來。

昔日安清悠和文妃來往之時，便是通過錢二奶奶向宮裡孝敬香囊。安大小姐所做的香囊再是難尋，文妃那裡有不少，加之她手藝精湛，給宮中所調之香向來都是氣味彌久而不散，故而他隨手揀一兩個充作信物自然是容易得很。

這一趟前來安府，睿親王早就打定了主意。等會兒見了安老大人，便一口咬定自己和安清悠在宮中情愫暗生，已經定下了婚約。

似安家這等人家，你要說攀附皇親他們未必樂意，可要說他們的女兒想嫁自己這個王爺，自己還親自上門，那麼，他們再想拒婚，可就得顧忌著皇室的臉面了。什麼父母之命，不是輕輕鬆鬆就拿到了？

皇宮大內的事，外面的人未必清楚，我說二人有情又如何？便是那安秀女有別的消息遞了出來，本王亦可以說是女兒家臉皮薄，沒提此事，就不信你們安家敢當面指責皇子撒謊！我看你們怎麼往外推，一會兒進去別的事都不談，只要敲死了這樁婚事，還怕安家不站在我們這邊嗎？

睿親王的如意算盤打得叮噹響，左瞥了一眼蕭洛辰，右看了一眼安子良，心中冷笑道：白癡！憑你們也想和本王鬥？

只可惜這算計雖好，但就如同當初蕭皇后小看了文妃才吃了大虧一樣，睿親王同樣小瞧了安清悠，更小瞧了眼前的這兩個人。蕭洛辰早起了疑心自不必說，便在他拿出香囊遞過來之時，安子良瞳孔微微一縮，心裡已飛快掠過了一個念頭：「騙子！這孫子是假的！」

陸之章　御前作戲反擊

「如果說要讓一種香氣長久附著在某件物事上，調香的時候一定是盡量不用清水，而選用各類精油或是多次濃縮後的陳年烈酒。至於要香味的風格獨特，選什麼東西作為主原料非常關鍵，更重要的是，調整各種原料之間的比例……」

秀女房裡，安清悠輕聲說著話，那點選秀親歷記之類的東西劉明珠早就看完了，此刻正纏著要聽調香的事情。

這種技藝易學難精，安清悠也不瞞她，也覺得沒有必要瞞她，隨手揀了些通俗易懂的調香理論說了，劉明珠卻是聽得津津有味，說到那香味的獨特，突然插嘴道：「若只是追求獨特，那不是太過簡單了一點？要我說，平時裡備上幾百種香物，到什麼場合用什麼香便是。只是一種香用得幾回，肯定就覺得有些膩了，下次便調新的，回回都換才夠新鮮……」

安清悠不禁有些哂然，真正好的香物從來都是價值不菲，若要備上百八十種香物回回替換，這話也就是劉明珠這等千金小姐才說得出來，當下微笑道：「這個也不盡然，香氣獨特亦有香氣獨特的作用，好比妳總是用一種別人沒有的香味，很容易就會在別人心中留下印象，便如一個人的標籤一樣。這種香若是調得好了，那可是獨一份，亦可顯得一個人品味高雅……」

劉明珠縱然是家中再有富有，這種理念上的東西卻是比安清悠差得太遠，越聽眼睛睜得越大，猛地雙手一拍說道：「我說呢，前朝那個姓楊的貴妃，生平只用牡丹和月季兩種花兒調製香物，卻贏得千古名聲，想來道理就是如此。安家姊姊，妳也幫我琢磨琢磨，以後我也只用一種香，偏偏還是別人都沒有的，讓人人聞了都羨慕嫉妒……」

安清悠噗哧一笑，沒想到劉明珠在這等事情上倒是理解得快。現代有句俗話說：「乍富看吃，長富看穿，什麼叫貴族莫問手眼。」對這些看不見摸不著的東西更敏感，通常是那些底蘊足夠的富貴人家的做派，劉明珠在這方面天賦驚人，倒是和這句話聲息相通了。

安清悠笑盈盈地說道：「妹妹也想當個千古留名的大美人不成？聽說那位前朝貴妃體態豐滿撩人，倒是和妹妹有幾分相似呢！卻不知道這次選秀又會被指給哪位？」

劉明珠眼神一凝，轉瞬便又笑著不依起來。兩人打鬧之間，安清悠卻是微感後悔，後半句話就嚥到了肚子裡，只差那麼一點便說出口：「其實味道獨特的香物另有許多用途，比如做個標示啊，校驗真偽啊什麼的……」

便在安清悠和劉明珠有一搭沒一搭閒聊的時候，安老太爺正在隨手把玩著一個安子良遞過來的香囊，慢悠悠地問道：「你能肯定那人有問題？」

「錯不了！祖父請聞聞。這香囊雖然真是大姊的作品，卻不是她入宮之前約定作為信物的那種味道，倒是和平常那些安神靜氣的香物有些相像。孫兒有十成的把握，這人雖然不知道從哪裡弄了個大姊所做的香囊，但必然不是大姊派過來傳信的人……」

「你這孩子面上雖粗憨，心裡面倒細，這麼多年居然連祖父都瞞得過，還真是小瞧你了。」安老太爺微微一笑，言語中卻是頗有誇獎之意。

安子良難得出現了點尷尬之色，小聲道：「也不是有意要瞞著祖父，只是昔日孫兒不懂事，有些刻意放縱自己而已……」

「無妨！無妨！亡羊補牢，猶未晚矣，浪子回頭更是千金不換！更何況，男人若沒些年少浪蕩的糊塗時光，那還叫什麼男人？這才是我安翰池的孫子！」

祖孫兩人對視一眼，一起哈哈大笑起來，只是隨著這笑聲慢慢停歇，安老太爺臉上的神色也慢慢凝重起來，慨然道：「九重天地？敢有這般口氣自稱的，諸位皇子之中除了太子殿下，恐怕就只有一個人……九皇子，睿親王！」

這話一說，安子良也跟著皺起了眉頭，「孫兒亦有這個猜測，只是這對方身為皇子，又是這般有勢力的皇子。雖是做了這種冒名頂替的勾當，可咱們若是當面揭穿了他，倒也不妥。若是真惹得他惱羞成怒，讓他對付我們安家，那該如何辦？可是若不戳穿……他便死咬著和大姊兩情相悅，定是要和咱們安家攀個親戚又如何？放不進來，推不出去，這事還當真棘手了！」

安老太爺點了點頭，卻是站起身來踱了兩步，忽然目光一厲，冷笑道：「急著和我們安家聯姻也就罷了！哪怕是在選秀之中強把悠兒指了婚，我沒準兒還敬他有幾分霸氣！如今搞出這等假冒騙婚的手段……哼！帝王之道又是能一味偏重鬼謀的？此人比蕭洛辰更加不堪！既是放不進來，推不出去，那便晾著吧！」

「晾著？」安子良倒吸一口涼氣。

之前晾著那蕭洛辰便也罷了，蕭家如今新敗，又是急著和安家聯絡，晾一晾反而老實。可是，睿親王這邊挾新勝之威，氣勢正盛，身後又有李家和諸多新進依附的朝臣支持，老太爺竟然也敢把這麼熱得燙手的一位王爺放在自家門房裡晾著？

真的要晾著嗎？

安子良初想起來風險甚大，可是三思之後，卻簡直是再好不過，陡然間眼睛一亮，樂呵呵地道：「這法子當真不錯，孫兒這便……哈哈，這便晾王爺去！」

「這安家做事也是怠慢了，那個二公子過去稟報，怎麼還沒回來？」睿親王臉上閃過一絲不耐煩的神色，隨口向那門房安邵問著話，只是這言語之中，那居高臨下的口氣又不知不覺露了出來。

安邵雖然貪財，倒也不是全無腦子的笨人，眼看著今天這三撥人一撥比一撥來得蹊蹺，自家二少爺行事又帶幾分古怪，此刻哪裡還敢多言廢話？滿口這位爺您稍等，我家老太爺身子不好，估計我家孫少爺這便該出來了云云。

「左右推搪，拖延抵擋」這八個字，乃是在世族大家府上做門房的基本功，安邵做了十幾年安家的門房，這等推諉扯皮的太極拳打得倒是圓滑。

「九王……玖先生，剛才我想法子進去的時候，倒是發現不少人在煎藥熬藥，這安府要是太麻煩，倒不如我們下次……」

蕭洛辰既起了疑心，此刻反而不肯走了，定要看看這睿親王到底是弄什麼玄虛，起碼要看看安家是不是接待此人。不過，那吹風溜縫之類的事情，該做還是要做的。

「哦？久聞蕭賢弟藏匿形蹤的本事天下一絕，怎麼偷著進個小小的安家，倒讓人趕了出來？」睿親王故意把那「偷著」兩字說得極重，臉上的譏諷之色溢於言表，下巴一抬，傲然說道：「此等雞鳴狗盜之事，蕭賢弟做得，我卻不須做，沒看我帶著安家大小姐的信物？呵呵，且不說你我身分不同，單憑我與她的關係……有空還是多看看聖賢書吧！這人啊，還是正正經經的好，本本分分守著自己該幹的那點事，別動不動淨搞那邪門歪道……」

睿親王搖頭晃腦地滿口仁義道德，蕭洛辰心下卻是極為不屑。

什麼叫你我身分不同？你和那瘋女人的關係？你和她什麼關係？我呸！就那個瘋女人，真要是你睿親王和她有關係，我倒是要替你請佛祖保佑了，就那個瘋女人發起瘋來……哼！還別說，你這種人也就是生在了皇家罷了，號稱賢王？做的那點腌臢事當誰不知道……

蕭洛辰心中嘲諷，臉上卻是略帶著尷尬的神色不變，不過，腦子裡卻是飛快地轉悠，琢磨著要把睿親王所做的缺德事弄了一件來反唇相譏。只是，沒想到便在此時，忽聽門房外面一聲高叫：「這位玖先生，實在是抱歉，剛剛我緊趕慢趕，到後宅還是慢了一步，我家老太爺已經入房做了熏香，您要不然改天再來？」

來者正是安子良，此刻他一張胖臉上滿是微笑，說話客客氣氣，倒是讓睿親王皺緊了眉頭。

「熏香？」

「對啊，我家大姊向來孝順，這可是她親自為祖父的頭疼之症準備的熏香之法，您既和大姊交好，難道沒聽說？」

「這個……聽說過，聽說過！」

「對啊，您知道就好，我家老太爺這幾天頭疼症鬧得厲害，這熏香可是天天都要熏的……要不您改天？」

「長者有事，晚輩豈有不耐之理？不過是區區熏香而已，我等，我等到老太爺熏香出來。」

睿親王心中忽然浮現出昔日古人中有位劉皇叔三顧茅廬之事，那不也是等著人家睡醒了才過去見禮？這事倒是可以好好利用一下，回頭讓人傳出去，便說自己敬重安老大人而門房坐等，那豈非更顯得自己禮賢下士、敬重老臣、身為皇子而不倨傲……自己這賢王的名聲可是更響亮了！

睿親王心中一樂，便是衝著這等名聲上的好處，自己今天也得等。一轉眼間，忽見蕭洛辰面色怪異地看向自己，不禁哼了一聲道：「看什麼？難道我說的不對？敬老禮賢不應該？」

「應該的應該的，王爺要等，在下……在下也想等著安老大人接見……」

蕭洛辰慢慢低下了頭，這一低頭，睿親王便看不見他嘴角處露出的詭異笑容：果然，果然是有古怪！

我就說按照那瘋女人的作風，既和我有了協議，又弄了那劉家的人過來，便不可能又莫名其妙多出個文妃那邊的皇子來傳話！這安家也是有膽色，連睿親王也敢這麼晾著！

好啊，這一次我也不走了，你睿親王不是那身分壓我嗎？不是話裡話外拿皇家的身分砸我嗎？今兒咱就看看，什麼叫做誰難受誰知道！

蕭洛辰暗自興奮的時候，安子良那邊跟睿親王寒暄著，臉上的笑容更盛。一雙小眼睛眨巴眨巴，說起話來親熱無比……可是，誰也不知道，這小胖子肚皮裡可是花花腸子，此刻他正偷偷地罵著娘。

嘖！敢拿我大姊的東西來糊弄我們安家，今兒少爺我折騰不死你，我安二少爺就既不是少爺也不姓安，光剩下個二！我總算明白大姊為什麼死活不嫁進皇室了，敢情如今這做皇子的比那些市井無賴還不如？他娘的，叫花子還知道娶親不娶賴呢！堂堂的皇子？堂堂的親王？什麼玩意兒！

安子良心裡咒罵著，不過有一件事他卻是很久以後才明白，做皇子的並非不如市井無賴，而是比那些無賴還要無賴。

而此時睿親王還繼續在那裡談他的仁義道德，完全不知道門房裡面前這兩個人，都已經在摩拳擦掌了……

世事無常啊！蕭洛辰和安子良可能自己都沒想過，有朝一日兩人竟然會聯手下絆子，睿親王的命不好，命真的不好！

「秀女安氏，見過皇后娘娘！娘娘萬福金安，千歲千歲千千歲！」

皇宮之中，安清悠正一臉肅然地行禮請安，原本和劉明珠在屋子裡烤火吃東西，悠哉悠哉地聊著天，沒想到突然有太監過來傳令，說是皇后娘娘口諭，著秀女安清悠去慈安宮問話。

有了前一次去西宮見文妃的經歷，安清悠對這等事情已不是那麼緊張，只是心中好奇，蕭皇后是蕭家在皇宮中的代表人物，既然蕭洛辰已經和自己定下了協議，此刻為何又大張旗鼓起來？這般搞得眾人皆知地召見自己，又是做什麼？

「起來吧！安老大人家教出來的姑娘，果然是規矩知禮！洛辰那孩子今天一早去找妳祖父了，妳估計他們會談得如何？」

複試之時，兩人已經照過面。

今天再次相見，蕭皇后比文妃直截了當多了，並沒有那麼多客套話。

「回皇后娘娘的話，家祖父與蕭大人談得如何，秀女不敢妄言。不過，我想若是蕭大人一早便去，至今未歸，未必是壞事，至少是他與家祖父有得談，大家才能在一起這麼久不是？」

安清悠這話說得恰到好處，蕭皇后輕輕點了點頭，微微一笑道：「妳這女子年紀不大，說話倒是滴水不漏，還懂得寬本宮的心……嗯，如今安家越來越重要，難怪有人亦是對妳關心得緊。上一次去文妃那邊，聊了些什麼？可有什麼覺得為難之事，需要本宮幫妳一把？」

蕭皇后問得看似過於直白，但是放在此時此刻卻是再合適不過。

至於這召見安清悠的時間，亦是拿捏得大有學問。

蕭洛辰久去不歸，蕭皇后頗為樂觀。若是等大家談出結果來再說幫忙，反倒顯得太過刻意，倒不如趁著宮外那邊還沒有結果的時候先提出來，顯得大氣。

「別的倒也沒談什麼，不過是些選秀中的瑣事……」

安清悠先留了個進退兩可的話頭，心裡明白得緊。

蕭皇后這裡既是表達幫助之意，之前卻又問了文妃那邊聊些什麼，很自然地便引到了和文妃對抗的話頭上。

不過，自己在文妃那裡還真有個大麻煩，如今看來由蕭皇后出面解決再適合不過，當下接著說道：「只是那睿親王剛好在，文妃娘娘讓我見了一面，問我願不願意嫁給睿親王。娘娘明鑒，之前在和蕭大人相談之時，秀女就明確說過，這次選秀絕不嫁進皇室……還請娘娘給個恩典，民女莫要進那天字號單子……」

蕭皇后大吃一驚。

睿親王的動向向來是蕭家最關注的事情之一，當日文妃召見安清悠時睿親王在場，這消息自然是早就報到了她這裡，可是究竟談了什麼，文妃那邊防範得嚴密，只有幾個當事人知道。若非安清悠自己明說，還真是沒法子打探出來。

蕭皇后暗叫僥倖，她統領六宮多年，什麼樣的女子沒見過？這等女人心事卻是看得極清楚。

安清悠確實是不願嫁入皇室，這才明確提出了這般要求，只是這……這豪門大族的女子，又有幾個真能左右自己婚事的？而安清悠這話倒是說得明白，卻真能代表安家的想法嗎？

安清悠和蕭皇后說著話，周圍自然是有太監宮女們將爐火燒得暖暖的。不過，安家的門房裡那可就差了去了。

「阿嚏！」睿親王打了個大大的噴嚏，姿勢倒是氣派，只是那條用來捂鼻子的御用團花絲織帕子，已經早就沾滿了鼻涕。黏糊糊地放回袖口裡，都快不好意思往外拿了。

安翰池這個老不死的……做個熏香要如此之久？太陽都要落山了，怎麼還不搞完？

此刻天氣已然入冬，這京城不比南方，天氣不但是越來越冷，傍晚更是早就颳起了寒風。安老太爺不太講究起居奢華，左都御使府的門房不但是年久失修，四處漏風，居然連個火盆炭爐之類的物件都沒有……

這還不是最要命的，最要命的在於睿親王今日本是上門說親的，門口那些盯梢的大部分本就由他所派，此刻也不用帶什麼隨從，表面上本就是要弄一齣自己單槍匹馬搞定了安家的局面，如今在門房裡挨冷受凍，身邊居然連個遞手爐的人都沒有，他又要表現自己英俊瀟灑，威武不凡，身上只穿了一件緊身的紫色夾衣，此刻人坐在裡面不動，更是凍得慌。

不過，心裡雖然連老不死都罵出來了，睿親王卻還是不能不把笑容繼續掛在臉上。賢王可不是那麼好當的，這還得打著哈哈試探著問道：「二公子，安老大人的熏香不知還要做多久？咱們這可等了不少時辰了吧？」

「要做多久？」安子良奇怪地反問了一句，這才說道：「要做三個時辰啊！玖兄，您不是聽我大姊說過嗎？如今怎麼問起我來？」

三個時辰？

睿親王想死的心都有了，心道這叫什麼熏香療法啊，居然要這麼久？

眼下不過是剛過了一個時辰不到，等會兒天一黑，那可是越發寒冷，這不是要人命嗎？

睿親王心裡急得慌，嘴上還得為自己圓謊：「哦哦，確是提過的，二公子不說，愚兄還真是沒想起來……呵呵，慚愧慚愧！」

再等一會兒，太陽可就落山了，睿親王可憐兮兮地看著陪他打屁的安子良，心裡早就有了退縮之意。

成就賢名固然重要，但犯不上凍壞身子，咱們明兒穿暖和了，帶著下人捧著手爐再來？嗯……明兒不行，還有後天！本王連來三天，不也是三顧茅廬？

偏在此時旁邊那個蕭洛辰可就犯了壞，此刻居然義正辭嚴地說道：「無妨無妨，莫說是三個時辰，便是三十個時辰三百個時辰，蕭某也在這裡等了！剛才九……玖先生說的好，做人要堂堂正正，今日偷闖之事是蕭某不對在先，這裡賠個禮，讓安公子見笑了……」

「咦？看不出你這人倒是磊落，也算是條漢子！今日在下亦是有些莽撞，那鞋子不該……等會兒老太爺做完熏香，便替您……」

蕭洛辰不痛不癢地賠了個禮，安子良也是假惺惺地還了個情，這兩位雖然從來沒有配合過，但是幹起裝傻充愣的損人事來卻是各有所長，此刻一唱一和，居然默契得緊。

睿親王氣極，蕭洛辰不過是父皇的一條狗，他都能做到，自己焉可示弱？再看安子良亦不過穿了一身普通綢緞衫子，談笑自若的樣子，哼，本王忍了！

要做個在外面名聲極佳，甚至能以此威脅太子地位的王爺，自是要做到忍人所不能忍。

本王和你們拚了！

可是，這說要拚，那也得看看有沒有拚的本錢。

安子良身上肉多油厚……本就比一般人耐凍，此番主場作戰，更是早就偷偷在外面那套綢緞衫子裡面又加了皮坎肩，加了棉護腿，反正他身材本就臃腫，再腫一點也沒什麼，大大方方來了個皮褲套棉褲，必定有緣故。

至於蕭洛辰？一身武藝，冬練三九夏練三伏，放在另一個時空就是特種兵的體魄，身子早就打熬得鋼澆鐵鑄一般，比起他身先士卒訓練部下的手段，這點小寒冷算個屁。

唯獨睿親王從小錦衣玉食，嬌生慣養，哪裡能和這二位拚體格？

越扛越是難受，又等了一個時辰，那噴嚏打的越來越多，頭也有些昏昏沉沉起來，眼瞅著便是有些受寒了。

偏生面前這兩位一個是扮著憨模樣晾他凍他，一個是壓根兒不怕他就是想黑他，看看睿親王這副凍得面色青白的樣子，兩人居然還趁他不注意交換了一個眼色。

就見安子良小眼睛眨巴眨巴，一拍腦袋道：「這天已經黑了，一直在門房乾等著可不是待客之道。不過，老太爺既是熏香未完，開中廳宴客有點不便……不如小弟做東，我們到外面喝上兩杯如何？最快也得一個時辰之後才能見到他老人家，反正也不耽誤！」

「妙啊！」睿親王原本已是頭昏腦脹，聽了這話，登時精神一振，無論如何先找個地方暖和暖和再說。這小胖子實在是善解人意，若要是自己將來真坐了那把椅子，定要對此人好好賞賜提拔一番。就這麼心裡想著，卻不意真出了門房，卻連眼都直了。

漫天雪花就這麼洋洋灑灑落了下來，今年帝都裡入冬的第一場雪，雖然不算太大，卻在北風的席捲下呼嘯而至。實在是太是時候了，也太不是時候了。

「這初冬瑞雪，倒是一件美事，我等不如步行前往，順路賞雪如何？」安子良笑嘻嘻地說道，此等附庸風雅之事，安二公子昔日可是沒少做過。

「甚好甚好！蕭某亦有此意，吾輩大好男兒，風雪既來，豈非一番雅興？正所謂大風起兮雲飛揚……」蕭洛辰在旁邊故作豪情萬丈，他就知道睿親王是絕不可能在蕭家人面前認慫的……

「好，走著……咱們走著！」睿親王凍得連話都有點說不利索了，卻咬著後槽牙死撐。只是望著那寒冬初雪，北風呼嘯，竟然莫名其妙想起了兩句古詩句來：「風蕭蕭兮易水寒，壯士一去兮不復還……」

◎　◎　◎

「胡鬧！睿親王怎麼說也是天家貴冑，萬一真有個閃失，你們哪裡承擔得起？」

安老太爺一掌拍在了桌子上，此刻已是夜半，安子良直挺挺跪在了書房裡，大氣都不敢多出半下，任憑老太爺責罵發脾氣。

睿親王，這位被稱之為最有可能取代現任太子成為下一任皇帝的九皇子，是在兩個時辰前被人抬著回去的。

安子良和蕭洛辰兩個傢伙一路上磨磨蹭蹭，你吟一段打油詩，我說兩句古人有云，根本就是為了耽擱行程讓某人多遭點罪。

蕭洛辰居然還在半路上停下來打了一套自稱是「雪花拳」的拳法助興，他自己倒是運動得出了一身汗，可憐那站在一邊「欣賞」的睿親王已經凍得連叫好聲都出不來了，雖然他壓根兒也沒想叫好。

等進了酒樓，睿親王早冷得半傻，這倆小子還輪著法向人敬酒，這等先晾後凍，再吹風雪，最後急酒入腹，自然三兩杯下去，睿親王就醉得認不出人來。

這時候，蕭洛辰仰天大笑出門去，揪了幾個盯梢的傢伙進得酒樓來，一通拳打腳踢，將幾人揍得慘叫連連，那聲音極為尖刻，竟然是幾個太監。

蕭洛辰這才笑罵道：「如今咱們睿親王醉了，你們幾個還不趕緊把他送回府去？若是晚了，看你們和文妃娘娘怎麼交代？」

一群鼻青臉腫的太監如蒙大赦，忙不迭架著睿親王狂奔而去，直到轉過街角才湊上了一輛不知道從哪裡奔來接應的馬車。等回了睿親王府，更是惹得下人們好一通雞飛狗跳。

灌醒酒湯的灌醒酒湯，請太醫的請太醫，那向文妃稟報的，更是在睿親王還在半路上的時候便飛奔直入宮去。

睿親王也真是配合，太醫還沒來，自己先發起了燒，配合那酒醉之態，大有昏迷不醒的架勢，驚得闔府上下的奴才們魂兒都飛了。

「那蕭家要折騰睿親王，就讓蕭家的人折騰去，你這孩子跟著添什麼亂？好好晾著他兩下讓他知難而退也就罷了，這一下事情鬧大了，怕是連我們安家也牽連進去了！只怕睿親王也好，文妃也罷，還有他們身後的李家、那些新進投靠過去的官員，誰還不認為我們安家和蕭家、皇后站在了一邊？」

安子良渾身一震，這才發現自己似乎是不經意間，居然被蕭洛辰一點一點地拖下了水，經此一事，誰還會相信安家不是站在皇后和蕭家那邊？至少是有傾向！

「我只是想，那睿親王偽造大姊的信物上門騙婚，這等行徑太過可惡，一時氣憤，就想替大姊出口氣……孫兒任憑祖父責罰。」安子良這一次是真心悔過，可也是嚇得不輕。

「你是這麼想的？」安老太爺微微一怔，倒沒想到安子良這麼做，只是想為姊姊出氣。他閱人無數，目光如炬，看出來安子良所言非虛，心念微動之間，沉吟道：「你有這份心倒也不錯，那蕭洛辰是皇上教出來的得意門生，在朝中歷練多年！你天賦雖好，閱歷卻遠遠不如他，被此人找機會算計了……那也不算丟人！倒是睿親王，這番行事豈止是騙，就差明著搶親搶到了咱們安家頭上了？哼！若只是挨了場凍生些病，倒也算問題不大，說不定大家就這麼不明不白地揭過……」

「就這麼不明不白地揭過？」安子良張大了嘴巴，剛剛被老太爺怒氣沖沖地訓了一頓，可這板子就這麼高高舉起，輕輕落下？自己可是剛剛把一個皇子，還是最有可能擠掉太子的皇子給收拾趴下了……

「不這麼過去，你還想怎麼樣？給他點教訓也好！那蕭洛辰做這等勾當也是熟手了，我就不信他敢真給睿親王弄個一病不起，若真敢如此，誰都護不住他……」

安老太爺把眼一瞪，安子良登時將那吃驚的嘴巴合上，卻聽安老太爺哼了一聲，轉了話題道：「不過，你能想著家裡人，又有勇氣去收拾一個王爺，這心思倒是可取，比你爹強，只是這歷練畢竟是少了……你也不用回家了，打明兒起不許你出府，正好我也要稱病不出，祖父給你好好指點一下，什麼叫官場上的待人之道……」

安子良這次是真有點暈了。

說來說去，這說到最後，怎麼不但是沒受罰，還被老太爺留下來指點待人之道？

這可是安家第三代子弟們打破了頭也想不到的好事啊！

再一瞅安老太爺那對自己又是生氣又是想栽培的眼神，不知道怎麼想起了大姊來，心裡微微一動，忽然明白為什麼大姊甚得老太爺喜愛了，敢情咱們安家的護短也是代代相傳的？

安老太爺準備不明不白地揭過時，蕭洛辰正在慈安宮。

「姑母放心，睿親王雖然受寒，不過當無大礙！」

蕭洛辰蹺著二郎腿，得意洋洋地說著自己的得意之舉：「侄兒算過，他身上的紫金御絲袍雖然單薄，卻非全無禦寒之力。在安家門房裡吹風不過一個多時辰，後來喝了五杯酒，按每杯水酒八錢三分記，總共不過四兩多的酒，我給他倒酒的時候未及滿杯，他喝最後一杯又灑了，最多不會超過三兩。再怎麼嬌生慣養，不可能要他的命，便是五癆七傷都不至於。至多發一場燒，昏睡個幾天罷了。選秀複試上輸了一場，這次正好扳回來一些……」

蕭皇后苦笑，這侄子行事看似吊兒郎當，心裡卻是最細緻不過，每一步算計得精密無比。只是，他行事既天馬行空，又膽大妄為，就這麼對睿親王下手，實是太過衝動，那李家……

蕭洛辰似是看出了蕭皇后的擔心，笑嘻嘻地道：「姑母別擔心，李家那邊自然會有反應的，否則藉著選秀剛剛建立起來的威信豈不是蕩然無存？不過，我反正是個聲名狼藉的浪蕩貨，愛上摺子上去，陛下怕是捨不得把我斬首示眾吧？那只好是罰俸降職、斥責鞭打，要不然就是閉門思過什麼的……嘿嘿，哪一樣我沒試過？蝨子多了不癢，債多了不愁，多加一隻蝨子換那邊的某人十天半個月起來不了床，這仗打得真是太划算了……」

「划算划算……這是打仗，還是做生意呢？真不知皇上教你的東西你聽進去幾分！」

蕭皇后有些氣結。

可是，仔細一想，好像還真不能不承認蕭洛辰說的對，對手的陣營看似勢大，其實還不是圍著睿親王在轉？

依著皇上的性子和過往蕭洛辰的劣跡史，還真不可能把他怎麼樣。既然放倒了睿親王還沒多大事，以前有多大的劣勢不都是扳回來了？還有安家，這次居然還是用了安家的勢，那外界的看法……

「皇上教的東西我可是都聽進去了，陛下那才叫高手，我又怎麼會不聽？戰時為先鋒，平日保皇上。打蛇打七寸，擒賊當擒王。嘿嘿，侄兒不就是幹這個的？」

蕭洛辰嘻嘻一笑，再看蕭皇后臉上神色，知道她已經想清楚了前因後果。這位姑姑統領後宮多年，眼下形勢已然扭轉，後續的事情該怎麼做，自然不用旁人教她。當下大搖大擺，兀自往慈安宮外走去。

「都這麼晚了，你這又是上哪去？」蕭皇后看著他晃晃悠悠地向外走去，眉頭大皺。雖說這侄子是賞過紫禁城行走的，又有大內伴君的腰牌，可這麼半夜三更在宮裡亂闖，終究不是個事兒。

「我要去找一個瘋女人，告訴她我答應她的事情辦妥了！嘿嘿，若是能順便找她討一樣東西，那才更好……」蕭洛辰頭也不回地向外走著，敷衍般的答道。

蕭皇后大驚失色，這話一說，哪裡還不知道他是要去找誰？那個安家秀女下午還在這裡陪著自己說了半天話呢！若不是蕭洛辰回來得太晚，自己在局勢未明的情況下不便在慈安宮久留一個各方注目的秀女，兩人說不定就碰見了。

蕭洛辰再怎麼任性胡鬧，畢竟是個未婚男子，這大半夜深入秀女房如何使得？萬一折騰出點什麼動靜來，滿院子秀女的名聲可就都毀了，到時候秀女們的娘家群起而攻之，就算是皇上也保不住這胡鬧的侄子。

「給我回來，就算要去，姑姑明天給你一道懿旨也來得及……你不要命了啊？」

蕭洛辰停下腳步，悠悠嘆了口氣道：「我也想等明天，可是我怕今天半夜就有人叩闕，明天一早……我怕是還不知道在哪兒呢！姑母放心，夜雪初降，行事方便，莫說是秀女房，這宮裡能把我從黑暗中揪出來的人，侄子還沒見過呢！那樣東西對我非常重要……走了！」

說話之間，蕭洛辰忽然小跑起來，也沒看清他究竟是怎樣走法，三兩下便出了慈安宮。人影閃動幾下，轉瞬便消失在了漫天風雪之中。

殿門外的值守太監雖說警醒，可只覺得眼前一晃，一愣之間再看去，卻什麼異狀都沒看到，自嘲般的搖了搖頭，又繼續瞪大眼睛看殿門了。

安清悠睡得有那麼一點兒不踏實。

今天一天雖然大家都是閒著，可是事情卻一點兒沒見少。先是藉著劉明珠的管道給家裡送了信，繼而又被皇后召見問話，心裡還惦記著蕭洛辰和老太爺會談的結果，這種種事情都擠在一起，讓人沒想法都不可能。

這是安清悠第一次摻和進這些事關家族利益的事情，老太爺之前給的提示不夠，說她不擔心是假的。翻來覆去了半天，剛有一點迷糊，忽然聽到門邊「喀」的一聲輕響。

安清悠進宮之後，戒心越強，這一聲響動雖輕，卻讓防備起來。眉頭一皺，拿眼看去，卻見那門閂竟是微微搖動，登時警覺起來。

眼看著外面風雪交加，秀女房中又早過了安寢時刻，這可不像是什麼正常動靜。

安清悠悄然翻身，披上衣服，小心翼翼地走過去一看，不禁駭然。

一根細小的鐵枝竟然順著門縫插了進來，正一點一點撥動門閂。

安清悠又驚又怒又害怕，還好沒失了冷靜。掃了屋子裡一眼，見屋角放著一個撣瓶，插著一根雞毛撣子，悄聲抱過來掂了掂，約莫十五六斤重，心下打定了主意。

用這等手段想溜進自己屋子裡的，不可能是好人，定是宮裡有什麼人要用下三濫的手段加害自己。不管來人是誰，門開時先砸了過去再說。嗯……還要大喊救命，到時候四面驚起，倒是要看看何方神聖使得此等伎倆。總之，要把事情鬧大，讓這等人落個擅闖秀女房的罪名。

安清悠盤算已定，正琢磨著這撣瓶估計不夠，是不是再到裡屋把炭火盆端過來。這時，那撥動門閂的鐵枝動得極快，三兩下便將門閂撥開，房門輕開半扇，一個人頭鬼鬼祟祟鑽了進來。

這時候無暇細想，安清悠抱著撣瓶，用盡全身力氣砸了下去。

砰！一聲脆響，撣瓶直接砸在了來人身上，安清悠猛地提氣，放開喉嚨便要尖叫道：「來……嗚嗚……」

這「來人啊」三個字，連第一個字都沒喊出來，登時就變成了嗚嗚聲。

安清悠只覺得一隻大手捂住了自己的嘴巴，心下大急，顧不得身邊有些什麼，手腳便向那來人拚了命地打過去，同時嘴上更是使勁，一口咬在了那人手上。

那溜進來的人似是完全不知道痛為何物，撣瓶砸也好，牙齒咬也罷，都是一聲不吭的，一隻手捂著安清悠的嘴巴，另一隻手卻是迅捷地在她腰上一提一夾，隨手之間已是帶得她雙腳離地。再向前急行兩步，登時將她按到了牆上。行動之間，腳上亦沒忘了巧妙地一勾一帶，悄無聲息關上了門。

安清悠心中大駭，這可算是魚在案上任人宰割了不成？一時間，千悔萬悔，幹麼要等門開了拿撣瓶砸？早在發現鐵枝撥門閂的時候大喊救命不就結了？現在可慘了，還不知道……

便在此時，耳邊忽然有個熟悉的男子聲音低聲說道：「別害怕，是我，蕭洛辰……」

安清悠愣了一下，難怪這聲音聽起來這麼耳熟，竟然是這個傢伙！平日裡看他吊兒郎當的也就罷了，沒想到還這麼差勁地撬門閂……

蕭洛辰卻似是鬆了一口氣，「我鬆開手，妳不許出聲，明白嗎？」

說話間，蕭洛辰慢慢把手挪開了那麼一點兒。兩人四目相對，呼吸可聞。安清悠對著那一雙黑暗裡有些發亮的眼睛，剎那間竟然有一種面對某種夜行肉食動物般的感覺，下意識尖叫道：「救……嗚嗚嗚嗚……」

說時遲那時快，尖叫聲還沒有衝出口，蕭洛辰的手一揮，又把那叫聲捂在了嘴裡，只是這次卻不知道是為什麼，安清悠沒有咬下來。

「瘋女人，妳想死啊！」

蕭洛辰這次可帶著點惱怒了，語調有些發寒地說道：「別折騰了行不行？妳是非讓我把妳捆起來堵上嘴才老實嗎？我白天剛剛見過妳家老太爺，給妳帶個話！」

安清悠本就隱隱覺得對方未必是來加害自己，剛才不過是驟然見到蕭洛辰的另一面，尤其是那雙野獸般的眼睛讓她驚懼，她才不由自主地想尖叫。此刻再聽是老太爺叫帶話，便慢慢放鬆下來。當下眨眨眼點點頭，蕭洛辰又一次慢慢把手鬆開，這次安清悠終於沒有大叫。

蕭洛辰後退一步，兩人就這麼在黑暗中隔空相望。只見蕭洛辰忽然從身後拿出了一根短棒，隨手晃了一晃，上面竟有了淡淡的白綠光芒。

螢光棒？安清悠吃了一驚，古代居然也有螢光棒？

蕭洛辰看她這吃驚的表情，有些得意，故意做出陰森森的聲調道：「沒見過吧？我自己做的『鬼火棒』，從好多好多死人身上收集來的魂炎鬼火，怕不怕？」

「怕你個大頭鬼！不就是一根破磷棒嗎？本小姐隨手做個十根八根都不當回事，裝模作樣！」

安清悠得知不是什麼螢光棒，沒好氣地翻了個白眼，反倒是讓蕭洛辰莫名其妙，這個什麼磷又是怎麼回事？正疑惑間，卻見安清悠居然把那根「鬼火棒」拿了過來，放在脖頸下，用衣服迎面一擋，那光芒從下巴往上散發，照出一張慘綠色的臉來……

「我……是……女……鬼……」安清悠突然很無厘頭地說了這麼一句。

「……咱們進裡屋掌燈……如何？」

安清悠聳了聳肩，兩人進得裡屋掌了燈，安清悠卻是有些嚇了一跳，暗道：「剛才下手怎地如此之重？」

此時此刻，蕭洛辰滿頭鮮血，殷紅色的血順著他的太陽穴流了下來，一直流到了下頷，一部分順著脖子流向衣內，更有不少滴答滴答，落在他的衣襟上。

「妳這個瘋女人，還真他娘的是個奇葩！」

蕭洛辰爆了一句粗口，神色間卻有些滿不在乎，隨手一抹臉上鮮血，反而弄得滿臉都是，口中喃喃道：「我本想著挨上那麼一下十有八九難免，可沒想到這麼慘。想我蕭某當年大戰北胡十七名勇士，連油皮都沒有擦破過，今天居然被妳這瘋婆娘開了瓢了，真是沒天理啊……」

「嘖！還沒天理？你三更半夜偷入秀女房還有理了？撣瓶砸你一下算輕的，若是當時再有點時間，我就把屋裡的炭火盆端過來，到時候給你來個滿臉開花，看你還怎麼自戀？」

安清悠憤憤地白了蕭洛辰一眼，可底氣不是那麼足，畢竟人家頭上的血還冒著。

「自戀？這詞兒倒是有點意思，妳當蕭某誇口？哼，若非我刻意讓了妳一道，天下又有幾人能在這等時候傷得了我？」

說話間，蕭洛辰竟然不顧頭上正在流血，又走到外屋，重新別上了門閂，指著屋內低聲道：

「我用鐵枝弄出了第一聲聲響時，妳應該已經醒了，此後披衣下地，幾無聲息，只可惜妳懂得屏息而行，那極微弱的呼吸聲卻暴露了妳的行蹤，隨後在此處停住……應該是在找稱手的東西！找到撣瓶之後，挪動得倒是沒什麼動靜，可是妳在準備砸人的時候心情過於緊張還是興奮？呼吸一下子變粗重了……」

蕭洛辰所言無不中的，便如親眼所見一般，安清悠吃驚不已，心中又疑惑無比，忍不住問道：「你什麼都知道，這卻又是做什麼？難道真是腦袋發癢，非得讓人打一下才行？」

蕭洛辰卻是陡然肅容，拱手作揖，慢慢地道：「蕭某夜闖小姐閨房，本就無禮至極，之前諸多冒犯，更是不當。總之，不管蕭某之前有什麼不對，就借這一擊，權當給小姐道歉了。不知此等舉動，誠心誠意足否？」

蕭洛辰說話的聲音雖然壓得極低，但語氣堅定無比，兩隻眼睛直視安清悠。

半夜被人偷偷撬了門鑽進來，這人還是自己很不喜歡的男人，尤其對方之前還曾經戲弄過自己，可是，安清悠現在並不想出氣，因為她剛剛才把人家打了個頭破血流。

「你……你先過來，坐下再說！」猶豫了一陣，安清悠還是說了這麼一句話。

她無法眼睜睜就這麼看著眼前的人血流不止。抓過蕭洛辰來坐到椅子上看了一下傷口，這時候才真有些觸目驚心之感。撣瓶碎裂之後，頭部、脖頸、雙肩各處被碎片割傷的小傷口不少，又細心檢查了一遍傷口，確認並無碎片殘留，就見蕭洛辰遞過來一個黃色紙包道：「宮裡最好的金創藥，大內天靈散，脖子後面有幾處傷口我搆不到，有勞小姐了！」

安清悠本就不是扭捏作態之人，只微一遲疑，還是把那藥包接了過來。撒藥包紮，做得甚是細緻。蕭洛辰則逕自說著今天前往安家的經過：「……安老大人真神人也！對如今朝中形勢知之甚深，人在家中，卻是八方風雨，盡在掌握。蕭某今日和安老大人相談一場，真心佩服……所幸安老大人嚴守中立，並無與我蕭家為敵之意，若是他真要幫著李家那邊，怕是我蕭家夜夜都不得安寢……」

「……令弟安二公子，看著雖憨，心中自有錦繡，更是有一顆維護家人之心。睿親王偽造小姐信物，還亂說小姐和他兩情相悅……哼，這等為達目的不擇手段之事，倒是李家的一貫風格！當時我就想，小姐有言不嫁皇親，哪裡來的如此人等？虧得令弟機警識破，安老大人法眼如炬，這才沒讓睿親王得逞。當然，我和令弟也沒讓這廝舒服，狠狠地拾掇了他一頓……」

安清悠一邊幫他上藥包紮，一邊靜靜聽著。只是，聽到蕭洛辰說到和安子良聯手搞暈了睿親王時，手微微一滯，接著便恢復了動作，又麻利無比地包紮起來。

蕭洛辰的信心很足，今天發生不少事，但安家也好，睿親王也罷，雖然其中固有巧合，可所有事情都是他順勢而為外加精密計算後的結果，眼下該是安清悠這個小女人交出自己想要的東西的時候了。

「……最後睿親王就這麼被送了回去……呵呵，這就算我額外附贈的！文妃雖然風頭正健，李家雖然勢大，但是經此一役，蕭某料定他們十天半個月之內再不會有什麼動作。等到睿親王能起來理事時，選秀只怕已經結束。今日我去安家時，聽說皇后娘娘已經召見妳，那自是護持之意了。小姐不必擔心再會有什麼逼婚強娶之事，我答應的事情算是都做到了，那消除氣味的法子……」

「那消除氣味的方子我給了，樣品我給了，蕭公子要在此之上更進一步，現在還不行！」

安清悠此言一出，蕭洛辰愕然。

按照自己對這安家大小姐的了解，她頗有主見，外柔內剛，但恩怨是非倒算是分明，自己在協議之外另幫她解了睿親王逼婚之事，以她那傲氣性子，必不願欠自己人情。強要硬騙難以得手，這般激得她主動交了出來卻未必不行。沒想到她連讓自己開口的機會都沒給，就這樣一口回絕了？

「您幫小女子擋了睿親王的婚事，小女子承您的情，可是您既然是蕭家的人，想要不對付睿親王只怕都不能吧？更何況，您千不該萬不該，再怎麼借勢而為，也不該利用我那沒和宮中人打過交道的弟弟。這一下固然是睿親王爬不起來，同樣也把我們安家算計了，難保不會明天便放出話說對付睿親王是您和我二弟聯手所為，直到把我們安家拉上您這條船為止？」

安清悠聲音平淡，侃侃而談。

蕭洛辰聽得心中一沉，忽然間只覺得頸後劇痛，卻是安清悠捏住某條細小傷口狠狠地擰了一把，知道這是對方在給自己提醒了。

只是他極是硬氣，不肯哼出半點聲來，反倒又掛起了那招牌式的邪氣微笑，「蕭某倒是不知，我這個渾人竟有安大小姐想的如此心機？我要對付睿親王自然不假，想拉著安家上船也是真，可是，請問小姐，難道妳就沒在這件事情上得到好處？且不說睿親王是不是能在安家逼婚得逞，若是他不倒下，選秀之中那邊不知道有多少絆子在等著妳，安大小姐信是不信？」

「信，小女子當然信！剛剛小女子已說過承您蕭公子的情，日後必報，可是眼前事是眼前事，您蕭大公子手段太多，若是將來再有什麼變數，我一個弱質女流，捏不扁您踩不圓您，可叫我怎麼辦？咱們實話實說了吧，聽其言不如觀其行，待選秀結束之時，我定當助公子百尺竿頭更進一步，莫說是消一點小小的氣味，便是比這更難百倍之事，相信小女子也能對公子有所助益，公子信是不信？」

安清悠見他如此硬氣，倒是不願再在藉著那傷口對他如何。

手上一停，言語雖有些模仿蕭洛辰的意思，可那聲調語氣卻全無他那等玩世不恭的意味，反而充滿了肅然之意。說到此處，話鋒一轉，又正色問道：「問句不當問的，蕭公子，您是大才智之人，這次小女子我也算是見識了，卻不知您苦苦尋覓這消除氣味的法子，又是實驗又是改良，究竟是為了什麼？若能不吝告知，小女子亦可早做盤算，說不定還能為您謀劃一二？」

蕭洛辰突然被劈頭問到了這個問題，臉色微變，嘴唇微動，話已經到了嘴邊，終究是沒有說，兀自皺眉沉思了半天，這才一字一句地說道：「小姐的心意在下心領了，只是您這口氣只怕是比蕭某還大，您能消了人身上的氣味，蕭某相信，可是比這再難百倍之事……咱們還是先把能做的事情做好了再論其他吧！至於什麼幫著謀劃一二……嘿嘿，蕭某雖然駑鈍，可胸中也非全無點墨，終不至淪落到請一女子代為謀劃的地步。若問在下要那消除氣味的法子做什麼，小姐既說出宮之時一併清算，左右不差幾日了，咱們就到那日再議如何？」

好你個蕭洛辰！我看你幫我擋了那逼婚之災，這次也算有心幫你，你卻在這裡耍起你那驕傲脾氣來了？不說便不說，反正是你缺這法子又不是我缺，擺什麼臭架子！

安清悠見他如此，臉色便是一沉，心中狠狠吐槽了一通，待要反唇相譏，卻見蕭洛辰站起了身，雙手抱拳道：「事既如此，便到時再說，小姐只須記得蕭某之諾言出必踐，也望小姐勿再反覆，大家能夠認認真真履行各自責任，那便是了！」

這言語中倒有暗諷之意，倒似一個除味法子區區小事，在安清悠這裡卻弄得反覆無常一般，惹得安清悠大怒，心中一賭氣，索性還就不想和這蕭洛辰說了，你不是有本事嗎？那便自己折騰去，又不是我請你來的！

眼瞅著這談著談著，氣氛變得僵硬起來，也不知兩人是不是犯沖，見面總要鬧出點互看不順眼的事情來。便在這時，忽然聽到「噹噹噹」一連三聲的沉悶鐘聲遠遠地響起，微一沉寂，又是「噹噹噹」前後三下鐘聲敲響，之後又是三下。

前後九記鐘聲響起，蕭洛辰和安清悠齊齊一怔。

安清悠皺眉道：「三三連環，鐘起九鳴，有官請政，聲傳全宮！這難道是……」

蕭洛辰用力晃了晃脖子，站起來做了個伸展肢體的動作，這才打斷了安清悠的話道：「小姐對宮中規矩當真是瞭若指掌，不錯，這便是叩闕，怕是有人……來告蕭某御狀了！」

叩闕，顧名思義，原本是指敲皇城的宮門，而夜半叩闕，卻非民間百姓所能做的。

若不是有很重要的朝政事務需要稟報，便是朝中大臣遇上了極大的不公之事，大到了滿朝文武無一人能夠做主，這才要請皇上乾綱獨斷，伸張朝廷法度正義了。

李家見睿親王吃了癟，不等天亮宮門開，便來打這御前官司了。雖說皇上也是人，他老人家判的案子未必就是正義，更未必就是公道，可眼下睿親王連病帶醉地倒在家裡，這消息是瞞不住人的，只怕天亮之時，京裡的大小官員早就得到了信兒，到那時候，若是李家的反擊尚無結果，又如何當得起這文臣領袖？

「蕭公子似乎是心中有數，這叩闕……只怕是為了公子和睿親王之事而來？」安清悠微微一笑，知道這次蕭洛辰只怕是沒時間和自己鬥嘴了。

「這等御前官司蕭某又不是頭一次碰上，有什麼要緊的？倒是小姐一介女流之輩，卻能這般鎮定……」蕭洛辰向外邁了兩步，話鋒一轉，從吹捧變成了添堵地道：「小姐剛才不也看出來了？這次睿親王之事不光是我，安家可也是有份的！李家那邊會把這御前官司怎麼打……呵呵，值此朝局錯綜複雜之時，那還真不好說！大小姐就真是一丁點兒都不擔心？」

說完這話，蕭洛辰露出邪笑，想看看安清悠臉色大變的模樣。

只是，安清悠的臉色變是變了，卻是噗哧笑出了聲來，「剛才公子有言，此事發生之時，我家老太爺也是在的，若是真對我安家不利，以他老人家的智慧，只怕早就動身來見陛下。說起打御前官司，找遍整個大梁也找不出一個比他專業的來。若是他老人家不來，那怕是我們安家連邊兒都不用沾，何必擔心？倒是這次公子出手一搏，那李家的反撲該是全衝著您來的，小女子在這裡預祝公子抖擻精神，御前大戰八十回合，挨板子挨得輕點，受罰少算幾天，能夠全鬚全尾日後再戰。」

蕭洛辰笑了笑，聳了聳肩，轉身便出門走進了風雪之中。

安清悠只覺得眼前人影一晃，倚門看去之時，外面哪裡還有他的影子？忽聽得房頂之上瓦片兩聲輕響，心知這是蕭洛辰有意在和自己告別，不由得撇了撇嘴：顯擺自己藝高人膽大嗎？當心被人逮到，有你好看！

此時黎明將至，卻是一天之中最黑暗的時候，蕭洛辰翻身下了屋頂，落地無聲，輕柔得便似一隻黑夜中悄然潛行的豹子，三兩下就溜出了秀女房的院子，沒入一片樹叢之中。只是，不知為何，忽然想道：這瘋女人的新鮮詞兒還真多……牙尖嘴利，說起話來惡毒得很！將來誰要娶了這她，可真是倒了大楣，這家裡的祖墳風水得多差啊！還全鬚全尾日後再戰……

想到安清悠那句「全鬚全尾日後再戰」，蕭洛辰心中一動，隨手在樹叢中尋了幾根枯枝，微一思忖，直奔邊上一處牆根而去，尋摸了半天，找到了幾塊破磚頭揣在身上，這才邪邪一笑，奔著皇上的下榻處金龍殿而去。

而在此時，宮門之外，一個老太監正急急忙忙跑了出來，拿眼一看，只見一人負手而立，後面馬車成串，居然還跟著不少官員。再看領頭那人，居然是兵部尚書夏守仁，登時大驚失色。兵部尚書夜半叩闕，這是什麼出了什麼大事？當下急匆匆地問道：「夏尚書，您這麼大半夜的來到宮裡，難不成是出了什麼大事？邊關告急？北胡入侵？或是某地造反，還是起了兵變？」

這太監姓古名衛民，乃是上書房總管，皇上身邊最為得力的持筆太監，亦是宮中三大總管太監之一。皇帝半夜驚醒，聞得有人前來叩闕，派他第一時間來查探。

「古公公放心，當今聖明，我大梁治下國泰民安，北胡韃虜又死了可汗，正所謂盛世中興之象。本官前來叩闕，並非有什麼事關朝政的急事。」

夏守仁長著一張國字臉，卻是天生紅臉長鬚，倒與前朝所說的武聖關公有幾分相似。

只是，大梁朝歷來貴文賤武，天子與士大夫共治天下，夏守仁從小便努力讀書，沒走武將道路。後來他青雲直上，做了兵部尚書，反而更是以知兵名士的風範自居，雖然號稱文武雙全，卻不論春夏秋冬風霜雨雪，總是拿著摺扇，終日以讀書人的形象示人。

不過，今日既是叩闕，夏守仁那胸中藏十萬甲兵的名士範兒卻是沒法端了，這時候只能穿一品大員的官服，不然便是一個大不敬的罪名壓下來。

古公公小心翼翼看了他兩眼，長長地出了一口氣道：「那就好那就好，卻不知夏大人這半夜叩闕，又是……」

話到這裡，古公公忽然張大了嘴巴，這夜半叩闕，不是軍國大事，那自然是要來告御狀了，可能讓兵部尚書親自出馬告御狀，那得是多大的案子？

「這群傢伙……還真是不肯讓朕落半點清靜了！下去吧，四方樓要繼續給朕把兩邊盯緊了，可別讓他們折騰得太出格了！」

金龍殿中，當今天子壽光皇帝剛剛半躺在軟榻中讀完了某些東西，隨手把一份黃紙寫就的摺子扔到炭盆裡。身後的小太監極有眼色，忙不迭遞上來龍衣龍袍，服侍萬歲爺起身更衣。

面前的一個老太監輕輕磕了個頭，輕聲念了一聲老奴告退，慢慢退了出去。

少頃，壽光帝更衣完畢，聽到外面的小太監稟報道：「皇上，古公公回來了。」

「讓他進來吧，哼！」壽光帝隨手接過一杯人參茶漱了漱口，鼻子裡卻是低低哼了一聲。

門外的小太監一驚，不敢搭腔，連忙下去請古公公進來。

「老奴參見皇上，吾皇萬歲萬歲萬萬歲！」古公公一進門，便跪地磕頭。

「起來吧！」壽光帝點了點頭，「坐著說話，今天這人參茶不錯，給古公公也來一杯！」

這隨口一句賜坐倒茶，讓古公公心中大定，顯然皇上的心情未必那麼壞，當下謝了恩典，卻是斟酌言辭道：「啟稟皇上，剛剛宮門外有人叩闕，奴才奉皇上之命去查探，外面居然來了不少的官兒，領頭的乃是……」

「乃是兵部尚書夏守仁是不是？」壽光皇帝打斷了古公公的話，眉頭幾不可查地皺了皺。

古公公心中一冷，讓萬歲爺換了臉色，顯然是頗為不喜。

外面都說夏尚書是下一任閣老首輔的頭號人選，在皇上面前也是聖眷正隆，可是俗語說的好，宰相肚裡能撐船，怎抵君心無邊海？自己這位主子，城府極深，只有神仙才知道他到底是怎麼想的。

「皇上真是料事如神，這領頭之人果然便是兵部尚書夏大人。」古公公原本還想稟報得詳細一點，見了這等光景，登時打起了不求有功，但求無過的念頭。所謂言多必失，這當口卻是變成了該答什麼答什麼，半個字也不多講。當然，多讚兩句皇上料事如神，那是必然的。

「夏守仁……夏守仁……」壽光帝手指逕自在桌上輕輕敲著，「夏守仁這個兵部尚書當得好啊！睿親王這一出事，他便不辭勞苦地為李家打先鋒來了，只是這眼裡若是只剩下他的老師李大學士，又把朕放在何處？也罷，叩闕告御狀是我大梁開國以來的規矩，朕也不想落個言路不開的名聲，讓他一個人進來吧！那些搖旗吶喊的小官兒，回頭叫禁衛記單存檔，也呈給朕一份。」

古公公心中一絲絲涼意劃過，眼中只有李家而無皇上？這可是誅心之言了。

他雖然不明白睿親王和李家又是怎麼回事，亦不曉得自己還沒開口，皇上怎麼就知道是夏尚書是來告御狀的，但是皇上身邊另有密報之人，卻是早就清楚的。

古公公腦子裡對夏尚書的前途下調了幾個檔次，臉上不敢有任何異狀，恭恭敬敬磕了頭，這就要出宮門去傳旨。壽光帝忽然又叫住了他，問道：「夏守仁來叩闕告御狀，告的是整個蕭家？還是朕那個不成器的學生蕭洛辰？」

「回皇上話，告的只是蕭大人一人，倒沒聽說要告別人……」

「哼！還算他食君之祿，懂得那麼一點進退！」壽光帝又品了一口參茶，這才慢慢地道：「叫他去北書房候著吧，朕喝杯茶養養神，這就見他……」

◉ ◉ ◉

「臣，兵部尚書夏守仁，彈劾虎賁衛管帶校尉蕭洛辰十一條大罪！冒死叩闕，但求陛下不吝一見！」

皇宮正門外，夏守仁義正辭嚴，頭上的烏紗帽已經被他摘下來抱在了手中，只可惜宮門禁閉，這等場面下，哪個敢擅自做主放他入宮？那一通叫門叩闕的話語，卻不知是表情給誰看？

「夏大人果然一代忠臣，堪為我輩楷模！」

「那蕭洛辰身為天子門生，不但不知報答陛下的知遇之恩，居然還禍亂朝政，橫行不法！此等奸佞小人，吾等亦是欲除之而後快啊！」

「殺！此等奸徒，不殺不足以平民怨！我等今日便是為皇上盡忠，為人民除害！」

「必須為民除害，絕對不能讓他再逍遙跋扈，如若不除此人，為大梁之恥啊！」

夏守仁身後那些官員既然敢跟著前來叩闕，自然已經把自己的前途和這件事情牢牢地捆在一起，這時候哪裡還有不搖旗助威，使勁鼓動吶喊的？

宮門裡面沒動靜，宮門外卻是一片譁然。

夏守仁帶頭喊了兩句，便伸手接過了家僕遞來的熱茶潤了潤嗓子，這便住了口。

自己一會兒要面君打御前官司，帶個頭就可以，君子貴在以身立行，立起行來就夠了，那些力氣活不妨讓給別人去做。

那蕭洛辰本來名聲就不好，先藉他給蕭家扣上一頂大奸臣的帽子再說！誰奸誰忠，還不是靠咱們讀書人的筆和嘴決定？不管御前官司結果如何，這民意上的一場，本官卻是贏定了！

夏尚書微微一笑，腦海中已想像出了明日景象。

自己率領一班大小官員，夜半叩闕，彈劾奸佞？這可是京城老百姓茶餘飯後最喜歡的話題了。一日之間傳遍京城，然後隨著無數離京之人的嘴巴傳遍天下。且不論蕭家會受多大的影響，自己的名聲可是撈得十足十。

正自得意間，宮門旁邊的小門忽然打開了一條縫，古公公走了出來，躬身道：「夏大人，皇上命您單獨進宮，北書房候見，咱們這便過去。至於宮外這些個大人，沒什麼事兒的就各回各家，大夥兒散了吧！」

這話一說，眾人先前的鼓譟登時消了下去，大家叩個闕搏點名聲也就罷了，這時候再要吵著都去見皇上，可就成了聚眾挾逼天子，這點進退大家自然都是懂得的。既然目的已經達到，當下一個個轉了口徑，紛紛叫道：「夏大人，您任重道遠，此去定當功成！」

「剷除奸佞，朝中風氣方可一清啊！」

「公道自在人心，天下億萬正義之士，皆是夏大人的堅強後盾……」

「諸位諸位，且聽本官一言！」夏守仁轉過身來擺了擺手，下面頓時安靜下來。只見他昂首挺胸，朗聲說道：「本官此去，全為我大梁社稷，萬民蒼生！所幸當今聖明，縱有一二小人試圖蒙蔽聖聽，借勢亂政，想來亦難逃陛下法眼。夏某功成而歸之時，再與諸公把酒言歡。」

一干官員又是一陣齊聲喝彩，唯有旁觀的古公公不以為然：「嘖，又搞這套！根本就是為李家出頭打個官司罷了，幹麼每次都得拿萬民蒼生當由頭？累不累啊？省了這一套趕緊入宮，咱家能早點交差，你們也能早點回去，大家各自安寢豈不甚好？這大雪天的在宮門口亂嚎，受凍開心嗎？」

古公公心中雖如此想，面上卻是依然掛著客氣的微笑。神仙打架，自己可犯不著捲入。耐心地等著夏尚書慷慨激昂地把話說完，這才不疾不徐地引著夏尚書直奔北書房。

等到了北書房，兩人俱是一愣，原來壽光帝早已坐在那把鋪著金絲九龍墊的椅子上，卻哪裡是讓夏尚書等皇上，而是皇上在等臣子了。眼看著夏尚書姍姍來遲，臉上猶有不豫之色。

「臣，夏守仁參見皇上，吾皇萬歲萬歲萬萬歲！」

這時候就看出什麼叫反應迅速了，夏守仁二話不說，一個響頭磕在地上，這一番三拜九叩的大禮做得其快無比。古公公的一句「萬歲爺，夏大人到了」還沒等出口，他這邊已做完了全套，口中卻是對什麼深夜叩闕的事情半點不提，逕自做完了全套，又搶著說道：「臣該死，讓陛下久候，有違禮法，臣萬死難辭其咎！」

話雖這樣說，可史上有哪個皇帝因為多等了一會兒，就把自己的兵部尚書砍了腦袋的？夏守仁這招以退為進，當真有效。就這麼誠惶誠恐地一跪一請罪，皇上的面色果然好看了許多，擺擺手道：「罷了罷了，夏卿起來說話吧！卿是朕的重臣，半夜叩闕必有要事，卻不知又是為何？」

這卻是揣著明白裝糊塗了，皇上怎麼可能不知道發生什麼事，可是這戲卻不得不演，夏守仁本已站了起來，此時又是雙膝一跪，從袖袋中取出一本奏摺，恭恭敬敬遞了上去，高聲道：「陛下聖明，臣深夜叩闕，為的是要彈劾虎賁衛管帶校尉蕭洛辰十一大罪，請陛下立斬此人，以正國法！」

奏摺中所言，盡是蕭洛辰的諸般罪狀。

「哼！這等忤逆的混帳，枉朕還親自指點了他這麼久，竟然全無長進……依朕看，殺之猶不為過！」壽光帝邊看奏摺邊聽夏守仁陳情，眉頭卻是越皺越緊，忽然一聲怒喝，打斷了夏守仁的告狀。

有門兒！

夏守仁心中一喜，這場御前官司其實大家心裡都是有譜的。

此次蕭洛辰放倒了睿親王，固然是個重大打擊，可同樣也是一個機會。按照陛下賞罰分明的性子，蕭洛辰定是要倒楣的。更何況，門生再好，總是比不過親生兒子，聖心若是有鬆動，指不定還能拔掉蕭家年輕一代中最得聖寵之人。

想歸想，君前奏對，夏守仁可不敢露出半點失態，再者，這蕭洛辰為禍多年，皇上要殺他可不是說過一次兩次了，真是說殺便殺，此人便是有一百個腦袋也都砍了。

夏守仁神色肅然，又高呼了幾句皇上聖明，卻聽壽光帝聲音裡居然帶了難得的怒氣：「看看卿寫的這十一大罪，欺君罔上、武人干政、禍亂朝綱、目無國法……這豈止是該砍頭，按律誅他九族都夠了！皇后身為他的親姑姑，自然也是疏於管教，脫不了干係……」

夏守仁瞪大了眼，這次真的有些驚喜了。

誅九族？還皇后疏於管教？

好好好，這場御前官司蕭家必定要輸，可是怎麼個輸法那可是大有學問。

是不是能夠搞掉蕭洛辰暫且不論，至於誅九族滿門抄斬什麼的，他壓根兒也沒指望憑這麼一件事徹底扳倒蕭家，可若是能讓皇上下旨申斥皇后……那可真是意外之喜。蕭皇后不僅是正宮，還是太子的親娘，這裡面可以做的文章太大了！

夏守仁心中驚喜，臉上不露，腦子裡亦是飛速轉動起來。

誰知壽光帝的下一句話，更讓他興奮。

壽光帝抬了抬眼皮，淡漠地道：「太子身為諸皇子之首，又總領勘察宮外皇親國戚之責，未能護持臣弟，有失職之舉，身居其位而未謀其政……亦是當罰！」

夏守仁高興得差點昏了過去，「未能護持臣弟」啊！

自己這彈劾摺子裡可沒有這麼一條，皇上絕對是在借題發揮，這絕對是明確表示對睿親王之事的知情和不滿了。更何況，直接斥責了太子，那可是他們這些人天天思夜夜想，無時無刻不想廢掉的太子啊！

難道……難道那個時刻，竟然比自己等人預計得還要來得更早？

夏守仁此刻心臟怦怦狂跳，皇上絕不會在朝中暗流湧動的時候無緣無故提起這個事來。這……這難道是某種信號？外界傳言紛紛，都道睿親王極有可能取代太子，可是只有少數幾個人才知道這傳言到底是怎麼來的。內閣裡的三位大學士，再加上六部的六位尚書，最近兩年來幾乎每個人都在某個很微妙的時間和場合聽到過陛下不經意的抱怨，說什麼太子糊塗昏庸，不堪大任，倒是睿親王聰慧有佳，為人賢德云云……

若說人心浮動，十成中倒有九成是皇上自己起的頭。若是沒有聖心如此，以他老人家數十年來驅使群臣的鐵腕，有誰敢琢磨起這樣的事端來？

「啟稟皇上，皇后娘娘和太子殿下如何，臣不敢妄言。只是，微臣以為，其他人的問題不妨慢慢處理，倒是這首惡蕭洛辰應當嚴辦！此等奸佞，實乃罪魁禍首……」

興奮歸興奮，夏守仁頭腦卻還清明得很，言語間又是一招以退為進的試探。若是皇上對蕭洛辰下了重手，那才可以算是這個信號真的明確了。

「嗯……卿之此言有理，朕也在想，叩闕的鐘都響了這麼久，蕭洛辰這個忤逆之徒怎麼還沒出現？若是一炷香之內還沒來到這裡，朕可就真要砍了他的腦袋了！」

萬歲爺金口一開，夏守仁卻是忍不住一個激靈，什麼叫還沒出現？可是壽光帝卻不給他反應的時間，眼角掃了一下周圍伺候的太監，淡淡地道：「來人，點香！」

這便是壽光帝的風格，他說點香，下面的人便真要點起香來。

青煙裊裊而起，在壽光帝這樣一位君主面前，沒有人懷疑，若是在香燒完了之前，還沒看到蕭洛辰，人頭落地可就真是他唯一的結局。

夏守仁雙眼緊緊盯著這小指粗細的香頭，心中有那麼一點緊張。他能做到兵部尚書，又可能是未來首輔，自然對皇上的性情了解得頗為透徹，這炷香既然能點得起來，就絕沒有和蕭洛辰一唱一和演戲的可能。也就是說，今天是真的有可能殺蕭洛辰的，可若是皇上起了殺心，為什麼又要搞這兒戲？

只可惜無論是夏守仁，還是屋裡其他人，假想中的香燒到最後，蕭洛辰匆匆出現的場面並沒有出現，懸念剛剛開始，就歸於無形，外面已有太監來報：「稟皇上，虎賁衛蕭大人求見。」

「哼！他還知道過來？」壽光帝重重哼了一聲，瞥眼看去，只見香頭只燒了一點兒，這才面色稍平，「宣！」

「臣，虎賁衛管帶校尉蕭洛辰，叩見吾皇金安，萬歲萬歲萬萬歲！」

蕭洛辰大步進了北書房，無論是磕頭行禮，還是口稱萬歲，皆是做得規矩無比。

只是，從他一進北書房開始，無論是壽光帝，還是夏守仁，甚至是旁邊那些伺候的大小太監們，人人都緊緊盯著他身上。更有人兩眼發直，心中只有一個念頭：這蕭洛辰莫不是瘋了？穿成這個樣子來見皇上，這是要找死嗎？不知道人家正在叩闕告他不成？

說起蕭洛辰此刻的裝扮，還真是讓人無語。衣服撕成了一條一條的，上身半裸，結實的肌肉露了起來，似有無窮精力要爆發一般。

幾根樹枝被他用布條做成的繩子捆在了後背上，似是刻意為之。

關鍵是那腦袋上，橫七豎八地纏了幾條白布不說，還隱隱有血滲出，脖子、後背上亦是有幾條傷口。蕭洛辰的任性妄為固然是滿朝皆知，可是他有一身武藝卻不是胡吹出來的，誰能把他打成了這副模樣？

壽光帝看著蕭洛辰這打扮，皺了皺眉頭，可是口中卻道：「跑到朕這兒演一齣負荊請罪？外面又是風又是雪的，你不嫌凍得慌啊！」

在場的人面面相覷，倒是蕭洛辰自己沒羞沒臊地一笑，正要說話，卻聽夏守仁已高聲叫道：「陛下，臣要彈劾虎賁衛管帶校尉蕭洛辰君前失儀、行止不端、對聖上不敬……」

「得了吧，夏大人，您老人家早就彈劾我十一大罪，隨便其中哪一條都夠抄家滅族的，多加上的這一條倒有狗尾續貂之感！」蕭洛辰竟是不顧在御前，直接打斷了對方的話，上下打量了夏守仁兩眼，忽然輕蔑地一笑道：「就在剛才，您在宮門面前說什麼來著？冒死叩闕，定要剪除我這欺君惑上的奸佞小人！左右您連以死明志都有了，我看這事也不用那麼麻煩，蕭某這就遂了您的心願，如何？」

說話間，蕭洛辰居然迅速從身上掏出了一物，啪的一下，拍在了對方面前。

夏守仁定睛看去，竟是一塊青灰色的……磚頭？

「未蒙恩典而御前持械，便是所謂的寸鐵為凶，那可是誅九族的大罪！不過，蕭某是宮裡執金吾出身，後來又做過御前侍衛，現在辦差的虎賁衛也是天子親軍，對於這大內的法度熟得很，兩百六十九種君前違禁之物裡，並沒有這等破磚爛瓦。您既是為國鋤奸連死都不怕，現在就拿起這塊磚頭來拍死了在下如何？弄死個人，不一定用刀槍……」

說著，竟是不知道什麼時候，撕開了纏在頭上的白布，一條血淋淋的傷疤觸目驚心地露了出來。蕭洛辰雙眼血紅地一笑，一隻手把那青磚向前遞去，一隻手指著自己頭頂的傷口，詭異地笑著道：「大人都當著許多朝臣說要以死明志了，此刻還怕什麼？看見沒有，記號都做好了！照著這裡使勁拍下去，一磚……或者兩磚？很快這個傷口會不停擴大，血會流出來，骨頭會露出來，繼續砸下去會把一個人的頭骨砸塌，腦漿會迸出來……」

蕭洛辰的聲音越說越是低沉，再配上他頭頂上猙獰的傷口和赤紅的雙眼，整個人就猶如剛從外面風雪之中爬進來的魔鬼一樣。

夏守仁眼看著對方把一塊青磚遞了上來，竟是不斷後退，面如土色，有些慌不擇言地道：「你……你……你這個潑皮無賴，竟敢在皇上面前放肆？本官是兵部尚書，焉能行此粗魯之事……你莫再過來，否則定要將你……你……我……皇上，蕭洛辰要造反啊！」

話說到最後，居然都有些慘叫的意思了。

蕭洛辰微微一笑，手上一轉一拍，那塊厚厚的青磚卻是砰的一聲拍在了自己頭上，只見塵土微散，蕭洛辰的腦袋並未如何，倒是那青磚一下子斷成了兩截。這等硬氣功雖不稀奇，夏守仁卻已嚇得面如土色，竟是不由自主雙腿一軟，一下子坐在了地上。

「這等人物，居然是堂堂兵部尚書……將來的首輔？」

蕭洛辰頭上的傷口本已止血，這一下卻又是鮮血直流了出來。

一轉身，蕭洛辰直挺挺地跪在了壽光帝面前，叩頭道：「陛下明查，臣自蒙陛下知遇以來，所作所為雖有孟浪之處，但對陛下對朝廷始終忠心耿耿，日月可鑒！夏尚書所謂十一大罪，臣不敢領！今日負荊請罪，卻是因為白天衝撞了睿親王之事！臣行止不恭，舉措失當，還請陛下責罰！」

「總算你還知道是在御前，知道朕這個做皇帝的還在你蕭某人的眼前坐著！鬧夠了沒有？鬧夠了就讓朕說兩句！」

之前蕭洛辰直斥夏守仁，壽光帝不知何故，一直冷眼旁觀，此刻蕭洛辰跪拜下來，這才終於發了話。只是，此時此刻，他的臉色已然黑得如一塊黑鍋底，聲音更是冰冷得不帶一點感情：「來人，把這目無君上的狂徒拿下，就在這北書房裡面打！朕若是看不到棍棍見血，行刑之人就自己抹了脖子吧！」

柒之章 鳳殿觀禮合謀

「啊……哎喲！」

秀女房裡，安清悠驀然縮了一下手指，大半夜的被蕭洛辰這麼鬧了一通，原本就有些心煩，後來更是睡不著。

一個人靜坐了半天，隨手打掃起那被砸碎的撣瓶碎片，不知道為什麼，平日裡隨手便做完的事情，此刻竟是打掃了這麼長時間。臨到最後，居然還被一塊破片扎傷了手。

「終選還沒完，這可別弄出什麼麻煩來……」殷紅色的血一下子就湧了出來，安清悠微微皺眉，趕緊敷藥包紮，卻發現這半夜三更之時，又到哪裡尋這藥物去？再一抬頭，忽然見到桌上一個黃色紙包擱在那裡，竟然是蕭洛辰臨走時遺落下來的金創藥。

切！都是這個煩人的傢伙！沒事幹麼夜探秀女房，若非如此，我怎麼會被扎到？安清悠邊給自己上藥邊喃喃自語，這時候她可沒想到自己朝蕭洛辰頭上砸的那一下，只想著那傢伙去了御前，不知眼下形勢如何？

「如何？蕭洛辰，如今你可知罪否？」

北書房中，一陣冷風吹來。御座前的蠟燭火苗晃了幾晃，壽光帝聲調淡然，面沉如水，可是旁人在這燭火之上看去，卻總是覺得萬歲的臉色陰晴不定。

「臣……臣……知罪！臣行事孟浪……對睿親王無禮……」蕭洛辰被幾條鴨蛋粗細的刑棍架到了半空中，聲音有些斷斷續續，只是嘴角仍有一絲詭異的笑意。

「避重就輕，皇上，這分明是避重就輕！臣之前所奏的十一大罪，罪證確鑿，若不再行杖刑，只怕他依舊執迷不悟！」夏守仁急急地說道，眼看著蕭洛辰後背已經被打得血肉模糊，他倒沒有了之前的畏懼，眼睛裡反而閃出了幾分興奮之色。

臨進宮門之前，他也沒真的指望能把蕭洛辰如何，這小子簡直就是個千年禍害！之前有多少人多少摺子參他，叩闕的御前官司也不是沒有過，可他還不是跟沒事兒人一樣，現在呢？昔日橫行京城的混世魔王，如今已經連說話都不利索了，若是再施一輪廷杖，十有八九就能把蕭洛辰杖斃當場。

這麼多年來，大梁朝文武兩大集團明爭暗鬥，又有誰取得過這般成績？更不用說這只是個開頭而已，皇上能狠得下心來對蕭洛辰如此，明顯是已對蕭家的不滿到了極點。要下旨訓斥皇后嗎？要下旨責罰太子嗎？這……這或許真的是皇上他有意發出的一個信號？

夏守仁心裡怦怦直跳，難不成扭轉乾坤，便是從今日開始？

可偏偏壽光帝居然又開了口，這金口一開，形勢大變：「卿所言十一大罪，若是條條都犯了，那可是滿門抄斬，該誅九族的大罪，只是，朕剛剛想起一事，這蕭洛辰說起來亦是皇親國戚，他的姑姑是朕的皇后，好像也在株連之列，朕既是他的姑丈，又是他的老師，那是不是更當斬了？夏卿，你說朕是自己把自己判個斬立決呢？還是該下個罪己詔明示天下？」

剛剛還沉浸在興奮中的夏守仁登時傻了，逼皇上下罪己詔？這是要謀朝篡位，還是逼著禪讓？這真是誅心之言了！

一時間，冷汗順著脖頸流到了背上，夏守仁誠惶誠恐地道：「陛下受命於天，豈與凡人相同？便是大梁法度，亦是由陛下一言而定，一言而改，這卻是不能拘泥於那些文字條文的……」

「有這等事？也對，從來都說是皇子犯法與庶民同罪，沒聽說過天子犯法與庶民同罪的……因為天子無論怎麼做事，好像都算不得犯法！」壽光帝悠然一笑，這話卻是說得越來越詭異：「只是，朕還有一件事想不明白，朕雖然不在處罰之列，可是朕的那些皇子，算起來也和這蕭洛辰是表兄弟的關係，好像也在九族當殺之列，他們要不要砍了？還有朕記得夏卿的女兒這次也進宮選秀了，若是指給了哪家皇子，你和這蕭洛辰也是有了親戚關係，聯姻不出三轉，你夏大人似乎也在這株連之列，那你是當殺不當殺？」

夏守仁聽得目瞪口呆，怎麼繞來繞去，居然把自己繞了進去？自己這叩闕打官司若是真打贏了，難不成自己的腦袋反而要被砍了？可若真論大梁刑法，那可還……那可還真是如此！

「這……這……」夏守仁額頭上的汗水涔涔而下，之前雖然喊什麼以死明志，可事到臨頭，怎麼可能承認自己該殺？

「臣或有所差池……此事……此事定當調查清楚，再稟聖上……」

逼到這分上，夏守仁也真是想不出什麼好應對來，只好含糊過去，卻沒想到這話一說，壽光帝反而不幹了，把臉一沉，冷笑道：「或有差池？夏卿可是說此事尚未查清？按我大梁律令，以捕風捉影查無實據之論而誣告朝廷命官者，該當何罪？」

「割舌黥面，全家發配邊關為奴，後代永世奴籍不脫、不轉、不抬……」夏守仁哆哆嗦嗦地答著話，聲音都顫了。

「這就對了，那十一大罪到底有沒有，那可不是鬧著玩的！」壽光帝冷冷一笑，坐回了御座之上，瞪著夏守仁道：「夏卿，你可真得好好地想一想，想清楚了再來回話啊！」

夏守仁臉色慘白，回話？怎麼回？說有？那是自己彈劾死了自己。說沒有？割舌黥面、全家發配，哪一樣都不是鬧著玩的。

後背已血肉模糊，被架在刑棍上的蕭洛辰，這時候居然笑出了聲，斷斷續續地說道：「哈哈哈……皇上，臣彈劾兵部尚書夏守仁……膽小懦弱、見事不明……糊塗昏庸……其能實不堪勝任朝廷要職，求皇上……速免此人，另……另擇賢能……哈哈哈……」

這等場面下，蕭洛辰的笑聲無異於殿中氣氛蒙上了一層詭異而淒厲的色彩。

夏守仁臉上盡是慘白之色，自己那所謂十一大罪，不過是以前官員們彈劾蕭洛辰的陳詞濫調，至於什麼奸佞亂政，什麼蒙蔽聖聽，更是隨便放在哪個相互攻詰的奏章裡都常見的套話。這麼多年來大家都是這麼搞的，也沒見皇上他老人家有什麼反應啊！

這時候的夏守仁，急得冒冷汗，半天愣是沒有答出一個字來，倒是壽光帝冷笑道：「夏卿若是答不出來，那也不必著急，回去好好想想再來告訴朕也行。哪一天想清楚了，哪一天朕就和你好好聊聊此事。在此之前……蕭洛辰的性命，就暫且寄存在朕這裡吧，不過，他死罪雖免，活罪難饒，明日由大內侍衛押送遊宮昭示，所有的皇子們都要來看。朕剛才說過，皇后、太子亦有責任，這個話是算數的。小古子，回頭給朕擬一道內旨，就照這個意思傳諭內閣百官。」

內旨相當於皇帝的私信，古公公磕頭領命。

壽光帝卻是轉頭向著夏守仁道：「夏卿，你瞧朕這般處理如何？可還對得起卿夜半叩闕跑這一趟？若是沒其他事，朕也倦了，爾等跪安吧！」

夏守仁此刻心中如翻江倒海，哪裡還敢說半個不字？戰戰兢兢地跪了安，出門後心中卻是七上八下，皇后和太子皆受斥責，眼中釘蕭洛辰又被打了個半死，此番豈止是自己單槍匹馬彈劾了蕭洛辰，簡直就是一個人打敗了整個蕭家！

名動天下是一定的，只是，想想皇上看自己的眼神，怎麼就高興不起來呢？

眾人告退後，北書房中自有小太監要把一身是血的蕭洛辰架了下去，卻見壽光帝揮手叫停道：「慢著，你們都先下去，朕有事要單獨審這個悖逆之徒！」

今夜出了這麼多的事情，誰還敢有半點廢話？一屋子人頃刻間走得乾乾淨淨，唯恐自己聽到了什麼不該聽的，北書房轉瞬之間變得空空蕩蕩起來。

壽光帝上前一腳踢在了蕭洛辰的腿上，「起來吧，你這傢伙，還想裝死裝到什麼時候？」

「別踢別踢……很痛啊！」原本看上去有些半昏迷狀態的蕭洛辰忽然發出了聲，不僅出了聲，居然還能一骨碌爬起來，背對著北書房裡的一面大銅鏡轉頭看了看自己的傷，這才苦笑道：「流血也是會流死人的，師父，快給點金創藥啊！」

……

北書房裡，蕭洛辰齜牙咧嘴，面容扭曲，一個勁兒地叫疼。

「啊啊……疼疼疼……嘶……師父，這次您還真打啊，竟下令棍棍要見血，我真是太可憐了……啊啊……」

「閉嘴，就你這副德行，還號稱咱們大梁頭號勇士？說出去真是丟臉，以後別跟人說你是朕的徒弟……你這臭小子還裝？先不說你一身十三太保橫練的硬氣功，單說那兩個行刑的侍衛……嘖！那可是你自己教出來的，要是哪傷得重了，回頭自己抽嘴巴去！要不然，下次朕換個文妃那邊的侍衛來打你板子？」

「別別別，師父，您若讓文妃那邊的人來，徒兒可就真是不死也得扒層皮了！哎喲，好疼……勇士也是人啊，不吃飯也餓，挨了打也疼，受了傷也得跟師父您訴兩句苦不是？」

這段對話若是傳了出去，只怕會驚掉滿朝文武的下巴。

蕭洛辰和皇帝之間居然混到了這等地步，這哪裡還像是君臣，壽光帝居然也是張口就罵，哪裡還有半分平日裡的龍威？

更令人驚訝的是，堂堂大梁皇帝，此刻居然在親手幫蕭洛辰敷著金創藥。

好在這裡是北書房，莫說負責伺候的大小太監如今都已經遠遠躲了開去，便是有誰能繞過外面的重重看守，悄悄過來偷看偷聽，只怕也很難逃得過蕭洛辰這等潛行大家的耳目。

所以，壽光帝這時候可以很放鬆地打趣蕭洛辰，嘲笑著道：「怎麼樣？為國為民的忠臣不好做吧？流言蜚語你得頂著，不白之冤你得扛著，偶爾還得見個血受個傷什麼的，倒是那些投機鑽營之徒做官容易多了……呵呵，朕倒是奇怪，你這腦袋上又是被誰傷的？」

「這個啊，是徒兒在翻牆時一不小心摔的……」蕭洛辰漫不經心，滿不在乎地說道。

「不老實！你這小滑頭不老實……」壽光帝臉上難得出現了一絲戲謔之意，伸手一指蕭洛辰的手上道：「那這個也是不小心摔的？」

蕭洛辰愕然低頭，手上倒是也有傷口，只是這傷口與別的地方不同。

一圈細細的牙印咬痕，異常顯眼。

這傷口正是夜探秀女房時被安清悠咬的！

明知自己被壽光帝看穿，蕭洛辰卻是死扛到底，「這個是從牆上摔下來的時候，意外碰到了一隻刺蝟，被那傢伙咬的！」

「刺蝟？」壽光皇帝笑咪咪道：「宮裡頭什麼時候有刺蝟了？還是能咬傷朕的徒弟的刺蝟？」

「有！有！有！」蕭洛辰一連說了三個有字，忽然嘆了口氣道：「這刺蝟不僅個頭高脾氣大，性子還瘋瘋癲癲的，刺兒更是鋒利得緊，咬傷個蕭洛辰之流，有什麼稀奇？」

安清悠從沒想過自己會被人形容成一隻刺蝟，此刻秀女房中一百多名即將參加終選的女子們齊聚一堂，也絕對沒有人會認為安清悠像一隻刺蝟。

昨晚一夜風雪，雖不大，也算小，天地萬物被妝點成了銀白世界。地上的積雪約有兩三寸厚，恰好能蓋到腳背，遠遠望去甚是讓人歡喜。

「不許掃，誰都不許掃，誰敢掃，本小姐跟誰急！想要在選秀之後被我秋後算帳的，你們就掃一個試試看？」

劉明珠說話的聲音很大，哪裡像個規規矩矩的秀女？

眼看著太監們一個個拿著掃帚鐵鍬要掃雪，登時大急，總督府小姐的脾氣發作，竟是當場喊了起來。一干原本要掃雪的太監面面相覷，別人還好說，這劉家的小姐卻是不好得罪的。

可是，這冰雪覆地，不及時清掃也不行。

眼下太陽已出，積雪會化成雪水，若是冷風一吹，地上便是一層硬邦邦的冰層，到時候再想要剷除，那可就難了。萬一有秀女滑倒摔傷，誰能吃罪得起？

如此進退維谷，忽聽旁邊有人接話：「叫你們別掃就別掃，劉家姊姊說話你們沒聽見嗎？有什麼可遲疑的？都給我閃一邊去！」

循聲看去，卻是夏尚書的女兒夏青櫻了。此刻她不知為何又恢復了那傲氣十足的神態，為劉明珠幫腔……

安清悠眉頭微微一皺，這夏青櫻貌似驕傲，其實骨子裡甚是精明，忽然擺出了這姿態，必有原因，再一思忖她這刻意為劉明珠幫腔的模樣，登時感到不妥，當下走過去拉著劉明珠的手道：「妹妹，這雪地不比別處，若不及時處理，怕就容易給其他人帶來危險。我想妹妹所言的不讓掃，倒也不是真不讓掃吧？想來也就是再多觀看賞玩一下這雪景，只是讓秀女房中的嬤嬤公公們稍等片刻再做處理，可是這個意思？」

周圍的太監們聽到，登時露出感激之色。

那劉明珠亦不是笨人，很快發現自己一時衝動，差點得罪了整個秀女房所有的上下人等。眼角餘光微微瞥了一下夏青櫻，這才故意朝著那些準備掃雪的嬤嬤和太監們大聲笑道：「不錯，便是安家姊姊說的這個意思！我這江南來的土包子沒看過京城的雪景，一時之間有些失態，便請諸位稍等一時半刻就好，每人五十……啊，不，一百兩銀子，就當是小女子的一點兒意思了！」

劉家就是有錢，一把銀票砸了出去，那情景自然又是不同。

太監們齊聲歡呼不提，更有個太監想到劉明珠是個女財主，跑過來討喜湊趣道：「劉秀女若要賞雪，那也不難，咱們這秀女院本是照著吃住一兩千秀女修建的，地方大，院子也大，如今秀女們不過剩下百來號人，十成的地方一成都用不了，大可用繩子在院子裡圍出一塊空地，既安全又可玩鬧，將來不從這裡行走便是。咱們北方人自有北方人玩雪的法子，光看有什麼稀奇的……」

那太監話沒說完，早被劉明珠一把銀票拍在了臉上，「別說了，趕緊動手操辦去！參與操辦的，每人再加一百兩，剩下多少，全是你的！」

這太監所言，確是宮裡面伺候主子們玩雪的方式。場地下面用細土墊了，再從周圍鏟了乾淨的白雪，以人力鋪進去。想要雪多厚就多厚，便是模仿那關外沒膝齊腰的大雪也沒問題，既安全又熱鬧。

不多時，雪場備好，那進言的太監刻意巴結，特意找了兩個力大之人將那雪末高高揚起，迎著陽光一照，登時便出現一片冰晶映出的彩虹，比那水滴雨霧的彩虹更美上三分。

莫說是來自江南，便是京城中長大的秀女們，也未必有這等被奢侈伺候著玩雪的經歷。

劉明珠大聲歡呼，高叫道：「今兒愛玩雪的我都請了，那個誰誰，都給我伺候好了！姊妹們，跟我來呀！」說話間也不客氣，率先帶著幾個很有跟班模樣的秀女直奔雪場而去。

於是，妳拉著我，我拉著妳，竟是變成了一呼百諾之勢。到了後來，誰要是不進去玩耍一番，反倒是不合群。

早先獻計的太監，心裡想著銀票，更加賣力吆喝其他太監，揚更多白雪進場。

忽然不知誰扔出了一個雪球，不偏不倚砸在了一個秀女頭上。那秀女半氣半笑地回過頭來，也是團了一個雪球砸回去，準頭卻是偏了，砸中了另一人。

有些東西一開了頭，便像野火燎原一樣蔓延開來。就像這打雪仗，打到最後，十有八九是不知道誰跟誰打作了一團。不多時，一百多名秀女早就鬧成了一鍋粥，這小小一塊空地裡，到處都是少女們驚叫嬉笑聲。

安清悠安靜地站在場地內一隅，雖想也跟著下去打雪仗，怎奈手指昨夜被劃破了一道口子，一攥冰雪就疼痛，擔心傷口沾雪感染，只好站在一旁觀看。

啪！忽然間一聲輕響，一個雪球不知從哪裡飛來，不偏不倚，打中了安清悠的鼻子。

一陣銀鈴般的嘻笑聲傳來，安清悠發呆、驚愕、茫然、尋覓……繼而勃然大怒。

隨手從懷裡掏出個用來綁香囊的小布條，在手指上的傷口緊緊纏了幾下，這才發狠般從地上抓了一大捧雪，用力攥成了一個硬邦邦的雪球反擊回去。卻聽不遠處一陣驚呼傳來，這才見安清悠哈哈大笑：「切！傻了吧？雪球……不是這麼扔的……」

笑聲未斷，對面四五個雪球一起飛來，安清悠連連閃避，卻還是免不了被擊中，驚叫間卻是高聲說道：「小樣兒，敢砸我，姑奶奶跟妳拚了……」

便在一群秀女嬉笑玩鬧時，外面有太監高呼：「聖旨到！」

可這呼聲卻瞬間淹沒在了少女們的嬉鬧聲中，一個太監捧著一捲黃絹好不容易找到了秀女房裡的秀女，眼前的一幕卻是讓他目瞪口呆。

「這……這……」傳旨太監用力揉了揉自己的眼睛，這是秀女房？眼前這些女孩兒是本應循規蹈矩的秀女，自己不是在做夢吧？

啪！一個雪球突兀地飛來，砸中他那光禿禿的下巴，碎雪順著脖子鑽進他的衣內，冰得他打了個哆嗦……

「反了反了，欽差也敢打，成何體統？還有王法嗎？」傳旨太監一邊從領子內往外掏雪渣子，一邊不停地喝罵著。

尖利的太監嗓門兒終於引起了注意，秀女們登時從瘋鬧的狀態中回過了神來。

看到傳旨太監手中那金色的九龍黃絹，有人嚇得臉都白了。

「秀女不知好好靜心備選，居然還這麼不知所謂地胡鬧，知道這是什麼地方嗎？這是宮裡！妳們家裡都是怎麼教妳們規矩的？還懂不懂禮數？這……這圍出塊雪地是誰搞出來的事情，給咱家站出來……」傳旨太監暴跳如雷，蹦著高地尋找所謂的主謀。

劉明珠倒是敢作敢當，站出來笑道：「這位公公如何稱呼？小女子劉氏有禮了！我便是這塊雪場的始作俑者。終選一推遲就是好幾日，昨兒又是下了一天的雪，姊妹們實在是快悶出病來了。好不容易出了太陽，尋點兒耍子罷了，若是哪裡衝撞了公公，還請您大人有大量，不要和我們這些小女子計較。」

「不計較？哪有那麼容易不計較？咱家可是來傳旨的……」

傳旨太監正要接著罵，忽然覺得劉明珠有點眼熟，再一細想，背上冷汗淋漓而下。

在宮裡做事，什麼人能惹，什麼人不能惹，那得是心中要有數的。

這傳旨太監姓郭，也是在宮內有年頭的人物了，初選之時還是太監評審團中的一員。這幾個關鍵的秀女，郭公公自然是早就認過臉照過面。眼前這個劉氏，可不是一般的劉氏，那是東南六省經略劉總督的那個劉氏。

想抓這個劉氏的小辮子？那不是找死嗎？

郭公公這時候只覺得背脊發涼，好在他腦子轉得快，語調一轉，後半句話變成了：「咱家可是來傳旨的！瞅著劉秀女的面子，不計較也不是不可以，可是妳們誰砸了咱家一雪團，總得有句話，妳們連個應聲的都沒有，這也太不成體統了……」

要說這郭公公人到中年，卻也不過是小小的頭目，連個高一點的管事都沒混上呢，這時候還玩色厲內荏那套，想找臺階下，純粹是他自己犯渾了。

他這邊話音剛落，那邊已經有人站了出來，傲氣十足地應道：「我砸的！怎麼著？」

拿眼看去，郭公公這下可是臉更白了。

這出來說話的居然是夏家的秀女夏青櫻！

聽說昨兒晚上夏尚書夜半叩闕，孤身入宮，單槍匹馬可是把整個蕭家都擊敗了，這才有了今兒這份內旨。

人家夏尚書現在可是炙手可熱，聲勢直追首輔李閣老，自己想在這家頭上要句軟話，省省吧！

郭公公瞅著夏青櫻憋了半天，這才費勁地憋出了一句：「沒事兒，就是問問！」

這話一出，下面的秀女已經有人抿嘴偷笑了。

倒是安清悠暗暗奇怪，那郭公公挨砸之時，自己可是恰好瞧得清清楚楚。夏青櫻剛好因為腳下一滑摔了一跤，哪裡有功夫去捏雪球砸人？這夏青櫻從複試開始老實了幾天，怎麼又故態萌生了？不過，這次她好像針對的並不是自己或者旁人，而是……劉明珠？

「怎麼可能？李、劉、夏三家不是一路的嗎？嗯……這劉家的做派倒和其他兩家頗為不同，難道他們之間也不是鐵板一塊？」

安清悠心中暗暗想著，眼前卻沒有更多的時間和線索讓她好好分析這件事，因為郭公公終於記起了他的職責，尷尬之間，連忙把手一舉，嘴裡高聲叫道：「聖旨到，秀女房諸秀女接旨聽諭。」

「吾皇萬歲萬歲萬萬歲！」

這傳旨太監喊出某某某「接旨」和「接旨聽諭」的意思完全不同。

前者是說皇上有聖旨專門給你，讓你按照聖旨中的交代去執行；後者卻是告訴你，皇上有什麼說法想讓你知道，和聽廣播、看公告之類的相似。

秀女房的消息遠不及宮中其他地方靈通，除了少數幾人之外，郭公公一句「接旨聽諭」，倒讓不少秀女心中一動，難道是宮裡出事了？而且所出的事情恐怕不是小事，否則怎麼能連秀女房都要來傳消息？

各自心中揣測之際，只聽郭公公宣道：「皇帝曰：古來天家皇室，行事當為天下表率，雖小事亦大，不可不自省也！今有皇室外侄蕭洛辰者，行事不羈，狂妄悖逆，著，罰……」

這道聖旨一念出來，開頭並沒有「奉天承運，皇帝詔曰」之類的文字，而是用的「皇帝曰」這樣的語氣，顯然是一道小範圍內抄送傳發的內旨。可饒是如此，秀女中的大多數人還是變了臉色。一直以來順風順水的蕭洛辰居然被皇上重罰了？聽聖旨中說，是被廷杖打了個半死，還要在宮內各處示眾。

更令眾女吃驚的還不是這個，而是在這道內旨之中，居然連皇后和太子都跟著挨了訓斥，這可是多少年不曾聽說過的事情。一些對朝政比較敏感的秀女，此時已經在盤算著由此究竟會引發什麼，自己的娘家又該如何自處這類的事情了。

安清悠自是知道御前官司的事，可饒是如此，這當口聽了消息，也不禁心驚。雖說蕭洛辰這傢伙是吊兒郎當的混球一個，但他畢竟還算幫自己做了點兒事，比如擺脫睿親王逼婚什麼的。比之文妃那邊亂許承諾，轉臉就不認帳的做派可是好太多了。

昨天晚上究竟出了什麼事？怎麼一夜之間，蕭洛辰那個混球就倒了楣？

還有，皇后、太子俱受訓斥，這可是天大的事，難道蕭家整個翻了船？還是皇上真要對太子動手？若是睿親王真的上位，那……

安清悠越想越心驚，再偷眼瞧那跪在一邊的李、劉、夏三家秀女，雖然神態不同，卻是沒有太多驚訝之色，都是一副早知如此的樣子，顯然是各有各的消息來源，早就知道了。

這倒讓安清悠又把心放下來了一點，再次瞧了瞧不動聲色的劉明珠，這個新認的乾妹妹最近和自己越走越近，倒和夏家出現了點互不對盤的苗頭，更何況她早前欠了自己不少人情，大家交換一點情報，應該不難吧？

「……古人云，宮中府中，俱為一體。凡我皇室宗親者，亦應上體祖宗規矩之意，下有多聞己過之心，唯慎獨之道，明誡毅之舉……方為守正之道，欽此！」

這一通聖旨傳完，眾女磕頭高呼萬歲才散去，只是，有人高興，有人黯然，尤其是那李家的秀女李寧秀，身邊多了幾圈的人。皇后被責，文妃那邊更是水漲船高，這可是文妃娘娘的親侄孫女，此時不巴結更待何時？夏青櫻那邊亦是行情看漲。一陣消息好像恰逢其時地掃過秀女房，兵部尚書夏大人孤身入宮，給了整個蕭家重重一擊的故事，瞬間就變得為人津津樂道起來。

倒是劉明珠那裡雖然也多了人追捧，可是聲勢比之李、夏兩家就略有不如了。

安清悠知道此刻絕不能著急，便在一邊慢慢等待，可是命運似乎偏偏喜歡和人開玩笑，連收集訊息的機會都沒給，便在眾人議論紛紛之時，忽然又有一個太監一路小跑地奔來，高聲叫道：「秀女安氏何在？奉懿旨，著汝速至慈安宮，行止伺候，一體唯觀公示之禮！」

這個太監的舉止顯然有點兒怪，傳懿旨哪有這麼邊找人邊大叫大嚷的？可是，這麼一來，卻又有許多人聽得清清楚楚。

慈安宮？一時之間，無數道目光朝著安清悠齊齊射來，還一體觀禮？觀什麼禮？

皇后早一天召見安清悠時，這等目光無不充滿了羨慕嫉妒，可是在這個時候召見安清悠？已經有人面帶嘲諷地冷笑了。

安清悠深深地吸了一口氣，臉色鎮定如昔，走上前行了一個福禮，這才慢慢地說道：「秀女安氏叩請，皇后娘娘千歲千歲千千歲！」

慈安宮中，蕭皇后端坐其中，兩旁居然頗為熱鬧。她執掌六宮多年，身邊自也少不了親近的嬪妃，此刻下首桌椅排開，卻是珠鬟彩衣，團花錦簇，對坐了不少的人。

◉ ◉ ◉

近日裡，文妃攻勢一浪高過一浪，這些親皇后的嬪妃們心中自也忐忑不安，只是此時人在慈安宮裡，誰也不敢有什麼異樣，一個個倒都是板著一張臉。

安清悠走進慈安宮中，亦是微微詫異。

蕭皇后在這等敏感時分忽然公開召見自己，又擺出偌大場面，這卻是個什麼緣由？

安清悠心中困惑，舉止越發小心翼翼。

上前向蕭皇后和諸位貴人行了禮請了安，卻不見有小太監或是宮女之類的人物將自己引到一旁，這卻是要作何？

蕭皇后坐在主位上，面無表情，打量安清悠幾下，口中淡淡地道：「秀女安氏，妳可知錯？」

饒是安清悠再怎麼鎮定，碰上皇后忽然拉出了這等問罪陣仗，也是微微愕然。

幸好只是一瞬間，安清悠便迅速恢復了常態，躬身低頭答道：「回皇后娘娘的話，民女自進宮以來，循規蹈矩，不敢有半點兒行差踏錯，若說民女犯了錯處，卻又不知是哪一條哪一件？還望皇后娘娘明示！」

昨日還親切溫和的皇后娘娘，今日忽然變了臉色，安清悠自進宮以來看過不少類似的事，對這般情勢也不是沒有心理準備，便沉住氣回了話，卻聽旁邊一個太監大聲喝道：「大膽！小小一個秀女，在慈安宮中還敢狡辯！早早認罪伏法，娘娘念妳年少無知，或可從輕發落，若是再胡言亂語，登時便讓妳性命難保！」

周圍一干嬪妃們卻有不少人微微變臉，如今文妃的攻勢一浪高過一浪，誰不知道萬歲爺剛下了旨意，蕭家可以說從上到下都沒落著好，這時候特別召見個小小秀女，還當眾挑錯問罪，又是什麼意思？

卻見安清悠穩穩地站著，似乎在思索什麼，眼睛忽然不知道為了什麼亮了起來，對著那呵斥的太監慢慢地道：「這位公公，民女實在是不知所犯何事，便是性命難保也須有個理由好死得明白，要不……請公公給句明言？」

這話一出，兩旁的嬪妃們已經不是變臉，而是大驚了。

在皇后面前，哪裡有妳一個小小秀女反問的餘地？

難道皇后真是勢衰於斯？

那開口呵斥的太監目瞪口呆，他也是在宮裡當差多年的人了，此時雖有些狐假虎威之意，那也是平日裡做這等事做得慣了。被安清悠驟然這麼反問，他還真不知道該怎麼說話了才是。

他不過是看著皇后問話，跟著在一邊作態而已，安清悠錯在哪裡還真說不上來，心下不禁念叨著：「這安家的秀女可是瘋了不成？在皇后娘娘面前還敢這般做派！居然還問咱家她錯在何處……這個這個，叫咱家怎麼答？」

呵斥間被反問了一句，憋了半天，這太監愣是沒有下文。

「秀女安氏，本宮看妳前幾場驗選還算有些表現，本覺得瑕疵雖多，終究還算是個可以調教的，可是今日這麼一看，妳這樣子實在是……唉……」

忽然有人發了話，那太監如蒙大赦，不用回頭，單憑聲音也知道是皇后娘娘身邊坐著的瑾妃。

宮中四妃，文、德、瑾、惠。

這瑾妃雖不似文妃那般身分特殊，但也是高貴之人。

她雖然出身文官體系中的家族，但素來不摻和內宮爭鬥，私下裡倒是和蕭皇后的關係不錯，此時此刻，這種人的意見反倒極重要了。

瑾妃這邊嘆息之聲未落，蕭皇后忽然淡淡地道：「下懿旨，曉諭六宮曰：秀女安氏行止不當，著，其姻秀之選，不入宮中，嫁娶之配，勿以九重內族為婚。」

蕭皇后這輕飄飄的一句話，在許多人耳朵裡卻是如同雷霆霹靂。

這「勿以九重內族為婚」，便是不許安清悠嫁入皇室的九族之列了。

滿場之中，唯有安清悠心中雪亮，也帶了點兒慶幸之喜，眼下的情況對於蕭皇后來說，亟需一個以威勢穩定人心的事情。

眼下既然蕭洛辰和自家老太爺已經達成了協定，自己又真不想進宮，這齣戲不由我來演，又由誰來？至於蕭皇后事先連個招呼也沒打……只怕這等做法是倒有考校之意了。

再一聽這不嫁皇室的理由居然就只有「行止不當」這含糊的四個字，安清悠沒有畏懼，反倒是心中有了底。

偷眼瞧蕭皇后，卻見她猶自對其他嬪妃擺出了一副「本宮今日就是要找個人開刀」的神色，不禁暗暗好笑：這蕭皇后倒還算是有信用，答應了我不嫁皇親，果然辦到，倒不似那文妃滿嘴仁義道德，卻沒有一處落到實在。妳既幫了我一把，索性我也就配合妳把戲做全套好了。

蕭皇后究竟是為了以威勢穩人心地作戲，還是藉作戲順勢履行對安清悠和安家的承諾，雖然難以分辨，但安清悠瞬間和蕭皇后有了默契，極為配合地擺出震驚莫名的樣子，那新進秀女嫁入皇室無望的駭然神色全都表現在了臉上，恰到好處地圓了這個場。

眾嬪妃果然被皇后的威嚴震懾住，一言而決秀女的命運，非六宮之首，無以為之。

而那先前呵斥的太監此時來了精神，不陰不陽地提醒著道：「安秀女，這可是皇后娘娘的懿旨，妳學的東西到哪兒去了？還不謝恩！」

對於這等狗奴才，安清悠懶得理會，不過該做的戲卻是要做足。

安清悠委委屈屈地領了懿旨謝了恩，若能再掉個淚就圓滿了，可惜這眼淚著實不爭氣，死活不肯奪眶而出。

便在此時，忽聽得門外高叫：「示眾者到！眾貴人觀禮！」

這一聲高叫，瞬間轉移了眾人的注意力。

安清悠亦是好奇，早先蕭皇后來傳自己進慈安宮的時候，就曾說到觀禮，到底觀的是什麼？

隨著眾人向門口望去，只見有個人影一搖一晃，在兩個粗壯太監的押送之下，慢慢走了進來，可不正是蕭洛辰！

「罪臣蕭洛辰，請皇后娘娘千歲金安，請各位嬪妃娘娘福安！」

「此次罪臣冒犯了睿親王殿下，罪該萬死，所幸陛下仁慈，未曾加諸極刑，然而死罪已免，活罪難饒。此次所受刑罰，特奉欽命，將這有罪之身昭示宮中。」

古時皇親國戚犯了罪被判示眾的，有所謂「三見」之說，即見內、見中、見外之罰。

其中的「見內」，便是在宮中戴著枷鎖走上幾個重要的地方，在宮中嬪妃、皇子宗室等人圍觀下自陳罪狀，以儆效尤。

眼下蕭洛辰所受之責，說白了就是在宮中反省示眾。

這雖然不是處罰皇親最重的形式，但相對於之前他那等無法無天、無人能治的過往經歷上來看，卻已經是破天荒頭一遭了。

安清悠的嗅覺遠比一般人敏感，此刻距離蕭洛辰雖遠，但那股濃重的血腥氣和金創藥味卻瞞不過她的鼻子，忍不住心中震驚，自己昨夜雖然傷了他一下，但那傷遠沒有這麼重。

蕭洛辰的身手不凡，自己和他不過一夜未見，又有誰能給他弄出這麼多傷來？

彷彿冥冥之中命運不經意間回答了安清悠的疑問，忽聽得遠遠地傳來一連串的高叫聲：「三皇子昌親王、四皇子臨親王、七皇子臧親王、十皇子坤郡王……西禧宮文妃娘娘到！」

文妃來了。

不但來了，還擺出了一個比皇后更強大的陣容。

站在她身旁的可不是皇后娘娘身邊的這些後宮嬪妃，而是實打實的皇子們。

蕭洛辰受罰示眾，這等事情對於文妃一系的人馬而言，顯然是極為提振士氣的，自是要來大大地圍觀一番。

只是如此刻意晚至，還拉了這麼多皇子來，這陣仗未免擺得太涇渭分明了些？

連安清悠都看出了文妃有意逞一時之強，蕭皇后這等人物又怎麼會看不出來？

再看文妃身邊不僅是皇子們一字排開，他們的生母嬪妃也都是出身大梁文官世家的豪門大族，此刻自是站在文妃的身旁。

林林總總，人數雖不如蕭皇后身邊的人多，但勝在地位顯赫，後宮四妃中除了瑾妃站在皇后旁邊，德妃、惠妃等人卻都和文妃落在了同一陣線。

「見過皇后娘娘，千歲千歲千千歲！」文妃領頭，站在她那邊的嬪妃和皇子們紛紛跟著躬身。

好強！這文妃的勢力似乎比外界傳言的更加強勁。以如此明晃晃的陣仗和皇后分庭抗禮，這和逼宮有什麼兩樣？以這位西宮娘娘的頭腦手段，自然知道這是古來皇宮中最大的忌諱，可是她卻敢於做得如此明目張膽……難道是身後的勢力已強到了這個地步？若是如此，皇后那邊可就麻煩大了……

對於這場皇宮大內的后妃之爭，安清悠完全沒有興趣，這時候就感覺到安老太爺那油鹽不進的性子給自己帶來的好處了。

對於自己這樣一個小小的秀女來說，無論被捲進哪一方，都是被人拿去當籌碼用而已，恰恰是這樣處在一個不摻和進去的位置，才能夠自保，還可以用一種旁觀者的目光觀摩揣測。

我怎麼開始提皇后擔心了？

安清悠猛然多了警醒。

看著皇后好像是什麼也沒做，頂多也就是先不疼不癢地和自己閒話家常，再弄了個很彆腳的場面，履行了讓自己不嫁皇親的承諾，可是不知不覺間，自己似乎就有了傾斜，而且是很明顯地傾向蕭皇后那邊。

無招勝有招啊！大內高手，果然沒一個省油的燈！

想起這不省油的燈，安清悠下意識瞥了一眼蕭洛辰。

這傢伙今天可是來被宮中眾人圍觀的，別人受罰受刑都是一副低頭認錯的樣兒，這廝居然還能沒心沒肺地笑出來？

這得沒臉沒皮到了什麼程度才能做到？這貨沒救了……

如果不是當著這麼多的人面，安清悠其實很有代表月亮給蕭洛辰翻個白眼的念頭。

便在此時，蕭皇后忽然發話道：「秀女安氏，到本宮近前伺候！」

這話一說，無論是站在蕭皇后下首的，還是文妃身前的，皆都是大吃一驚。

下面嬪妃皇子們跪了一地正在問安行禮，蕭皇后連禮都不回，卻先選了這區區一個秀女說話，把那一地的嬪妃皇子們晾在當場。

唯有文妃卻是微微一笑，蕭皇后這一晾人，她心裡反倒踏實了。

自己帶了這麼一個陣仗來到慈安宮，蕭皇后就算是為了維持自己的威信，多少也得做出些反擊的姿態。若真是當場發作，有個什麼大動作，她這番高調或許會弄巧成拙，如今皇后只是這等晾人擺臉色的小把戲，反倒暴露出了她的沒底氣。

「民女謹遵懿旨！」

那邊文妃露笑，這邊安清悠沒有遲疑。

畢竟現在文妃就是再如何攻勢猛烈，見到皇后還不得跪著？自己作為一個旁觀者，就更不用做什麼出格的舉動。

安清悠老老實實地在蕭皇后身邊垂手而立，蕭皇后卻似關注她比關注那些嬪妃皇子更甚，緊著瞅了兩眼安清悠，這才像想起什麼來似的，對著下面的一干人等不緊不慢地說道：「都起來吧，今兒既是皇上的旨意，大夥兒就一起觀禮便是了，各自尋了座位坐下吧。」

宮裡就是宮裡，怎麼說話怎麼回應，其實都是有標準答案的。

剛才文妃行禮的時候只說「皇后娘娘」，而不稱「皇后姊姊」。皇后回話裡則連文妃的名字都沒提，雙方的暗示其實已經昭然若揭。

許多人心中長嘆，知道蕭皇后和文妃之間再也沒有什麼面子情可言，只剩下對著幹了，卻不知這神仙打架，下面有多少無辜的人等會被捲入？

忽聽有人長笑道：「該到的都到齊了，該見的面也都見了，咱們是不是趕緊行了皇上吩咐下來的差事？」

眾人拿眼看去，這說話的人居然是蕭洛辰！

原本大家是來看他認罪低頭的，怎麼他倒是活躍起來了？

雖說他如今是罪臣，可是張口閉口皇上吩咐下來的差事，別人還真沒法說他什麼。

蕭洛辰這一開口，眾人齊刷刷朝他望去……

蕭洛辰大模大樣地咳嗽了一聲，高叫道：「奉聖旨，罪臣蕭洛辰反躬自省，低頭認罪！」

「吾皇萬歲萬歲萬萬歲！」周圍的一圈嬪妃皇子的腦袋，比低頭認罪的蕭洛辰壓得還低，碰上奉旨的，這就是規矩！

「話說自入冬以來，天氣寒冷，尤以我大梁京師一帶，蓋以為數十年來未有之嚴寒。此事有欽天監為證，人言是哈氣為霜，灑水成冰。那一日罪臣我，便是在這樣一個入冬的大雪天去到了左都御史安老大人的府上。孰料，無巧不成書，睿親王殿下身著一套紫行袍衣，頭戴紫金冠，好一派英姿颯爽少年郎的扮相……」

蕭洛辰口才本好，當眾認罪自省這種事情自然是難不倒他，可是同樣的事情從他嘴裡說出來，卻怎麼聽怎麼不是一個被示眾的味道，倒與那茶館裡說書先生的腔調差不多，彷彿他不是來認罪，而是來說故事的。

在場的人瞪大了眼，你瞧瞧我，我瞧瞧你，心說這是認罪，還是說書呢？

瞪眼歸瞪眼，卻是沒一個站出來指責蕭洛辰的。

為什麼？宮裡頭規矩大啊！

皇后統領六宮，又是這慈安宮的主人，她不肯開口挑蕭洛辰這等行為的錯，別人站出來算是怎麼回事？如若是真敢站出來罵蕭洛辰，這叫逾行罔制，可以亂棍打死。

不少人偷偷向著蕭皇后望去，果見這位六宮之主眼觀鼻，鼻觀心，坐得踏實。再看文妃一副面無表情的樣子，顯然是心中雖不滿，但礙於宮中規制卻也無可奈何，半句話都說不得。

得了，這兩位神仙娘娘都沒怎麼樣，我們這些看熱鬧的小鬼著哪門子急？不就是聽說書嗎？反正在宮裡頭也沒別的事兒可幹，聽說書好啊！

文妃那邊沒人出頭，蕭皇后這邊就更沒人出頭了。大夥兒一起排排坐吃果果，板凳上頭聽說書，倒是惹得蕭洛辰心裡冷笑連連：「秀才造反，三年不成！」

這些文妃那邊帶來的嬪妃也好，皇子也罷，說白了，這些人背地裡下絆子打悶棍的，什麼陰招都可以使，但是人前卻絕對要顯示自己的教養和風度，不會做亂了行止的事情。可這等教養和風度，碰上蕭洛辰這豁得出去臉的，只能莫可奈何。

蕭洛辰話鋒一轉，言道：「……話說至此，漫天風雪之下，小風颼颼地颳，地上雪過腳面，可謂是老天爺不開眼，睿親王凍得直哆嗦啊！好不容易到了那酒樓，沒兩杯下去，只聽得哐噹一陣亂響，您猜怎麼著？倒了！可嘆金枝玉葉卻未必身強體壯，睿親王這身板兒可實在是不頂事啊……」

蕭洛辰說至此處，卻把重點放在了睿親王身體單薄，不夠強壯的點子上了。

文妃心中大驚，古往今來，從來沒有一個皇帝願意把皇位傳給身體不濟的皇子的，蕭洛辰當著這麼多人高調宣揚睿親王體弱，這帶來的麻煩可大了。

文妃微微變了臉色，知道不能任由蕭洛辰就這麼胡亂編排。

文妃一咬牙，正要出聲喝止，卻不知那邊蕭洛辰早就一直注意著她，從她眼中驚異之色一閃而過，便知道她接下來必有行動，當下話鋒再是一轉，說道：「當日情況便是如此，罪臣冒犯睿親王，實是罪無可赦，幸虧皇上有仁恕之心，只命罪臣示眾認錯。請諸位貴人多加指點，以正皇室之綱。」

這就完了？

文妃原本腦子轉得飛快，瞬間已是想到了四五種批駁蕭洛辰的法子，卻沒想到這傢伙突然來了這麼一手，登時就像一拳打在了棉花上，說不出的難受。

偏偏這蕭洛辰還不滿足，先對蕭皇后行了禮認了錯，又對著文妃打躬作揖道：「文妃娘娘，您看罪臣這番反躬自省，可還使得？」

文妃心裡極是彆扭，剛才蕭洛辰說到一半，呵斥打斷正當其時，可是現在這認錯的事兒辦完了，自己再說不好？那這無賴肯定便問哪裡不好了？

難道自己把他講睿親王身體不好的問題再提出來一遍？

那只怕反倒坐實了這個指控，別人還以為自己欲蓋彌彰呢！

躊躇了半天，文妃只好保持著她那面無表情的模樣，慢慢地道：「哼！一般吧……」

文妃這話說得含糊，可蕭洛辰不管這套，直接一句話架了上去，高聲叫道：「文妃娘娘眼光高銳，能得娘娘說一句一般，罪臣何其幸哉？」

說完，也不管文妃是什麼反應，逕自向下首一群人跑去打躬作揖道：「奉皇命，宮內示眾，瑾妃娘娘，您看罪臣這套反躬自省可還使得？……罪臣可是好久沒來宮裡向您請安了，您這倒是清減了，罪臣家中剛好有關外弄來的百年老山參，帶著鮮土整個運過來的……回頭給您孝敬幾根兒過去？」

「奉皇命，宮內示眾，十爺，您看罪臣這套反躬自省可還使得？……您可是新封的郡王，多少得給罪臣說上兩句指點一下吧？對了，您這郡王什麼時候開府啊？罪臣還琢磨著到時候怎麼著也得備上一份厚禮啊！聽說湖廣那邊新來了個戲班子不錯……對對對，就是現在滿京城各府都搶著唱堂會那個，您開府的時候罪臣給您帶過去唱一場，保證您愛聽！」

「奉皇命，宮內示眾，罪臣……我的天啊，德妃娘娘，您怎麼也來了……」

蕭洛辰這人浪蕩不羈，平時裡看似遊手好閒，滿處亂竄，卻有一般好處，就是在宮裡宮外人頭多路子熟。他本就是天子門生，到了哪裡人家便說不喜他，也不會輕易與其交惡。

一來二去的，這皇親國戚們卻最是臉熟，此刻文妃和皇后再怎麼挑明了水火不容，卻擋不住蕭洛辰和兩邊的人馬都有來往。他又是上來先說一句奉皇命，弄得人家不跟他說話都不行，只是一張嘴搭話，便不知不覺就被蕭洛辰帶跑了題……

最早被蕭洛辰求問的文妃，反而被早早撇到了一邊。

此刻文妃說話也不是，不說話也不是；走也不是，留也不是。

文妃怒極，真沒想到蕭洛辰竟然真敢這麼幹，生生把這認罪示眾變成了一場閒話家常。

這小子每在下面找一個人在那裡顛三倒四地胡侃一番，就彷彿在自己的臉上狠狠打了一巴掌，怎能不叫文妃怨憤無比？

「奉皇命，宮內示眾，那個……安秀女，您看罪臣這套反躬自省可還使得？」

蕭洛辰在下面兜了一圈，逮著誰就有的沒的胡侃兩句，不多時，居然轉到了安清悠邊上。

安清悠看了他半天，童心忽起，嘆了口氣道：「蕭大人奉旨辦事，我一個小小的秀女又怎麼敢妄自評論？只是奉旨認錯奉成了這樣，不知皇上知道了，又會怎麼看？」

蕭洛辰微微一窒，沒想到安清悠會這麼說，一句話就戳到了問題的核心。

不過，蕭洛辰畢竟是蕭洛辰，這種難題根本難不倒他，隨便打個哈哈，說上兩句論上自有論斷，罪臣不便妄自揣測云云。

卻不知旁邊的文妃聽見了，不由得呆住。

對啊，皇上雖然從皇后到太子批了一溜，但是單看這蕭洛辰猶在此時尚敢胡耍，我們李家的判斷，到底對還是不對？皇上……皇上這段時間裡應該一直是支持我們李家的吧？若非如此，我那當首輔的兄長又為什麼要指示我在宮中如此高調？

文妃暗暗給自己打氣，若不是她那位作為當朝首輔大學士的兄長反覆擔保此事可成，她還真未必有那魄力膽敢如此行事，只是歷朝歷代裡，大家族派往宮中的女子，又有多少說犧牲便被犧牲了？

文妃乾瞪眼地看著蕭洛辰和安清悠在一邊隨意說著話，忽然有些羨慕起安清悠來。不入皇室九重內族，或許這樣的女子反而要比自己幸福得多了……

文妃從記事起，便以身為李家的一員為榮。

雖然入宮久了，也會隨著其他人一般說些宮中虛偽齷齪之類的感嘆話語，但在她的內心深處，始終是把自己當成李家在宮中的一桿旗幟。

也正因為如此，文妃在高調示威這類事情上才做得加倍賣力。

雖說今日蕭洛辰胡攪了一通，把個示威觀禮變成了大堂會，但是小處難動大局，蕭皇后那邊實際上並沒有什麼有力的回擊。總的來說，形勢還是朝著自己這邊發展，倒是安清悠一個小小秀女無意間的一句話，卻是觸動了文妃的心思。

只是，文妃這種女人，或許會有片刻的感慨，卻絕不會一直陷在這種情緒之中。

眾人各自散去之時，她回到自己的宮中，左思右想，卻怎麼都覺得這件事不太對勁兒。

那蕭洛辰看似輕浮，但畢竟是皇上教出來的，忽然來了這麼一手，倒真有些讓她摸不準脈了。

正在文妃心中不舒服之際，卻又聽有人來報，說是李大學士的夫人蔣氏進宮來探望了。

「臣妾參見文妃娘娘，文妃娘娘千福金安！」

那蔣氏身為當朝首輔李大學士的正室，早就得了一品誥命。

她的年紀比文妃大，又是文妃的大嫂，只是多了這麼一層皇室的身分，反倒要向文妃行禮。

兩人落座說話，蔣氏句句不離最近幾日形勢大好之勢，又和文妃私下密談了最近文官一脈準備集體上書，彈劾太子庸碌失德等等諸般事，讓文妃多關注些宮中的風向變數云云。

這等事情在歷史上原本屢見不鮮，皇上若要廢太子，十個裡倒有九個半是不肯自己尋那太子錯處的，總是需要由下面的官員們上書列出各種罪狀和不堪之處。

這類事既不新鮮卻又是機密，文妃是李家最為核心的幾個人物之一，自然要提前打上招呼通好了氣。兩人密談了一陣子，蔣氏眉飛色舞之間，興奮至極。

……這麼快就要上書彈劾太子？會不會太急了點兒？

文妃暗自吃了一驚，沒有想到此事來得這麼急，隱隱地老是覺得有哪些地方不妥，卻又說不上來什麼。

蔣氏自當也把文妃吃驚的目光看在眼中，可她似是早有準備，當下言道：「按說這等事情自然是要從長計議，可是皇上那心思脾氣，娘娘比相爺更清楚。這次好不容易露出了些批蕭家、批太子的苗頭，這等機會怕是機不可失，時不再來，萬一過了一陣，皇上又轉了心思……」

文妃無奈地點了點頭，縱使她自己覺得不妥，李家的其他人也未必這麼想，攀附著李家那些大大小小的官員們更是未必這麼想。

這麼多年來，蕭家第一次從上到下被皇上點名斥責，許多人已是大喜過望，巴不得一腳快點兒將這個門檻邁過去，容不得她在此時再猶豫半分。

史書上多少次太子廢立就是從外戚倒臺開始的，再不動手，只怕真是那天一般大的機會就這麼從手邊溜走了。

縱然她出身李家這個大梁第一世家，縱然做到了所謂的四妃之首，她終究是個女子，超越不了她那個作為皇帝的丈夫，也同樣無法超越娘家的決定。

望著對自己恭敬說話的蔣氏，文妃忽然明白了一件事，她並不是來和自己商量的，而是來對自己做通知的。

「好吧，既然家裡已經定了，我自當出力便是。只是，那彈劾參奏之事卻是都察院的職責所在，如今安家不肯挑頭，誰都沒有辦法，就連皇兒親自上門都被整治了回來，你們就真的有把握？」文妃答應了這事，可也清晰地表達了自己的意見。

蔣氏微微一笑，慢慢地說道：「娘娘豈不是忘了？按我大梁官制，六品以上的官員皆有上摺面奏之權。其他人彈劾雖然不如都察院力度強勁，可是蟻多尚且咬死象，更別說是這麼多大臣，何況……」

蔣氏說到這裡停了一停，搖頭微笑之間，臉上竟是有幾分得意之色，「何況那安家也未必就是沒縫兒的蛋，前日夏尚書進宮打那御前官司大獲全勝，消息傳到了宮外，倒惹得江南一個外省進京的知府前來跑咱們李家的門路。那知府姓沈，兒子卻是個得了這屆新科榜眼的，眼下正和安家商量聯姻的事情，這次還求我捎過話來，說這次安家的女兒若是選秀不進皇室，想求娘娘給個恩典，指給他家。此事若成，安家的事情大可著落在他家身上了。」

「哦？還有這等事？姓沈的知府……可是那江浙巡撫的沈家？」

文妃有些意外，凝神一想，登時想起了那沈家的來歷。

眼見蔣氏肯定地點了點頭，文妃不由得笑了，「如此這般說來，此事倒簡單了。若是安家能夠出頭，參奏之事自然算得上是有了十足的把握。我老看著安家那秀女油鹽不進，年紀雖小，卻又讓人覺得古怪，原來還真是個不願嫁進宮裡的。我說皇后那邊怎麼會罰她不入九重皇族，敢情反倒是賣了安家一個面子？這丫頭命好，不用在宮裡這等齷齪無奈的地方周旋……」

文妃在這裡無可無不可地說著話，蔣氏那邊卻聽出了這話裡的某些異樣，瞧了瞧文妃的臉色，這才小心翼翼地試探著問道：「娘娘既這麼說，可是之前和那安家的秀女有過什麼……」

「還能有什麼？之前不就是安老大人做壽那一次，拿她當了個幌子？這件事家裡又不是不知道，還能有什麼？」

想到安清悠進宮這麼久，卻始終沒有被自己控制，文妃有些鬱悶。可是，當著蔣氏面前，不願讓人以為自己拿不下一個小小的秀女。

蔣氏見文妃的臉色略有不悅，不敢再對此事多言，而文妃作態打斷了蔣氏的話，卻是輕輕巧巧把話題又轉向了別處：「沈家的子弟……呵呵，那沈雲衣是新科的榜眼，才學卻是連皇上都甚為喜愛的。我替她指了這個婚，倒是她的造化了。只是，聽說那沈雲衣中試之前便一直在那安家借住，倒不知這對小兒女之間是不是早有了情愫？罷了罷了，成了這段好事，也算是積點德吧！」

文妃轉變了話題，蔣氏也是順水推舟，迎合著說起了話。沒想到，一來二去之間，居然在這等話題上越談興致越高，兩個大梁朝中一等一的女人，倒是反覆推敲起安清悠與沈雲衣之間到底有沒有早定私情起來。

「娘娘……皇上來了！這當兒已過了萬壽殿，據說是要往咱們西禧宮的方向來！」

兩人說得正熱乎，一個小太監忽然來報。

那蔣氏一見之下，知道這是文妃埋在宮中其他各處的眼線前來報風，連忙行了禮便要告辭，卻見文妃隨手攔住她，淡淡地道：「這當兒倒也不忙走，夫人就在我這西禧宮裡隨便找一處偏殿多待上一陣子。既是皇上來了，我便順手把這指婚的事情提上一提，左右敲出個定數來，再請夫人帶個信兒回去，豈不更好？」

蔣氏見文妃說得如此有把握，心中大喜，逕自謝過後便隨著小太監去了偏殿的一處側房中相候，卻沒留意到文妃在這一瞬間，眼裡竟有一絲怪異的嘲弄之色。

文妃在這後宮多年，退可以恭敬忍讓幾十年，進可以逼得皇后如此狼狽不堪，豈是普通人物？看人尤其是看男女之事的目光犀利無比，她和安清悠的接觸雖少，卻能判斷出此女十有八九並未有什麼情郎。

她性子外柔內剛，不願嫁進宮裡，最有可能的原因，只怕是想自己覓個意中人。

至於那沈家……呵呵，當她是傻子不成？若安家願意聯姻，安清悠自己也願意嫁，他們沈家又何必走自己這邊的門路？

不過，無論如何，有人能搞定安家，自己也能省心省力。更何況，這宮裡的指婚，又哪裡是一個小小的秀女所能抗拒的？

一想到要讓一個女子去嫁一個她肯定不想嫁的人，文妃忽然有一種莫名的興奮與快感。權力！這就是皇宮給一個女人帶來的權力！

安沈兩家便是這朝中重臣卻又如何？還不是一句話的事情！

當然，想法子遞個話，讓皇上點頭，那就更是板上釘釘了……

送走了蔣氏，文妃眼睛裡冒出了些詭異的閃動。

「皇上駕到！」

門外一聲高唱，文妃的臉色瞬間變得正常無比，那知書達理的賢淑之態又回到了她身上。身子半蹲半躬地立在明黃緞子的寬大椅子左側，低頭順眼之間，雖然只能看見地面，可是耳朵裡聽著那熟悉的腳步聲一步一步走進自己的宮殿，臉上浮起了柔弱溫順的笑容，婉約地說道：「臣妾恭迎萬歲，萬歲龍體金安！」

◉　◉　◉

「不是都把皇后那邊擠得手忙腳亂了嗎？這時候給個秀女指個婚，娘娘隨手打發了便是，怎麼還要把事情弄到皇上那裡去？這豈不是多此一舉……」

西禧宮的側殿之中，一個頭髮花白的貴婦人有些不耐煩地踱著步子。

此人正是李大學士的夫人蔣氏。

她雖不是出身宮中，但是憑著李家的背景，多年來也沒少以命婦的身分在後宮之中行走。知道這皇上駕臨嬪妃所在的宮闈，除非用餐或是留宿，否則哪會停留這麼長的時間的，難道這裡頭有變數？

蔣氏想來想去，忽地一個古怪的念頭湧了上來：難道……娘娘還沒對這宮裡的事情掌握到十拿九穩的地步，否則為什麼要扯上皇上？

這個念頭一出，便如開了閘的洪水般不可抑止。

蔣氏越想越亂，忽聽得遙遙一聲金鐘聲，隱約還伴著太監們「皇上起駕……離宮……」的尖利聲音傳來，猛一抬頭間，忽見一個太監三步併兩步地走了進來，正是西宮的總管太監，文妃身邊的頭號親信侯公公。

侯公公步子邁得雖快，臉上卻反而帶著點兒傲色，敷衍般的向蔣氏躬身作揖，這才哼哼唧唧地說道：「李夫人，娘娘派咱家來給您傳個話兒，說是那安家秀女的指婚之事已是成了，回頭選秀終試之時便會指了下去，要嫁的自然是沈家，讓您得了這消息也不用惦記著了！」

「娘娘出手，哪裡還有不成的？」蔣氏連連稱是，心裡嘀咕歸嘀咕，可是當著侯公公這等文妃的親信面前，哪裡肯露半點兒疑惑之色？

只是，侯公公話卻還沒說完，看著蔣氏這等模樣，居然還敢蹬鼻子上臉，輕哼了一聲，繼續說道：「娘娘還說，那姓安的秀女最近似乎和皇后那邊走得近，為了防備此事再有變數，這才把事情弄到了皇上那裡。如今萬歲爺已經開了金口點了頭，若是皇后那邊再有人想翻此事，那就成了自己往皇上那邊頂著幹，到時候若再有人被皇上罰了砍了……嘿嘿，不知道李夫人開不開心？」

「開心！當然是開心！」

「果然這娘娘就是娘娘，不光是定了那安家秀女的指婚之事，居然還能給皇后那邊挖了這麼大的一個陷阱？當真這宮裡的就是宮裡的，出手就是不同！」

蔣氏從胡思亂想的懷疑一下子變成了滿心喜悅，情緒高漲之間，倒塞了兩張二百兩的銀票在這位西宮大太監手中。

侯公公還大剌剌地推辭了一下，才放進袖口，暗地裡卻琢磨道：果然又是如此，這可都是娘娘的娘家親戚吧？說起來這李夫人還和娘娘是妯娌……但為什麼每次娘娘讓傳話時，卻總是慈言善面兒落不到好？若是來些冷面孔摔臉子的行徑，反而是差事做得又漂亮，這李家人還得死活賞銀子給你呢！

侯公公八歲入宮，如今這混了幾十年好不容易混成了西禧宮的總管，文妃身邊的頭號心腹，自然是早已經學會了不該想的事情便不多去想。

這裡可是皇宮大內，腦袋是留給你吃飯，然後琢磨怎麼伺候主子的，不是用來東想西想的，何況就算是東想西想的能想明白點什麼，又有什麼用？

還不如拿著這白花花的銀子來得實在！

不過，同樣是在宮裡，有些事卻不是說不想就可以去不想的，有時候不但要想，還更要去聽去看，去刨根問底，搞清楚弄明白，比如……

「去給朕弄清楚，今兒文妃怎麼就這麼好的興致，居然插手起安家秀女指婚的事情來？這件事情的來龍去脈，前因後果，朕都要知道得清清楚楚！」

壽光帝從文妃的西禧宮裡出來，一路上坐在御輦上閉著眼睛小憩，等走到了上書房，卻是彷彿隨口般的丟下了這麼一句話來。

今兒在西禧宮中多說了一會兒話，文妃臨到最後貌似無意提起此事，只說是某個安家的秀女和某個沈家的新科榜眼早就郎情妾意，不想因為選秀入宮活生生拆散了一對鴛鴦，有心想促成安沈兩家的一段佳話云云。

那安家的小小秀女究竟嫁誰，皇上他老人家一點都不放在心上，隨口答應了文妃也就答應了，只當作無所謂的事情罷了。不過，文妃怎麼會摻和上安沈兩家的聯姻，這事情卻有些古怪。

壽光帝一眼就看出了其中的蹊蹺之處，文妃越是故作無意，他反倒要徹查。

旁邊伺候的幾個心腹太監聽到此話，大為緊張。

皇上今兒好像和文妃娘娘聊得極好，怎麼臨了倒放下這麼一句話來？可是想歸想，幾個太監既然能夠在壽光帝這等人手下升進了上書房，混成了心腹，此刻沒有一個廢話半句的，萬歲爺要查，那是信得過咱們這幾個做奴才的。

「慢著，這事兒要快，李家不是那麼容易被人查的，咱們這位李閣老李大人的李府，嗯……那邊可不是皇城行查司的那些蠢材能搞明白的，又涉及到安沈兩家和宮裡……算了，其他人都別動，讓四方樓去查！」壽光帝卻似還嫌不夠放心，猶自找補了一句，接著，兩隻手指在龍案上輕輕敲了敲，自言自語道：「李府……」

捌之章 雪夜表白訴情

京城，門樓大街。

作為京城重要的街道，這裡的房子不是一般人有錢就能買得到的。

這裡幾乎彙集了京城最重要的權貴居所，好比當今皇上的親弟弟悅老王爺的宅邸就在這裡。按照標準的皇家規制，每重院落五進，一層層青磚紅瓦的九房大院子加花園疊加進去，占地足有將近二十畝之多。

在京城最繁華的黃金地段，單憑這占地之廣，就足以告訴別人什麼叫做尊貴了。

可是，就在悅老王爺的府邸旁邊，卻是另有一重五進的大宅。

能夠在規制上比照親王的，自然是位極人臣的象徵，可是，這座宅邸的占地面積卻猶在悅親王府之上。府內布局之規整，裝潢之精巧，更是讓旁邊的悅王府望塵莫及。

一副言簡意賅的對聯便立在這座更大的宅邸正門前，上面是一手漂亮的顏體字：

「世世蒙聖恩，」

「代代做忠臣，」

「李府！」

內閣的五位大學士，其他幾位都是按慣例，住在皇上御賜的大學士府中，只有當朝首輔李華年李大學士家，卻是住在李家祖傳的李府之中。

門口牌匾上雖然只有李府這低調的兩個字，卻又遠比那寫「大學士府」的牌匾更強大得多。何況這兩個字銀鉤鐵畫，還是大梁開國皇帝太祖陛下親筆所書。

「遙想當年，太祖皇帝天縱奇才，前朝亂世之中打下了我大梁的萬里江山，可這打江山易，治江山難，要能四海昇平，國泰民安，還需我等文臣多盡心啊！每次看到李閣老府上那塊大匾，我就想起太祖皇帝對文人士子的厚愛，當真是一代英主，後世流芳……」

「兄台所言極是，那些武人粗鄙無文，哪裡曉得這治天下的道理？十個裡倒有九個只曉得利益謀算，不明何為仁義大道，如今皇上似有意動，正是我等應當奮起之時，一掃這等朝中奸佞！」

此刻的李府熱鬧非凡，後花園正舉行著茶會。

朱袍錦帶間，許多官員正自飲酒談笑，期間不時擠兌粗鄙的武夫，卻從不想無武夫之拳，何來今日安穩？

能夠成為李大學士家中賓客的，自然不會是什麼小人物，而此時此刻，這些被稱作文官骨幹的精英們卻難得放下了城府，不約而同閒談起了皇上這兩日的舉動。

批蕭家、批皇后和太子，並不是以前從未有過，但是如此公開下旨，曉諭百官，那味道可就完全不同了。

大家說著談著，卻是有意無意都往某幾位身處李家核心圈子的官員旁邊湊去，至於某幾個和李家有些親戚關係的官員，身邊更是被圍得水洩不通。

「雲衣，你看明白沒有？很多事情你不去爭，那就什麼都沒有！權力如此，金錢如此，女人……也是如此！這些人到李大學士府上來做什麼？一個字，爭！你若不爭，別人便爭，到最後好的都被人爭走了，你那個時候再想爭，又哪裡還能爭得到？」

沈從元坐在李府後花園一隅，邊喝茶邊指點著兒子沈雲衣。

他是外地官員，對於這等京城中的官場圈子雖不算陌生，卻也遠談不上熟悉，索性來個一動不如一靜，反正他沈知府最看重的是李大學士的門路，若是真搭上李大學士，此刻院內紫袍金帶的官員們，只怕倒要來爭著與自己交好了。

「父親說的是，孩兒謹記在心！」

沈雲衣輕輕地點了一下頭，雖然對父親的話語，他心裡未必那麼認同，但他自幼嚴守禮教人倫，父要子亡，子尚且不能不亡，何況這等訓誡？

他是新科榜眼，場中識得他的人反倒比識得沈從元的更多，時不時的有人過來打招呼。只是，這場面應酬也好，沈知府訓話也罷，沈雲衣應對得雖然是規規矩矩，言行中卻總帶著些心不在焉。

「沒出息！為了個區區女子，弄得這麼五迷三道的，哪還有半分我沈家子弟的模樣！」

知子莫若父，沈雲衣的心神不定，沈從元心知肚明。

不就是鬧相思病嗎？

沈從元恨鐵不成鋼地瞪了沈雲衣兩眼，正要再說些什麼時，忽見內室走出來個和他年齡相仿的中年男子，拱了拱手道：「沈兄，有勞久候了，家父剛剛午休醒來，有請沈兄內廳敘話。」

這人正是李大學士的次子、尚書房的御前侍講李成光。

沈氏父子今天之所以能夠在這李府喝茶，走的便是這位李家二老爺的路子。

聽得終於得見這位當朝首輔，沈從元精神一振，抱拳笑道：「李兄太客氣了，能得李大學士召見，沈某父子甚感榮幸。近日裡閒來無事，無意間搜羅了不少名家字畫，久聞李兄乃是此道大家，改日務必賞光，到舍下品鑒一二？」

那李成光雖是得進御前，但這般家世背景之下，卻終究只是一名侍講，這官也只能算做得馬馬虎虎而已。不過，此人貪財好色，知道這對方邀請自己品鑒字畫之類的不過是套話，只怕品鑒珍玩美女才是真。

眼見這江南過來的沈知府如此上道，李成光哈哈大笑，旋即又壓低聲音說道：「沈兄才真是不用客氣，你我一見如故，何必說這等見外話？適才家母從宮裡回來，倒是曾對小弟說起沈兄想要和安家聯姻之事，文妃娘娘已經親口答應指婚了，也是沈兄運氣好，偏巧皇上便在這時到了西禧宮，這事兒可就不是娘娘指婚那麼簡單了，便連皇上也點了頭，沈兄不用掛心了吧？」

李成光這話聲音極低，落在沈氏父子耳裡，宛如晴空落雷。

沈從元大喜，心知這一下算是板上釘釘，再沒有變數。

回頭看看兒子，卻見沈雲衣瞪大了雙眼，驚喜萬分的模樣，弄得他這做父親的心裡又是感慨，又是暗罵：「這孩子從小到大甚是穩重，怎麼沾上個情字，便變得如此毛躁？男子漢大丈夫，行事但憑手段，都像你這般只是整天惦記著那丫頭，又能有什麼用？看看如今，管那安家的女兒願不願意，最後不都得嫁給你為妻？」

李成光見著沈雲衣這樣子，還道這新科榜眼太年輕，遇上一點事情就大驚小怪，登時對他起了輕視之心。

再一想剛才沈從元邀請自己「品鑒」的話語，更是覺得這話說得太過赤裸裸，這一對江南來的父子著實沒什麼見識，根本就是一對土包子嘛！

瞧你這模樣，自是嫌我父子二人沒見識，甚好甚好，你越瞧不起我，對我就越沒防備，我能得到的消息也就越多……嘿嘿，可惜李閣老如此人物，後代居然如此沒本事，難怪這李家四世三公，下一任首輔的位置卻要推薦給學生而不是兒子！

李成光在心裡吐槽沈氏父子，卻不知沈從元在心裡吐槽他更甚，只是面上兩人都是哈哈大笑，如同多年老友一般。

沈從元和李成光一邊爾虞我詐一邊又相互勾結，宮中某處不為人知的僻靜院子裡，卻有人收到了一份剛剛送來的急報。

「究竟是什麼事情這麼急？還要調咱們四方樓的人手去查？」

蕭洛辰蹺著二郎腿，帶著一絲漫不經心的神色，優哉游哉地撕開了手下遞來的黃紙袋子，掃了一眼上面的字，目光牢牢定住，再也移不開半分。

「安清悠那個瘋丫頭要指給沈雲衣？這……這事怎麼會和文妃扯上了關係？而且……而且皇上還已經允了？」

◉ ◉ ◉

「今年這天氣可真怪了，都說是大雪不連陰，前兩天才剛下過那麼大的一場雪，怎麼今兒又來了一陣？俗話說下雪不冷化雪冷，這化雪和下雪混在了一起，才真是冷上加冷……」

在安清悠房中服侍的高嬤嬤，嘴裡碎碎念叨著這該死的天氣，隨手把兩塊木炭放進銅火盆裡。

「嬤嬤倒是仔細，我在這秀女房裡住了這麼久，這衣食住行什麼的，都憑著嬤嬤服侍。眼瞅著這選秀便要結束，倒是有些捨不得嬤嬤了……」

安清悠微微一笑，話語中捧著高嬤嬤。

這高嬤嬤愛財歸愛財，卻屬於那種拿了錢財真辦事的，手腳格外麻利，這段日子裡倒還真為她做了不少事。

眼瞅著選秀走到了最後，安清悠想到自己已經確定了不用留在宮中，心情大好，隨手賞了一塊銀子給高嬤嬤，又拿出了調香工具，點起燈來，慢慢熬製起香膏來。

「謝安秀女賞！」

那高嬤嬤如此精明，哪裡不知道安清悠這是因為心情好，這才給了自己兩句好話？

銀子賞到手，高嬤嬤的口上立刻溜了一串奉承話：「說句托大的話，老奴也捨不得姑娘啊！姑娘心善，待人又好，還有這麼個好手藝，說句實話，老奴在秀女房裡當了一輩子的差，像您這般玲瓏剔透的人卻沒見過幾個！都說您這次不嫁宮裡了……可是要老奴說啊，這倒也是個好事，憑您這人品家世，嫁出去也得是個誥命夫人，未必就比在宮中差了……」

安清悠倒也不去打斷高嬤嬤，一邊加熱烤製著香膏，一邊笑咪咪地聽她說著吉祥話。只是沒料想忽然聽到啪的一聲脆響，木窗的窗栓不知道為什麼斷了。

兩扇窗戶瞬間被吹開，站在窗邊的高嬤嬤一臉愕然，自己說著吉祥話，怎麼就好像沒起到一點吉祥效果呢？

一股凜冽的冷風劈頭吹了過來，高嬤嬤驚叫一聲，忙不迭搶過去按住那大開的兩扇窗戶，只是轉過頭時，卻見安清悠皺著眉頭，兀自發愣。

一陣突如起來的冷風吹進了屋裡，居然把桌案上點起來烤製香膏的油燈吹滅了。這香膏的烤製最是講究火候，半途熄火可不是再點上那麼簡單，尤其是冷風一吹，原本該有的反應物一下子都變成了半吊子貨，這香膏說到底是廢了。

安清悠極為鬱悶，咬了咬唇，把那些廢料倒掉又換了新材料重新烤製，只是這心中卻有莫名的不安，說不出的煩躁感揮之不去……

便在安清悠心煩意亂的時候，李大學士府的後花園中，茶會進入高潮，不知是誰猛地驚叫了一聲，夏守仁正踱著步子慢慢來到。

「夏大人前日孤身進宮，一番奏對，語驚四座，不光是那蕭家從上到下沒落得好，就連皇后和太子也……也不得不自省，此等名動天下之舉，實在是讓人欽佩萬分啊！」

「那還用說？夏大人是何等人物？莫說一個小小的蕭家，就算是……嘿嘿，那邊也一樣不是夏大人的對手，咱們這大梁盛世的傳承，以後只怕要落在夏大人身上了！」

「天下敬仰！天下敬仰啊！什麼叫我輩楷模？夏大人就是我輩楷模啊……」

一干人等迅速圍了上去，氣氛熱烈，連在一邊陪客應酬的李家人都相形失色了許多。

眾人言語之間彷彿要把這夏大人捧上了天，當然，皇后和太子是不能隨便詆毀的，這兩位雖然與蕭家、與武將派系那頭有著千絲萬縷的關係，卻礙於皇家身分，不能妄加議論。

反正大家都是文人出身，指桑罵槐的本事精湛，彼此都知道說的是誰。

夏守仁只是矜持地微笑，看上去越發顯得有內涵。

他雖被譽為下一任首輔的第一人選，但是為官生涯並沒有什麼太大的亮點，早有人諷刺他不過是靠著抱李家粗腿才有了今天的位置。而現在，他孤身入宮告贏了蕭家，告贏了從皇后到太子等等一連串的人物，為他添了一張大大的底牌，又怎能不叫他興奮？

得讓那些亂嚼舌根的人看看本大人的真材實學，若是能趁熱打鐵再進一步，那可就不是名動天下，而是名留千古了……

雖然那日皇上的言語做派讓夏守仁很是驚詫了一陣子，可不管是不是皇上的心思發生了改變，若是能趁著這個機會扳倒蕭家，進而改變多年來文武兩派相爭不斷的狀況，再現前朝「以文御武」的盛景，那才是大梁文官們乃至整個大梁士大夫階層最夢寐以求的事情。

只可惜夏守仁的快感並沒有持續多久，一聲高唱，打斷了他的妄想：「李大人到！」

茶會的氣氛轉瞬從一個極端走向另一個極端，原本熱鬧的場面，陡然靜寂一片。一位華服老者慢慢走了出來，先環視了眾人一眼，這才微微笑道：「老夫真是年紀大了，精力越發不濟了。難得和諸位相聚一堂，卻又累得眾人如此等待，實在是罪過，請諸位海涵。」

這華服老者不用說，自然是今天的東道主，如今大梁的文官第一人，大學士李華年。

李閣老雖是擺出了謙和的宰相氣度，可是不知為何，大家就是要等到他先開口說上幾句場面話，才得以放鬆，恢復了剛才那談笑風生的樣子，有些人還趕著湊上去和李閣老見禮。

「守仁，這幾日我這耳朵裡可是光只聽到你的名字了！怎麼樣？對如今的局勢有什麼看法？」

李閣老既是首輔又是恩師，夏守仁不由自主地躬下身子，恭敬地答道：「啟稟恩師，學生以為此次皇上確有整治蕭家之意，甚至是皇后和太子那邊……此刻機不可失，時不再來，若能一舉打破多年來文武相爭的僵持局面，方為天下讀書人之大幸！」

「連你亦是如此想嗎？」李閣老口中輕輕念叨著，像是在對夏守仁說話，又像是在自己念叨著什麼。

就好似武將裡十個有九個心中所願是決勝疆場時能夠百戰百勝一樣，文官們最大的心願，便是名動天下，青史留名。

這李閣老身為朝堂首輔這麼多年，這裡面的道理當然是清清楚楚，再一看周遭人俱是躍躍欲試，不由得搖頭笑道：「之前我一直攔著大家不讓動，如今這般機會再不讓動，豈不是要有人跳出來罵我膽小怕事，寒了天下士子之心了？罷了罷了，看來我年紀大了，做事倒是少了你們這衝勁兒。如今既是大家都覺得此事有可為之處，那該做的便由著你們去做吧……」

李閣老這裡說了幾句，卻是不再扯這等話頭，逕自和眾人聊了些不痛不癢的茶道，打了個轉，便又回了內宅休息。

只是，他這話一放出來，眾人都興奮至極。

這段日子以來，早不知有多少人向閣老進言，發動百官上摺子彈劾太子，卻都是被李閣老壓了下去，如今他終於點頭應允，眼看天大的擁立之功就在眼前了。

「這是杭州知府沈從元沈大人，他的公子更是最近當紅的青年才俊，新科榜眼郎。守仁，你若有空，不如與他們父子多親近一下。」

便是夏守仁自己也沒想到，在這茶會上會碰上這麼一號人物。

區區一個四品知府，就算有個當巡撫的老子，再加上個做榜眼的兒子，他堂堂兵部尚書也未必放在心上，只是，這是恩師親自引薦的，那分量卻是又有不同了。

「下官沈從元，見過夏大人！」

沈從元拱手一揖，短短幾句話就吸引了夏守仁的注意力：「下官知道這參奏太子、彈劾蕭家，縱然可以由各大臣遞摺子請查，可最理想的還是莫過於由都察院出頭。若是都察院的諸位御史大人們聯名彈劾，那按照我大梁律法，便是太子殿下也須接受稽查自辯的……皇上素來以堅守朝廷法度自傲，如今年事雖高，卻必不肯因為這事破了戒，何況陛下他老人家本對太子意動，此事成行的機會倒是大得很。」

「好教夏大人得知，犬子與那左都御史安老大人家的嫡長孫女頗為契合，文妃娘娘已經允了要為他二人指婚，皇上也是點了頭的……夏大人心中所思之事，不知下官能否出上一份力？」

夏守仁把眼一瞇，又一次打量了沈從元父子倆，忽然有一種想瞌睡有就人遞枕頭的感覺。

這可真是想什麼就來什麼，自己一直以來沒能拿下的那個都察院、那個安家，居然就有了他親家公自己送上門來，嗯……似乎還不能完全說就是親家公，只是這若真是皇上都親口允了的，那這門親事還有跑的？

這般心思下，夏守仁看對方的眼光自然也就不同了。

原本身分天差地遠的地方知府和兵部尚書，此刻居然相談甚歡，大有知己相遇之感。

對於這等官場上的往來，沈雲衣並不陌生。父親從小就帶他出去歷練，後來中了榜眼，在京城之中亦是應酬極多，可是，此時此刻，他卻莫名其妙感到一種恐慌和失落。

原本這宮中賜婚，自己能夠迎娶安清悠自是得償所願，可是看著父親和夏尚書的笑容，看著他們談起這場婚姻時候的語氣，自己竟是感覺不到半分的愉悅之意。

古人云：若是兩情相悅時……兩情相悅？兩情相悅！如今這功名有了，榜眼也拿了，可是怎麼連自己的婚事，連自己所愛之人，都要被拿出來做籌碼？

難道這十年寒窗苦讀，這聖人之道多年的薰陶教化，為的就是今日這般情狀？眼看這李府的後院之中朱袍紫帶，全是大梁最頂尖的文臣，全是大梁最精英的讀書人，可大夥兒這般你算計來我算計去，最後為的又是什麼？

沈雲衣迷茫了，可相較沈雲衣的一臉迷惘與惶然若失，某個喜歡待在黑暗陰影裡的男子，這一刻卻要堅決得多，也強硬得多。

「查！給老子查！文妃向陛下提起指婚之前，究竟見過什麼人、談過什麼話，這個與文妃見面之人出宮後又去了哪裡，從那個地方又突然傳出來了什麼風言風語，老子統統要知道！若是漏了一星半點兒……諸位竟是滾出四方樓，或是自己抹了脖子，選一個吧！」

蕭洛辰狠狠地把一套卷宗拍在了桌子上，下面的人無不噤若寒蟬。

他們這些跟著蕭洛辰辦差辦久了的人都知道，蕭校尉平常喜歡自稱「蕭某」，什麼時候從他嘴裡聽到「老子」的自稱，那只有一個解釋：蕭大人真的生氣了！

這位爺年紀雖然不大，可若是在他發脾氣的時候，那可是真的會殺人的。

四方樓，這是在大梁朝裡極具傳奇色彩的名字，確切地說，它並不是一座樓，而是一個組織。

昔日太祖皇帝開國之時，為防內外不測之事，廣招天下能人異士，建立了四方樓這麼一個只效忠皇帝的祕密組織。

皇權一代代更迭，四方樓也一代代傳了下來。

有人對四方樓很嚮往，有人卻恨這個組織入骨，但是無論是嚮往它的人，還是痛恨它的人，都不得不承認，這個彙集了天下奇才的地方，真的是很有辦事的能力和效率，就像民間對四方樓的傳言一樣：「大梁朝裡沒有四方樓去不了的地方，沒有四方樓查不清楚的事兒，沒有四方樓殺不了的人。」

這話或許有些誇大，當然那也得看要查的是什麼人，像文妃、李閣老這等大梁第一世家，動起手來難免麻煩許多。如果再加上兵部尚書夏家、左都御史安家、江浙巡撫沈家這等重臣世家都摻和到了一起，查起來也就更費時費力。

可這位蕭大爺發了脾氣，下面的人也只得悶頭去查，而且力求能多快要多快，不敢有一星半點兒的耽擱。他們可是很清楚蕭洛辰的脾氣，那刀子可不是擺設，是真會給你往裡捅的主！

儘管如此，蕭洛辰拿到某份報告之時，時間已經過去了整整四天。

「沈從元，正四品，杭州知府，吏部連續八年考評全優。自進京述職以來，數度和安家爭取雙方聯姻之事，俱遭婉拒，後轉而厚金賄賂御前侍講李成光，得為大學士李華年府上賓客，且由文妃娘娘指婚，與安家聯姻。其子沈雲衣與都察院左都御史安翰池之嫡長孫女安清悠……」

慢慢讀著這份卷宗，饒是以四方樓之能，卷宗裡也用極為肯定的語氣把安家與沈家劃為了相互聯姻的一方。

蕭洛辰越看越是眉頭緊鎖，忽然嘆了一口氣道：「這沈從元真是好手段！聯姻既成，以李家之能，自然不難要把他那個榜眼兒子塞進都察院去做御史，到時候那沈雲衣身為安家的嫡長孫女婿，登高一呼彈劾太子，沈家再推波助瀾……登時便把安家拖下了水，立儲大義動輒便是株連九族，姻親自然是跑也跑不了，到時候安家除了和其他文臣捆在一起，一條道走到黑，還真是沒有第二條路可選了！」

「這……這……這可如何是好？若是都察院也被那邊掌握了，那豈不是大事不妙？」一個聲音急急響起，太子面色惶恐地坐在蕭洛辰對面。

文官們的種種安排，最後的矛頭自然是針對於他，聽得蕭洛辰分析出了沈從元的手段，言語中已是有了慌亂之意。

難怪文官們連連彈劾，這麼個事情就亂了方寸，若論起本領能力來，這位太子爺頂多也就算是個中人之姿，比之睿親王，只怕都是不如……

蕭洛辰心中暗暗搖了搖頭，面上卻還要安慰這位面色如土的太子道：「殿下請放心，眼前局勢雖然對殿下不利，可是關鍵還在皇上那邊。若是君心不動，誰又能危及太子殿下的地位？殿下請想，這文妃娘娘縱使已經爭得了陛下點頭同意，可是她要指婚，又會選擇何時何地？」

「何時何地……最合適的莫過於明日的秀女終選？」太子陡然間眼睛一亮，對於宮裡這些流程規制，他亦是極熟。

「這就對了，皇上雖然點頭，但這等事情一天沒有宣布，一天就有存在變數的可能……臣這就深夜進宮，無論如何，總要攪黃了此事，保得殿下度過這一關！」

蕭洛辰深深吸了一口氣，皇長子早夭，身為二皇子的太子由於是蕭皇后所出，幾乎是甫一來到這個世間就和蕭家，乃至和大梁軍方捆在了一起。

這個人保也得保，不保也得保！

若太子真的倒了，將來文臣們會怎麼對付蕭家，幾乎是可想而知。

可是，同理，若是太子順利登基，如今這批文官又會遭受什麼樣的打擊？文武之爭，四方奪儲，這向來是不死不休之局。

「可是父皇已經准了文妃所請，皇上金口一開……」太子猶自有些猶疑。

「金口玉言也不是一成不變，殿下，您從小到大，學的就是怎麼做皇帝，可是，臣斗膽請問您一句，古往今來，歷朝歷代，便是殿下您看到的本朝歷代先帝，又有哪一位皇帝沒做過先放了話，後來又改主意的事情？」

這話說得豈止是邪性，不但把歷朝歷代的皇帝都包了進去，更是把本朝皇帝的列祖列宗都給批了，可蕭洛辰居然還能笑得出來。

「這……這……這……」太子臉色陰晴不定，連說了幾個這字，最後狠狠咬了咬牙，一把攥住蕭洛辰的手道：「蕭卿，這次就全仗蕭卿了！若能平安度過此劫，孤登基之後，定當不負於卿，不負於蕭家……」

「說起來，殿下可還是臣的表哥呢！我說表哥啊，這時候咱不幫自家人出力，又幫誰去？我說表哥殿下，您要是再這麼攥著我的手不撒開，這時間可就真趕不及了，等到宮門落了鑰……」

蕭洛辰當著太子的面這般稱兄道弟地打趣，自然是失禮加失儀，可這時候莫說是叫句表哥表弟，就是再叫些什麼別的過分的，太子也是摸著鼻子認了，只是心中卻在暗自腹誹：「宮門落不落鑰又有什麼打緊？似你蕭洛辰這般的人物，那區區宮門又哪裡攔得住你？從小到大，你這私入大內的事情難道做得還少了？」

太子這次還真是沒有料錯，大半個時辰之後，蕭洛辰已經出現在壽光帝面前。

皇宮大內再戒備森嚴，他還是來去自如，如入無人之境。

壽光帝瞪著蕭洛辰，半天才哼了一聲，慢慢地道：「有時候朕真的在想，是不是乾脆下旨把你砍了算了，似你這般如鬼魂來去宮中，若是有一天變成了刺客，真不知道會有哪個皇帝能夠睡得安穩！」

「師父哪裡的話？您心裡明白，徒兒什麼事情都可能去做，就是不可能反您反朝廷！什麼人都可以殺，就是不能對您起半點兒不好的念頭，否則的話，師父您又怎麼可能把四方樓這麼重要的地方交到徒兒手中？」

蕭洛辰笑嘻嘻的，沒有旁人的時候，他一貫是對壽光帝稱呼師父。

壽光帝瞪了他半晌，卻也像是拿他沒轍般的嘆了口氣，沒好氣地道：「說吧，這麼晚私闖宮禁，又是做什麼來的？」

「這不是師父您讓查文妃娘娘指婚安沈兩家的事情嗎……徒兒這已經查得清清楚楚，趕著來回報您的……」

蕭洛辰從懷中掏出了一疊卷宗遞了上去，孰料壽光帝竟是看也不看，隨手便丟到了一邊兒，斜著眼睛問道：「別跟朕抖這機靈，你那兩把刷子說到底還不是朕教的？就這麼點兒破事，居然會讓你這小子一路風風火火跑來闖宮！跟朕說老實話，到底是為了什麼？」

蕭洛辰自是早有準備，只是見著壽光帝面色稍平，他反倒是不說話了。

一個人在那裡磨磨蹭蹭，竟是有些扭捏之態。

此情此景，便是壽光帝也大為詫異，自己這徒弟，無論是偷雞摸狗、殺人放火，抑或是坑蒙拐騙、撒潑打諢，什麼事情都做得出來。

只有一種情況，那是十足稀罕的──這小子，居然會不好意思？

壽光帝端著茶，饒有興味地盯著蕭洛辰，似乎想看他到底會耍什麼花樣。

蕭洛辰扭捏了半天，卻是慢吞吞地說道：「師父，這個文妃娘娘指婚之事，當然值得徒兒跑一趟……這個……這個……這個指婚的事情嘛……徒兒也是二十出頭的人了，媳婦兒的事情也還沒個著落……您說徒弟娶不上媳婦兒，師父您的臉上也不好看……」

壽光帝原本一口茶水含在口中，乍聞此言，登時噗的一聲噴了出來。

整個京城之中，誰不知道蕭洛辰這傢伙自命萬花叢中過，片葉不沾身？

想要嫁給他的大家閨秀、小家碧玉，只怕和討厭他的女孩子一樣多，這樣的人會說自己娶不上媳婦兒？

「我呸！你這小兔崽子也敢說自己娶不上媳婦？誰？你這是看上誰家的閨女了？朕馬上給你指婚！」壽光帝被茶水嗆得咳嗽連連，忍不住爆了粗口。

蕭洛辰等的便是這句話，再一聽這語氣，心中大喜，知道皇帝師父一爆粗口，十有八九是龍顏大悅之意，當下露出了愁眉苦臉的神色，吭吭哧哧地憋出了三個字：「安清悠！」

「安清悠？你看上了安家的女兒？」

壽光帝微微一怔，顯然沒想到蕭洛辰竟然會報出這麼一個名字。

如此說來，蕭洛辰要說這指婚之事有莫大干係，那還當真不算亂扯。

不過，這等念頭在壽光帝腦海裡也就是一閃即逝，壽光帝何等人物，凝神之間，忽然指了指蕭洛辰的腦袋，悠悠地問道：「上次你的頭被人打破，手還被人咬了，朕記得你是怎麼說來著……呵呵，好大一隻刺蝟！那安家的秀女，難道就是你的那隻刺蝟不成？」

蕭洛辰被壽光帝這麼劈頭一問，笑容微滯，臉上居然露出了幾分尷尬之色。

不過，轉瞬他便又是一本正經地道：「師父，您看什麼事情都洞若觀火，這安家的秀女的確就是徒兒的那隻……那隻大刺蝟！嘿嘿，這隻刺蝟雖然脾氣大，又凶又護短，可是徒弟覺得吧，還真就對我胃口了！左右既被這刺蝟開了瓢，又被這刺蝟咬傷了手，若是這刺蝟真成了別人的媳婦兒，徒兒這個做混世魔王的還不得憋屈死？琢磨來琢磨去，還是厚著臉皮來求師父您幫忙了！」

蕭洛辰的話說得似是有些隨意，壽光帝卻聽得極為認真，眼睛微瞇之間，就像要把蕭洛辰這話裡的每一個字都咀嚼一番。隔了良久，忽然問道：「你能確定那安家的女孩兒真的脾氣大，又凶又護短？」

蕭洛辰微微一怔，適才說話之時，他的腦子裡飛速運轉，幾乎把什麼可能都想到了，就是沒想到壽光帝居然問這個。

這怎麼回答？

就認了吧！

蕭洛辰當下回答道：「當然，那瘋女人若是還不算這般，天下哪裡有女人配得上如此評語？」

「瘋女人？你是這麼稱呼她的？」壽光帝眼睛閃過了一絲狡猾的笑意，點點頭道：「罷了罷了，既如此，朕就允了你這個沒道理的請求！」

蕭洛辰原本已經做好了瞎纏到底的準備，乍聞此言，卻是覺得容易得有點不敢讓人相信，張了半天嘴，只嚷出一句：「這麼簡單？」

「不這麼簡單還待如何？朕可沒有功夫跟你搞這種胡攪蠻纏的事情！」壽光帝衝著蕭洛辰翻了個白眼，沒好氣地說道：「朕這輩子覺得最頭疼的事情之一，就是收了你這麼個不著調的徒弟！如今好不容易有個又凶又惡，脾氣又大又護短的女子被你看上，朕還不趕緊把你這尊瘟神給送出去？不過，你想娶，這還得人家肯嫁！朕給你半年的時間去說服安家，若是人家不肯……嘿嘿，說不定這安家的秀女，可就真指給別人了！」

「謝師父！謝主隆恩！」

蕭洛辰慌忙叩謝稱頌，心裡卻是長長出了一口氣。

皇帝師父這可真是貼心！半年？呵呵，那個什麼說服安家的事情自己是肯定不會去做的……就這個安清悠？哪裡有半點可愛之處？不過有這半年時間，好多事情也就解決了！到時候那瘋女人愛嫁誰嫁誰，許多問題也就迎刃而解了！

壽光帝微微一笑，忽然淡淡地道：「臨來朕這裡之前，你是不是和太子在一起？」

蕭洛辰悚然一驚，登時猶如掉進了巨大的冰窖裡一般，剎那間只覺得渾身發冷。

偷眼瞧去之時，只見壽光帝面色冷峻，臉上猶如罩了一層寒霜，對著他慢慢地說道：「你擔心安沈兩家聯姻，都察院那邊轉眼便是個不可控制的局面對不對？這個局勢連你都能分析出來，朕又如何看不透？還自稱什麼對安家的女子有意……不過是想攪黃了這個聯姻而已，真當朕不明白嗎？哼！既然是做太子，那該挨的痛就得真的痛，該受苦時就得真苦著，若是連這麼個局面都挺不過來，信不信朕真的廢了他！」

蕭洛辰心中大駭，未等開口回話，就又聽壽光帝厲聲道：「眼下這個局面雖是當初由你策劃而成，但是過程如何、結果如何，會不會出什麼新變數，卻自有朕乾綱獨斷，不該你碰的事情，你就少給朕摻和！若是朕真想殺你，便是有一百個腦袋，也砍了一千次了！」

這幾句話聲色俱厲，尤其在壽光帝和蕭洛辰私下獨處之時出現這等話，更是極為罕見。

蕭洛辰額頭上冷汗涔涔，心頭劇震，竟是不知說什麼才好。皇上師父再怎麼是師父，畢竟首先是皇上，是這大梁朝的統治者，隨後才是自己的師父。

壽光帝的眼神鋒銳如刀，凝視了蕭洛辰良久，這才面色稍和，緩緩地說道：「剛剛朕說了半年之約，這可不是戲言。若是半年之內安家不肯把女兒嫁與你，不光那女子要交由文妃指婚，你也不用再提什麼娶媳婦兒的事了！痛痛快快地一刀將自己閹了進宮，做個你平時最瞧不起的內官太監吧！」

「啊？」蕭洛辰張大了嘴，雖說壽光帝的言語中有些戲謔之意，可這位皇帝師父的城府究竟有多深沉，心思多讓人猜不透，蕭洛辰比滿朝文武更有體會。

你若真以為壽光帝這是隨口之言，他指不定還真就讓你去做太監。

為了達到某個目的，這位陛下連放任朝中的文武相爭、挑動立儲奪嫡這種事情都可以放手施為，閹掉個徒弟更不在話下。為傳宗接代計，這等事情卻是萬萬賭不得的。

「師父……這半年時間太短，能不能延長一點……」蕭洛辰小心翼翼地試探。

「滾！」

天子震怒，一個盤龍鎮紙從壽光帝手中飛了過來，直取蕭洛辰的天靈蓋。以蕭洛辰的身手，這麼巨大沉重的暗器自然是砸不中他的，不過，壽光帝那憤怒的面容，卻足夠讓他飛也似的逃離了皇上的寢宮，轉眼便消失在了茫茫夜色之中。

「哼！」壽光帝臉上猶有餘怒，重重哼了一聲之後，卻又拿起蕭洛辰呈上來的那份卷宗，慢慢地翻看起來。

「江浙沈家……嘖！果然外省的督撫們也開始有想法了，名聲權力這些東西，還真是勾引人啊！」壽光帝喃喃自語了幾句，語氣中卻絲毫沒有擔心的樣子，忽然一笑，隨手便拋開那份卷宗，似是想起了什麼有趣的事情一樣，「蕭洛辰這個小傢伙，這次好像還真是有點兒意思了！又凶又惡？脾氣大還護短？朕可是從沒聽他這麼評價一個女子過。這小子恃寵而驕，給他點懲戒也沒什麼不好……不過，這到底是不是懲戒？會不會是反倒全了他一段姻緣……」

壽光帝光是想著蕭洛辰要去安翰池那個鐵面老御史家裡求親的樣子，便忍不住噗哧一聲笑了出來。若是他年輕個二三十歲，說不定還真有微服私訪去看個熱鬧的興致了。

這時的安清悠，顯然沒有那麼氣定神閒了，整整一天下來，那種說不清道不明的不安感覺始終盤據心頭，就如同有什麼事情很快就要發生一樣。

眼看著明天就要出選秀的最終結果，一直以來，越到大場面越是鎮定的安清悠，居然難得地失眠了。

「反正我也不想嫁進皇室，選秀不過是走個過場罷了，明天的名次誰愛爭誰爭去，和我一點兒關係都沒有，又擔什麼心？」

「反正皇后已經下了懿旨，不嫁皇親不入九重，有個初選第一、複選第四也足夠對家裡交代了，最後一場隨著眾人混完了回家便罷……」

「反正我既不想摻和什麼奪嫡，也不想陷入什麼文臣武將之間的權力之爭，我只是個小女子，只想在這個時空按照自己的心願生活而已，找個自己看得上眼的男人嫁了，隨便過點小日子……」

「喵的！怎麼就這麼難呢？連睡個覺都睡不踏實！」

輾轉反側了半天，安清悠憤憤地從床上走了下來。

長夜漫漫，安清悠正自煩躁，沒想到不光是自己睡不著，這世界上不睡的人還真多。外屋處，一個男子的身影憑空冒了出來，坐在安清悠桌邊，彷彿老僧入定般一動也不動。那雙眸子在黑暗中亮得嚇人，卻無論是動作還是呼吸，都細微到了幾不可聞，就好像這個人不會喘氣一般，恍若殭屍鬼魅。

這種事如果放在半個月前，驟然在自己房裡見到一個男人，安清悠只怕會高聲尖叫，不過，這一次她倒是鎮定許多，因為對眼前這個人的身形坐姿，她竟是不知不覺看得熟悉了。

「蕭洛辰，不扮殭屍你會死啊？深更半夜的，你連招呼都不打就往人家房裡鑽，真是好本事啊！嚇唬一個弱女子，你覺得自己很威風嗎？」

安清悠本就心煩意亂，蕭洛辰又以這種姿態送上門來，她當下像是找到了洩憤的出口，劈里啪啦，一通喝斥脫口而出。很快的，胸口的煩悶感便盡數消散。

只是這蕭洛辰不知道怎麼回事，就這麼默默坐在那裡任憑她擠兌，竟然破天荒的半句都沒還口，仍然紋風不動地看著安清悠。

「出什麼大事了？」安清悠皺起了眉頭，反常必有妖，蕭洛辰這般做派實在是太不尋常了，難道竟然是出了什麼不得了的大事？

「我忽然覺得有時候什麼都不知道，好像也挺不錯的……」蕭洛辰總算是開了口，但說話的聲音很輕，安清悠還是頭一次聽到這傢伙用這樣的語氣說話。低沉而緩慢，就像是一個男人在述說自己的內心獨白一樣。

「沒學問！早有人總結過了，這叫無知也是一種幸福……沒文化真可怕！」安清悠很不客氣地一個白眼兒翻了過去，順勢擠兌兩句。

不過，連她自己也覺得有點奇怪，大半夜的和蕭洛辰孤男寡女共處一室，自己好像反而有一種放鬆的感覺。就連說話，也會不自覺冒出幾個現代的詞彙？

難道她學了這麼久的規矩禮數，骨子裡仍是拋不開現代的靈魂？

蕭洛辰是個異數，一個敢在明面上把禮教視如糞土的異數，難道就因為如此，她在他面前反而輕鬆？

「無知也是一種幸福……這話說得倒是有意思！好好好，反正說蕭某沒學問的多了，也不在乎多加妳一個婦道人家！」

蕭洛辰聞得安清悠此言，微微一怔，語氣裡竟有幾分自嘲之意，可是接下來他所說的話，卻是讓安清悠錯愕無比：「我說，那個有學問的……瘋女人，妳可願意嫁給蕭某？」

靜！

冷場的靜！四處無聲的靜！

安清悠幾乎不敢相信自己的耳朵，雖然上輩子沒談過戀愛，可是並不意味著自己沒遇過男生表白。原本以為來到古代，就算自己去挑個能看上眼的男人，也得走父母之命，媒妁之言這個路線，可是今天居然有個男子三更半夜跑到自己房裡來問嫁不嫁，而且還是發生在重視禮教的秀女房裡……

「你……你這……這算是求婚？這不好吧……太突然了……我們還不夠了解……」

安清悠雖然算不上殺伐決斷，但也絕對不是優柔寡斷之人，只是，被人劈頭來了這麼一下，瞬間竟有些期期艾艾，不知所措起來。

沒辦法，身為一個沒有戀愛經驗的遲鈍女人，無論是在現代或古代，她都不擅長應付這種事。

而蕭洛辰雖然號稱「萬花叢中過，片葉不沾身」，但在花癡少女面前擺酷和定下心來思考終身大事，對他來說也是兩個完全不同的問題，更何況蕭洛辰縱然是古人中的異數，思維模式卻始終難以脫離這個社會的價值觀，因此，對於安清悠這種古怪的言詞，根本就想錯了方向。

所以，蕭洛辰的回答也讓此刻的安清悠絕倒：「求婚？這個當然不算是求婚！求婚那種事好像是應該在雙方父母談妥後，再由媒婆去幹的吧？蕭某七尺男兒，縱使不羈，也是堂堂正正的一條漢子，怎麼會做這等廝役……」

蕭洛辰皺著眉頭，似是完全不明白這求婚到底和自己有什麼關係，而他那天生的驕傲，此刻卻是清清楚楚掛在了臉上。

甚至在表明了自己的想法後，蕭洛辰居然還一臉正色地又說道：「求婚，這種事情蕭某是絕對不會做的，只是蕭某剛剛去見了陛下，意外碰上一件對我來說很是棘手之事，便想真心實意地問姑娘一句，姑娘既是不肯嫁入皇室，那像蕭某這樣的人，姑娘是嫁……還是不嫁？」

關公戰秦瓊，兩個人各懷心事，卻是完全走岔了路線。

安清悠瞪著一雙大眼睛看了蕭洛辰半天，忽然從某種狀態中警醒了一樣，剎那間，整個人從裡到外，那期期艾艾的狀態一掃而空，取而代之的，是那個恪守禮教，儀態萬方，行止規矩比宮中嬤嬤做得還要到位的秀女安氏。

安清悠淡淡地道：「蕭公子說話好生奇怪，婚姻大事自有父母之命，媒妁之言，又豈是我輩所能私下談論的？孤男寡女同處一室已是不妥，若不是為了貴我兩家互通消息，公子如此言論，真不知用心何在了！小女子還是那句話，望公子自珍自重，莫要行那輕賤之舉，更莫要讓我這小小女子再看不起你！若是無事，還請公子早些離去為好！」

蕭洛辰當然知道安清悠這是在下逐客令，老實說，今夜他自己也有點不明白，為什麼會又一次夜訪安清悠，難道是因為陛下給自己那半年的期限，而他不想當太監？

又或者……在他的內心深處，其實也想見一見這個被他稱作瘋女人的女子？

「既如此，蕭某告辭，若有唐突之處，還請姑娘海涵。」

蕭洛辰站起身來，拱手作揖，轉頭便走。

安清悠只覺得眼前一花，屋裡彷彿憑空少了一個人般。

再看那門不知道怎麼開了，冷風倒灌進來，登時讓安清悠打了個噴嚏。

安清悠狠狠把門關上，身體忽然像失了力氣，臉上更有著一瞬間的失神，口中喃喃咒罵道：「蕭洛辰……你……你有病啊？你這個……混蛋！」

這自言自語般的斥罵，聲音雖小，卻完全瞞不過某個天賦異稟，耳力遠勝於常人，而又經過多年訓練的傢伙。

屋外的房頂上，蕭洛辰的身形隱藏得極好，可聞得此語之際，渾身莫名微微一震。

心念起伏間，忽然像開了竅一般，猛地明白自己錯過了什麼。

蕭洛辰臉色變幻了半天，狠狠提起手來抽了自己一巴掌，心裡罵道：「蕭洛辰，你這個混蛋，你的確有病，你他媽的病大了！」

此刻的蕭洛辰，只覺得剛才自己的所作所為不可理喻，想不到聰明如自己，居然也會做出這等昏庸到家的事情來。

回頭再看，真是連自己都不會相信，這麼大雪夜的跑到一個秀女閨房裡，莫名其妙問人家嫁不嫁？誰肯說嫁你，那才是見鬼了！

縱使是再有本事的人，一輩子也難保不會有出昏招的時候，不過，有時候出了昏招未必是壞事，若是能讓你明白了心中原本沒有想透的事，這昏招就算是出得有價值！

「皇上師父，你剛剛其實是看出來了……才跟我定了半年之約是不是？嘿嘿，連我自己都沒發現的事情……這一次，徒弟可算是徹頭徹尾服氣到家啦！您老放心，這般奇女子，我蕭洛辰又怎麼會讓她嫁給別人？那安家再怎麼難說話也好，這瘋女人我蕭洛辰是娶定了！什麼賜婚的伎倆，咱一概不用，就這麼堂堂正正地娶給所有人看！」

夜黑風高之時，蕭洛辰翻身離去，人影數閃之間，便已遠離了秀女房。只一炷香的時間，人已是行走在皇宮之外。

那抹邪氣無比的微笑，重又掛在了他的臉上。

有的男人對於感情瞻前顧後，越是在意越是躊躇，比如沈雲衣；而有的男人一旦發現了自己很在意某個人，便絕不拖泥帶水，立刻展開行動，比如蕭洛辰。

某層窗紙被捅破後，蕭洛辰的腦子登時清醒幾分，知道如今這狀況再回過頭去找安清悠，怕是只會起到反效果，且在這離開皇宮的路上，他已經想好了對策。

「表哥殿下，這次臣好不容易說動了皇上，那安沈兩家聯姻之事沒戲了，您可是欠了臣一個大人情，明天陪臣去看選秀，這可是最後一場了！嘿嘿，臣可是賭上了『下半身』，您可莫要讓臣變成了太監！」

蕭洛辰出了皇宮後，並沒有回自己的住處，而是去了東宮，見了太子，劈頭便是這麼一句。

太子大喜過望，卻不明白這事情和宮裡的選秀有什麼關係，蕭洛辰又怎麼會變成太監？

正待細細問詢，卻見蕭洛辰自顧自又說道：「什麼都別問，總之，您沒事兒就好，臣跑了一天半宿，眼下可是要好好養精蓄銳，休息一陣子，明天……臣可要辦件大事了！」

◉ ◉ ◉

「選秀大禮，龍恩已啟！秀女入宮，貴人點取！」

隨著唱禮太監的的高喊，決定秀女們最後命運的壓軸終選大典終於開始了。

安清悠跟在秀女的隊伍裡緩緩走入了鳳儀宮，按照宮裡的慣例，這是歷屆選秀作為終試場所的地方。放眼看去，只見對面一排一排的，坐的人數雖然不多，卻是大梁朝中身分最高的一群女人。

蕭皇后打頭，文妃、瑾妃分列兩側，一些低級的嬪妃，甚至沒有參與評審的資格。

快些選完快些了事，這選秀真是累死人了！

安清悠在心裡默念一句，進宮以來的所見所聞所遇，讓她對這選秀實在有些倦了，此刻只想快點離開皇宮這個令人生厭的地方。

只可惜，命運好像要和她作對，她越想快事兒越快不了，原本皇后率眾點了名便罷，便在此時，鳳儀宮外掌禮太監忽然高唱：「皇上駕到！」

皇上毫無徵兆突然前來，眾人各有盤算，卻都不動聲色，齊刷刷板著臉，一個比一個有規矩，直到壽光帝進了鳳儀宮，一干后妃才齊刷刷跪地稱道：「妾身參見陛下，吾皇萬歲萬歲萬萬歲！」

「都起來吧，朕今天下朝下得早，忽然想起今兒好像是選秀終選的日子，索性就過來瞧瞧。文妃，這一期的秀女怎麼樣？可有什麼好人選能成為我天家子弟的良配啊？」

壽光帝這話一出，登時讓不少嬪妃心中一震。

這選秀之事本該是統掌六宮的蕭皇后負責，如今皇上一開口，先問的卻是文妃？

此間種種，很難不引人遐想，這事兒恐怕有蹊蹺了……

倒是文妃鎮定自若，恭恭敬敬地上前行禮道：「回萬歲爺的話，妾身的侄孫女此次也是參加了選秀的。妾身參與這終選品評，本就該避嫌，如今再評其他秀女，更是不該。左右這終選已在進行，萬歲爺是明眼人，您自己瞧瞧豈不更好？」

這話說得清清楚楚，不少人都暗呼這文妃果然厲害。

這等言語看似謙虛，其中的自信之意誰還聽不出來？應著皇上提起的這個話頭兒，誇的卻是她李家的秀女了。

果然壽光帝聽到之後便哈哈大笑道：「好好好，朕就是喜歡妳這知避讓的賢德！妳李家的秀女想來定是差不到哪裡去，朕就在這裡瞧著，到底孰優孰劣！」

很多人微微變了臉色。

最近李家的風頭正勁，文妃更是明著向皇后發起了一波接一波的攻勢。

這選秀的終選拖了這麼久才開始，本就是皇后的緩兵之計，可這緩來緩去，終選初開之時，皇上居然說出了這種話，這是明著幫李家、幫文妃加碼不成？

蕭皇后眼中的苦澀之意一閃而過，不過，她畢竟是母儀天下的皇后，從助壽光帝奪位登基到這麼多年來統領六宮，那在大風大浪裡歷練出來的沉穩，卻是與其他嬪妃那種學規矩學出來的沉穩不同。

此刻形勢再惡劣，蕭皇后還是面不改色地對壽光帝輕聲道：「這選秀的終試大典，皇上可有什麼指示？若是皇上沒有其他聖諭，妾身這就開始了？」

「開始吧！」壽光帝面無表情，隨口應著蕭皇后的話，外人絲毫看不出他有什麼情緒。

「終禮！始——」

唱禮太監高叫，鳳儀宮裡鼓樂齊鳴，聲勢倒是不小。秀女們一起翩翩起舞，跳的正是這大梁一直以來的規定動作「聖恩選妃舞」。

這種舞蹈大氣中又不失嫵媚，只是，這終選裡的好玩意兒也就這麼點兒意思了。選秀三試，其實就數這終試最沒意思，初選姿禮、次選藝才、終選唯德，這「婦德」怎麼選？

說白了，就是諸位終選評審的嬪妃貴人們問話，由秀女們答話，看看妳的答案得不得體，就跟相親時候婆婆審查盤問沒什麼區別？

當然，宮裡規矩繁雜嚴苛，應對本身其實多了幾分例行公事的味道，且幾乎有標準答案，比之民間的相親乏味了許多，更別說今天的終試，比往屆更加沒有懸念。

皇上親臨選秀，直接誇了文妃，誇了李家，哪裡還有人不知進退？

什麼名次和指婚？那是文妃這等風頭正勁的人物該去思考的事情，旁人不必跟著添亂！

眾評審一門心思走過場，這可就苦了那些原本拚命準備要在終選上展現亮點的秀女們，她們完全沒有發揮空間啊！

安清悠倒是沒有這種煩惱，妳們照本宣科地問，她就照本宣科地答。

如此這般，終選之比試居然進行得飛快。

約莫一個多時辰後，所有參加終選的秀女都已經問答完畢。

一場選秀熱熱鬧鬧地開始，結束卻有那麼點兒虎頭蛇尾之感，如果不是某個變數的出現，壽光帝幾乎都有些要睡著了的架勢。

「啟稟皇上，太子殿下求見，虎賁衛校尉蕭大人求見！」

皇上的心腹太監古公公上前稟報，聲音不大，但也沒想著要瞞人，鳳儀宮裡參選的秀女們恰好都能聽得見。

安清悠心裡突然生出了怪異的感覺，那蕭洛辰昨天晚上跑來自己房中說什麼嫁不嫁的，今天怎麼偏偏在這個時候來求見皇上？

會不會他來求見皇上只不過是個幌子，真正的意圖是藉著皇上剛好在鳳儀宮，對選秀的事情摻和上那麼一腳？

安清悠完全不想介入宮外或宮裡的爭鬥，可惜事與願違，這次她的預感好像又靈驗了。

「兒臣給父皇請安，吾皇萬歲萬歲萬歲萬萬歲！」太子雖說本事平庸，可禮數卻是周全。

蕭洛辰跟著磕頭山呼萬歲，壽光帝卻只是瞥了他二人一眼，臉上竟有些嫌惡之色。

由著這兒子和徒弟在地上跪了半天，這才淡然道：「起來吧，有什麼事這麼急，連朕看個選秀也要趕著來見？北胡造反了，還是西北出了災荒？半日都不讓朕偷閒嗎？」

若是換了個人在這等場面下說什麼北胡造反、西北災荒之類的事情，只怕當場就被拉出去砍了，可是皇上說這話卻沒人敢有意見，還得太子圓著話兒道：「回父皇的話，如今我大梁正逢盛世，國泰民安，四海昇平，哪裡有什麼內憂外患的事？兒臣原是有些私事。我那府中尚有一個側妃的位置空著，如今既是趕上了選秀，本想請母后為兒臣指一個側妃，不料父皇也在此處。這選妃事小，父皇駕臨事大，兒臣若不是先向父皇請了安，又哪裡敢想什麼選妃之類的事情？」

太子這話答得滴水不漏，只是如此的言語，已經幾近於赤裸裸地阿諛拍馬屁了。

雖然兒子拍老子馬屁算不得什麼罪過，可壽光帝還是一怔。

依著太子那溫吞的性格，這話還真不是他能說得出來的，十有八九是提前背的。

拿眼一掃，果然看到蕭洛辰跪在那裡眼珠子亂轉，顯見這替太子捉刀的就是他了。

「哼，身為太子，不留意國事，心思淨放在女人身上做什麼？為帝者須當勤勉為政，後宮的事情，差不多也就罷了！」

壽光帝哼了一聲，雖是對太子隨口斥了兩句，但也沒罵得太狠。按大梁制，太子本就該有一正妃兩側妃的妻妾配置，如今正逢選秀，他來尋個側妃也算得上是名正言順。

只是，這話不僅皇上聽見了，在場的嬪妃秀女們也聽見了，不知道多少人此刻的心裡正翻江倒海，太子側妃啊，若是將來太子能夠順利登基，轉過手來就是皇貴妃的身分。

看看文妃，再風光強勢，也才只是個皇妃，如今還在為貴妃奮鬥呢！雖說最近盛傳太子的位置不穩，可是這最後的事情誰能說得準？

若是這賭注押對了，換來的可就是一生的權勢風光！

一時之間，在場的秀女們，目光都向著太子身上射來，就算是和文妃那邊走得最近的嬪妃，也都忍不住多看了太子兩眼。

只有一個人例外，那就是安清悠。

莫說是太子側妃，就是太子正妃，她也沒興趣。

眾人都在看太子的時候，她看的卻是蕭洛辰，一邊看，一邊居然還有閒心做那八竿子打不著的分析：「這傢伙怎麼笑得那麼賊呢？太子好像是被他當槍使了……這傢伙究竟想要做什麼？」

（未完待續）

漾小說 127
鬥芳華 ③

國家圖書館出版品預行編目資料

鬥芳華 / 十二弦琴著. -- 初版. -- 臺北市：
麥田, 城邦文化出版：家庭傳媒城邦分公司發行,
2014.07
冊；　公分. -- （漾小說；127）
ISBN 978-986-344-112-0（第3冊：平裝）

857.7　　　103009426

作　　者　十二弦琴
封面繪圖　晝　措
責任編輯　施雅棠
副總編輯　林秀梅
編輯總監　劉麗真
總 經 理　陳逸瑛
發 行 人　涂玉雲
出　　版　麥田出版
城邦文化事業股份有限公司
104台北市中山區民生東路二段141號5樓
電話：（886）2-25007696　傳真：（886）2-25001966
發　　行　英屬蓋曼群島商家庭傳媒股份有限公司城邦分公司
104台北市中山區民生東路二段141號2樓
客服服務專線：（886）2-25007718；25007719
24小時傳真專線：（886）2-25001990；25001991
服務時間：週一至週五上午09:00~12:00；下午13:00~17:00
劃撥帳號：19863813；戶名：書虫股份有限公司
讀者服務信箱：service@readingclub.com.tw
麥田部落格　http://blog.pixnet.net/ryefield
香港發行所　城邦（香港）出版集團有限公司
香港灣仔駱克道193號東超商業中心1樓
電話：852-25086231　傳真：852-25789337
E-mail：hkcite@biznetvigator.com
馬新發行所　城邦（馬新）出版集團【Cite (M) Sdn Bhd】
41, Jalan Radin Anum, Bandar Baru Sri Petaling,
57000 Kuala Lumpur, Malaysia.
電話：(603) 90578822　傳真：(603) 90576622
Email：cite@cite.com.my
美術設計　洸譜創意設計股份有限公司
印　　刷　鴻霖印刷傳媒股份有限公司
初版一刷　2014年07月17日
定　　價　250元
I S B N　978-986-344-112-0